Também de Felipe Fagundes:

Gay de família

FELIPE FAGUNDES

OS DOIS AMORES de HUGO FLORES

paralela

Copyright © 2025 by Felipe Fagundes

A Editora Paralela é uma divisão da Editora Schwarcz S.A.

Grafia atualizada segundo o Acordo Ortográfico da Língua Portuguesa de 1990, que entrou em vigor no Brasil em 2009.

CAPA E ILUSTRAÇÃO Paula Cruz

PREPARAÇÃO Renato Ritto

REVISÃO Adriana Bairrada e Eduardo Santos

Os personagens e as situações desta obra são reais apenas no universo da ficção; não se referem a pessoas e fatos concretos, e não emitem opinião sobre eles.

Dados Internacionais de Catalogação na Publicação (CIP)
(Câmara Brasileira do Livro, SP, Brasil)

Fagundes, Felipe
    Os dois amores de Hugo Flores / Felipe Fagundes. — 1ª ed.
— São Paulo : Paralela, 2025.

    ISBN 978-85-8439-448-7
    1. Ficção brasileira I. Título.

25-249293   CDD-B869.3

Índice para catálogo sistemático:

1. Ficção : Literatura brasileira B869.3

Cibele Maria Dias – Bibliotecária – CRB-8/9427

Todos os direitos desta edição reservados à
EDITORA SCHWARCZ S.A.
Rua Bandeira Paulista, 702, cj. 32
04532-002 — São Paulo — SP
Telefone: (11) 3707-3500
editoraparalela.com.br
atendimentoaoleitor@editoraparalela.com.br
facebook.com/editoraparalela
instagram.com/editoraparalela
x.com/editoraparalela

Se houver cem pessoas numa sala e noventa e nove não acreditarem em mim, basta uma delas me dar uma chance para eu saber que foi a Taiany. Amiga, este livro é seu.

1. Todo dia você, garoto?

Ninguém era gay em Fiofó do Oeste.

A cidade era muito pequena, muito caduca e muito regulada por leis que nunca eram ditas em voz alta, mas das quais todos estavam cientes. Só abrigava um homossexual por vez, por exemplo. Mais do que isso era um escândalo. Quem estava de passagem tinha que esperar pelo censo gay na fronteira para saber se poderia adentrar Fiofó. Homens de mãos dadas e mulheres com unhas muito curtas eram eventos que exigiam mais do que a cidade podia oferecer. Não havia espaço, nem orçamento, sequer boa vontade. Em todas as esquinas, todos concordavam que ser gay era no mínimo falta de educação.

Ironicamente, havia um ou dois casos de melhores amigos que moravam juntos há quarenta anos e mulheres que dividiam a mesma cama para diminuir as despesas.

As pessoas em Fiofó do Oeste só se importavam com o que iam plantar, o que iam colher, quanto dinheiro entraria e quão longe seus filhos iriam. Viver era trabalhar e ensinar os filhos a trabalhar. Ninguém perdia tempo com essa história de homossexualidade, talvez porque ainda não tivessem descoberto um jeito de ser gay virar uma profissão.

Foi nessa terra árida que Hugo Flores cresceu sem jamais florescer, sabendo que era, mas não era, e querendo ser, mas não sendo. Seria um grande mistério essa criatura ter chegado aos vinte e quatro anos com alguma autoestima, mas isso era obra de dona Cirlene e seu Virgílio. Os pais de Hugo veneravam o menino como se fosse um engenheiro da Nasa. Agora, já adulto, ainda que um adulto meio torto e usando óculos embaçados, não era todo dia que ele se lembrava de ser brilhante.

Hugo precisava de seu Virgílio por perto sussurrando o quanto ele era o menino mais inteligente de Fiofó do Oeste por saber dividir e multiplicar. Ou de dona Cirlene considerando genial qualquer ideia que o filho tivesse para mudar o mundo, mesmo as que ele próprio sabia que no fundo não mudariam nem o quintal de casa. Hugo tinha certeza de que, no momento em que deu o primeiro passo, seus pais já sabiam que ele seria capaz de vencer maratonas. Claro, ele nunca tinha corrido uma maratona. Mas venceria se tentasse. Provavelmente. Era aquele caso: ninguém conseguia ser tudo ao mesmo tempo. O melhor contador do mundo poderia ser uma atendente de telemarketing que se desviou das ciências contábeis porque ficou com preguiça. O Zeca Pagodinho tinha cara de que teria dado um excelente cirurgião se não tivesse abraçado a música. Hugo Flores tinha o potencial de uma vida dentro de si. Queria voar, podia voar, só precisava escolher para onde.

Depois do ensino médio, decidiu ser o melhor advogado de todos os tempos, mas isso foi antes de descobrir que advogados eram basicamente pessoas que liam. Hugo não era bom com palavras, sabia disso porque uma vez havia decidido ser escritor best-seller, mas desistira após três linhas de dor e sofrimento. Pensou, então, que seria um engenheiro renomado, mas tinha medo de matar gente sem querer com uma vírgula errada numa multiplicação. Tinha isso ainda: a maioria das profissões exigia lidar com *pessoas*. Hugo entendia de gente menos ainda do que de palavras. Não se dava na cozinha. Não sabia dançar, pintar, atuar. Tinha sido proibido pelos vizinhos de cantar no chuveiro. Quando era mais novo, às vezes virava a noite sonhando acordado com todas as possibilidades que a vida tinha para ele, mas, à medida que o tempo passava, não pareciam mais tantas opções assim. Hugo *tinha* que ser bom em alguma coisa, porque só assim ganharia dinheiro, mudaria a vida dos pais, ficaria famoso e colecionaria prêmios ao longo da carreira. Isso estava esculpido no coração dele como se fosse em pedra, talhado carinhosamente, palavra por palavra, desde o momento em que nascera. *Você é um foguete, Hugo Flores.* Seus pais sempre diziam. Não era uma promessa, era um *fato*.

Mas tinha dias em que ele se esquecia disso.

Tudo começou quando Hugo deu bom dia para a senhora amarga da recepção.

— Ah, não, porra. Todo dia você, garoto? — respondeu ela, com aquela voz de quem almoça e janta cigarro ou de que fez uma traqueostomia na noite anterior.

— Eu trabalho aqui, dona Álvara.

Não era uma senhora magra, mas, de alguma forma, parecia *seca*.

— E precisa chegar sorrindo em plena segunda-feira? — insistiu ela.

— Como a senhora gostaria que eu chegasse?

— Derrotado, chorando, com ódio dessa merda de capitalismo que faz a gente trabalhar de segunda a sexta como se eu não tivesse mais o que fazer em casa. Sei lá, chega que nem gente.

Hugo teve que reconhecer que ela tinha certa razão, mas não queria abrir a semana debatendo sistemas econômicos e luta de classes.

— Eu só te dei *bom dia* — rebateu.

— Aproveita que tá aí de bobeira e fica aqui no meu lugar rapidinho pra eu ir ao banheiro — disse ela, já se retirando do balcão.

— A senhora não tava voltando de lá quando eu cheguei?

— Tava, mas tá um tédio essa recepção. Um monte de ligação só pra me aporrinhar, vou matar um tempo lá.

— Não é permitido fumar no banheiro. — Hugo repetiu o que lembrava muito bem de estar no regulamento da empresa.

— Continua assim, bem regradinho, garoto chato. Vai virar um velho rabugento insuportável — disse dona Álvara, dispensando Hugo com a mão e saindo dali.

Hugo tomou esse desaforo como mau agouro, porque, no quesito rabugice, dona Álvara deveria saber o que estava falando por experiência própria. *Nunca* tinha visto a mulher sorrir. Nem sabia se ela tinha dentes. Dona Álvara era uma figura, mas pelo menos prestava um bom trabalho e era querida por todos. Quer dizer, mentira, vivia dando perdido em todo mundo para ir fumar. Agora, parando pra pensar, dona Álvara deixava bastante a desejar em todos os sentidos. E nem era *tão* querida assim.

O telefone tocou dez segundos depois de Hugo ficar sozinho na recepção.

— Gira-Gira Sistemas. Bom dia! Como posso ajudar? — disse ele no automático, já acostumado a fazer o trabalho dos outros.

— Hugo? Cadê a dona Álvara?

Era a dona da empresa falando do outro lado da linha. Hugo não tinha como saber disso, mas "Cadê a dona Álvara?" era a pergunta mais ouvida na recepção da empresa desde os anos 2000.

— Oi, Norma! Ela acabou de ir ao banheiro — avisou.

— De novo? A gente devia começar a botar o telefone do lado da privada pra quem sabe um dia conseguir falar com essa mulher. — Suspirou. — Tô ligando só pra avisar que dessa vez vou chegar um pouquinho atrasada, tá?

Era outra situação a se marcar no bingo diário da Gira-Gira Sistemas. Todo mundo sabia o que significava quando Norma avisava que ia "chegar um pouquinho atrasada". Talvez ela só chegasse no dia seguinte. Tanto sabiam que na cabeça dos funcionários mais sagazes existia uma planilha mental que relacionava o que ela dizia ao significado real da coisa: "chego em dez minutos", por exemplo, significava que ela chegaria em duas horas. "Já saí de casa" significava "acabei de acordar". "Tô meio enrolada aqui, mas podem contar comigo" queria claramente dizer "me esqueçam".

— Um pouquinho quanto?

Hugo precisava ter certeza.

— Coisa pouca.

"Coisa pouca" era uma hora e meia.

— Mas o time pode iniciar o desenvolvimento do Rapposa, ok? — disse Norma. — Vocês não precisam me esperar. Beijinhos.

Pois é, Hugo tinha se apaixonado pela informática no dia em que descobrira que computadores eram muito mais simpáticos do que pessoas. Computadores não mentiam; eram previsíveis, assertivos e diligentes. Pessoas eram, hum, desconcertantes. Computadores só começaram a dar errado quando incorporaram inteligências artificiais. Hugo não entendia por que tinham inventado máquinas que aprendiam com a gente quando eram elas que tinham que nos ensinar. Ele até desconfiava que a humanidade deixava os computadores mais burros, mas Hugo ia fazer a parte dele se entregando à arte de criar sistemas eficientes, aplicativos úteis e programas revolucionários. Era ali que estava sua plataforma de lançamento de foguetes.

Bom, mais ou menos.

Achara então que estava sendo recebido por uma mentora genial quando aceitara a proposta de emprego da Gira-Gira Sistemas. Era mais uma mudança radical de vida do que uma proposta, porque a empresa tinha movido céus e terras para arrancar Hugo de Fiofó do Oeste e trazê-lo para a cidade grande, o Rio de Janeiro. Parecia que Hugo tinha esperado a vida toda por aquele convite. Uma empresa de tecnologia! Interessada nele! Mas Norma era uma mentora EAD. Era como se a Gira-Gira Sistemas fosse dirigida pelo bom senso dos funcionários, o que era um problema, já que a recepcionista, por exemplo, fumava num lugar fechado com alarme de incêndio.

Foi o tempo de dona Álvara voltar do banheiro.

— Era a Norma, não era?

Hugo assentiu.

— Que raio de mulher chata, fica querendo falar comigo o tempo todo. Ela sabe que eu tô ocupada trabalhando.

— Ela é nossa chefe, dona Álvara.

— Que fosse o papa! Ela acha que pode mandar em tudo por aqui.

Talvez Norma não estivesse errada, já que a Gira-Gira Sistemas era dela.

— *Álvara, liga pra não sei quem. Faz isso, faz aquilo, imprime esses documentos. Álvara, você pode repassar a ligação? Álvara, me traz um café? Com adoçante, por favor* — disse dona Álvara, exaltada, imitando uma voz manhosa que deveria parecer com a de Norma, mas que sinceramente não dava para identificar, de tão rouca que soava por causa das toneladas de cigarro. — Desse jeito eu não consigo trabalhar!

Hugo quase disse que atender ligações, imprimir documentos e assessorar a dona da empresa era literalmente o trabalho para o qual dona Álvara fora contratada havia mais de quinze anos, mas, de fato, fazia mesmo muito tempo. Ela devia ter se esquecido do que deveria fazer ali de segunda a sexta das nove às dezoito.

Era o tipo de coisa que Hugo *jamais* deixaria que acontecesse consigo mesmo. Ele precisava se lembrar por que estava ali e por que se levantava da cama todo dia. Seus motivos tinham nome e endereço. Fazia tempo que as coisas não iam bem em Fiofó do Oeste. Ali, na cidade grande, Hugo sabia que teria sua chance de brilhar. A mãe e o pai tinham se esforçado muito para colocar cada pedra no calçamento do caminho que Hugo agora trilhava. Estava longe de casa, mas nunca longe o suficiente para se esquecer de quem fizera e ainda fazia tudo por ele.

— A Norma avisou que vai atrasar um pouquinho — informou Hugo, assim que entrou na sala de desenvolvimento.

Sentia certo orgulho em trabalhar nesse time. A Gira-Gira Sistemas tinha mais de duzentos funcionários, e, dentre eles, várias equipes de desenvolvedores que atuavam nos aplicativos mais comuns da empresa: lojas digitais, sistemas de cadastro, aplicativos de rastreamento e plataformas de conteúdo privado. Mas Hugo trabalhava na equipe de inovação, de onde saíam os aplicativos mais diferentões da Gira-Gira. Ou pelo menos deveriam sair.

— Ela disse um pouquinho ou coisa pouca? — perguntou Rômulo, o analista de banco de dados parrudo.

Ali todo mundo era fluente no lero-lero da Norma.

— Ou que "já está saindo de casa"? — acrescentou Natália.

— A gente pode tocar a reunião sem ela dessa vez — respondeu Hugo, dando de ombros.

Não aguentava mais adiar reuniões porque uma ou outra pessoa desaparecia no horário marcado (ou *todas*, como naquela vez que Norma marcara uma reunião para 1º de abril e todo mundo tinha achado que fosse mentira).

— É inacreditável o descaso dela com os projetos — comentou Natália. — Não tem filho, não tem marido, não sei o que tanto faz em casa.

Não era da conta dele, mas Hugo conseguia imaginar uma lista de coisas que poderiam ser feitas em casa e que não exigiam a presença de um filho ou um marido.

— Ela é a chefe, linda — respondeu Rômulo, a voz suave. — Se eu fosse o chefe, nunca ia dar as caras por aqui.

— Você me chamou de linda? — perguntou Natália, franzindo a testa.

— Fiz algo errado?

Natália tirou dois segundos para pensar na resposta.

— Não, até gostei — respondeu, toda faceira.

Rômulo deu uma piscadinha para ela que pareceu ter o efeito de fazer Natália esquecer que odiava a própria chefe. Pareciam rei e rainha do baile de formatura num filme americano dos anos 1990 passando na Sessão da Tarde. Ela magra, olhos azuis, cabelo loiro, nariz arrebitado, e ele de maxilar quadrado e musculoso como um modelo de propaganda de cueca.

Hugo revirou os olhos.

Não era proibido, mas também não viam com bons olhos relacionamentos entre funcionários. Aqueles dois com certeza estavam quase lá. Viviam flertando descaradamente um com o outro, e Hugo não entendia como conseguiam pensar nisso quando tinham *tanta coisa* para fazer. Verdade que às vezes também se distraía com o analista andando para lá e para cá, porque Rômulo era um *homem*. Ombros largos, bíceps proeminentes, pernas longas. Hugo tecnicamente também era um homem, mas perto de Rômulo se sentia um menino de cinco anos. Conseguia ver de longe que o cara era uma terra estéril onde nem uma bissexualidade cultivada com todo carinho vingaria, mas olhar não arrancava pedaço. Só atrasava seu trabalho. Não era uma surpresa Natália estar sempre com tarefas a serem concluídas.

— Sabem do resto do pessoal? — perguntou Hugo, encarando as cinco cadeiras vazias.

— Paula pegou um atestado de sete dias — disse Rômulo.

Era o terceiro atestado que Paula emplacava um atrás do outro. Todo final de semana ela se envolvia num acidente de carro ou se submetia a uma cirurgia de emergência, como se fosse uma atriz do elenco fixo de *Grey's Anatomy*. Já tinha removido uns cinco apêndices. Hugo nem se lembrava mais da cara da colega de trabalho.

— E Greice foi buscar um café — continuou Rômulo.

— Deve ter ido ela mesma plantar o café. Agora tá esperando nascer pra colher e moer os grãos. Nunca vi mulher mais lerda — completou Natália.

Natália era superiora imediata dele na programação, mas, às vezes, quando estava entediado, Hugo contabilizava quantos dias ela conseguia ficar sem criticar alguém. O recorde era de quarenta e cinco minutos.

— E aí eu falei pra ela, *minha querida, deixa de ser corna mansa e aprenda a segurar teu homem pelo meio das pernas.*

Foi o que Hugo ouviu quando entrou na salinha do café. Mal cabiam duas pessoas, mas sempre davam um jeito de enfiar três ou mais ali dentro. Greice e Otávio bebericavam em copinhos de plástico pequenos demais.

— Pessoal, a gente tem reunião agora — avisou Hugo.

— Hugo! Escuta essa! — disse Otávio, gargalhando. — Olha o que a Greice disse pra mãe dela.

— Meu Deus — respondeu Hugo, meio em choque, mas sabendo que estava ali com uma missão. — Gente, é o seguinte...

— Aliás! — interrompeu Greice. — Tá sabendo, Hugo?

Não estava, mas será que ele queria saber?

— Acredita que vi o Ruan num pagode dando uns pegas? — fofocou Greice, antes de qualquer resposta. — A gente tava lá em Irajá, né, ele nem me viu, mas tava lá aos beijos! Com um homem, Hugo! Um *homem*.

Além de o espanto ser ligeiramente ofensivo, porque se Ruan estivesse beijando uma mulher essa fofoca nem existiria, chegava a ser engraçado como a designer falava *um homem* como se Ruan tivesse lascado um beijo num rato de esgoto. A própria Greice era hétero e, pelas estatísticas, já devia ter beijado gente pior.

— Por que eu ia querer saber disso, Greice? — perguntou Hugo, ajeitando os óculos que teimavam em escorregar pelo nariz.

— Ah, você sabe — Greice sorriu. — O Ruan, logo ele! Quem ia imaginar? Ele é tão gente boa.

Algo deve ter ficado estampado na cara de Hugo, pois Greice logo reagiu.

— Não que você não seja! Claro, imagina, eu nunca falaria nada contra a comunidade GLS, tenho vários amigos bichas que são maravilhosos. Só não sabia que Ruan poderia ser um deles.

— Vocês podiam namorar, então, né, Hugo? — sugeriu Otávio, como se tivesse acabado de ter uma ideia excelente.

— Ia ser tudo! Eu quero ser madrinha.

Em algum momento durante a primeira semana de trabalho na Gira-Gira Sistemas, tinha virado consenso que Hugo era gay. Ele mesmo não tinha dito uma palavra sobre o assunto, mas nem foi preciso. Natália tentou pedir dicas de moda que ele não tinha para dar. Rômulo todo dia citava um homem gay que conhecia e admirava. Por ser uma mulher negra, sempre que os desenvolvedores entravam numa conversa política, Greice encarava Hugo dizendo "nós, que fazemos parte de uma minoria marginalizada...". Até Otávio, do nada, numa quarta-feira,

15

chegara perto de Hugo para dizer que curtia *RuPaul*. "Legal", Hugo respondera. Não sabia o que era um RuPaul, mas foi pesquisar assim que essa conversa constrangedora acabara. Ironicamente, Ruan fingia que Hugo nem existia.

Sentia-se acolhido, de certa forma. Eles pelo menos estavam tentando conviver com um cara gay, que era mais do que se podia dizer dos seus colegas de escola em Fiofó do Oeste.

— Vamos pra reunião? — insistiu Hugo.

— Calma que eu acabei de passar um café especialmente pra você! — disse Greice. — O bofe da minha prima trabalha numa cafeteria e me deu umas dicas.

Essa história de fingir que amava café para se enturmar estava indo um pouco longe demais. O café da Gira-Gira Sistemas, para piorar, era o único que ele tinha certeza de que dava úlcera. Hugo desprezava a bebida, mas não tanto quanto ser deixado de fora de todas as conversas que aconteciam naquele cubículo.

— Ainda se fala bofe? Boy? Boy magia! Ai, eu tô super por fora da comunidade.

Hugo bebericou o café e quis morrer.

— Agora a gente pode ir? — disse, depois de tossir a alma discretamente para fora do corpo.

— Beleza, Hugo, faz o seguinte — ordenou Otávio. — Vai atrás do Ruan, deve estar no banheiro cagando. Greice vai resgatar a especificação do Rapposa e eu falo pro Rômulo e pra Natália checarem o nosso cronograma. Tranquilo?

Hugo quis muito perguntar o que Otávio ia fazer, mas já sabia que a resposta seria a mesma de sempre: nada. Otávio gostava de *mandar*. Era um homem alto de nariz proeminente, tão alto que talvez fosse por isso que se achava superior aos outros. Hugo detestava ficar na sombra daquele nariz.

O que os pais de Hugo diriam se soubessem que o maior desafio intelectual do dia dele até o momento estava sendo esperar um colega de trabalho fazer cocô? Não parecia uma carreira muito promissora. Talvez até dissessem: "Ah, mas também foi um senhor cocô, Hugo". Era verdade. Estava guardando caixão na porta do banheiro para não correr o risco de Ruan sair dali e desaparecer, o que ele fazia com frequência. Hugo precisava de *todo mundo* na reunião de abertura do projeto mais importante da sua vida, o Rapposa, mas, caramba, ninguém cagava tanto assim. Ficou ali por longos dez minutos e desistiu, depois de chamar e ninguém responder. Hugo não tinha como saber, mas desistir era mesmo a opção correta: Ruan, na privada, estava focado em subir de nível no Fortnite.

Você é um foguete, Hugo Flores!

Isso, precisava se lembrar disso. Em breve ele seria como todo mundo que tinha dado certo em Fiofó do Oeste: teria uma casa própria, daria outra bem maior para os pais, dirigiria um carro grande e bonito e fariam viagens para todos os estados, e por que não todos os países, que quisessem visitar. Mas Hugo fraquejava nesses dias em que tinha que se prestar a ser babá dos colegas de trabalho, e olha que esses dias eram muitos, às vezes todos os dias eram esses dias, mas ele sabia que o caminho das pedras era esse mesmo. Quando alcançasse o sucesso, provavelmente olharia para trás e riria disso tudo.

Trabalhar era a grande paixão de sua vida, e também seu plano *infalível*. Mas existe um antigo provérbio adaptado de forma livre e ultrajante em Fiofó do Oeste que diz: "O homem planeja, mas Deus, só de raiva, bagunça tudo".

Hugo ia conhecer um moço cheiroso dali a quarenta e oito segundos.

2. Karl Marx te daria uns cascudos agora

— O seu primo Murilo tá querendo descobrir a cura do câncer, Hugo — disse sua mãe, certo dia.

— Mas qual? Existem vários tipos de câncer.

— Ah, sei lá, uma cura só que sirva pra todos.

— Acho que não é assim que funciona, mãe.

O primo era só sete anos mais velho, mas tinha bastado para ele alcançar status de *lenda* em Fiofó do Oeste antes mesmo de Hugo nascer. *Seu primo Murilo já montava a cavalo quando você nasceu. Foi seu primo Murilo que ajudou no seu parto, inclusive. Seu primo Murilo só tirava dez na escola, pena que teve aquela vez que você tirou nove e meio. Seu primo Murilo fez fama e fortuna no Rio, Hugo. Saiu daqui ligeiro e tá super bem de vida. Já pensou em seguir os passos do seu primo Murilo?*

Hugo não tinha nada contra o primo, apenas uma ou duas coisas que ele jamais diria em voz alta para os pais ouvirem. Mas Murilo de fato tinha saído de Fiofó do Oeste bem antes de Hugo, vindo para o Rio de Janeiro e se tornado um médico cirurgião. Era impossível competir com isso, e Hugo nem tentava (desmaiava quando via sangue), mas às vezes se lembrar de que era a sombra de alguém lhe causava mal-estar.

Você é um foguete, Hugo!

Que nem seu primo Murilo.

Hugo tinha sido descoberto pela Gira-Gira Sistemas em Fiofó do Oeste, literalmente nos fundilhos do estado do Rio de Janeiro, e não pensou duas vezes antes de se mudar para a capital a convite da empresa. Os filhos de todos os vizinhos faziam isso, saíam de Fiofó para se espalhar pelo Brasil e depois retornavam com os louros. Foi assim que Hugo recebeu o chamado. A empresa queria demais produzir o Rapposa, um aplicativo de celular que Hugo tinha idealizado e prototipado lá em Fiofó. Era o projeto da vida dele, mesmo que ainda nem tivesse vivido tanto assim. Aos vinte e quatro anos já era idoso, se comparasse o início de sua carreira com a do primo Murilo e dos gênios da computação, mas ia correr atrás do tempo perdido. A Gira-Gira se vendia como o lugar onde os sonhos se transformavam em realidade e, no fundinho da alma, Hugo entendeu que estava onde deveria estar, mesmo. Porém, aqueles três meses de trabalho tinham mostrado a Hugo que a Gira-Gira não realizava *tantos* sonhos assim, a menos que o seu fosse ser pago para jogar Candy Crush no banheiro ou beber café ruim. Não tinham muitos recursos, nem organização, nem, verdade seja dita, boa vontade para fazer um trabalho bem feito, então as coisas saíam pela metade. Nunca era o melhor momento para desenvolver o Rapposa. Norma vivia prometendo que iam começar na semana seguinte, que o projeto dele era inspirador e cheio de potencial, mas sempre surgia uma emergência que virava a nova prioridade do time. Estavam toda vez apagando incêndios com os clientes, como se tapassem buracos num barco com as próprias mãos.

Hugo estava começando a acreditar que ele mesmo precisava corrigir seu destino. Talvez as coisas não fossem acontecer magicamente como os pais profetizavam, afinal de contas, eles eram de Fiofó do Oeste, terra em que o futuro só a Deus pertencia mesmo. Era comum ver gente na cidade falando que com certeza ia chover, que aquela menina nascera para ser modelo ou que aquele casal não ia durar dois meses, mas só para verem absolutamente nada se concretizar. Um caso crônico era Sheila, a vidente de Fiofó, que parecia conseguir vislumbrar o futuro, mas não sabia interpretar. *Estou vendo um carro em sua vida.* E a pessoa era atropelada. *Seu marido será pai de muitos.* Família fora do casamento. *Sua mãe acamada vai sair ainda essa semana do hospital!* Sim, direto para o cemitério. Não dava para se apegar às previsões. Hugo teria que acertar um passo depois do outro, e fazer a reunião do Rapposa acontecer era o primeiro deles.

Havia reservado a sala de reuniões com muita antecedência, então não se preocupou quando viu um homem sair de lá assim que entrou no corredor. Verdade que Hugo sentiu outras coisas, mas nenhuma delas era preocupação.

O cara parecia ter a idade dele, mas emanava a energia de quem não escolhia o *look* do dia no uni-duni-tê. Hugo tinha certeza de que aquele ser humano nunca tinha ficado a menos de dez metros de um caipira. Era o cabelo. Preto como o de Hugo, mas crespo e quadrado. Hugo amava geometria, mas também, se não amasse, passaria a amar agora. A barba bem feita exigia, de longe, que aquele rosto fosse tocado. Tinha a pele negra num tom escuro, diferente daquele bronzeado estranho que os vizinhos de Hugo ostentavam por ficar muito tempo no sol. Cabelo de anjo, pele de deus. Se bem que talvez fossem as roupas: a calça quase rente ao corpo, a camisa sobreposta naquele tom de azul que parecia verde ou verde que parecia azul. Nem aquela *cor* existia em Fiofó do Oeste. Hugo até limpou os óculos de grau altíssimo para enxergar melhor e viu que ali ia um homem que ficaria lindo vestindo qualquer roupa. Homem bonito só fica feio se quiser. O feio, pra mostrar beleza, precisa de Deus. Era um ditado popular em Fiofó do Oeste.

Assim que se cruzaram no corredor, Hugo percebeu que o desconhecido cheirava a madeira, primavera e roupa de cama recém-lavada. Quis meter o nariz no pescoço dele imediatamente, tinha certeza de que era um pescoço cheiroso, mas se contentou em dar uma fungada no ar. Foi automático. Talvez até tivesse fungado com força demais, porque logo depois o cara chamou sua atenção.

— Ei! Aonde pensa que vai?

Hugo parou de caminhar, mais por ter sido impactado por uma voz grave que não estava esperando do que por ter entendido que o desconhecido estava falando com ele. Demorou para dizer alguma coisa quando encarou aqueles olhos castanhos que exigiam uma resposta.

— Eu? Pra sala de reunião — disse Hugo, apontando para a porta de onde o outro tinha acabado de sair.

Só agora Hugo reparara no crachá preso na camisa. *João Bastos.* Foi o tempo de João aproveitar a guarda baixa para criar uma guerra.

— Nada disso, pode dar meia-volta — respondeu.

Até a *audácia* caía bem naquele homem. Hugo estava quase feliz por ser tratado como uma criança no ambiente de trabalho, mas depois seu cérebro conseguiu juntar dois mais dois e entendeu o que estava rolando.

— Eu reservei essa sala — disse Hugo.

— Ela está ocupada.

— Mas eu tenho uma reunião nela agora.

— E eu acabei de sair dela, então sei mais do que você que ela está ocupada.

Era provável que aquela fosse a primeira vez na Gira-Gira Sistemas em que as pessoas discutiam pelo direito de organizar uma reunião.

Talvez, se estivessem em qualquer outro dia, Hugo tivesse deixado passar, mas hoje o seu destino dependia inteiramente de ele entrar naquela sala e ter a melhor reunião de toda a sua vida. E também o cara era muito prepotente.

— Que equipe tá aí dentro? — perguntou Hugo.

— Eu não sou obrigado a te dizer — respondeu João, na lata.

Ele falava com tanta segurança que suas palavras pareciam *leis.* Hugo quase ficou com medo de discordar e ir preso.

— Então terei que entrar pra ver.

Hugo deu mais alguns passos e teria colocado a mão na maçaneta se João não tivesse se adiantado e bloqueado seu caminho. Isso estava ficando ridículo, mas ridículo também era o espaço de milímetros entre eles. Não havia a menor necessidade de uma pessoa ficar *tão perto assim de outra*, a não ser que elas estivessem prestes a se beijar ardentemente. Hugo repreendeu os próprios pensamentos quando reparou estar encarando a boca de João em vez dos olhos. Por que ele tinha que ser tão *cheiroso*?

— É confidencial — disse João, enquanto Hugo se afastava, mais por educação do que por vontade própria.

— Vocês estão na *minha* sala.

— Ninguém me contou que você é o dono da empresa — debochou João, mas debochou com gosto. A sobrancelha direita erguida, o riso contido nos lábios, aquele tonzinho irritante.

Hugo sempre achou um perigo pessoas que conseguem erguer apenas uma das sobrancelhas.

— Eu só quero *trabalhar*, tá bom? — rebateu, exasperado. — Meu Deus, parece que todo mundo na Gira-Gira Sistemas tem alergia ao trabalho!

João apenas deu uma risada seca, sem fazer questão de se mover nem um centímetro para longe da porta.

— Qual é a graça? — perguntou Hugo e, gente, como era irritante João ser um tanto mais alto do que ele; dificultava muito querer peitar a pessoa tendo que olhar para cima como se fosse um animal doméstico.

— Você aí chorando porque quer trabalhar — respondeu João, ao mesmo tempo que deu três passos em direção a Hugo, tocou seus ombros, o *desvirou* e o obrigou a seguir para longe da porta. — Karl Marx te daria uns cascudos agora.

— Não é nenhum crime querer fazer direito o que me pagam pra fazer — disse Hugo, quase gritando, sentindo as mãos de João enquanto era enxotado do corredor.

— Te pagam pra ser insuportável?

— Eu até tentei essa vaga, mas já tinham contratado você — disse Hugo, sem pensar muito, e pareceu que todo o ar entre os dois havia sido removido de uma hora para outra.

João *ia* responder à altura e talvez esfregar a cara de Hugo no carpete. Ele sentiu as vibrações emanando do pomo de adão proeminente do outro, mas, naquele instante, a porta da sala se abriu e um cara da Contabilidade que Hugo conhecia de vista saiu de lá com a gravata frouxa. Tentou ajeitar o cabelo despenteado com as mãos e passou por Hugo e seu nêmesis enfiando a camisa social para dentro da calça. Hugo viu quando João e ele trocaram olhares, mas logo desviaram um do outro. O cara foi embora como se eles fossem invisíveis.

— Pronto, sua sala está livre agora — disse João, num tom educado recém-adquirido.

Gente?

Eles por acaso estavam...? Tipo, João e o contador... na *sala de reuniões*? Hugo nunca... *uau*.

— Eu nunca te vi por aqui. — Foi a única coisa que Hugo achou polido dizer em voz alta.

— Deve ser seu dia de sorte, então.

— Tá bom, gente, mas podemos começar sem a Norma, ok?

Hugo não era o responsável por organizar as reuniões, mas, de certa forma, ninguém era, o que todos os dias se mostrava um problema. Não dava para trabalhar sem a equipe estar coordenada, então Hugo se sentia obrigado a abrir a boca mais vezes do que gostaria. Ainda estava hiperconsciente do fato de estarem fazendo reunião numa mesa que provavelmente tinha acabado de ser usada como cama. Tinha passado álcool em gel só para garantir, mas ainda sentia o cheiro de João no ar, aquele cheiro de *homem limpo*.

— Não era para o Ruan estar aqui também? — perguntou Rômulo.

— Era, mas...

— Vamos ter que esperar então — afirmou Otávio. Ou deu uma ordem, o que era mais provável.

— O Ruan nunca fez diferença, vamos ser sinceros — constatou Natália.

— Menina! Tu acredita que vi Ruan aos beijos com outro homem? — disse Greice, subitamente lembrando que ainda tinha gente na empresa que não sabia da fofoca que *todos* precisavam saber ou ela morreria.

— Greice, vamos deixar isso pra depois? — pediu Hugo.

— Precisamos falar do Rapposa.

— E a Norma? — perguntou Rômulo.

— Ela *vai* chegar — garantiu Hugo, mas sabendo muito bem que provavelmente estava mentindo. — Vamos começar sem ela.

— Hugo, já que estamos aqui, você pode seguir a reunião sem a Norma mesmo — disse Otávio.

— Foi o que eu acabei de dizer.

— Natália, vai escrevendo a ata — continuou Otávio, apontando para cada membro da equipe. O dedo em riste quase acertou o nariz de Hugo. — Greice, vai lá chamar o Ruan. Rômulo, liga ali o projetor.

— Ok... — disse Hugo, abaixando gentilmente o dedo de Otávio. — O primeiro ponto do Rapposa é que...

— Calma, gente! — gritou Greice na porta da sala. — Eu tenho que ir lá chamar o Ruan. Me esperem!

— Gente, será que eu posso só... — pediu Hugo, mas foi interrompido.

O telefone na mesa começou a tocar.

Hugo esperou cinco segundos para ver se mais alguém se sentia na obrigação de atender um telefone tocando. Natália cutucava as próprias cutículas. Rômulo bocejava. Otávio cruzou os braços e sorriu para Hugo.

Hugo suspirou e tirou o fone do gancho.

— Alô?

— Oi, Huguinho, Sara do RH aqui! — Foi o que ele ouviu assim que pôs o fone no ouvido. — São os desenvolvedores que estão aí na sala de reunião?

— Sim, acabamos de entrar.

— Preciso que saiam, então — disse Sara, sem hesitar.

— Mas por quê?

Era *crime* trabalhar na Gira-Gira Sistemas.

— Essa sala é só para reuniões — respondeu Sara.

— Estamos em reunião, Sara.

— Não estão não, Huguinho. A sala foi reservada para outra equipe.

— Quê? Mas eu mesmo reservei esta sala com uma semana de antecedência.

— Jura? Me desculpa, Huguinho, mas então deve ter sido erro da pessoa que fez a reserva — disse ela, como se não pudesse fazer nada a respeito.

— Foi com você que eu falei, Sara.

Por um momento, Hugo achou que a ligação havia sido colocada no mudo, mas percebeu que conseguia ouvir a respiração de Sara lá no fundinho.

— Sara? Você tá aí?

— Sai da sala, tá? A sala é só para reuniões — respondeu ela.

— A gente tá em reunião!

Dali para frente, Hugo teria que lidar com o fato de que o Recursos Humanos da empresa tinha desligado na cara dele, uma atitude no mínimo desumanizadora.

— Vamos ter que encerrar a reunião — disse Hugo, derrotado, para o pessoal que estava ali.

Natália bateu até palmas para comemorar.

Foi então que Ruan apareceu na porta da sala.

— Oi, gente. Ainda precisam de mim?

Faltando duas horas para o fim do expediente, Norma chegou. Era uma mulher atarracada em tamanho e personalidade, que parecia que ia avisar que tinha prisão de ventre sempre que abria a boca. Tinha cara de quem ficou tempo demais num gira-gira e agora estava prestes a vomitar. Talvez o nome da empresa viesse daí. Hugo já tinha dado a chefe como morta naquela segunda-feira, mas o dia estava se revelando uma caixinha de surpresas.

— Atenção, pessoal, tenho um anúncio importante aqui.

A voz de Norma saiu como um aviãozinho de papel voando pela sala, mas daqueles malfeitos que embicam direto no chão antes de qualquer chance de alçar voo. Só conseguiu a atenção dos desenvolvedores quando deu um tapão na mesa deles. Todo mundo se sobressaltou, mas Hugo tinha certeza de que a mão dela estava doendo.

— Será que podem prestar atenção em mim? Me desculpem pelo atraso — disse ela.

— Imagina, chefa! — respondeu Natália, com um sorriso mais bonito do que os que oferecia para Rômulo. — A gente super entende. Fica tranquila que demos conta do recado.

Hugo quase riu. Norma em nenhum momento pareceu preocupada com o que tinham feito ou deixado de fazer durante o expediente. Hugo não conseguia dizer nem que ela estava *intranquila*. No lugar dela, ele estaria arrancando os cabelos ao saber que o time passou o dia todo girando em círculos. Talvez o nome da empresa *de fato* viesse daí. Talvez Hugo devesse se levantar agora mesmo e ir ao banheiro arrancar os cabelos.

— Não entrem em pânico, mas... — iniciou Norma, usando a sequência de palavras que uma pessoa que quer causar pânico escolheria. — A Gira-Gira Sistemas não anda muito bem.

Agora que Hugo pensava nisso em retrospecto, aquela frase não deveria causar surpresa. As notas dos aplicativos da Gira-Gira só caíam nas plataformas. Nenhum ser humano falava deles na internet. Até os robôs que Hugo sabia que Norma tinha contratado haviam se rebelado e se negado a elogiar a empresa nas redes sociais. O salário deles tinha atrasado no mês anterior e, outro dia, uma semana depois de terem dispensado parte da equipe da limpeza, Hugo tinha visto uma ratoeira na copa. Não queria enxergar que o caminho para o sucesso dele, caminho esse tão profetizado e garantido quando criança, estava no mínimo na corda-bamba desde que ele fora contratado pela Gira-Gira Sistemas.

Deu para ver um pouquinho de pânico brotar nos olhos de todo mundo. Hugo já estava se imaginando voltando para Fiofó do Oeste de mãos vazias e decepcionando os pais de um jeito que seu primo Murilo jamais faria.

— Então foi por isso que tomei uma decisão importante — continuou Norma. — Vamos passar por um processo de transformação, mas faremos tudo com muito cuidado e tranquilidade.

Foi mais ou menos nesse momento que a porta da sala pareceu ter sido arrombada por uma mulher, digamos assim, *não pertencente*. Num jogo de pertence ou não pertence, ela seria a primeira cortada daquele grupo. Cabelo raspado na máquina dois, terninho cor-de-rosa elegante e sob medida, blusa de seda branca, salto alto e argolas douradas enormes nas orelhas. Uma mulher que tinha desistido de lutar no exército de Wakanda para ganhar dinheiro fazendo muito menos esforço: comandando empresas. Com certeza não trabalhava na Gira-Gira Sistemas. Talvez nem trabalhasse em lugar nenhum. Hugo também não trabalharia se tivesse vindo ao mundo *assim*.

— É aqui que ficam os desenvolvedores que importam? — perguntou ela, falando alto, sem medo de interromper ninguém. — A energia dessa sala está um caos. Não me admira que os aplicativos de vocês pareçam ter nascido da depressão.

— Verônica? — perguntou Norma, tão surpresa quanto todo mundo ali.

— Sou eu! — respondeu a mulher, como se Norma não soubesse.

Verônica tinha uma voz sedosa que parecia música, do tipo que fazia as pessoas pararem para apreciar seu show.

— Eu não estava esperando você aqui hoje, mas... — disse Norma, voltando-se para a equipe. — Hã, gente, então, essa daqui é a...

— Pode deixar que eu me apresento, Norma! — interrompeu Verônica, e Hugo podia jurar que a viu jogar Norma para escanteio com o quadril. — Queridinhos, muito prazer, me chamo Verônica Rico e vou mudar a vida de vocês! Já devem ter ouvido falar de mim, claro.

Hugo nunca tinha ouvido falar de Verônica Rico. E estava muito certo disso, porque Verônica não era uma mulher que alguém esquecesse assim. Tinha um magnetismo nos seus gestos que prendia Hugo como uma mosca numa teia de aranha.

— Peraí, a levanta-defunto corporativa? — perguntou Natália, sem nenhum pudor.

— A papa-fracasso? — disse Rômulo.

— A ninja de blazer? — comentou Greice, ao mesmo tempo.

— Esses são alguns dos meus nomes, sim — respondeu Verônica, sorrindo. — Mas eu prefiro *a guru do sucesso*.

— Verônica é uma profissional extremamente capacitada, experiente em colocar nos trilhos empresas que, como a Gira-Gira Sistemas, estão passando por uma ou outra dificuldade momentânea — disse Norma, que ninguém lembrava mais que estava ali.

— Ah, querida, você é tão gentil! — respondeu Verônica, pondo a mão no queixo de Norma. — Não seja. Demonstra fraqueza.

Norma franziu o cenho enquanto Verônica voltava a se dirigir à equipe.

— Eu de fato *ressuscito* empresas que já estão no fundo do poço, salvo quem está com o pé na cova. A Gira-Gira Sistemas realmente... *uau*, vocês se superaram aqui.

— É, a gente se perdeu um pouco... — comentou Norma, dando um sorriso amarelo.

— Não se envergonhe, querida. Acontece nas melhores empresas! Nas piores, quero dizer. Não deixe que o peso da culpa te afogue. Você teve mão frouxa nos negócios e dedo podre nas tomadas de decisão? Sim. Quase levou todo mundo para o buraco junto com você? Com certeza. Mas é só porque agora você tem uma carreira fracassada que você vai se dar por vencida? Jamais! Eu estou aqui para operar milagres, meu bem. Pelo menos uma decisão boa você tomou: euzinha! Parabéns!

Era a primeira vez que Hugo via alguém ser nocauteado por um elogio.

— O que vai acontecer com a gente de fato? — perguntou Otávio.

— Ah, não se preocupe, querido. A partir de hoje tudo aqui vai mudar para melhor — garantiu Verônica.

— Nosso salário vai aumentar? — disparou Rômulo.

— Não — respondeu Verônica na lata. — Mas o que vão ganhar em visão de negócios será um divisor de águas na carreira de vocês!

Ninguém pareceu muito convencido. Natália e Rômulo trocaram olhares inseguros. Ruan fez cara de deboche. Otávio não parecia nada satisfeito em ter *mais uma pessoa* acima dele. Hugo tinha quase certeza de que Greice estava doida para dar um abraço em todo mundo e dizer que ia ficar tudo bem. Mas, enquanto Verônica explicava a metodologia dela, que havia tirado do vermelho centenas de empresas falidas, algo dentro de Hugo explodia efusivamente. Porque era *isso*. Se Verônica Rico operava mesmo milagres, Hugo estava pronto para ser abençoado.

— Esse era o aviso, pessoal. Podem voltar ao trabalho — disse Norma, assim que Verônica terminou de falar.

— Todos dispensados! — anunciou Verônica.

A equipe inteira se encarou, olhando para o relógio.

— Quero que tenham a melhor noite de sono da vida de vocês hoje. Amanhã espero todo mundo aqui com a energia lá em cima! Podem relaxar, as coisas vão mudar, mas a Gira-Gira Sistemas estará aqui como sempre esteve: de pé.

Engraçado que, desde que tinha entrado para o time, Hugo imaginava a Gira-Gira acamada, enrolada numa mantinha felpuda.

3. Você mesmo disse que queria montar nele

No princípio era o pai, e a mãe estava com ele, e Hugo Flores era apenas uma vontade dos dois de ter um bebê. Era mais ou menos assim que Hugo imaginava que tinha vindo ao mundo, um processo quase bíblico de quando a Terra ainda era sem forma e vazia. Claro que, na prática, sabia de onde vinham os bebês, mas era difícil acreditar que um dia seu Virgílio e dona Cirlene haviam descoberto que podiam fazer coisas muito interessantes um com o outro.

Não se falava em sexo naquela casa.

Para ser honesto, os pais de Hugo mal se tocavam. Não eram de dar abraços, não ficavam de mãos dadas. Uma vez ou outra rolava um selinho velado, mas, na maior parte do tempo, ambos pareciam menos um casal e mais *parceiros de vida*. E eram realmente bons nisso.

Um observador menos atento poderia duvidar de que aquele fosse um casamento de verdade, mas Hugo, que morava com eles e usava óculos, conseguia enxergar o romance nos detalhes: o pai limpava as botas da mãe, sujas de lama quando ela voltava do milharal, perguntava de manhã o que ela gostaria de comer à noite e, quando ela chegava em casa, a mesa estava pronta. Virgílio, que acordava antes da esposa para preparar o café, só dormia depois dela porque gostava de ouvir as novidades que ela tinha para contar. Esquentava um pouco d'água, jogava numa bacia e deixava Cirlene relaxando os pés enquanto ela desfiava uma dúzia de histórias. O pai ouvia, bocejando, e, às vezes, se perdia no meio dos relatos, mas dava para ver que fazia questão de estar ao lado dela ao acordar e ao se deitar. A mãe elogiava o café. E Hugo tinha para si que ela era muito experiente em elogiar o pai com palavras, porque o café era sempre o mesmo e às vezes era bem ruim, mas toda vez a mãe tinha algo de positivo a dizer. Ela exaltava como o pai era prendado, como estaria perdidinha no mundo se não tivesse encontrado um homem como ele. E falava, toda santa vez que ia para o trabalho no milharal, que ia morrer de saudades do pai, mas que ia ficar pensando nele. De vez em quando voltava com espigas de presente pra ele. Às vezes trazia flores que colhia no caminho ou uma pedra que achara engraçada. E, se vinha de mãos vazias, tinha uma piada nova na ponta da língua, pronta para ser contada de um jeito específico que faria Virgílio gargalhar.

Hugo não conseguia imaginar como era a vida dos dois antes de terem se encontrado, porque agora eles funcionavam tão bem juntos que parecia que sempre havia sido assim.

Mas nada sobre sexo.

Só aquele *implícito* que havia sido necessário para trazer Hugo à existência, então talvez por causa disso as fichas demoraram a cair. Quando Hugo meio que percebeu, um pouco depois da adolescência, que ficava ofegante com homens que chegavam perto demais, não foi nenhum grande drama. Ok, digamos que tenha sido, tipo, uau. Uaaaaaaaaau. *Uau*. Mas só. Na teoria, isso deveria mudar as coisas, afinal era uma cidadezinha católica e conservadora, mas, na prática, Hugo não tinha por que prestar atenção nisso. Segundo ele, gostar de homem era uma coisa, e interagir com um era outra. Não havia interesse romântico possível em Fiofó do Oeste. Hugo não se via ficando com ninguém, muito menos passando a vida toda ao lado desse alguém, como a mãe e o pai haviam feito. A pessoa que limpasse as próprias botas e catasse as próprias pedras.

Os pais dele entendiam a mensagem como queriam. Enquanto Hugo pensava "só tem gente ensebada em Fiofó", os pais entendiam "meu filho é muito focado nos estudos, aqui não tem moça do nível dele". Hugo gostava mesmo de estudar e aprender coisas novas. Sempre fora muito bem na escola e, na falta de algo melhor, usava o próprio tempo para se educar por conta própria. Hugo sabia, por exemplo, construir uma luminária com caixas de papelão, uma habilidade que talvez fosse útil durante um apocalipse zumbi. Mas também tinha aprendido a desenvolver aplicativos de celular, coisa que tinha lá seu mérito, apesar de nenhuma serventia em caso de apocalipse. Sempre que alguém levantava a questão de ele não ter uma namorada ou nem mesmo se mostrar interessado em ter uma, o pai e a mãe vinham com a cartada do Foco nos Estudos. Era o Super Trunfo da conversa fiada sobre a vida de Hugo.

— Mas a firma tá indo bem, não tá, filhote? — perguntou a mãe, do outro lado da linha. Ela e o pai eram as únicas pessoas de quem Hugo ouvia a palavra "firma".

— Claro, mãe... tá tudo dando certo.

Ou muito errado. Nem Hugo acreditava no que estava dizendo.

— A gente sabia que você ia se dar bem na cidade grande! Não para, filho. Seu pai tá falando alguma coisa aqui.

E seguiu-se um silêncio na linha.

— Tá dizendo que você enche a gente de orgulho.

Mais silêncio.

— E que tá sentindo falta do menino dele — completou, e dava para ouvir que ela estava discutindo com o pai. — Ué, não era pra falar isso? Para de bobajada, Virgílio, até parece que Hugo não sabe que você é um manteiga derretida.

Hugo sorriu.

— Por que meu pai não vem falar direto comigo no telefone? — perguntou, mesmo já sabendo da resposta.

— Ele é bicho do mato, Hugo. Parece que o telefone vai morder ele. Ah, vai xingar a velha da sua mãe.

— Mãe?

— Tô falando com seu pai, esse caipira.

Todos eles eram meio caipiras, Hugo reconhecia, mas ele sabia mexer num computador e a mãe fora uma das primeiras pessoas em Fiofó do Oeste a criar um perfil no Facebook. Já o pai até hoje evitava os avanços da tecnologia, a ponto de nunca ter tocado no telefone fixo.

— Tenho que desligar agora. Amo vocês.

— Vai, meu foguete, a gente tá aqui torcendo por você.

Claro que estavam. Essa era a primeira ligação de Hugo para os pais em mais de uma semana e tudo isso porque, apesar de os pais serem dois fofos, Hugo sentia um peso enorme nas costas. Estavam *contando* com ele. Desde que o pai tivera que abandonar o milharal por conta de um problema na coluna, as coisas andavam complicadas. A mãe se virava como podia, mas Hugo se sentia muito mal deixando tudo nas costas dela.

O Rio de Janeiro *tinha* que dar certo.

Mas até agora tinha sido só ladeira abaixo.

O fundo do poço foi descobrir que a carreira dele estava nas mãos de alguém que se autointitulava empreendedora quântica.

Demorou um pouco para Hugo entender quem exatamente a internet dizia que Verônica Rico era. *Guru do sucesso. Coach milagrosa.* Difícil dizer se era uma profissão ou uma seita. Estirada no sofá enquanto Hugo estava sentado no tapete da sala deles em Vila Isabel, Agnes entendeu mais rápido.

— Essa mulher é uma cretina, né?

Era um modo de enxergar as coisas.

Um outro modo era admitir a competência de Verônica no que fazia, seja lá o que fosse. Ela não pegava empresas que estavam "com um problema ou outro", como dissera Norma. Ela ressuscitava negócios *falidos*. Na verdade, era como se escolhesse os piores casos possíveis só para depois exibi-los como troféus.

— Hugo, quão mal das pernas sua empresa está? — perguntou Jamille, a única entre os três que se sentava à mesa que nem gente.

Hugo tinha mobilizado todo mundo da casa para remoer com ele essa reviravolta na Gira-Gira Sistemas.

— Parece pior do que eu pensava — respondeu ele.

— Porque olha a lista de clientes dela, só gente boa — prosseguiu Jamille. — Aquela multinacional que encheu uma cidade de lama, a livraria que deu calote em todo mundo e se fez de morta...

— Aquela loja que descobriu de um dia pro outro um rombo de quarenta bilhões! — pontuou Agnes.

— São empresas que a gente nem sabe como ainda estão de pé. Meio aos trancos e barrancos, mas de pé — disse Jamille.

Bom, agora eles sabiam. Hugo suspirou.

— Eu, se fosse você, tentaria não surtar, Chuchu — disse Agnes, ela mesma cansada de pesquisar sobre a guru no Google. — Qualquer coisa pula fora, ué. Você é uma das pessoas mais inteligentes que conheço.

— Obrigado.

— Eu só ando com gente burra, então isso não vale de muita coisa.

Hugo não gostava de dizer que uma pessoa era burra por não saber isso ou aquilo, mas tinha que concordar que os amigos de Agnes não conseguiriam resolver uma regra de três nem se a vida deles dependesse disso. Ela tinha um par de amigos em específico, Diego e Nádia, que uma vez haviam comentado com Hugo, indignados, que não sabiam como até hoje o Brasil tinha dívidas se era só o governo imprimir mais dinheiro.

— Concordo com a Agnes que não adianta ficar todo ansioso por uma coisa que ainda nem aconteceu — disse Jamille. — Se essa Verônica é tão milagrosa assim, meio que é uma boa notícia pra você, né?

Era nisso que Hugo estava querendo acreditar com todas as forças que tinha dentro de si. A Gira-Gira Sistemas podia estar rolando para o abismo, mas talvez Verônica fosse mesmo a salvação. Hugo e o Rapposa seriam alçados juntos com a empresa. Com um pouco mais de esforço, conseguiria criar um aplicativo tão popular que mudaria a vida dos pais lá em Fiofó do Oeste. Seria uma entrada brilhante em seu currículo, para a qual talvez até o primo Murilo erguesse uma sobrancelha em aprovação.

Hugo salvaria a Gira-Gira com as próprias mãos se pudesse e, agora que estava parando para pensar, parecia que era o que estava tentando fazer ao botar todos os colegas para trabalhar quando claramente todas as toalhas já haviam sido jogadas.

Não entendia como o pessoal da Gira-Gira conseguia viver assim, como se trabalhar direito fosse uma opção, e não um *dever*. Por que se atrasar para uma reunião? Por que montar um relatório nas coxas que atrapalhava mais do que ajudava? Por que não fazer esforço para responder os e-mails que se acumulavam aos montes na caixa de entrada, sabendo que do outro lado existiam seres humanos reais aguardando respostas? Era frustrante estar nas trincheiras ao lado de pessoas que se fingiam de mortas, como se tivessem coisa melhor para fazer.

Será que tinham?

Hugo não conseguia pensar em nada mais importante do que o próprio trabalho. No que mais ele colocaria cada átomo da energia que tinha? Nada mais no mundo dava o dinheiro que ele precisava, o reconhecimento que sonhava e o sentimento de dever cumprido que buscava.

Em Fiofó do Oeste, as pessoas *trabalhavam*, e era isso o que Hugo estava tentando fazer no Rio de Janeiro, mas nem todo mundo pensava que nem ele.

— Acham que Karl Marx me daria uns cascudos? — perguntou, lembrando de uma pessoa que sabe-se lá por qual motivo vinha ocupando mais espaço em sua mente do que deveria.

— Tá falando daquele seu primo médico? — questionou Agnes.

— Por que a pergunta? — quis saber Jamille.

— É que me falaram isso lá na empresa. Um cara insuportável que conheci hoje. *Ai, você fica chorando pra trabalhar.* Vocês tinham que ver a cara dele, todo prepotente, como se fosse imune ao capitalismo. E, tipo, ele não era. Tava usando roupa de marca, sapato de marca, uma calça *sob medida*. Quem vai trabalhar assim parecendo um modelo de banco de imagens? Agora a voz dele não sai da minha cabeça e não consigo me esquecer daquela cara tão... argh, eu já falei sobre como ele era *prepotente*? *Karl Marx te daria uns cascudos*. Quase saí no braço com ele. Na minha cabeça, claro. Deve ser uma sensação maravilhosa montar nele e encher aquela cara de tapa.

— Chuchu... — interrompeu Agnes.

— O que foi?

— Me responde uma coisa... esse cara insuportável aí... por um acaso é... gato?

— Caramba, Agnes, o que isso tem a ver com o que eu falei? Nem tudo gira em torno de *homens*.

— Mas ele é gato, não é? — perguntou Jamille.

— Ai, claro que não. Sei lá.

João Bastos de fato *tinha* um rosto extremamente simétrico que era agradável de encarar, mas isso porque Hugo sabia que o cérebro dos seres humanos ficava hipnotizado por simetrias. Não que ele estivesse hipnotizado por João, apenas tinha tido a oportunidade de encarar aquele rosto interessante por tempo demais. Tinha que confessar que não era só o rosto, mas a altura de João, a voz de João, o jeito como o corpo de João era cheiroso e fazia Hugo pensar uma, duas ou dez vezes em como deveria ser gostoso dar um abraço nele...

Não, melhor, *ser abraçado* por ele.

Numa cama quentinha, num dia chuvoso, debaixo do edredom.

Meu Deus.

— Ele tem *um certo charme*, vai, admito — disse Hugo, sentindo de repente as próprias bochechas esquentarem. — Aquela cara de quem sempre foi bonito desde a adolescência. E todo mundo sabe que isso é um defeito, porque gente que já nasceu bonita não se esforça para ter uma personalidade decente.

— Ai, Chuchu, eu sabia que esse seu estresse todo com trabalho era, na verdade, você gritando pra um homem gostoso te seduzir.

— Ele não me *seduziu*.

— Ué, foi você mesmo que disse que queria montar nele — rebateu Agnes.

— Não foi isso que eu disse!

— *Eu só queria dar pra ele ali mesmo naquele corredor*, foi o que eu ouvi.

Era a naturalidade com que ela falava essas coisas que o desarmava. Agnes não estava nem olhando para ele, concentrada em rolar o feed de alguma rede social. Certamente não notou o vermelho vivo na cara dele. Era incrível como ela conseguia gritar aos quatro ventos qualquer barbaridade sobre a vida sexual dos seres humanos como quem comentava se ia chover ou não. E olha que Agnes literalmente *gritava*, sendo esse seu segundo maior traço de personalidade. O primeiro era ser uma piranha autoproclamada.

Hugo se lembrava de como se assustara da primeira vez que Agnes viera gritar na cara dele. você é o hugo? entra. seu quarto é aquele. o banheiro é ali. Quase disse que seu nome era Lucas e que estava só de passagem. Era como se Agnes estivesse fula da vida vinte e quatro horas por dia e precisasse que as pessoas *soubessem disso*. No outro quarteirão. Os quase quatro meses morando juntos fizeram Hugo entender que esse era o tom de voz normal dela e agora ele não se chocava mais com os berros. Parecia até que conversavam no mesmo volume. Ou isso ou os tímpanos dele tinham sofrido danos permanentes.

Agnes era como uma mocinha de filmes de ação que chutava bundas e explodia coisas. Quer dizer, seria, se essas garotas não fossem todas brancas. Agnes tinha o cabelo comprido, muito liso, escuro, os olhos estreitos e a pele marrom e perfeita. Também era gorda, o que prejudicaria horrores a vida dela em Hollywood, dada a total incapacidade desse pessoal em reconhecer uma grande gostosa.

— Odeio como as fofocas de vocês são sempre mais interessantes que orações subordinadas — comentou Jamille da mesa, enquanto Hugo lutava para não entrar em combustão. — Queria que caísse na minha prova uma questão discursiva sobre o Hugo estar apaixonado ou não por um homem desconhecido extremamente charmoso.

De forma alguma ele se apaixonaria por um cara tão arrogante.

— Você ia zerar — rebateu Hugo, ajeitando os óculos sem nenhuma necessidade.

Ali estava uma pessoa focada *de verdade* nos estudos. Jamille morava na mesa da sala e provavelmente se alimentava de luz e livros para conseguir uma vaga no concurso da prefeitura. Era tão magra que Hugo tinha medo que fosse partir ao meio quando fazia movimentos bruscos. Tinha um tom de pele escuro, bem escuro, uma infinidade de trancinhas no cabelo e uma voz mansa que te acalmaria se você precisasse desarmar uma bomba. Era concurseira por necessidade, mas fazia a coisa toda parecer um hobby.

Hugo adorava essas noites em que se juntavam para fofocar, menos quando a fofoca era sobre a vida dele.

Os três não eram família, não eram necessariamente amigos, mas eram mais do que meros conhecidos. Hugo ainda se enrolava para explicar para os pais com quem morava. *As meninas aqui de casa*. Moravam numa *airfryer* que fazia as vezes de apartamento alugado em Vila Isabel, bairro do samba, mas ninguém sabia sambar. Brigavam por causa de comida (Hugo comia demais), barulho (Jamille queria estudar), calcinhas penduradas pelo banheiro (Agnes era uma mulher livre) e homens desconhecidos seminus circulando pela casa (Agnes realmente era uma mulher livre). Não tinham o direito, mas se metiam na vida uns dos outros com bastante frequência.

— Eu escreveria, fácil, umas vinte linhas se a tensão sexual entre você e esse fulano do trabalho fosse o tema da redação — brincou Jamille.

— Você é a minha amiga que mais precisa transar — comentou Agnes, de repente muito solene.

Jamille revirou os olhos.

— Isso foi super sexonormativo da sua parte — disse Hugo.

Tinha aprendido essa palavra com a própria Jamille. Ela era dessas pessoas que usavam palavras que a maioria não conhecia. "Patriarcado", "branquitude", "heteronormatividade". Hugo suspeitava que algumas ela até inventava, tipo "sororidade", que era quando uma mulher curtia a foto da outra no Instagram ou alguma coisa assim.

Agnes, por outro lado, só usava palavras de conhecimento geral.

— Chuchu, você estar pensando tanto nesse homem talvez seja o universo gritando que é hora de trepar.

— Nesse caso eu vou me fazer de surdo — rebateu Hugo.

— A Agnes acha que levar um homem pra cama cura todos os problemas da alma — interrompeu Jamille.

— Em minha defesa, isso sempre funcionou comigo — disse Agnes, dando de ombros.

— A gente percebe como você tá sempre ótima da cabeça — rebateu Jamille, com um sorrisinho irônico no rosto.

Os três caíram na gargalhada.

Hugo foi para a cama sem perceber que, não fosse por João Bastos, ainda estaria no Rio de Janeiro pensando que pernas cabeludas eram apenas muito interessantes. Às vezes se esquecia de que era um gay não praticante.

4. O que houve com a velha

O elevador dizia ter capacidade para dez pessoas, mas Hugo sabia que só cabiam seis e olhe lá. Estavam em nove naquele cubículo, um número já difícil de acreditar, quando João Bastos entrou de última hora.

— Acho que não cabe mais ninguém não, bonitão — disse um homem grisalho com cara de quem nunca fez um amigo na vida.

Todo mundo grunhiu quando João entrou, ignorando os protestos. Na cara dele, apenas o sorriso convencido de quem gostou de ser chamado de bonitão. Hugo se espremeu numa das laterais e calhou de ficar frente a frente com João Bastos, que o prensava contra uma das paredes. Era ofensivo ele ser tão mais alto assim. Hugo ficou com a cara enfiada no peito dele e teve de virar o pescoço para respirar. Humilhante. Mas ele continuava cheiroso como no dia anterior. Hugo percebeu como aquela posição era perigosa, porque num descuido fechou os olhos e quase dormiu apoiado naquele peitoral.

Acordou com a voz de João.

— Olha quem tá por aqui. Meu amiguinho que não vê a hora de ligar o computador do trabalho.

Eles não eram *amigos*. Até chamá-los de colegas de trabalho parecia errado.

— Eu nunca desligo — respondeu.

— Não me surpreende.

Hugo teve vontade de morder o bico do peito de João em retaliação, mas isso teria outra conotação fora de contexto.

— Animado pra hoje? — perguntou João.

O elevador demorava para chegar ao andar deles, tempo o suficiente para Hugo perceber que João falava olhando para o topo de sua cabeça e sentir vergonha.

— Para o quê? — respondeu.

— Verônica Rico e tal.

Hugo tinha ido dormir ansioso, acordara estressado, tomara banho nervoso e se alimentara de agonia com manteiga no café da manhã. Tinha conseguido passar sete minutos sem pensar no que esperava por ele na Gira-Gira Sistemas, mas claro que João Bastos tinha feito questão de trazer todo o caos ali para dentro do elevador.

— Ela passou no seu setor também? — perguntou Hugo.

— Passou e fez a limpa. Tenta não ser demitido hoje.

Hugo não soube o que responder, mas foi salvo pelo elevador chegando no andar deles. Saiu meio zonzo logo depois de João, ainda sentindo o toque fantasma de onde o colega de trabalho estivera apoiado segundos antes. Só que eles com certeza não eram colegas também. Desafetos de trabalho, talvez. Hugo até começou a andar mais devagar para ver se João seguia reto pelo corredor até as portas de vidro, mas não funcionou.

— Por que você tá se arrastando pelo chão feito uma lesma? — perguntou João.

Arqui-inimigos de trabalho. Era isso.

— Eu... tenho uma ligação pra fazer — disse Hugo, sacando o celular enquanto sentia a mão tremer de leve.

— Hum — João o encarou com o cenho franzido.

Hugo, no desespero, abriu um aplicativo aleatório no celular, torcendo para fazer sentido. Teria que dar um jeito de improvisar uma ligação com a calculadora.

— Alô, mãe? — disse Hugo, a orelha somando dois mais dois e depois dividindo por zero.

Foi o suficiente para João sair do pé dele e seguir em frente. Hugo contou até vinte, respirou fundo e finalmente resolveu continuar andando. *Como assim Verônica tinha feito a limpa? E se Hugo fosse demitido hoje? Era assim que ela daria um jeito nas contas da empresa?* A Gira-Gira Sistemas ocupava o nono e o décimo andares de um prédio comercial do Centro, numa calçada bem localizada da avenida Rio Branco. O prédio tinha recepção e portaria próprias, usadas por todas as empresas alocadas ali, mas a Gira-Gira também mantinha uma recepção particular no nono andar, que era todinho deles. Hugo atravessou as portas da recepção, mas sua alma ainda estava no elevador.

— Bom dia, dona Álvara.

Hugo se arrependeu assim que a cumprimentou, já que o dia nunca estava bom para aquela mulher. Hoje não estava nem para ele, verdade seja dita.

— Bom dia, Hugo! Seja bem-vindo à Bunker Tecnologia! Que o seu dia seja repleto de realizações incríveis!

Gente?

Hugo a tinha cumprimentado sem nem olhar para o balcão da recepção. Tinha sido só aquele bom dia por educação, quando você não está nem aí se o dia da pessoa está realmente bom ou não, aquele bom dia que se joga avulso e quem quiser que pegue. Ele só queria entrar e passar reto, mas se viu na obrigação de encarar dona Álvara.

Era um homem de trinta anos.

O recepcionista tinha bochechas grandes que davam vontade de apertar e também uns fiapos de barba preta que davam vontade de raspar. Se um urso de pelúcia de repente virasse humano e fosse obrigado a trabalhar, seria assim. Ele também tinha dedos gordinhos *ágeis* que não paravam de digitar no computador.

Dizer que Hugo estava em choque era pouco.

— Errei seu nome? Você não é o Hugo? Caramba, eu nem percebi que estava confundindo. Peraí, então. Rômulo? Mas eu tinha certeza de que o Rômulo é o que parece um guarda-roupas de quatro portas. Até escrevi em algum lugar "Hugo é o minguadinho de óculos", por isso tô sem entender como fui errar.

Falava mais para si mesmo do que para Hugo, até porque,

se estivesse se dirigindo a Hugo, ele não ia escutar, já que estava em êxtase ou em colapso. Hugo não tinha ideia do que estava rolando.

— Ok, você não tem ideia do que está rolando — comentou o recepcionista, ainda digitando.

Hugo se sobressaltou com a coincidência, mas era verdade.

— Meu nome é Jairo! Hoje é meu primeiro dia. Eu ainda vou descobrir seu nome.

— Hugo. Eu sou o Hugo.

— Ah! Então eu não errei! Não tinha mesmo como confundir vocês dois. Bom, eu sou o novo recepcionista e é minha obrigação saber direitinho o nome de vocês.

Novo recepcionista. *Novo*. Aquilo que veio para substituir o que é velho. Uma pessoa que de fato *trabalha* numa recepção. Meu Deus. Que fim teve a velha que ficava ali?

— Você deve estar se perguntando que fim teve a velha que ficava aqui.

— Eu não disse isso — respondeu Hugo, na defensiva.

— Mas *deve* estar se perguntando.

— Eu nunca chamei a dona Álvara de velha.

Na cara dela.

— Bom, *algumas* pessoas talvez a chamassem assim — comentou Jairo.

Hugo era uma dessas pessoas.

— E de repente você, quem sabe, *é* uma dessas pessoas — completou.

Gente.

— Então faria sentido você querer saber o que houve com a velha. Ela foi convidada a se retirar.

Meu Deus, tinham demitido a dona Álvara com cento e cinquenta e dois anos de casa.

— Dona Álvara não foi *demitida*, apenas incentivada, com muito afinco, a aproveitar a melhor idade — explicou Jairo.

Hugo estava tentando não pensar em mais nada porque, pelo que parecia, Jairo lia mentes.

— Pois é, eu leio mentes — disse.

O quê?

— Eu tô brincando! — O recepcionista sorriu e Hugo o acompanhou, mas seu riso era de nervoso. — Tenha um bom dia na Bunker Tecnologia! Qualquer coisa, é só me chamar.

— O que é Bunker Tecnologia? — perguntou Hugo, vendo tudo girar.

— Você vai descobrir.

Só havia duas pessoas na sala dos desenvolvedores quando Hugo entrou, o que, sinceramente, não era nada alarmante. A própria chefe deles todo dia se esforçava para chegar mais tarde do que no dia anterior. Ninguém precisava ser pontual. Hugo gostava de chegar cedo para sair cedo. Também aproveitava essa primeira hora — quando a sala estava silenciosa de um jeito que não voltaria a ficar ao longo do dia — para revisar a lista de tarefas e agendar reuniões. Passava o resto do dia ajustando o código dos aplicativos, o que não exigia pensar muito no que estava fazendo, então tudo bem que os demais estivessem falando mal dos outros pelas costas, esmiuçando o próprio fim de semana sem ninguém ter perguntado ou flertando descaradamente na mesa. Hugo até gostava de ouvir as fofocas, verdade seja dita, mas preferia que não soubessem que ele estava ouvindo. Às vezes passava o expediente inteiro com os fones desligados.

Rômulo estava sentado à mesa de Greice enquanto ela procurava por algo num nécessaire.

— Fala, meu guerreiro! — disse Rômulo.

Hugo achava curioso que homens héteros estavam sempre querendo que ele *falasse*. Como se fosse proibido ficar quieto. O que havia para ser dito? Eram nove da manhã.

— O que tu manda, campeão?

E o que ele tinha vencido para ser campeão? Uma luta? Um torneio? Seria um campeão moral? Ninguém jamais saberia. Para homens como Rômulo, todos sempre seriam vencedores. Não era de admirar que muitos homens medíocres tivessem uma autoestima tão gigante. Começar o dia ouvindo um FALA, GUERREIRO motivava qualquer um. Hugo mesmo estava querendo sair dali naquele segundo para desbravar o mundo.

Ironicamente, hoje ele queria falar.

— Vocês viram o que rolou com a dona Álvara? — perguntou.

— Fiquei até com pena da coroa, papo reto — respondeu Rômulo.

— Vou sentir tanta saudade da nossa vozinha! — emendou Greice, a mão no peito e os olhos marejados.

Hugo tinha certeza de que se dona Álvara ouvisse aquilo ia dar dois tapas na cara da Greice.

— Aqui, Rômulo, o analgésico que você pediu. Se não surtir efeito, toma dois — disse Greice. — Hugo, você também não tá com uma cara muito boa. Já comeu hoje? Depois pega aqui comigo o seu analgésico também. Tenho remédio pra febre, resfriado, alergia, enjoo. O básico, né. Impressionante como homens não se cuidam, eu tenho que fazer *tudo* por vocês.

Hugo nem tinha pedido nada, mas sabia que dizer isso em voz alta desengatilharia um drama imenso sobre como ele era ingrato com ela, que se ocupava dia e noite com o bem-estar deles. Greice não era exatamente a mãe do grupo, mas talvez fosse aquela tia que cuidou de você quando era bebê. Uma tia bem maluca, porque se vestia feito uma *artista* e também era dramática como uma. Sempre tinha um comprimidinho em mãos, uma pomada, um lenço extra e, na ponta da língua, uma ordem que te obrigava a beber mais água. Nenhuma dessas coisas, porém, era o que Hugo precisava para aplacar o nervosismo causado por Verônica Rico e o medo de seu futuro incerto. Abrir a janela do escritório e berrar por meia hora sem parar talvez surtisse algum efeito terapêutico.

— Acho que só preciso de um café — disse ele.

Nunca precisava de um café, mas era bom praticar para quando estivesse necessitado de ouvir a fofoca da vez. Hugo ouviu um barulho de peido que ecoou pela sala inteira assim que se sentou. Greice até se assustou.

— Caralho, Hugão, largou o pesado, hein — disse Rômulo, gargalhando.

Ai, Deus.

Hugo puxou a almofadinha de peido de debaixo de si e a estendeu para Rômulo.

— De novo? — acusou.

— Mas nunca perde a graça, né?

O tamanho de Rômulo era inversamente proporcional à idade mental dele. Talvez fosse o *filho caçula* do grupo. Adorava canetas que davam choque, aranhas de brinquedo e, claro, suas favoritas, as almofadas de peido. Às vezes abusava do sangue falso, como daquela vez que Natália saiu da empresa que nem Carrie, a estranha. Ou quando Otávio acreditou que Rômulo tinha grampeado a própria língua e ligou para o SAMU.

— Vem cá, o que vocês acham da Gira-Gira ter virado Bunker Tecnologia? — Greice puxou o assunto.

Foi nesse instante que Verônica Rico, a guru do sucesso, entrou na sala, dessa vez num terninho amarelo imponente. Tudo nela gritava *hora da demissão*. Verônica brilhava tanto que era difícil perceber que Norma estava logo atrás. Desde ontem parecia que Norma vinha diminuindo de tamanho a cada hora dentro daquele prédio. Sempre fora uma mulher baixa, encurvada, escondida em tons de bege, mas perto de Verônica estava definhando.

— Bom dia, queridos! — disse Verônica. — Excelente que já está todo mundo aqui!

A sala dos desenvolvedores nunca pareceu tão grande e vazia com apenas Hugo, Greice e Rômulo ocupando seus lugares.

— Na verdade, tá faltando metade da equipe — pontuou Greice. — Mas tenho certeza de que já estão chegando.

— Ah, não, agora são só vocês mesmo — insistiu Verônica. — Surpresa! Os demais foram atrás de novos horizontes.

Ela passou e fez a limpa.

Hugo quis chorar e sorrir ao mesmo tempo. Estava tomando uma surra de adrenalina. Tinha sobrevivido ao corte.

— Peraí, a Natália foi demitida? — perguntou Rômulo, segurando-se na cadeira.

— Ela saiu em busca de outros desafios — respondeu Verônica.

Aparentemente, era proibido falar a palavra demissão naquela empresa a partir daquele dia.

— Otávio, Ruan e Paula também foram... hã... desligados? — perguntou Hugo, a curiosidade falando mais alto do que o bom senso.

— Vamos esquecer o passado e focar no *agora*? — rebateu Verônica, um sorriso caótico se esparramando pelo rosto tão logo entrou na sala. — Vocês três fazem parte da Bunker Tecnologia e isso é o que importa.

— O que é Bunker Tecnologia? — perguntou Rômulo.

— Chama *rebranding*. Uma renovação da marca da empresa no mercado! Bunker Tecnologia: *nosso interesse é você* — respondeu Verônica, enfatizando o slogan.

— Verônica nos convenceu de que essa seria uma boa estratégia para nosso reposicionamento, Rômulo. Claro, ainda estamos em processo de transição, informando os clientes e atualizando nossos departamentos, mas a ideia é que muito em breve apenas a Bunker Tecnologia exista — disse Norma, se esforçando para ser ouvida. Todos olhavam para Verônica. — A Gira-Gira Sistemas não estava criando um histórico muito potente — concluiu.

— A Gira-Gira Sistemas era um imenso fracasso — disse Verônica.

— Bom, eu não diria assim... — suavizou Norma.

— Eu diria — rebateu. — Na verdade, acabei de dizer. Nenhum cliente novo se arriscaria a fechar negócio com essa empresa, tendo uma lista de produtos impopulares e um histórico absurdo de reclamações na internet.

— Não eram *tantas* reclamações assim — defendeu Norma.

— Aparece mais gente no Reclame Aqui de vocês do que em fila de show da Taylor Swift.

— Mas só mudar o nome da empresa vai atrair novos clientes? Essa é a estratégia? — perguntou Greice.

Verônica ficou ainda mais animada com a pergunta. Hugo tinha se esquecido de como era estar a menos de dez metros de uma pessoa que acredita no próprio trabalho.

— Você é inteligente, Greice, sabe que vamos precisar de mais que isso. É o meu nome em jogo. Graças à *minha* reputação, a reputação da falecida Gira-Gira Sistemas pode ser enterrada junto com a empresa.

Verônica Rico *matou* a Gira-Gira e ninguém reagiu. Greice até ruborizou por ter sido chamada de inteligente.

— Mas a mudança verdadeira está aqui nesta sala — continuou Verônica. — *Vocês* são o coração da Bunker Tecnologia. A partir de hoje, não são mais meros desenvolvedores, serão *criadores*.

Hugo ficou repetindo mentalmente a palavra: *criadores*.

Você é um foguete, Hugo Flores!

Ai, meu Deus, ele era, não era? Agora não eram apenas os pais dele falando.

— A sua precisão e o seu critério de qualidade com os bancos de dados vão nos levar longe, Rômulo — disse Verônica. — A sua disciplina, Greice, é exatamente do que a Bunker precisa para tocar os novos projetos.

Quando Verônica pousou os olhos castanhos e penetrantes nele, Hugo se sentiu visto por *Deus*.

— E Hugo... ai, Hugo, como eu posso explicar? — discursou ela. — A sua *identidade* agrega muito ao nosso time. Diversidade é um dos nossos valores, e você faz parte disso, querido. Estamos muito honrados de ter parte da comunidade LGBTUVXZ aqui conosco, somando forças. *Nunca* cortaríamos alguém tão especial quanto você da nossa equipe, a sua diferença é o que te faz incrível e essencial.

Hugo nunca imaginou que entraria na cota gay, mas não ia reclamar.

— Mas o Ruan também não era gay? — perguntou Greice.

— O quê, querida? — disse Verônica, virando o pescoço imediatamente.

— O Ruan — repetiu. — Vocês demitiram um gay.

— Ele era até mais gay que o Hugo, a Greice viu ele beijando um cara — completou Rômulo.

— Não existe uma escala gay — rebateu Hugo.

— Mas se existisse o Ruan ia ser, tipo, um sete — disse Greice. — Você seria... um quatro?

— Um dois, eu acho — corrigiu Rômulo.

— Norma, você sabia disso? — perguntou Verônica, a testa franzida.

— Eu pensei que ele fosse só um homem divertido — respondeu Norma, vermelha como um nariz de palhaço.

Verônica encarou Norma como se fosse pulverizá-la apenas com o olhar. Hugo quase achou que ela ia mesmo.

— *Bom*. Águas passadas — Verônica se recompôs e colocou o sorriso de volta no rosto. — O arco-íris há de brilhar neste país!

Aparentemente, cabia a Hugo erradicar a homofobia do Brasil, mesmo sendo um gay com insuficiência de brilho.

— Quero mostrar pra vocês do que a Bunker Tecnologia é feita — disse Verônica, convidando todo mundo a se pôr de pé. — Vamos começar pelo Talentos Humanos?

Verônica tinha *presença*. Hugo gostava de entrar nos lugares sem ser notado; já Verônica não conseguiria isso nem se quisesse. E ficou óbvio que ela não queria.

O Talentos Humanos era, na verdade, o RH da Gira-Gira. *TH da Bunker*, Hugo se corrigiu mentalmente.

— Não falamos mais em *recursos* aqui, porque é muito impessoal — explicou Verônica, guiando Hugo, Rômulo e Greice pela sala, com Norma tentando acompanhar logo atrás. — Todo mundo é mais do que um recurso, vocês são *pessoas*. Com talentos, vontades, possibilidades e limites. Gostamos de trabalhar com esse conceito mais humano.

Ser tratado como gente era *incrível*.

Verônica seguia com eles pelos corredores da empresa, corredores que Hugo até já conhecia, mas que agora pareciam diferentes. O *ar* estava mais limpo. Tinha muita luz natural circulando na Bunker, entrando pelos janelões que agora não ficavam mais escondidos pelas cortinas puídas da Gira-Gira. Equipes de obras e decoração se espalhavam aqui e ali, arrancando o papel de parede antigo, medindo os batentes e se preparando para remover o carpete. Era tanta gente *trabalhando* ao mesmo tempo que Hugo quase deixou cair uma lágrima. Queria chamar aquilo de milagre, mas, sinceramente, *nem Jesus*.

— Essa aqui será a sala de jogos — disse Verônica.

— Teremos uma *sala de jogos*? — perguntou Rômulo, meio chocado.

Muito mais legal que o departamento de Burocracia & Papel Velho que antes ficava ali, Hugo tinha que concordar.

— Mas assim, Verônica... vocês, que são chefes, não acham ruim a gente gastar horas com videogame? — perguntou Greice em voz alta, e era a pergunta que Hugo fizera apenas na própria cabeça. Porque devia existir alguma pegadinha. Talvez fosse um teste.

— Ah, nós que somos *líderes*? Quem tem chefe é índio — Verônica riu. — Trabalhamos com responsabilidade individual, sabe? A sala de jogos ficará aberta vinte e quatro horas por dia e você poderá vir quando quiser, desde que equilibre isso com suas tarefas. Poderá ficar aqui o dia todo se garantir um trabalho bem feito. Também teremos o Cantinho dos Snacks, que ficará ali na frente, onde disponibilizaremos para vocês uma variedade de salgadinhos, bombons, balas e sucos.

Hugo estava curioso pela explicação quando chegaram ao Espaço Recarregar.

— A ideia é recarregar *você* — explicou Verônica, abrindo a porta de uma sala toda escura. — Teremos poltronas e camas muito confortáveis. Você entra, descansa e volta ao trabalho. Teremos despertadores, fones de ouvido e outras coisinhas que ajudam a tirar um bom cochilo.

Hugo havia achado que a Gira-Gira Sistemas ganharia no máximo uma harmonização facial, mas a empresa tinha morrido e reencarnado.

— Tem mais uma coisa para mostrar a vocês, uma que já está pronta — disse ela.

Chegaram a um painel que ocupava uma parede inteira num dos corredores. Hugo olhou para as molduras vazias na parede, uma dúzia delas enfileiradas, ilustradas com troféus, medalhas, coroas...

— Essa é a Vitrine da Elite — explicou Verônica. — Vocês vão querer ver a cara de vocês aqui, acreditem em mim.

— A gente vai? — perguntou Greice.

— Ah, vai. Nesses quadros vão ficar só os melhores de cada setor. Vai ter gente do Marketing, do Talentos Humanos, da Contabilidade, do Suporte... — Verônica fez uma pausa. — Só a Elite da Bunker Tecnologia.

Era isso, gente. Antes de o cérebro de Hugo conseguir processar, seu corpo já sabia. Ele estava ali para fazer parte da Elite.

— A Bunker Tecnologia é o futuro, queridos! Somos a resistência ao fracasso, a não conformidade, somos os rebeldes contra tudo que é apático, sem estratégia e disfuncional. Somos sobreviventes da má gestão da Norma, que não sei de que jeito durou todos esses anos.

— *Verônica* — repreendeu Norma.

— E eu tô errada, por acaso? Você não me chamou aqui pra arrancar essa empresa do buraco?

— Bom, sim, mas...

— Então pronto. Chegou a hora de essa empresa decolar como um foguete!

Hugo quase mijou nas calças.

5. Só cachorrada

— Chuchu, será que essa Verônica não está te engordando pra comer depois?

— É um novo *conceito* de empresa, Agnes. Veio dos Estados Unidos. A ideia é humanizar os funcionários, entende? — explicou Hugo.

— Eles contratavam animais antes? — debochou ela. — Além disso, bunker não é aquele troço em que as pessoas ficam presas?

— Onde as pessoas ficam *protegidas*.

— E seu trabalho te protege de quê, garoto? De ser feliz?

— De passar fome e de morar na rua, só pra começar — rebateu.

Vinham descendo uma das ruas de Vila Isabel com Jamille na frente enquanto os dois caminhavam sem fazer ideia de para onde estavam indo. Era uma noite quente de maio, daquelas de abrir a geladeira só para aproveitar o geladinho. A verdade era que toda noite no Rio de Janeiro era assim. E a cidade que Hugo conhecia era muito diferente da que passava na TV, nas novelas da Globo, a das pessoas passeando na orla das praias e jogando vôlei na areia. Hugo andava pelo Rio de Janeiro de calçadas irregulares, de portões estreitos que se abriam em vilas, de calor sem refresco, de cachorro latindo, de senhoras sentadas na porta de casa e de ruas que era melhor evitar. Encontrava simpatia nas feiras de Vila Isabel e nos camelôs do Centro, mesmo debaixo do sol torando.

Era engraçado morar numa cidade em que só existia verão.

Em Fiofó do Oeste, eles tinham as quatro estações do ano tradicionais, além de uma extra chamada piruzal, que só existia lá.

— Às vezes saio do trabalho com vontade de deitar numa calçada e ficar lá pra sempre — comentou Agnes, depois de terem alcançado Jamille num semáforo vermelho. — Sou só eu?

— Eu sou desempregada, amiga.

— Você é concurseira, Jamille — afirmou Hugo.

— O que é pior do que ser desempregada — emendou Agnes.

— Errada não tá — concordou Jamille, conformada, ajeitando o cabelo trançado num coque que se desfazia.

Hugo queria defender Jamille porque Agnes vivia implicando com os dois, mas, gente, que Deus o livrasse de ficar sem emprego. Jamille pelo menos estava tentando mudar de vida, fazendo algo de útil por si própria em vez de só reclamar que a vida era difícil. Claro que a vida era difícil. E continuaria sendo, se nada mudasse. Hugo ficava de cara com pessoas que se acomodavam, que até diziam ter sonhos, mas nunca se arriscavam a dar os primeiros passos. Gente que queria um diploma e nunca se matriculava em nenhum curso, que queria um carro e não aprendia a dirigir, que queria viajar e nunca juntava dinheiro, que queria escrever um livro sem nunca ter digitado as primeiras palavras. Tinha nervoso de gente que era feita de sonho e só. Talvez fosse medo de um dia acordar e se ver entre essas pessoas.

— Gata, aonde a gente tá indo, afinal? — perguntou Agnes, assim que atravessaram a rua.

— Tá, vocês estão preparados? — disse Jamille, se virando com um sorriso no rosto. — Eu ouvi o, hum, *feedback* de vocês sobre as minhas últimas escolhas para a Terça dos Três.

A Terça dos Três quase tinha sido a Terça da Putaria (sugestão de Agnes) ou a Noite Triunfal dos Três Mosqueteiros (Jamille tinha tentado), mas no fim tinham chegado num consenso quanto ao nome e à dinâmica. Na primeira terça-feira do mês, os três tinham o compromisso sagrado de fazerem algo juntos, algo que fosse *especial*, ainda que cada um tivesse uma ideia bem diferente do que era uma noite bem vivida entre amigos. Jamille era a que mais vinha errando quando chegava a vez dela de decidir, fazendo Hugo e Agnes passarem pelo tormento de montar um quebra-cabeças de cinco mil peças com a cara da Frida Kahlo e de frequentar um clube do livro de leituras decoloniais. Como era um dos raros dias em que Jamille se permitia sair de casa e não pensar cem por cento nos estudos, Hugo e Agnes relevavam os perrengues de certa forma. Mas só de certa forma.

— *Feedback*, Jamille? Eu quase te enforquei — rebateu Agnes. — E você fez o Hugo chorar.

Hugo não se orgulhava disso. Os membros do clube falavam muito difícil e Hugo se sentia mais burro a cada vez que um deles abria a boca. Quando Jamille discursou no encontro, Hugo questionou até se já tinha sido alfabetizado.

— É, vocês não me pouparam das críticas — assumiu Jamille. — Mas eu aprendi! Entendi que tenho que pensar no que vocês gostam também e não apenas no que *eu* acho que seria bom. Apesar de ser um absurdo um clube do livro gerar tanto trauma assim.

Hugo agora evitava livros que não tinham ilustrações e que não eram recomendados para crianças de dez anos.

— Enfim, então eu pensei: Agnes adora fazer exercício físico... e Hugo foi criado pelos animais da cidade dele ou algo assim...

Era verdade. Os amigos de infância de Hugo em Fiofó do Oeste eram uma galinha chamada Porca (vivia cagando pela casa) e uma porquinha roliça chamada Galinha (que não tinha nenhum motivo para ser chamada assim além de a família Flores achar de bom-tom equilibrar as coisas). Como os pais dele tinham que trabalhar no milharal, por várias tardes Hugo ficava sob os cuidados da cabra Edna, que não era muito boa em ser cabra, mas excelente em ser babá.

— Então... tcharam! — disse Jamille, apontando para o letreiro acima de um portão.

A beleza devia mesmo estar nos olhos de quem via, porque a animação de Jamille não batia com nada que tinha ali. As paredes descascadas, o portão enferrujado, o letreiro mal iluminado e com letras faltando. Era difícil dizer qual aspecto do lugar era menos *tcharam*. O letreiro dizia "SÓ CACHORRADA", o que também não era um bom sinal.

— Amiga, eu nunca esperei que você fosse levar a gente num puteiro — comentou Agnes, assim que entraram. — Não tô reclamando, mas o Hugo é criança.

— Eu tenho vinte e quatro anos! — disse Hugo.

— *Não é um puteiro*. E fala baixo, pelo amor de Deus — repreendeu Jamille, virando-se na mesma hora para o cara no balcão. — Boa noite! Sou a Jamille e trouxe meus amigos.

— Ah! Foram vocês que se cadastraram mais cedo, né?

— A gente *se cadastrou*? — perguntou Agnes.

— Sim, a gente se cadastrou — respondeu Jamille, dando uma cotovelada na amiga.

Hugo não tinha ideia do que eles fariam numa... pet shop? Ou talvez fosse uma clínica veterinária clandestina. Tudo nas prateleiras parecia meio decrépito. Coleiras, mordedores, caixas de transporte de animais. Tudo muito velho e empoeirado. "Só Cachorrada" parecia um nome feliz, mas talvez fosse um lugar onde os donos levavam os cachorros para morrer.

— Eu vou buscar os cachorros. Vocês deram sorte, são os últimos três de hoje.

Assim que o homem saiu por uma porta atrás do balcão, Agnes cansou de ser silenciada:

— Você *comprou* cachorros pra gente?

— Nosso prédio não aceita animais — adiantou-se Hugo.

— Eu não sou maluca de deixar um cachorro com vocês em tempo integral — disse Jamille. — E isso aqui não é uma loja. É um canil.

— Amiga, jura que em nenhum momento você se perguntou se ficar num lugar fedendo a mijo de cachorro é mesmo o melhor programa pra nossa terça-feira? — perguntou Agnes.

— Cachorros são tão *argh* — disse Hugo.

Hugo definitivamente se dava melhor com gatos. Cachorros estavam sempre implorando por atenção e querendo passear e mordendo as coisas e bagunçando tudo, enquanto gatos... gatos sabiam ficar na deles, que era a característica que Hugo mais valorizava em qualquer ser vivo. Provavelmente tramavam a dominação mundial, mas pelo menos faziam isso bem quietinhos.

— A gente podia estar fazendo tanta coisa melhor! — reclamou Agnes.

— Gente, calma! — disse Jamille. — Nós só vamos *passear* com os cachorrinhos. É uma causa super importante, tá? A maioria desses animais está aqui há anos, e eles precisam passear regularmente, mas a equipe do canil não dá conta. Daí eu vi que eles estavam precisando de voluntários.

— E inscreveu a gente — completou Agnes, cruzando os braços.

— Sim! Você ama caminhar, não ama? Por que não aproveitar e levar um cachorro?

Bom, Hugo odiava caminhar, por isso as pernas dele eram tão finas.

— E como assim você convivia com *cabras*, mas não gosta de cachorro? — perguntou Jamille, apontando o dedo para ele.

— A Edna era muito delicada — respondeu.

— Poxa, gente! Os cachorrinhos daqui são uns amores, prometo — garantiu Jamille.

Pararam de falar quando ouviram os latidos estridentes.

— Muito obrigado por se voluntariarem! — disse o recepcionista, puxando três coleiras com força. — Vejo de longe como o coração de vocês é gigante, os olhos brilhando por poderem ajudar os nossos cachorrinhos!

Hugo apostava que ele dizia aquilo para todo mundo que chegava ali, para a pessoa ficar constrangida e não desistir enquanto ainda havia tempo. Mas, se ele achava que essa manipulação barata funcionaria com Hugo, bom, ele estava certo. Sair dali sem um cachorro significaria ter um coração murcho e odiar animais.

— Hoje vocês vão levar pra passear a Vampira, a Bandida e o... Capeta. Tudo bem? — disse o homem, dando a volta no balcão e revelando o trio.

— Tem algum motivo pra esses três terem sobrado hoje? — perguntou Agnes, encarando os cachorros como se eles fossem suspeitos de latrocínio.

O moço negou, mas não demorou para descobrirem que tinha, sim.

Tanto Agnes quanto Jamille estavam se entendendo com Vampira e Bandida na medida do possível, apesar de as cachorrinhas não serem muito simpáticas. Vampira parecia um morcego velho com o pelo preto sem brilho, as perninhas arcadas e os caninos para fora. Bandida era uma vira-lata caramelo que não fazia esforço algum para sair do lugar, obrigando Jamille a arrastá-la.

Capeta era um *poodle*.

E arrastava Hugo pela rua, talvez direto para o inferno.

Hugo estranhou encontrar um cachorro de raça num canil, mas Capeta não permitiu que ele pensasse nisso por muito tempo. O bicho corria como se fosse motorizado, latia para todo mundo na rua, implicava com outros cachorros bem maiores que ele, tentava morder quem se aproximava para fazer carinho e chegou a mijar no tênis de Hugo. Quarenta minutos depois, Capeta tentava cravar os dentes na canela dele porque tinha sido impedido de se suicidar três vezes atravessando a rua na frente dos carros. Depois de ter conseguido abocanhar os cambitos de Hugo, deitou satisfeito numa praça com a linguinha para fora.

— Esse cachorro é o *cão* — reclamou Hugo.

— Ai, não fala assim desse lindinho — repreendeu Jamille, puxando sem sucesso a coleira de Bandida. — Pensa que estamos fazendo isso por uma boa causa.

— Tá tudo bem aí, amiga? — perguntou Agnes.

— Ah, eu tô ótima. A gente sai revigorado desses voluntariados.

Jamille estava meio descabelada, o coque frouxo se desfazendo e o buço suado de tanto puxar a cachorra. Tinha andado dez metros com Bandida no colo, mas desistiu por conta dos bracinhos de formiga que tinha.

— Qual é o problema dessa aí? — perguntou Hugo, apontando para a cachorra caramelo deitada como uma princesa.

— Acho que ela não é muito de se mexer — respondeu Jamille.

— Agnes pegou a melhor cachorra — disse Hugo, depois de Capeta tentar morder a canela dele de novo.

— Porra, essa cachorra toda escangalhada é a melhor? — chiou Agnes.

— Não existe cachorro melhor ou pior! — corrigiu Jamille — E não tem nada de errado com ela.

Era o jeito que Vampira batia os dentes o tempo todo e ficava se tremendo. Os grunhidos estrangulados também não ajudavam. Hugo já tinha visto um chupa-cabra em Fiofó do Oeste e podia afirmar que, em comparação, era um animal bem mais cativante.

— Ela é só uma cadelinha que não tem uma, hum, beleza convencional — defendeu Jamille.

— É isso que eu falo pra vocês quando tô pegando um boy feio — disse Agnes.

Depois de cinco minutos tentando fazer Bandida se mover pelo menos dois centímetros e Capeta caminhar sem cravar os dentes em ninguém, Hugo e as meninas desistiram e se sentaram num dos bancos da Praça Sete, onde desembocava a Vinte e Oito de Setembro. Esses cachorros precisavam caminhar, mas ainda não estavam prontos para viver em sociedade.

— Então a doida lá vai mesmo salvar o seu emprego? — perguntou Agnes, enquanto arriscava um carinho na cabeça de Vampira.

— Parece que sim! — respondeu Hugo. — A empresa já parece outra.

Hugo podia sentir a efervescência que o dominava quando lembrava que agora estava mais perto do que nunca de trilhar o caminho que queria. Nada no mundo o fazia se sentir dessa forma, até os melhores momentos de sua vida pareciam desbotados perto da realidade que se abria com Verônica Rico. Era até meio constrangedor ser tão apaixonado assim pelo trabalho. Talvez Karl Marx realmente não fizesse questão de ser amigo dele.

— E eles pagam direitinho, Hugo? — perguntou Jamille. — Sempre acho que esses empreendedores que fazem fortuna rápido só conseguem isso explorando outras pessoas.

— Pagam! Prometeram o salário em dia, vale-refeição, vale-alimentação, plano de saúde, transporte...

— Deus sabe que eu mataria por um plano de saúde — disse ela.

— Amiga, e eu? — comentou Agnes. — Fiquei mais de um mês com dor de garganta esperando a consulta no postinho, só tomando um xarope horroroso que um contatinho meu que era ligado nisso de ervas fazia em casa.

— Mas funcionou? — perguntou Hugo.

— Passou a dor de garganta, mas me deu *alergia interna*. Mais um mês para tratar.

Um plano de saúde realmente era tudo. Nunca mais dependeria das simpatias dos pais que, pra falar a verdade, não ajudavam muito. Palito queimado para curar dor de dente? Mijo para curar coceira? Nunca mais.

Talvez a magia só funcionasse em Fiofó do Oeste.

No Rio de Janeiro, as pessoas não tinham o costume de mijar umas nas outras.

— Me diz pelo menos que você tem um chefe horrível que nem o meu — completou Agnes.

— Quem tem chefe é índio — disse Hugo no automático.

As meninas apenas o encararam, esperando pela explicação.

— A Bunker trabalha com o conceito de *líderes*. Entenderam? Um chefe *manda*, mas um líder... manda também, eu acho. Mas é diferente.

Nenhum movimento na cara de bunda das duas.

— Na hora que me explicaram, fez mais sentido — disse Hugo. — Vocês iam *amar* minha líder.

— Eu garanto pra você que os *povos indígenas* também têm lideranças, geralmente pajés. — Jamille balançou a cabeça, ajeitando o coque de tranças com as mãos.

— É impossível amar o meu chefe. — Agnes aproveitou a oportunidade. Todo dia ela vinha com uma história nova do nêmesis dela. — Ele se esforça *muito* pra ser odiado.

— Eu pelo menos não tenho chefe. Pena que vou morrer de fome se não passar na prova — completou Jamille.

— Agora tô com pena de vocês.

— Cala a boca, Hugo — as duas responderam ao mesmo tempo.

Agnes estava para completar um ano no *call center* de uma fábrica na Barra da Tijuca e, desde o primeiro dia, tinha alguma coisa para comentar sobre o cara que mandava nela. "Você acredita que ele disse que *esqueceu* de pagar a gente?" "Meu chefe pediu pra gente parar de falar. Sendo que a gente trabalha num *call center*." "Como uma pessoa que nem toma banho vira chefe?" Jamille vivia de bicos, revendia cosméticos e não procurava nada mais estável porque queria muito passar no concurso da Prefeitura. Um trabalho mais engessado roubaria seu tempo. "Já estou com quase trinta anos. Se não for agora, não vai ser nunca. Tô cada dia mais burra." Hugo entendia a vontade dela de ser concursada e eles conversavam horrores sobre estabilidade financeira, mas também não era como se as pessoas *morressem* depois dos trinta. Jamille parecia que acordava ouvindo a marcha fúnebre.

— Gente, disfarça, mas olha o cara gato que tá vindo ali.

Hugo quase não olhou, uma vez que estava tentando impedir Capeta de roer seu tênis, mas, assim que ergueu os olhos, viu do que Agnes estava falando. Jamille soltou um *uaaaau*. Do outro lado da rua, um cara esperava o sinal de pedestres abrir para poder atravessar para o lado deles. Assim que o semáforo liberou a passagem, Hugo começou a enxergar em câmera lenta aquele homem bonito vindo na direção deles.

— Eu só queria uma chance com um homem desses — comentou Jamille.

— Esse gostoso e um copo d'água e eu passo o mês — disse Agnes.

Hugo não conseguia comentar nadinha; estava paralisado, mesmo com Capeta agindo como se tivesse mais uns três diabos no corpo. O cara estava *mesmo* vindo na direção deles. Jamille encarou os amigos franzindo o cenho, e Agnes se empertigou toda, já acostumada a receber a atenção de toda espécie de homem que habita a face da Terra. Hugo só voltou a respirar quando o homem chegou neles.

— Hugo? — cumprimentou João Bastos. — Eu tava em dúvida se era você mesmo quando te vi lá do outro lado da rua.

— O *Hugo* chamou a sua atenção? — perguntou Agnes, contrariada.

— João. Prazer — disse ele, acenando para as duas. — Eu e o Hugo trabalhamos juntos.

— Peraí, *você* é o João Bastos? — perguntou Jamille.

— O gay gostoso que trabalha com o Hugo? — deduziu Agnes.

— *Gente* — repreendeu Hugo.

— Foi assim que ele falou de mim pra vocês? — perguntou João, rindo para as meninas, mas encarando Hugo de soslaio.

Ele era tão presunçoso! Meu Deus, Hugo achava que estava sem ar porque o ego de João Bastos era tão grande que sugava todo o oxigênio. Não era de espantar que ele se achasse *o* gostosão. Ainda mais com aqueles braços à mostra e os mamilos marcando na regata apertada, uma peça de roupa que Hugo jamais veria João usando na Bunker. Não sabia se era uma benção ou uma maldição ter a oportunidade de vê-lo usando regata ali.

— Não, não foi, mas nós somos boas de ler nas entrelinhas — disse Agnes.

— Não tem nenhuma entrelinha! — interrompeu Hugo. — O que você tá fazendo aqui, aliás?

— Eu que te pergunto — rebateu João.

— Eu *moro* aqui.

João Bastos respondeu apenas com um *hum*, mas um *hum* cheio de significado, provavelmente um *hum* esnobe, um *hum* de quem olha de cima, como se João Bastos fosse o dono da rua, e Hugo, um pedinte.

— Um amigão meu meio que também mora aqui em Vila Isabel — disse João, cinco segundos depois. — Passo na casa dele de vez em quando.

Hugo não conseguiu deixar de imaginar que "amigão" era um eufemismo para "parceiro de sexo tórrido", mas logo depois se culpou por ficar tomando conta da vida dos outros assim. Não tinha interesse nenhum em saber o que as pessoas faziam entre quatro paredes, muito menos se essa pessoa fosse João Bastos.

— E aí, conseguiu ficar na Bunker? — perguntou João.

— *Claro* que consegui — respondeu Hugo, com mais firmeza do que realmente tinha, já que achou que seria o primeiro a ser limado.

— Eles nunca mandariam embora um viciado em trabalho.

— O mistério é como deixaram você ficar — alfinetou Hugo.

— Foi meu rostinho bonito.

— Não me parece suficiente — disse Hugo, sabendo que estava mentindo.

— Eu assinaria a carteira dele se ele não jogasse no outro time — comentou Agnes, que, pela linguagem corporal, achava que estava sussurrando, mas podia ser ouvida do outro lado da praça.

Capeta levou até um susto.

— Isso é discriminação por orientação sexual, tá, gata? — pontuou Jamille. — Semana passada li um artigo...

— *Meninas*.

Foi a primeira vez que Hugo conseguiu calar as amigas.

— Bom, vou indo. Te encontrar aqui foi... interessante — disse João, já se afastando. — Achei que você morasse lá na Bunker e só saísse pra tomar banho.

Hugo quis responder à altura, mas preferiu deixar o estorvo ir embora. Nem em seu próprio bairro estava salvo de ficar de picuinha com aquele homem que tinha conhecido *no dia anterior*.

— Que partidão, hein, Chuchu. Investe nesse.

— E vocês viram que unhas bem-feitas? — comentou Jamille.

— Amiga, eu vi! — disse Agnes, eufórica.

— Fiquei com vergonha das minhas unhas todas roídas. Até botei as mãos pra trás — respondeu Jamille.

Era desse jeito que Hugo se sentia ao topar com João Bastos. Gostaria que fosse possível botar o rosto e o corpo inteiro para trás também.

Os três se sobressaltaram quando Bandida ficou de pé num pulo.

— Eu nem sabia que ela era capaz disso — disse Agnes.

— Você tem que botar mais fé nos cachorros — criticou Jamille. — A Bandida, por exemplo, só é mal compreendida, mas com certeza tem um coração lindo, essa fofucha.

Foi o tempo de Bandida dar um salto na mão de um cara que passava por ali comendo pastel.

— Bandida!

Hugo, Jamille e Agnes gritaram ao mesmo tempo, assustando a cachorra e fazendo todas as pessoas num raio de cinco quilômetros acharem que estava rolando um arrastão.

Bandida correu como nunca com o pastel na boca, arrastando Jamille com a coleira. O dono do pastel vinha puto logo atrás, como se ainda fosse valer a pena comer algo tirado da boca da cachorra.

— Ih, a Vampira tá desamarrando seu cadarço — disse Agnes, apontando para os pés de Hugo enquanto pessoas iam e vinham, fugindo do arrastão imaginário.

Ele nem tinha percebido a cadela roendo seu tênis.

— Vampira! Sai! — Ele balançou o pé e se abaixou para amarrar o cadarço. — A Jamille tinha que indenizar a gente, sabia?

Hugo deu um grito quando, aproveitando que estava abaixado, Vampira pulou direto em sua jugular.

6. Não tinha nada disso escrito em *O pequeno príncipe*

O gay gostoso que trabalha com o Hugo.

Hugo nunca tinha pensado em João Bastos como *o gay gostoso*. Ou pelo menos era isso que estava dizendo a si mesmo no elevador da Bunker Tecnologia. Nem sabia se João era gay, para início de conversa. Jamille uma vez tinha dado uma palestra não solicitada muito esclarecedora enquanto almoçavam juntos num domingo. Hugo agora entendia que sexualidade, e *orientações sexuais*, para ser mais específico, não eram exatamente espaços onde se podiam encaixotar pessoas. Tudo o que Hugo sabia sobre João Bastos era contra sua própria vontade, mas era o suficiente para saber que João gostava de homens também. Pelo menos. Se ele era gay já era outra história, porque não era transar com um homem que garantia esse rótulo. Inclusive, se dependesse disso... talvez Rômulo e Greice tivessem razão: na escala gay Hugo ficaria lá embaixo.

— Eu vou te dar um oito — disse Jairo, assim que Hugo entrou na recepção do nono andar.

— Oi?

— Não, peraí, deixa eu te avaliar de perto.

Jairo saiu de trás do balcão e começou a encarar Hugo com os olhos semicerrados. Foi chegando ainda mais perto, como quem investiga a cena de um crime e, daquela distância mínima, Hugo tinha certeza de que ele de fato conseguia ler sua mente. Ou pelo menos tentava verificar se no fundo de suas pupilas estava escrito GAY.

— Hum, interessante — disse Jairo, depois de três segundos de análise.

Hugo sabia que era a cota de diversidade da Bunker e que, se a qualquer momento achassem que ele não era homossexual o bastante, poderia ser mandado embora. Em qualquer esquina encontrariam um representante melhor.

— Eu juro que posso ser mais gay! — respondeu. — Comecei a maratonar *RuPaul's Drag Race* ontem.

Era verdade, mesmo que depois de três episódios ele ainda não conseguisse identificar qual das drags era a Shantay.

— Do que você tá falando? — perguntou Jairo, sem saber de algo pela primeira vez na vida.

— Eu? — Hugo pensou em explicar, mas desistiu quando percebeu que seu raciocínio beirava o hediondo. — Do que *você* tá falando?

— Verônica pediu para eu avaliar o astral dos talentos ao entrar na empresa. A energia que vocês trazem para a Bunker é muito importante para ser incorporada nos projetos!

Ah. Fazia mais sentido.

Na verdade, não fazia sentido algum, mas era melhor do que todos os cenários que a ansiedade tinha soprado em seu ouvido. Hugo podia conviver com isso. Não seria desligado do sindicato do arco-íris.

— Você chegou muito mais feliz do que ontem, sabia? — informou Jairo. — Roupa passada, rosto lavado, cabelo penteado.

Parecia um elogio, mas Hugo ficou preocupado se ontem tinha vindo trabalhar fedendo e descabelado.

— Até sua postura mudou! — comentou Jairo. — Você tá doido pra Verônica mudar sua vida, né?

Se Hugo queria que a nova chefe mudasse a vida dele? Assim... queria, né. Mas não era só isso, mudar a vida dele não era *o bastante*, Hugo queria ser *transformado*. Queria que Verônica se esquecesse do nome original dele e o batizasse com o nome que ela quisesse, como ocorre com as pessoas em programas de proteção a testemunhas. Hugo queria ser parido por Verônica, queria chamá-la de *mãe* ali dentro da empresa, que ela fosse a deusa de uma religião obscura, mas que o aceitasse do jeitinho que ele é, apenas para depois dizer que ele teria que

65

aprender tudo que sabia sobre a vida do zero, queria que ela abrisse a pele dele como se tivesse um zíper e depois o virasse do avesso e o mandasse olhar no espelho, onde ele simplesmente não se reconheceria mais, porque aquela mulher havia criado um novo *ser*.

— Você descobriu isso analisando meus poros? — perguntou Hugo.

— Você não faz ideia do quanto a nossa pele grita nossas intenções, li isso na internet outro dia.

Era impossível esconder qualquer coisa de Jairo, já que ele era uma pessoa que sabia ler corpo e alma.

— Só não vai levar nota dez por causa desse curativo aí — Jairo riu, apontando para o pescoço de Hugo. — Escondendo um chupão?

— Um cachorro me mordeu.

Hugo se sentiu mentindo para um professor sobre o dever de casa que não tinha feito, mas, de todas as pessoas do mundo, Jairo era quem mais saberia que Hugo estava dizendo a verdade. Pra ser sincero, um chupão seria menos humilhante.

— Eu também ia preferir que fosse um chupão daqueles bem dados — disse Jairo.

— Eu não disse que preferiria um chupão.

— Quem iria preferir ser mordido por um cachorro em vez de ganhar um beijo gostoso no cangote, Hugo?

Hugo ficou tão sem resposta que Jairo o liberou.

Enquanto Verônica dava uma aula sobre energias, motivação e foco na sala dos criadores, Hugo lutava para prestar atenção nos slides, mas era derrotado pela imagem de um homem sem rosto beijando seu pescoço. Não era exatamente *agradável*. Mas também não podia ser pior que a mordida da Vampira. Ou podia?

— Está preparado para essa nova aventura, Huguinho?

Tinha algo de infantil, embora sedutor ao extremo, no jeito com que Verônica chamava Hugo. Como se ela fosse mesmo a mãe dele dizendo que tudo ia ficar bem. Ou a professora colocando uma estrelinha dourada na prova de matemática que ele tinha gabaritado.

— Estou! — respondeu, talvez gritando, porque Rômulo e Greice se sobressaltaram.

— Assim que eu gosto! — confirmou Verônica. — Bom, nossa primeira decisão foi empoderar nossa equipe mais importante: vocês. Estão se sentindo empoderados?

— Hum... — ponderou Rômulo.

— Não exatamente... — respondeu Greice, meio confusa.

— Mas vão se sentir! — garantiu Verônica. — Greice, você não é mais só uma assistente. Vai ser a fonte de toda a *paixão* que vamos colocar neste projeto. A visão é sua, querida. Quero que transforme nosso mundo com a sua arte!

Greice quase inflou e saiu voando pela sala como um balão de ar quente. Tinha finalmente encontrado alguém que era uma metralhadora de elogios para alimentar sua veia artística.

— Rômulo, com esses braços *fortes*, você é a nossa base. Nossos projetos vão se apoiar no alicerce que você construir. Entende como você é essencial? Nossos bancos de dados vão performar com força total nas suas mãos.

Hugo estava impactado pelo modo como Verônica era visionária! E Rômulo tinha mesmo um bração.

— Olha, Verônica — Rômulo começou a dizer —, a verdade é que nunca cuidei de um banco de dados sozinho, porque a Paula...

— Esqueçam a Paula — respondeu Verônica, um sorriso enorme se abrindo no rosto, o que era bem confuso — Quem é Paula?

— Ela trabalhava aqui literalmente ontem — respondeu Rômulo.

— *Esqueçam* a Paula — rebateu Verônica, novamente — Quem é Paula?

— Aquela de cabelo enroladinho — continuou Greice.

— ESQUEÇAM A PAULA — dessa vez, Verônica gritou e Hugo quase caiu da cadeira — Quem é Paula?

Todos ficaram sem palavras por um momento. Paula tinha sido a primeira pessoa viva a ganhar um minuto de silêncio.

— Eu... não conheço nenhuma Paula? — arriscou Rômulo, como quem tem medo de dar a resposta errada e explodir.

— Eu também não! Você sabe quem é Paula, Hugo? — perguntou Greice.

Hugo só negou com a cabeça o mais rápido que pôde.

— Vocês aprendem tão rápido! — comemorou Verônica. — Você é a espinha dorsal do projeto, Rômulo. Boto muita fé em você.

Tudo muito bonito, tudo muito legal, mas Hugo tinha algumas perguntas.

— Verônica... — disse ele. — Mas se o Rômulo vai ser o chefe do banco de dados...

— *Líder* — corrigiu Verônica.

— Isso. E se a Greice vai ser o coração da arte, ou sei lá...

— Eu sou a paixão! — interrompeu Greice, mas foi ignorada.

— O que exatamente eu vou ser? Porque...

Hugo queria dizer com todas as letras que Natália e Otávio haviam sido demitidos e que eles eram os superiores imediatos de Hugo, ou no mínimo os especialistas em programação com mais tempo de casa do que ele, que tinha chegado praticamente *ontem*. Mas se Paula, que nunca tinha feito mal para ninguém, havia sido apagada da história, que dirá eles dois. Talvez Verônica sacasse um revólver e eliminasse Hugo com treze tiros, um para cada letra do nome deles.

— Porque... — continuou. — Agora a equipe dos programadores... está... meio reduzida.

— Reduzida? Hugo, abra os olhos!

Ela com certeza estava falando em sentido figurado, mas Hugo mesmo assim não conseguiu resistir ao impulso de arregalar os olhos.

— A equipe foi *engrandecida*. *Você* é o maior. Está conseguindo ver? — perguntou Verônica.

O que Hugo via era que mesmo que estivesse de salto alto

não chegaria à altura de Greice e Verônica. Inclusive, corria o risco, todos os dias, de ser pisado sem querer por Rômulo, que era uma geladeira *frost free*.

— Acho que sim — mentiu.

— Você é o cérebro, meu menino!

Verônica havia flechado o coração de Hugo com aquelas palavras. Hugo agora pertencia a *ela*.

— Eu vi a sua proposta de aplicativo, Huguinho. Rapposa, né? Esplêndido. Visceral. Intuitivo — disse ela, circulando pela sala em torno da mesa que estavam ocupando. — Eu me apaixonei pela sua mente de imediato e fiquei chocada com o tanto de tempo que a Norma desperdiçou sentada em cima de uma mina de ouro. Vamos produzir o seu aplicativo — garantiu.

Finalmente Hugo estava se sentindo *visto*. Aquilo era melhor que um sonho porque era realidade.

— Você é o líder de programação. São as suas mãos que vão dar vida ao nosso primeiro projeto. É a sua coragem e a sua ousadia que vão nos alimentar. Acredito demais no seu potencial, Huguinho! E você tem que acreditar também.

Hugo era um foguete, ele sabia disso, e aparentemente a pessoa que mais importava naquela sala sabia também. Quase quis sair correndo dali para ligar para os pais e avisar que o mundo era deles.

— Vocês três vão liderar com expertise, cada um dominando a própria área. Não é maravilhoso? — disse ela. — A revolução da Bunker começa por vocês!

Verônica começou a aplaudir o próprio discurso, mas de uma forma tão efusiva que Greice e Rômulo começaram a aplaudir também. Quando percebeu, Hugo também estava batendo palmas, a boca arreganhada exibindo todos os dentes.

Depois de dois minutos de euforia e as mãos já doloridas, Rômulo perguntou:

— Então vamos ter uma equipe? Quando eles chegam?

— Equipe? — estranhou Verônica.

— É, pra gente liderar! — Rômulo se animou. — Dominar, revolucionar, essas coisas.

— Queridos, *vocês* são a equipe!

De repente, pareceu revolução demais para Hugo e dois gatos pingados. Ruan e Greice cuidavam do design e da usabilidade dos aplicativos da inovação enquanto Paula — que Deus a tivesse — e Rômulo mantinham íntegros os bancos de dados que eles precisavam para registrar todas as transações. Natália e Otávio eram os programadores da equipe, com Hugo correndo atrás para aprender com eles e ajudar a desenvolver os códigos.

— Sem querer jogar um balde de água fria — disse Greice, parecendo sentir que nenhum dos rapazes abriria a boca —, mas, Verônica, antes éramos sete pessoas. Se agora formos três... quer dizer, tem os turnos de trabalho, o suporte, o quadro de tarefas... a gente se revezava nas reuniões de projeto e nos lançamentos, então...

— É coisa demais pra você, Greice? — rebateu Verônica, cruzando os braços. — Depois de *tudo* o que eu falei sobre vocês, ainda acham que não vão dar conta?

— Bom, não é bem isso, é que...

— Será que lá fora existe alguém com tanta paixão, força e inteligência quanto vocês? Empoderem-se!

Verônica ergueu o punho no ar com tanta energia que Hugo teve vontade de pegar em armas e mudar o Brasil (mas de uma forma que na verdade fosse não armamentista, porque ele era pacifista e antifascista).

— Ou eu posso procurar outras pessoas que talvez tragam algo de novo para a Bunker... — disse ela, dessa vez mais suave.

— Não! — gritou Hugo.

— A gente dá conta. Nossa, com certeza — confirmou Greice. — Eu nem sei do que estava falando.

— Sempre preferi fazer tudo sozinho mesmo — disse Rômulo.

— Esse é o espírito! — retomou Verônica.

Verônica vinha conduzindo todas as reuniões da equipe de inovação desde o momento em que a Bunker nascera, como Norma fazia na falecida Gira-Gira. Norma continuava sendo a dona de tudo e provavelmente continuava por aí assinando documentos e bebendo café, mas era Verônica quem sabia o que fazer para salvar a empresa. Verônica não demonstrava nenhum interesse pelas equipes que trabalhavam no grosso da Bunker, os aplicativos básicos, parecia que seus dois olhos estavam concentrados exclusivamente no que Hugo, Greice e Rômulo poderiam criar.

— Agora vamos falar do Rapposa — disse ela.

Era uma vez um menino chamado Hugo Flores que um dia encontrou um livro que o fez repensar a própria vida. Nem Hugo saberia explicar quais eventos o tinham levado a ler *O pequeno príncipe* quando tinha uns dezesseis anos, lá em Fiofó do Oeste, mas aquele momento o marcara para sempre. Antoine de Saint-Exupéry sabia das coisas. "Tu te tornas eternamente responsável por aquilo que cativas", dizia a raposa para o príncipe que queria fazer amigos. Hugo queria fazer amigos em Fiofó do Oeste, mesmo estando longe de ser um príncipe, mas seus colegas de escola tinham relações mais hostis em mente. Hugo era delicado demais para ser um dos garotos, então era o alvo inevitável para todo tipo de bullying. Teve que crescer se escondendo, não falando muito, tentando passar despercebido. Terminara o ensino médio aliviado e ligeiramente surpreso por ainda estar vivo, mas também batera aquela tristeza de não ter ninguém para levar dali consigo.

Mas isso iria mudar!

O Rapposa, seu projeto de aplicativo, conectava pessoas. Criava situações favoráveis para que cativassem umas às outras. Agora com vinte e quatro anos, Hugo sabia como continuava difícil fazer amigos, ainda mais sem a escola o obrigando a conviver diariamente com amizades em potencial. Era uma reclamação geral. Era como se as pessoas se agarrassem ao braço umas das outras quando pequenas, mas com o tempo fossem soltando, torcendo para sobrar alguém. Às vezes não sobrava. O Rapposa ia mudar aquela realidade, trazer gente nova de qualidade, pessoas que de fato *podiam ser cativadas*. Era o passe de Hugo para a lua!

— Como eu ia dizendo, a premissa do aplicativo do Hugo é fantástica! É desse tipo de ideia que nós, da Bunker Tecnologia, estávamos precisando. A amizade fortalece nossa jornada.

Verônica tinha entendido *exatamente* o que Hugo queria mostrar para o mundo.

— Mas quero ir além.

Oi?

— Se partirmos dessa ideia tão fenomenal, como podemos expandi-la? — ponderou Verônica. — Por que nos conformarmos? O que é mais potente que a amizade na nossa sociedade?

Verônica parou num slide preenchido por vários pontos de interrogação que representava muito bem o que se passava no cérebro de Hugo.

— Dinheiro? — arriscou Rômulo.

— Excelente! Mas temos outro palpite?

— Poder — disse Greice.

— Uau, vocês estão brutais!

Hugo não achava que dinheiro e poder eram *mais potentes* que a amizade. Não dá pra comprar amigos verdadeiros nem obrigar que as pessoas gostem de você.

— Mas estou falando de *sexo*, queridinhos — disse Verônica, sentando-se na mesa deles, cruzando as pernas. Quase dava para ver uma luz acendendo no fundo dos olhos dela. — Paixão, urgência, excitação. E por que não... amor? Sexo é uma das principais forças que movem o mundo.

Meu Deus, não tinha nada disso escrito em *O pequeno príncipe*.

— É *essa* a energia que a Bunker Tecnologia vai entregar aos nossos usuários.

Hugo tentou acompanhar a sequência de imagens e vídeos que eram projetados na tela — pessoas se beijando, se abraçando, muita pele exposta, lençóis emaranhados, preservativos, tudo isso embalado numa música vibrante permeada de gemidos —, mas sua garganta foi fechando, sua visão ficando embaçada, e sua boca, seca.

— Verônica, peraí... — ele ainda conseguiu dizer — Então a gente não vai mais fazer o Rapposa?

— Mas esse é o Rapposa, Huguinho! Essa é a *sua* ideia. A visão que você trouxe está aqui, eu só mexi um pouquinho no alvo.

— Eu tô adorando o que tô vendo! — comemorou Greice, abanando-se com as mãos. — Fiquei até com calor.

— Então, se eu entendi bem, a gente vai trabalhar num aplicativo de... relacionamentos? — perguntou Rômulo.

— Vamos ser mais ousados. Um aplicativo de *pegação* — respondeu Verônica.

Hugo e Antoine de Saint-Exupéry estavam horrorizados.

— O que me diz, Huguinho? Vamos fazer uma revolução?

A verdade é que, quando Hugo imaginou estar criando um meio para as pessoas se conectarem, não tinha pensado nas pessoas *tão conectadas* assim.

— Eu... eu... *sim* — Hugo se lembrou de concordar, mesmo suando frio. — Tipo, claro, claro, sexo. Move o mundo. Eu só... preciso de um copo dentro da água.

— É o quê, lindinho? — perguntou Verônica.

— Uma água de copo — explicou Hugo.

Tinha desaprendido a falar português. Não estava sem palavras, tinha inclusive muitas palavras encalhadas entre a garganta e o esôfago, mas toda vez que tentava formar uma frase elas vinham embaralhadas, como anagramas do que ele realmente queria dizer.

— Um copo! — Tentou mais uma vez. — Com água *dentro* dele. Um copo d'água. Eu já volto.

Hugo não deu tempo para ninguém questionar se ele estava tendo um AVC, apenas levantou da cadeira e saiu da sala para infartar em outro lugar. Começou a andar rápido pelos corredores da Bunker, que agora pareciam borrões, enquanto o coração o mandava correr como se estivesse numa maratona. As obras pela Bunker continuavam a todo vapor, com gente martelando, pregando e pintando por todo canto, uma sala de cada de vez. Hugo precisava de ar, precisa *respirar*, mas também tinha esquecido como depois de ter escutado que, dentre todas as coisas, era o sexo que movia o mundo. Nunca tinha visto ninguém arrastar sequer uma cadeira com as partes íntimas, mas Verônica *jurava* que...

Ele não podia passar pela recepção e deixar Jairo ler todos os seus pensamentos, mas Hugo sabia que não ia aguentar muito mais tempo, o foguete explodiria, precisava explodir! Quando viu, estava subindo as escadas do prédio, esbarrando em três pessoas, sentindo as palavras subirem dentro dele como um exército de aranhas que ele tinha engolido por acidente no café da manhã.

Hugo abriu com força a porta do terraço, certo de que era uma bomba-relógio em seus últimos segundos. Só teve tempo de dar cinco passos, completamente esbaforido, e berrar bem alto quando sentiu o sol tocar a própria pele.

— EU NÃO SEI TRANSAAAAAAAAAAAAAAAAAAAAAAAR.

Foi o urro da alma que Hugo precisava botar para fora.

Com certeza uma linda oração que Deus ouviu lá de cima e até chorou, de tão bonita e sincera.

Hugo expirou e se sentiu melhor de imediato, como uma pessoa enjoada logo depois de vomitar. Via a Baía de Guanabara ao longe através dos prédios. Agora podia voltar para a sala dos criadores e fingir que aquele surto nunca acontecera.

— Se quer saber, isso não me surpreende — disse alguém atrás dele.

Hugo congelou quando notou que não estava sozinho lá em cima.

Quase vomitou de verdade quando viu João Bastos sorrindo para ele, enviado diretamente do inferno.

7. Como trepar em dez passos

Hugo já tivera vontade de contar que era virgem para uma ou duas pessoas. Quem sabe conseguisse num dia em que Agnes estivesse narrando a noite de sexo mais heterossexual que o ouvido humano já captou ou quando estivesse a sós com Jamille enquanto ela estudava matemática e começasse a falar sobre zeros à esquerda. Mas jamais quisera com tanto *ímpeto*. Tinha que admitir que, do jeito como aconteceu, não tinha sido a situação ideal. Talvez devesse aproveitar que já estava no terraço e se jogar lá de cima.

Hugo chegou a olhar para baixo, os carros passando na avenida Rio Branco, mas logo desistiu, seria uma morte no mínimo desagradável.

João Bastos o encarava como se exigisse uma explicação. Os braços cruzados inflavam seu peitoral, mesmo por cima da camisa social. Hugo estava sendo peitado.

— Não era pra você ter ouvido isso — disse ele, quando entendeu que devia um pronunciamento depois de divulgar informações tão contundentes.

— Ficou meio difícil, considerando que você chegou aqui berrando aos quatro ventos que é ruim de cama.

Era incrível como conversar com esse homem parecia sempre um teste de paciência.

— Não foi isso o que eu disse! — rebateu. — Eu... eu...

O que tinha para ser dito, também? Era um daqueles casos em que a emenda saía pior do que o soneto.

— Será que você pode esquecer o que eu acabei de gritar? — suplicou Hugo.

Devia ter feito uma cara de cachorro abandonado muito impactante, porque João Bastos cedeu, descruzou os braços e suavizou a expressão marota no rosto.

— Ei, não precisa ter vergonha — disse João, apaziguador. — De mim, pelo menos. Só estamos nós dois aqui no terraço.

— Eu ouvi também! — gritou um terceiro homem.

Hugo e João seguiram a voz até o terraço do prédio vizinho. Um homem engravatado de meia-idade igual a todos os homens engravatados de meia-idade acenava para eles.

— Quem é você, porra? — gritou João de volta.

— É que ele gritou tão alto! — respondeu o homem.

— Um pouco de privacidade, por favor? Mete o pé — mandou João.

Os dois acompanharam o homem saindo, meio contrariado, da vista deles.

Agora Deus também fazia piadas de mau gosto. Morrer estrebuchado na avenida não parecia mais tão desagradável assim. Hugo colocou os dedos na junção do nariz, onde apoiava os óculos.

— Agora estamos a sós — disse João.

— Olha, tá tudo bem — respondeu Hugo.

Os dias de glória estavam cada vez mais raros e Hugo já havia se acostumado aos dias de luta, mas *caramba*. Se não tivesse gritado o que tinha acabado de gritar, se não fosse João Bastos, se sua carreira não estivesse colapsando sobre a própria cabeça por causa de um detalhe extremamente pessoal... Hugo deu meia-volta para sair do terraço, mas a voz de João o alcançou primeiro.

— Hugo! Tá parecendo que você vai infartar. Quer dizer, você sempre tem cara de alguém que vai ter um *burnout* em menos de dois anos, mas hoje seu olho tá até tremendo. Tá tudo bem *mesmo*?

Não era difícil enxergar que Hugo estava caindo aos pedaços, mas mesmo assim ele não esperava ver esse traço de simpatia em João Bastos. O nêmesis estava sempre implicando, perturbando e sendo bonito demais, não combinava com todo aquele cuidado. Talvez Hugo estivesse mesmo parecendo que ia pular lá de cima a qualquer instante. Meu Deus. Talvez ele fosse pular. Assim que saísse dali ia ligar para o Centro de Valorização da Vida, mas, enquanto isso não acontecia, João Bastos teria que servir.

— Eu vou ser demitido, João — disse Hugo, desistindo de deixar o terraço.

João deu uma risadinha contida que foi o suficiente para Hugo se arrepender de ter ficado. Era *João Bastos*. O cara não ligava para nada, mesmo quando parecia que ligava. Talvez saísse dali espalhando para todo mundo na Bunker a história engraçadíssima sobre o dia em que tinha encontrado um maluco no terraço gritando as próprias intimidades. Podia ter o rostinho bonito que fosse, mas Hugo não sabia se ele tinha coração.

— Pelo menos alguém está rindo — rebateu Hugo, seco.

— É que você me chamou de João.

— É o seu nome.

— É — confirmou João.

Foi bem indelicado da parte dele ficar encarando Hugo pelo que pareceu uma eternidade, mas, se Hugo olhasse as horas, veria que tinham se passado três segundos. Hugo cruzou os braços, depois descruzou, sem saber o que fazer com as mãos quando notou que João Bastos o olhava de cima a baixo, mesmo que discretamente. Hugo preferiu fitar o chão.

— Mas peraí, a Verônica te limou? — retomou João.

Hugo agradeceu ao universo pelo uso de palavras, já que ficava muito constrangido falando pelos olhos. O corpo todo dele ficava em alerta quando estava prestes a ficar em silêncio com João. Preferia João falando do que *encarando*, embora jamais, JAMAIS, fosse admitir isso em público. Se bem que Hugo nunca diria que berrar pro mundo que não sabia transar era uma de suas metas de vida e, ainda assim, olha só para o que ele tinha acabado de fazer. Talvez algum dia acabasse gritando do terraço que João Bastos o fazia sentir coisas que ele não sabia nomear.

— Não, ainda não me mandou pra casa, mas ela vai — respondeu Hugo, aproximando-se e se apoiando na mureta — Não dá pra mim.

— O que não dá pra você? — perguntou João, agora lado a lado com Hugo.

— É uma longa história.

— Eu tenho tempo — rebateu.

— Não tem nada, você já tava aqui quando eu cheguei, que pausa é essa de meia hora? Você não tem trabalho pra fazer?

— Parece que você já voltou ao normal — disse João, rindo. — Venho aqui pra espairecer às vezes. Adoro ver os carros passando lá embaixo.

Hugo viu quando João espalmou as mãos na mureta e olhou para a avenida. As meninas tinham razão: que unhas bem-feitas. Bem cortadinhas, nenhuma roída, tinham até um brilho diferente. Hugo estava acostumado às unhas carcomidas dos homens de onde ele vinha, mas as mãos de João eram mais bem cuidadas do que Hugo jamais fora a vida inteira. Então notou que João aguardava uma resposta. Ele queria mesmo saber o que tinha feito uma pessoa que parecia ter tudo no lugar desmoronar em praça pública.

— Um aplicativo pra quem quer ser mais do que amigos? — concluiu João. — É, temos que concordar que a Verônica foi bem esperta.

— Não acho que exista algo *maior* do que a amizade — rebateu Hugo, talvez um pouco firme demais.

— Amor?

Hugo já tinha antecipado aquela resposta. Era o ponto principal da questão, certo? Não era a primeira vez que teria essa conversa com alguém, muito menos a última. Talvez por isso Hugo tivesse chegado ao terraço berrando, era o grito de quem aguentara calado mais tempo do que o considerado saudável pelos médicos.

— Amizade é amor também — explicou Hugo, mas depois que disse quis recolher as palavras. — Eu... acho. Sei lá. Parece que.... ah, deixa pra lá. Eu preciso voltar.

Já tinha se revelado demais para João Bastos, uma pessoa que ele nem tinha certeza se saberia lidar com todas as informações que acabara de dar. João agora tinha o poder de transformar a vida de Hugo num inferno se quisesse. Por que dar mais munição?

— Parece que... — insistiu João, quando Hugo já tinha dado as costas.

Era a segunda vez que Hugo desistia de ir embora por causa desse homem. João estava de costas para ele agora, ainda na mureta, olhando lá para baixo. Eram costas realmente largas, Hugo não deixou de reparar. Toda vez que encarava seu nêmesis descobria uma forma nova de um ser humano ser charmoso, isso não podia estar certo. Bom, se João Bastos queria ouvir, ele ia ouvir.

— Parece que todo mundo só quer saber de procurar o grande amor da vida e ficar caçando gente pra namorar em todos os cantos e daí passam a dizer coisas que nem você agora, "ser mais que amigos" — disse Hugo, de uma vez só. E não parou por aí. — Como assim mais que amigos? *Quantos* bons amigos você tem? São tantos assim que amizade virou uma coisa banal? Parece que ser gentil, companheiro e saber ouvir as pessoas é menos importante do que sair por aí transando com qualquer um em qualquer sala.

De repente, Hugo percebeu que o que tinha acabado de dizer se encaixava em mais contextos do que tinha pretendido.

— Sem ofensas — completou.

— Não me ofendeu — respondeu João, virando a cabeça e olhando nos olhos de Hugo — Você é muito fofo, sabia?

Ok, *essa* conversa Hugo nunca tinha tido. Não só não a antecipara como foi atropelado por ela. Como se respondia uma coisa dessas? Obrigado e volte sempre? Hugo achava que era alguém que pensava demais, mas nunca, nunquinha mesmo, tinha tirado um tempo para se entender como pessoa fofa. O que *é* uma pessoa fofa, afinal? Ia pesquisar no Google assim que saísse dali.

— Por que o grito? — disse João, interrompendo seus pensamentos.

Hugo quase ficou aliviado com a mudança de assunto.

— Já te pedi pra esquecer — respondeu.

— Eu ainda me lembro do nome e do número dos primeiros cento e cinquenta Pokémons, nunca vou me esquecer do que ouvi aqui.

Hugo sacou o celular e começou a pesquisar.

— Trinta e nove — disse.

— Jigglypuff — respondeu João Bastos, quase imediatamente.

Estava certo. Não era possível.

— Cento e vinte e sete — Hugo tentou de novo.

— Pinsir.

Droga. Ia tentar uma estratégia diferente.

— Pikachu? — arriscou Hugo.

— Vinte e cinco.

— Nidoran!

— A fêmea ou o macho?

— Os dois — respondeu Hugo, desafiador.

— Vinte e nove e trinta e dois, respectivamente.

João Bastos nem titubeou. Hugo ainda estava olhando para aquelas unhas brilhantes dele quando ele respondeu.

O cara não ia *mesmo* esquecer.

— Você devia fazer disso sua profissão — concluiu Hugo.

— Não fica bem no currículo.

Hugo sorriu, mas sabia que era a deixa de que precisava.

— Eu achei que agora, com essa virada da Bunker, seria o *meu* momento, sabe? Eu nasci pra isso — disse ele.

Era meio estranho dizer isso em voz alta: *eu nasci pra isso*. Mas Hugo não conseguia expor de outra forma o sentimento de que ele estava predestinado a brilhar. Seus pais diziam, seus vizinhos confirmavam, os professores em Fiofó do Oeste faziam coro. Se seu primo Murilo tinha superado o lugar de onde vinham, Hugo conseguiria também, estava em seu sangue. Só precisava de uma chance, e a chance era essa.

Às vezes ele se perguntava se todo mundo se sentia desse jeito, se isso era mesmo a vida adulta: esforçar-se tanto por um objetivo, mas *tanto*, que a mera possibilidade de falhar deixava de existir. Daria certo porque tinha que dar certo. Era isso ou seu futuro inteiro viraria pó. Hugo havia planejado tanto chegar onde estava agora que toda a sua vida perderia o sentido se ele deixasse o momento escapar. Não queria ser a pessoa que aprendeu a nadar e morreu na praia.

— Essa era a hora de eu arregaçar as mangas e finalmente mostrar todo o meu potencial. Mas agora, com esse aplicativo que a Verônica quer... eu não sou a pessoa mais capacitada para ajudar outras pessoas a... sabe?

Falar que não era a pessoa mais capacitada era o eufemismo do século. Hugo era *incapaz*. Era como pedir para atendentes de telemarketing não abusarem do gerúndio ou para médicos escreverem com letra legível. Ele nunca tinha beijado na boca, muito menos ido para cama com alguém, então *como* estaria por trás de um aplicativo de pegação?

— Você transa de meia, não transa? — perguntou João.

— Não é sobre transar! — disse Hugo, exasperado.

— A frase "eu não sei transar" dita a plenos pulmões parece muito ser sobre transar — respondeu João, calmamente.

Hugo queria que arrependimento matasse para que ele pudesse cair duro naquele exato momento.

— É tudo, João — explicou, mas sem olhar nos olhos do outro.

Ficou encarando a vida acontecendo lá embaixo no térreo, pessoas indo e vindo, algumas bastante preocupadas, outras nem tanto. No geral, Hugo adorava o Centro, apesar da multidão de todo dia. Era carro buzinando, camelô gritando, homens engravatados dividindo calçada com gente de roupa esgarçada e prédios modernos coexistindo com arquiteturas históricas. Gostava de passear a esmo na hora do almoço, olhando as lojas, tropeçando nas pedras que se soltavam da calçada e encarando a Igreja da Candelária, mesmo sendo volta e meia abordado por um pedinte. Achava viciante o assobio do VLT cantando sobre os trilhos. Ali do terraço, Hugo fitava os carros passando na Rio Branco para ver se assim era mais fácil desabafar. Não era.

— Paqueras, encontros, toda essa dinâmica de buscar uma pessoa, ir num lugar com o intuito de... nem sei direito *qual* é o intuito — disse. — *Como* isso funciona. Sabe? Como demonstrar interesse, como saber se a pessoa corresponde, como saber se encontrou a pessoa certa, qual é o melhor momento para... são muitas regras invisíveis.

— Bom, não vou dizer que é fácil pra todo mundo, até porque pra algumas pessoas com certeza é mais difícil do que para outras, mas não são *tantas* regras assim. É bem, hum, intuitivo, na verdade. Não existe um manual de como trepar em dez passos.

— Pois deveria.

— Mas você não *precisa* dele, Hugo. Você sabe como é, não sabe? Quando você bate o olho num... — João Bastos parou a frase no meio e deu mais uma boa olhada em Hugo, semicerrando os olhos. — Numa? Numa, hum, pessoa?

— Quando eu bato o olho num *homem*, João, e daí? — respondeu Hugo, já sem paciência.

— A gente *sente* o que precisa ser feito. É bem básico. Ser você mesmo, saber comunicar o que você quer com aquela pessoa, deixar rolar e ver onde vai dar.

"Deixar rolar" era uma matéria que Hugo tinha deixado de aprender na faculdade da vida. Talvez tivesse matado todas as aulas e, em vez disso, se formado com mérito em Ansiedade I, II e III.

— Sei lá, o ser humano nasceu pra se relacionar, é quase instintivo. Você não precisa surtar — concluiu João.

É quase instintivo. Hugo não se espantaria se uma nave espacial aparecesse agora para levá-lo de volta ao seu planeta de origem.

Em Fiofó do Oeste, viviam interditando as colheitas por causa dos sinais supostamente alienígenas que surgiam no meio dos milharais.

Talvez fosse sua verdadeira família procurando por ele. *Caramba, moleque, como você ficou achando esse tempo todo que era humano? Você literalmente AMA TRABALHAR. As duas cabeças da sua mãe estão fulas da vida. Você vai voltar agora para Zorg-32 e ficar de castigo por dezenove voltas do asteroide C66.*

Devia estar estampado na cara de Hugo que ele não estava nem um pouco convencido com o discurso. E decididamente iria surtar, *sim*.

— Funciona pra mim — disse João Bastos, dando de ombros. — Não tem como ser tão mais difícil assim pra você. Não com esse rosto.

Hugo, sem perceber, deveria ter trocado a própria cabeça por uma bola de fogo, porque suas bochechas *queimavam*.

— Aí está você! — disse Verônica, assim que Hugo voltou para a sala dos criadores com o pior café que encontrou pela Bunker em mãos e João Bastos a tiracolo, que sabe-se lá por qual motivo também fora chamado. Qual era o cargo dele, afinal? — Eu já estava ficando preocupada, querido. Está tudo bem?

— Deve estar ótimo, encontrei esse aí no terraço gritando de felicidade — respondeu João.

Hugo o fuzilou com o olhar, mas João Bastos também era à prova de balas, pois, se percebeu, fingiu que não viu.

— Fala, JB, meu grande! — berrou Rômulo.

— Olha ele, todo bonito! Você é muito chique, JB — disse Greice.

— JB? — perguntou Hugo.

João apenas deu de ombros. Por que Hugo era a única pessoa que não sabia por que JB estava naquela sala?

— Eu sabia que você ia entrar de cabeça nesse projeto, Hugo! — disse Verônica. — É essa energia que quero circulando pela sala.

A energia que Hugo tinha para oferecer no momento era pavor e desespero. Ia ficar na torcida para Verônica conseguir trabalhar com isso, que nem a Monstros S.A. no começo do filme.

— Então, vocês me chamaram aqui? — perguntou João.

— Chamamos? — disse Hugo.

— Sim! Por favor. Parece que travou.

Verônica apontou para a tela onde era projetada a apresentação do novo aplicativo e Hugo quase não quis olhar, com receio de sair da sala berrando de novo. Uma mulher quicava seminua no colo de um homem tatuado, mas ia e voltava porque o vídeo havia travado nessa parte. Hugo conseguia entender que aquela era uma cena considerada sensual, mas ele só conseguia enxergar aquelas provas de gincana em que uma pessoa tinha que estourar uma bexiga sentando no colo da outra. E aqueles dois eram *péssimos* em estourar bexigas.

— Deixa comigo — disse João.

Hugo ficou encarando de cenho franzido João pedir licença e mexer no notebook de Verônica. Ele era da equipe de TI? Todos os caras de infraestrutura que Hugo tinha visto na empresa usavam gel no cabelo, além de jeans surrados, tênis de corrida e camisas polo de pelo menos três cores. A vaidade de João não combinava com o ofício. Ele era alto de um jeito que mesmo sentado ficava curvado sobre o computador. Hugo só ouvia o barulho das teclas enquanto fitava o olhar concentrado dele resolvendo o problema. A apresentação seguiu em frente um minuto depois.

Aquilo era mais sensual do que um casal quicando.

— Transferi o JB para o nosso andar pra dar suporte a essa equipe especial. É o melhor que temos — explicou Verônica. — Os demais times de desenvolvedores podem se virar com os outros talentos da TI, mas vocês merecem a excelência que a Bunker tem a oferecer.

Então João era a excelência? Não era de admirar que fosse tão metido.

— Já trabalhei com a equipe de inovação no ano passado, então acho que estou em casa aqui também — explicou João. — Tô aqui pra ajudar.

Hugo tinha entrado na Gira-Gira no começo do ano, por isso não tinha tido o desprazer de trabalhar diretamente com João, diferente de Rômulo e Greice. Azar dos outros times, que já trabalhavam com os aplicativos mais desmotivadores da empresa e ainda tiveram que aturar o sarcasmo desse homem por meses.

— Temos um time muito capacitado aqui, Huguinho — disse Verônica, assim que João saiu da sala. — Não sei como a Norma não conseguiu tirar o melhor de vocês.

Uma escolha de palavras no mínimo suspeita.

8. É por isso que você sofria bullying

Por mais que seus pensamentos estivessem sempre a mil, Hugo era especialista em manter a boca fechada. Tinham sido anos de treinamento em Fiofó do Oeste. Os moradores da cidadezinha eram dados a fazer longos monólogos quando menos se esperava, o que às vezes fazia uma simples pergunta sobre as horas render um discurso que durava dias sobre a relatividade do tempo. E ai de quem não ouvisse com atenção. Interromper ou deixar a mente voar para outra dimensão deixava os habitantes de Fiofó injuriados, um ultraje maior que negar comida de vó. Por isso, para não iniciar uma conversa, Hugo não perguntava. Não falava. Cresceu pouco adepto a colocar palavras no mundo e, com o tempo, tinha que admitir que até gostava do silêncio. Ironicamente, isso fazia de Hugo Flores um dos ouvintes favoritos das redondezas. Um menino tão educado! Tão bonzinho! Com certeza o melhor amigo dos palestrantes da terceira idade.

Porém, os últimos acontecimentos — berrar intimidades, ser *visto* por um moço bonito e ter seu futuro colocado em cheque — insinuavam que a química de seu cérebro havia sido alterada para sempre. Tanto que agora Hugo tinha chegado em casa sedento por desfiar seu dia inteiro para a primeira pessoa que aparecesse.

Quando se deu conta, era quase tarde demais.

— E foi por causa disso que eu corri pro terraço e gritei que...

As palavras chegaram na pontinha da língua, mas, num

último segundo de sanidade, Hugo as refreou. Precisava cortar os excessos. Estava sentado sobre a privada fechada enquanto Agnes finalizava a maquiagem no espelho. Tinha ficado prestes a falecer na primeira vez em que dividiram o banheiro — Agnes invadira para escovar os dentes enquanto Hugo estava pelado no box —, mas agora já estava acostumado. Até porque não tinha muito o que fazer: a tranca da porta só funcionava quando queria e Agnes não enxergava limites.

— Você gritou, é? — insistiu Agnes, acertando o delineado, depois que Hugo demorou mais de cinco segundos para terminar a frase. — Gritou o quê? CAPITALISMO DE CU É ROLAAAAAAA?

Meu Deus, Hugo nunca tinha visto essas palavras juntas. Mas tinha que admitir que isso dava um bom resumo.

— O que eu gritei não é importante — desconversou.

— A última vez que subi num terraço pra gritar foi porque eu tinha usado um óleo corporal inflamável pra transar com um puta de um gostoso dono de uma cobertura em Copacabana, mas depois do sexo ele acendeu um cigarro. Os bombeiros me salvaram pelada. Gritar foi muito importante. Desembucha.

— O cara tá bem?

— Vai ficar.

Agnes nem estava olhando para ele, focada em não exagerar no rímel, mas Hugo se sentiu encurralado. Ela era uma amiga. Ia entender. Não é isso que amigos fazem? Mas também era *Agnes*, e Hugo sabia que, se ele contasse que era virgem assim na lata, ela manteria o assunto em alta por meses e perguntaria se ele estava almejando o sacerdócio católico. Tomou outra rota, pela qual também queria adentrar.

— João Bastos disse que eu sou fofo.

— Ele *o quê*? — respondeu Agnes, deixando a maquiagem de lado por um instante e o encarando com interesse renovado na conversa.

Agnes era tão *linda*. A maquiagem só realçava o que Hugo via todo dia. Ela tinha olhos que expressavam até o que não deviam e cílios longos que pareciam de boneca. Com certeza o pique-pega romântico não era difícil para ela com aqueles lábios cheios, as maçãs do rosto proeminentes e o queixo definido. Talvez por isso dormia tanto em camas que não eram dela.

— Ser chamado de fofo é bom? — perguntou Hugo.

— Se você for mulher, é uma derrota. Eu sou a *gostosa*, grandes bostas ser a fofa do grupo. Me chama logo de gorda, porra. É o que eu sou. Mas pra homem... fofo é até interessante. A gente chega falando "nossa, que gracinha" e quando vê tá com a calcinha no joelho.

— É do meu extremo interesse que calcinhas permaneçam nos lugares devidos.

Agnes deu uma gargalhada e voltou a aplicar pó nas bochechas. Era um processo metódico que ela já fazia no automático. Hugo não conseguia imaginar viver num mundo em que tivesse que fazer uma plástica diária no rosto para poder sair de casa sem ser julgado.

— E onde você vai toda bonita? — perguntou.

— Eu *sou* bonita. Hoje só quero que mais pessoas saibam disso — respondeu ela, finalizando o blush.

— Quero ser que nem você quando crescer.

Mas Hugo sabia que nem em um milhão de anos teria a autoestima de Agnes. Teria que morrer e reencarnar.

— Por que não vem comigo? — perguntou ela. — Essa festa promete.

— Festa numa quarta-feira, Agnes?

— E tem dia certo pra festejar?

Hugo não era muito fã de festas, então o dia certo para uma acontecer era provavelmente uma vez a cada cinco anos, mas jamais numa quarta.

— Tô indo, Chuchu — disse Agnes, depois de passar um batom roxo que parecia ter sido feito para ela. — E não esquece! Quero ser a primeira a usar esse seu aplicativo de pegação, tá? Me põe no grupo VIP.

— O que eu sei da vida pra fazer um aplicativo de pegação dar certo?

— Ué, se inspira em mim! — respondeu ela, fazendo um movimento floreado com as mãos. — Linda, gostosa e sexualmente ativa.

— Eu deveria mesmo pegar algumas dicas com você.

— Nem precisa pedir. Anota aí: top dez técnicas pra enlouquecer um homem na cama.

Hugo achou de bom-tom não anotar nada, porque os conselhos que vieram de Agnes deviam ser proibidos no Brasil e em mais noventa e sete países.

— Quão bom você é em matemática? — perguntou Jamille, colocando a cabeça para dentro do quarto dele.

— Nível sofrer bullying na escola — respondeu Hugo.

Nem tinha visto Jamille chegar em casa depois que Agnes saíra. Tentou tomar um banho e relaxar, mas fez várias outras coisas que não se pareciam em nada com "tomar banho" ou "relaxar". Combinavam mais com "surtar enquanto gira no próprio quarto" e "chorar escorado na parede como numa novela das nove". Precisava elaborar um plano que convencesse Verônica a criar aplicativos cujos assuntos *ele* dominasse, embora fosse improvável que sua líder se interessasse por ordenha de cabras e ser vítima de *bullying* na escola.

— Você apanhava por saber regra de três? — disse Jamille.

— Eu apanhava por saber *somar*.

A verdade é que os colegas de turma dele só queriam um pretexto para implicar com Hugo, não importava o motivo.

— Então hoje é dia de realizar seu sonho de oprimido! Preciso tomar uma *surra* de matemática. Me ajuda?

— Meu sonho nunca foi bater em ninguém, Jamille.

— Deve ter apanhado pouco, então. Eu sou a primeira a gritar "Fogo nos racistas". E nunca estou brincando.

Hugo se deixou ser arrastado até a mesa da sala onde Jamille havia empilhado tantos livros que um desabamento trazia o risco de traumatismo craniano. A matemática sempre acalmava Hugo, o que, dizendo assim, parece uma frase muito triste.

— Você não precisa *odiar* matemática — disse ele, quando viu a folha de rascunhos caótica que Jamille estava usando para resolver uma questão muito simples. — Eu vou te mostrar que pode ser até divertida.

— Tarde demais, eu já odeio — desabafou ela. — E você sabe que odeio mais ainda depender de outras pessoas para alcançar as coisas que quero, só que acabei de me render, então não vai rolar sozinha. Nada de aprender pelo amor, vai na dor mesmo. Quero que você me atropele com números, Hugo, quero encerrar a noite toda quebrada, desmaiada, esbofeteada, quero que você me *exploda* com a matemática até eu deixar de ser burra e aprender.

Hugo imaginou Jamille falecendo depois de sair no soco com um triângulo equilátero.

— Não existe um mundo em que você seja burra, Jamille — respondeu, de coração.

— Isso é o que me deixa puta, sabia? — confessou ela. — Eu sei que não sou burra. Me pergunta as datas mais importantes da Revolução Francesa. O nome dos oceanos que banham o continente africano. Quantos livros do Machado de Assis eu já li e amei. Só não consigo entender o que é um *polinômio*. E pra que preciso estudar o teorema de Pitágoras? *Onde* vou usar isso? Quem depois que sai da escola sabe esse teorema que não presta pra nada?

— O quadrado da hipotenusa é igual à soma do quadrado dos catetos?

— É por isso que você sofria bullying — pontuou ela.

Hugo deu uma risada sincera. Parecia mesmo uma piada que Jamille entendesse como os governos surgiam, como o capitalismo agia e como as minorias se organizavam, mas se confundisse com *números*, os símbolos mais diretos da humanidade. Hugo tinha certeza de que ela desfiaria toda a etimologia da palavra "fofo" se ele pedisse. Resolveram juntos uma questão de geometria e outra envolvendo combinação. Hugo percebeu que Jamille segurava o lápis como se ele fosse sair voando e assassinar a família inteira dela.

— Desse jeito você vai quebrar o lápis — disse ele, só para ver imediatamente o lápis se partir na mão dela com um estalo.

Jamille nem se abalou.

— Ah, acontece. Eu tô preparada — respondeu, abrindo um estojo só de lápis e pegando lá de dentro um idêntico ao primeiro.

O lápis quebrado foi para uma lixeira ao lado da mesa, que Hugo nem tinha percebido que estava ali. Não se surpreendeu quando viu outros lápis partidos ao meio lá.

— Passar nessa prova é tudo pra você, né? — concluiu Hugo.

— Você não tem ideia — desabafou ela. — Se eu não me classificar, já posso encomendar meu caixão porque meus pais vão me enterrar viva.

Cirlene e Virgílio não exigiam nada de Hugo, mas também não precisavam. Hugo se pressionava pelos dois. Já Jamille era empurrada para o precipício pelos pais.

— Eles te cobram demais? — perguntou Hugo.

— Já cobraram mais. Agora acho que desistiram de mim, viram que desse mato não sai cachorro.

— Como não sai, Jamille? Você sabe tudo sobre feminismo, antirracismo... e as pautas de sexualidade? Você sabe mais dos direitos dos gays do que eu. Você me ensinou um *monte* de coisa.

— E nenhuma delas paga minhas contas, essa é a história da minha vida. Parece que tenho horror a carreiras que dão dinheiro. Meus pais dizem que nossa família nasceu pobre, mas eu fui a única que escolheu continuar sendo.

Jamille estava rindo, mas Hugo ponderou se era o caso de ele rir também.

— Tenho uma prima advogada que, nossa, é o orgulho dos pais dela *e* dos meus. Desde que se formou tento ficar feliz por ela, mas parece que o sucesso dela *realça* o meu fracasso, sabe? Nem é culpa dela, coitada, que é um amor. Outro dia apareceu na tv advogando em porta de cadeia e meus pais disseram que era o sonho deles me ver *ali*.

Dessa vez Hugo gargalhou, porque entendia do riscado.

— Você sabe que meu primo Murilo é médico — disse ele.

— *Verdade!* — respondeu Jamille, boquiaberta. — Já pensou em começar a beber?

— Só uma vez, quando convidaram ele pra ser consultor fixo num programa da Globo.

— Ok, seu primo é o pior de todos. Você venceu.

— Então por que tô me sentindo um perdedor?

Jamille riu e bagunçou o cabelo dele como quem faz carinho num gatinho abandonado. Tentaram resolver mais uma questão sobre triângulos, mas Hugo não estava pronto para encerrar o assunto. Tinha ficado com uma dúvida.

— Essa vaga de emprego, esse concurso da prefeitura... nada disso é seu sonho de infância, né? — perguntou.

— Tá querendo saber se quando eu tinha cinco anos sonhava em ser uma assistente administrativa nível 1?

Hugo tentou imaginar pelo que uma criança teria passado para ser apaixonada por uma repartição pública. Nem ele, que usava óculos desde os cinco anos, teria ido tão longe.

— Qual é seu sonho, então? — insistiu. — O que você sente que *nasceu* pra fazer?

— Não acha meio triste a gente sonhar em trabalhar? — rebateu ela. — Eu trabalho pra sobreviver, Hugo. Trabalho porque preciso. Meu sonho de infância era, sei lá, ser a primeira menina superpoderosa preta, descobrir um dia que eu era a filha perdida da Xuxa, esse tipo de coisa. Nunca sonhei em ser assalariada.

Quando Jamille colocava as coisas dessa forma, parecia mesmo meio patético, apesar de Hugo não fazer ideia de como seria a vida dele se não tivesse nascido com um *propósito*. Querendo ou não, ia ter uma carreira de sucesso e dar uma vida melhor para os pais. Estava no DNA dele, mas, mesmo se não estivesse, Hugo ainda iria querer isso por vontade própria.

— Falando em salário, como foi lá no cativeiro hoje? — perguntou Jamille.

— *Bunker* — corrigiu Hugo. — E foi tudo bem. Mudaram

completamente uma ideia minha e agora vão me obrigar a criar um aplicativo de pegação.

— Não sei se você percebeu que do jeito que falou isso ficou parecendo o oposto de estar tudo bem.

Jamille tinha certa razão.

— Não é um problema com *eles*. Acho que o problema sou eu. Tenho que estar preparado pra esse tipo de coisa, né? É um monte de gente trabalhando junto, a ideia não pode ser só minha. E a Verônica, você tinha que conhecer ela pessoalmente. Ela é *incrível*. Inspirou a gente, deu esse direcionamento visionário para o aplicativo e mudou a empresa da água pro vinho.

— Pra um trabalho em equipe, ela até que faz muita coisa sozinha.

— Eu vou acabar me conformando, de algum jeito. Só não sei como vou dar conta de criar um aplicativo dessa categoria sendo... eu.

Hugo esperou que Jamille perguntasse o que significava ser *ele*, mas, quando ela ficou quieta, ele até preferiu que fosse assim.

— Agnes me aconselhou a transar até ficar assado. Não com essas palavras — disse Hugo, mas logo depois se corrigiu. — Pensando bem, ela disse exatamente com essas palavras.

— Ela até que não tá errada — respondeu Jamille. — Quer dizer, desculpa, ela tá absolutamente errada. Na maioria das vezes, os conselhos da Agnes só funcionam para ela mesma porque ela é... como eu posso explicar?

— Ela é a *Agnes* — afirmou Hugo.

— *Isso* — concordou Jamille, sorrindo. — Mas talvez valha a pena você pegar a essência dos conselhos dela e trazer pra sua realidade. Você é um bom observador, não é? De repente não precisa ficar *assado*, só tem que olhar de longe e conversar com as pessoas, pra entender o que elas gostariam que um aplicativo de pegação fizesse por elas.

Foi como se Jamille tivesse compartilhado com Hugo o manto da razão com o qual ela estava sempre coberta. O importante não era como Hugo se sentia em relação aos aplicativos de pegação — ANSIEDADE, DESCONFORTO, VONTADE DE GRITAR —, mas como as pessoas, os futuros usuários, gostariam que eles fossem.

— Ai, Jamille, é *disso* que eu tô falando! — respondeu ele, um mundo se abrindo em sua mente. — Você devia cobrar por cada palavra que sai da sua boca.

— Não fica achando que tá saindo de graça pra você, bonitão — disse ela — Só vai sair daqui quando eu estiver convencida de que hipotenusa é uma coisa que existe.

Jamille terminou aquela sessão de estudos toda moída. Bem-feito.

— Alô?

Eram quase onze horas da noite quando Hugo atendeu uma ligação de um número desconhecido, coisa que nunca fazia. É que daquela vez ficou na dúvida se realmente não conhecia o número ou se o cérebro estava só se recusando a interpretar algarismos depois da maratona de geometria com Jamille.

— Oi, Huguinho! Verônica, da Bunker!

Uau. Hugo nem sabia que Verônica tinha o número dele. Ainda se surpreendia que ela, uma mulher tão bem-sucedida, soubesse seu nome e dirigisse a palavra a ele por livre e espontânea vontade.

— Espero não estar atrapalhando a sua noite, mas tenho uma notícia urgente — disse ela.

— O que aconteceu? Algum problema na empresa?

— Amanhã é o Dia da Bermuda!

Hugo não estranhou tanto assim a celebração, porque em Fiofó do Oeste se comemorava o Dia da Camisa Xadrez e também a data mais comovente de todas, o Dia da Calcinha de Renda, que levava homens, mulheres e crianças a festejarem na praça da cidade.

— Isso é um feriado do Rio de Janeiro? — perguntou.

— Não! — respondeu Verônica, um pouco reativa demais à palavra "feriado". — É o Dia da Bermuda na Bunker! Amanhã quero todo mundo com os joelhos aparecendo, canelas à mostra e muita disposição! Vamos quebrar um pouco essa rigidez da roupa social e nos divertir!

Parecia mais legal em Fiofó do Oeste.

— Você deve estar pensando "nossa, a Verônica é tão generosa! Parece um sonho ter ela como minha líder!", pode falar.

Hugo não tinha pensado nisso em nenhum momento, apenas que amanhã teria que expor seus cambitos, mas Verônica ficou esperando a resposta dele por tanto tempo sem falar mais nada que ele se sentiu obrigado a quebrar o silêncio desconfortável.

— Sim... parece um sonho — disse.

— Mas é a realidade, bobinho! — reagiu Verônica. — Uhul!

Verônica operava de formas misteriosas que Hugo não entendia, mas vai ver era por isso que ela era a guru do sucesso, enquanto ele era apenas alguém implorando por uma chance. Se ela estava dizendo que colocar uma bermuda levantaria o moral do time, ele acreditaria.

— Aproveitando que você entrou no assunto trabalho, pode confirmar umas informações da equipe pra mim? — perguntou ela. — Vai ser coisa rápida.

Antes de Hugo responder que tudo bem, Verônica foi atirando perguntas sobre protocolos, acessos e a forma que as coisas funcionavam antes de ela ter chegado na empresa. Não era nada confidencial e Hugo ficou feliz em ter as respostas e ser útil, mas, quando encerrou a ligação e botou a cabeça no travesseiro, já era amanhã.

9. Era só chegar lá, abrir o zíper e ser feliz

Hugo fez o que podia, mas aquela miniatura de roupa era a única bermuda que cumpria o *dress code* especial da Bunker Tecnologia. Verônica havia dito que usar bermuda naquela quinta-feira era *primordial* para o sucesso da empresa, pois a ciência explicava que conforto e bem-estar, para além das formalidades, aumentavam o moral e o desempenho da equipe. Hugo até tinha tentado sair pela tangente, mas Verônica fora firme na decisão de tornar crime usar calças naquele dia. Com aquela bermuda encolhida, talvez Hugo fosse preso de qualquer forma por atentado ao pudor.

Os pais de Hugo no começo viviam preocupados sobre onde ele estava morando, sempre imaginando o pior. Achavam que naquele apartamento funcionava uma boca de fumo e que também promoviam orgias e cultos satânicos. Não tinha nada disso — talvez orgias, já que Agnes não pedia permissão —, mas fazia tanto calor que talvez fosse mesmo uma portinha para o inferno. Pelo menos as roupas secavam. Tinha lavado sua bermuda correndo de madrugada porque sabia que de manhã já estaria seca... só não esperava que a roupa fosse *encolher*. Agnes tinha perguntado se era o Dia da Bermuda ou do shortinho beira cu.

O plano de Hugo era entrar despercebido na sala dos criadores, sentar o mais rápido possível e se levantar somente em caso de extrema urgência (caganeira e incêndio), mas fracassou assim que Greice pôs os olhos nele e gritou *YAS QUEEN*, estalando os dedos.

— Mona, que bafooooo! — berrou ela. — Agora a senhora *serviu*. Faraônica! Que-bra tu-do!

— Bom dia, Greice...

— Que tiro foi esse, hein?

Era um perigo as pessoas se informarem sobre a comunidade gay por memes na internet. Se Greice viajasse no tempo e conversasse com um gay de 2017, ele nem ia desconfiar que estava falando com alguém do futuro. Talvez até a achasse ultrapassada.

Greice usava uma bermuda de sarja bem ajustada, mas Hugo não era o único com as roupas encolhidas. Rômulo parecia embalado a vácuo dentro de uma regata branca e uma bermuda jeans, com muitos centímetros de pele exposta e um *peitão cabeludo* difícil de ignorar.

— Meu mano, agora botei fé! — disse Rômulo, assim que o viu. — Eu tava até aqui falando com a Greice: o Hugo não tem cara de que dá ré. No dia a dia tu parece até homem, Hugo.

— Obrigado, Rômulo. Bom dia.

Hugo percebeu que a cara estava ardendo quando se sentou em frente ao computador, mas não era só a vergonha de exibir seus cambitos em público nem o rubor que subia quando estava na presença de um homem peitudo. Estava de fato *quente*. Greice se abanava com um leque e às vezes abanava Rômulo também. Gotículas de suor escorreram pela testa de Hugo, coisa que nunca tinha acontecido naquela sala climatizada.

— O que houve com o ar? — perguntou ele, virando um copo d'água que não trouxe nenhum frescor.

Aparentemente, Verônica Rico estava ali para dar a resposta.

— Prontos para parir o aplicativo mais apimentado do Brasil? — disse ela, vestindo um conjuntinho chique de camiseta e uma bermuda de alfaiataria. — Espero que sim!

Hugo estava pronto para no máximo um desmaio.

— Nossaaaaaa! Gostei de ver que todo mundo entrou no clima do Dia da Bermuda! — disse a líder, avaliando todos eles, mas demorando um segundo a mais em Hugo. — É assim que eu gosto, crianças. Todos descolados, joviais e focados em produzir!

Hugo bebeu de uma vez só o copo d'água que Greice ofereceu, esperando que alguém se manifestasse para falar o óbvio.

— Verônica, teve algum problema com o ar-condicionado? — perguntou Rômulo. — Tá meio quente aqui.

— Você acha? — respondeu ela, como se sua temperatura corporal estivesse em clima de montanha. — Nem reparei, tô com a energia tão canalizada na nossa meta que não me apeguei a esses pormenores. Mas, sim, ontem tivemos um probleminha com o ar-condicionado central da Bunker durante as obras. Lógico que fui eficiente e já exigi o conserto. Em até quarenta e oito horas estará tinindo novamente.

— *Quarenta e oito horas?* — exclamou Greice.

— Sorte a nossa que hoje é o Dia da Bermuda! Imagina trabalhar com aquelas roupas pesadas? Sem condições — disse Verônica.

Orientados pela líder, Rômulo e Hugo abriram as janelas da sala para deixar entrar pelo menos um vento. Depois Hugo foi pegar mais água e, antes que pudesse se sentar e esconder as pernas, Verônica o admirou de cima a baixo.

— Huguinho, você é tão necessário! É lindo ver a sua comunidade assumindo corpos reais, sem querer se encaixar nos padrões de beleza que a sociedade vive nos empurrando.

Queimaria a bermuda assim que chegasse em casa.

— Agora, vamos ao que interessa! Vamos falar de *sexo*.

Hugo sabia que esse momento ia chegar, mas preferia que não chegasse. Tinha saído de casa com o conselho de Jamille na cabeça. *Só tem que olhar de longe e conversar com as pessoas.* Hugo passara a viagem de ônibus analisando todas as pessoas. Um casal de meninas dando um selinho no assento da frente. Um homem na calçada abraçando a namorada. Uma mulher com sorriso no rosto enquanto digitava uma mensagem. Amar era fofo, no fim das contas. Quem sabe um dia ele experimentasse, quando não estivesse tão ocupado tentando vencer na vida. Mas sexo? Às vezes achava que era igual cerveja, as pessoas fingiam que era bom para não ficarem de fora.

— Não é exatamente o tamanho que importa, é a espessura — comentou Greice, numa conversa da qual Hugo tinha perdido metade em seus devaneios.

— Você tá falando sério? — perguntou Rômulo.

— Claro que eu tô! Toda mulher sabe disso.

— Eu concordo, mas também já teve uns cavalões que me levaram ao céu — respondeu Verônica, com um olhar saudosista.

— A gente pode ter uma área no aplicativo para os manos botarem as medidas, aí já agiliza — perguntou Rômulo.

Meu Deus. Todas as pessoas eram Agnes.

— O que você acha, Huguinho? — perguntou Verônica.

Hugo quase engasgou com a água que bebia para aplacar o calor, mas continuou tomando devagarzinho para ganhar tempo. Foi o mesmo que nada.

— Aposto que sua cabecinha está cheia de ideias — completou ela.

Se o filme *Divertida Mente* se passasse na cabeça de Hugo naquele momento, seria um fracasso de bilheteria, pois pelo que parecia todos os que trabalhavam dentro da cabeça dele tinham saído de férias.

— O que é sexo, no fim das contas? Entendem? — perguntou Hugo. — O que é um *homem*? Melhor ainda, o que exatamente é uma *mulher*? Vocês pediram por ideias... mas o que é uma ideia?

Hugo tinha aprendido em algum lugar que as respostas soavam mais inteligentes se fossem perguntas. Onde para ele havia burrice, as pessoas enxergavam filosofia. Não tinha ideia do que estava falando, mas todo mundo soltou um *uaaaaaaau*.

— Quem pode compreender a mente de um gênio, não é? — disse Verônica, meio incerta. — Vou deixar vocês cultivando essas ideias e volto depois para ver o que floresceu. Preciso visitar meu escritório pessoal *com urgência*.

— Deu ruim lá? — perguntou Rômulo.

— Ah, não exatamente... só... sabe, urgências. Precisam de mim. Tchau.

Verônica saiu da sala a passos rápidos, abanando-se com

as mãos. Uma mulher que encarava o caos de frente e resolvia todos os problemas! Eles não estavam cientes, mas Verônica também era uma mulher com um ar-condicionado potente no escritório pessoal. Hugo queria *tanto* ser ela quando crescesse na vida. As roupas que Verônica usava, as joias, o carro gigante que ela dirigia. Ter sucesso era como *nascer de novo*. Hugo se perguntou se daqui a um ano ou dois de muito trabalho ele teria o rosto harmonizado, os dentes brancos, um carrão na garagem de uma casa enorme de três andares e os pais vestindo linho num varandão em Fiofó do Oeste — ou na cidade em que eles quisessem morar. Uma vida longe de problemas mundanos, como correr atrás de ônibus e ter que lidar com um ar-condicionado quebrado, uma vida em que o dinheiro resolveria tudo. E ainda tinha gente que não amava trabalhar.

— Parece que é só com a gente, meu mano. O que você manda?

Rômulo e Greice o fitaram como se ele tivesse todas as respostas. Hugo nunca tinha liderado equipe nenhuma e estava até acostumado com Otávio mandando nele sem nenhuma razão, mas, agora, ele era o CÉREBRO. Fazia dias que não via Norma em lugar algum. Ela, que antes gerenciava o time à distância e apenas quando os astros se alinhavam, agora tinha desistido de vez e cedido lugar para a guru. Hugo ainda estava absorvendo esse modelo de trabalho que Verônica dissera ser um sucesso nos Estados Unidos, o colaborador multidimensional. O ser humano tem diversas camadas, explicara ela, então por que no trabalho vamos nos resumir a uma coisa só? Sendo multidimensional, Hugo tinha o poder de fazer o trabalho dele, mas também de liderar a equipe, de preencher documentações e de quem sabe até de passar um café e servir sua líder. O problema é que, quando o assunto era sexo, Hugo se sentia extremamente unidimensional, talvez até *unicelular*. Hugo era um foguete, mas também era virgem, o que complicava as coisas. Foi tentando pelas beiradas guiar Greice e Rômulo nas tarefas deles sem esbarrar no elefante branco no meio da sala. Rômulo já tinha pensado num modelo de banco de dados, mas precisava verificar com JB — Hugo nunca ia se acostumar com isso — se era viável.

Assim que Rômulo saiu da sala, Hugo e Greice ficaram se olhando, ela com um sorriso no rosto. Hugo sabia a estrada que precisava seguir, mas, ai, gente.

— Acho que a gente pode falar mais do... design — disse Hugo, relutante.

Foi a deixa para Greice puxar de debaixo da mesa três *scrapbooks* gigantes. Hugo achou que a mesa compartilhada deles fosse quebrar ao meio quando Greice soltou os calhamaços na frente dele. Eram cadernos cheios de recortes de revistas, fotografias e referências que de alguma forma faziam sentido para Greice, mas que Hugo corria o risco de jogar no lixo se não prestasse atenção.

— Vamos lá! — respondeu ela, abrindo um dos cadernos numa página que tinha literalmente uma camisinha colada de um lado e uma calcinha vermelha do outro. — Então, eu estava pensando no aplicativo ser uma grande vagina, mas bem grandona mesmo, uma vagina que se abre para os usuários e oferece um mundo de possibilidades no que seria o clitóris. O que você acha?

Hugo virou mais um copo d'água. Teria achado um clitóris mais rápido do que encontrou palavras para responder à pergunta. Tinha que perguntar para Jamille como dizer que a ideia de uma mulher era de péssimo gosto e continuar sendo um aliado do feminismo.

É uma verdade universalmente conhecida que toda pessoa hidratada é também uma pessoa mijona, mas Hugo só foi se lembrar disso quando a bexiga dele pediu arrego. Tinha ido bem longe com Greice e Rômulo na especificação do aplicativo sem ter que decidir sobre o design genital. Deixaram até de almoçar para ter algo decente para apresentar — quando Verônica voltasse do almoço.

Hugo entrou no banheiro da Bunker enroscando as pernas

e foi direto para as cabines só para encontrar todas elas em obras, exceto uma, que estava ocupada. Quase pediu socorro para quem quer que estivesse dentro dela, porque, *caramba*, estava prestes a se mijar.

Daí se lembrou dos mictórios com um pouco de desgosto.

Hugo nunca iria entender como a humanidade tinha evoluído tanto, desenvolvendo as noções de ciência, ética e moral, mas continuava achando que era tudo bem um homem mijar de pé ao lado do outro. Tinha certeza de que os homens das cavernas já agiam assim. Hugo colocava mictórios na mesma categoria de arrastar a esposa pelos cabelos, mas atualmente apenas o último gerava comoção. Evitava sempre que podia. Na verdade, havia se esquecido da existência deles por completo desde que entrara na falecida Gira-Gira, mas o fato hoje é que não havia escolha.

Eram três mictórios enfileirados. Acima de todos eles vinha o logo da Bunker com o slogan embaixo: *nosso interesse é você*. Era só chegar lá, abrir o zíper e ser feliz. Hugo podia fazer isso, tinha certeza, afinal era um foguete e podia tudo. Ficou pensando se era melhor escolher o mictório da direita ou o da esquerda, mas talvez isso encorajasse outro homem prestes a se mijar a ocupar a posição oposta. Então decidiu pelo meio, ponderando que até *legítimos* homens das cavernas teriam a decência de não tornar aquele momento uma experiência tão compartilhada assim.

Se arrependeu de confiar em homens assim que desabotoou a bermuda.

— FALA, GUERREIRÃO.

Rômulo, sem cerimônia alguma, materializou-se ao seu lado e pôs o pau para fora. Não que Hugo tivesse olhado. Estava ocupado demais sem saber se encarava o teto ou o chão, se urinava nas calças ou no próprio Rômulo. Dizem que o ser humano é noventa por cento água e devia ser verdade, mas ali naquele banheiro Hugo era pelo menos noventa e nove por cento xixi. Escolheu deixar a coisa toda *fluir* e fingir que Rômulo não estava ali, mas havia um obstáculo: Rômulo.

— Cara, que calorão hoje! Eu tô bebendo água que nem um camelo e mijando feito uma grávida.

Curioso que, enquanto Hugo se aproximava de um mictório como quem vai para a guilhotina, alguns homens agiam como se estivessem num bar. Hugo emitiu um *err* ou talvez um *haan*, mas que poderia muito bem ser um *bruuuu*, era difícil dizer. Nem Rômulo tinha escutado, era um som discernível apenas por cachorros. Quando Hugo começou a se aliviar, ouviu o *jatão* de Rômulo ecoando ao lado dele como se fosse um bombeiro apagando um incêndio. Hugo tentou se concentrar, mas, meu Deus, o *esguicho*.

Em algum momento, ouviu um peido.

— Estraçalhou agora, hein, Hugão! — disse Rômulo, num tom de voz que dava para ser ouvido lá do corredor.

— Não fui eu!

— Tô te zoando, fui eu — respondeu Rômulo, gargalhando, e logo em seguida emendou num peidinho fino.

Hugo estava mortificado. Talvez já tivesse de fato morrido ao decidir usar o mictório e agora, no purgatório, encarava provações.

— Quer apostar quanto que eu consigo limpar aquele bagulhinho ali? — disse Rômulo.

Hugo olhou no automático e viu, além de imagens que ficariam gravadas em seu cérebro para sempre, Rômulo mirando numa mancha de poeira no mictório que ocupava e a apagando com sucesso com o próprio mijo.

— Coitado de quem nasce sem pau, nunca vai poder se divertir assim... — comentou Rômulo.

Foi com força que Hugo piscou para tentar apagar a memória do que tinha acabado de ver, mas o que ouviu a seguir apenas solidificou seu trauma.

— DIZ AÍ, MEU MANO JB!

Hugo quase mijou no teto quando notou João Bastos ao seu lado com a braguilha aberta.

— E aí, parceiro, o que tu manda? — respondeu João, ajeitando-se no mictório e iniciando os trabalhos.

— Cara, eu e esse cabeçudo estamos mandando muito bem no primeiro lançamento da Bunker — disse Rômulo.

— O aplicativo de pegação? — perguntou João, falando por cima de Hugo, já que tanto ele quanto Rômulo não tinham esquecido de crescer durante a adolescência.

— Esse mesmo. Já tava até pra te mostrar, JB. A estrutura está quase toda planejada, vai ficar do caralho quando a gente finalizar.

— Hugo tá dando conta, é? — perguntou João, ofensivamente surpreso.

— Dando conta? O baixinho aqui é um gênio — respondeu Rômulo, cutucando Hugo com o cotovelo.

— Eu concordo que ele é baixinho — pontuou João.

Hugo quis gritar que *estava ali*, literalmente entre dois homens com o pinto na mão, mas essa conversa nem era para existir! E, gente, que xixi interminável era esse? Hugo não via a hora de sair dali, mas de dentro dele jorravam de forma incansável as Cataratas do Iguaçu. Achou que seu tormento tinha acabado quando notou Rômulo fechando o zíper e indo lavar as mãos, mas então João Bastos ao seu lado disse:

— *Uau*. Pernas. Alguém levou o Dia da Bermuda a sério demais.

Hugo aguardava ansiosamente pelo Dia da Burca.

— Será que ninguém nessa empresa respeita o silêncio do xixi? — respondeu ele, indignado.

A Lei do Silêncio do Xixi de fato vigorava em Fiofó do Oeste desde a década de 1980, mas a abrangência não alcançava o Rio de Janeiro. Hugo estava descobrindo que aparentemente *nada* se aplicava ao Rio de Janeiro, já que todo mundo tinha costumes estranhos, como conversar no mictório, ter um celular do bandido e fazer crossfit.

Só quando João Bastos foi lavar as mãos e Rômulo saiu do recinto é que Hugo sentiu que os quinze litros de urina que tinham saído de dentro dele estavam no fim. Quem diria que beber água era tão perigoso. A Bunker sem ar-condicionado ainda parecia o apartamento dele em Vila Isabel, mas Hugo cortaria a água por hoje.

— Desde quando você fala *mano*? — perguntou Hugo quando girou a torneira, enquanto João Bastos ajeitava o cabelo e as sobrancelhas no espelho.

— Saiba que eu também não me orgulho disso — respondeu João. — Então quer dizer que já está pronto pra dizer aos outros como fazer para aproveitar a vida? Você aprendeu bem rápido. Foi o quê, o supletivo do sexo?

— Para! Tem gente aí — sussurrou Hugo, apontando para as cabines. — E, não, eu não aprendi nada ainda. Mas vou.

— Eu já te disse que sexo casual não é um bicho de sete cabeças.

— Mas é um bicho que tem pelo menos umas cinco.

— É só *deixar rolar*, Hugo. Tudo se encaixa. Não tem mistério. Eu sou muito feliz nas minhas investidas.

Foi no mesmo segundo que o moço da Contabilidade saiu de uma das cabines, aquele mesmo que tinha se atracado com João Bastos numa das salas de reunião. O cara mal olhou para os dois. Desviou o olhar quando viu João e rumou direto para a saída, sem nem cumprimentar.

— Eu tô muito emocionado de presenciar essa relação extremamente saudável — respondeu Hugo assim que o cara bateu a porta.

— Esse aí foi um erro, admito, saí um pouco da linha — explicou João. — Mas também não foi o fim do mundo.

— Esse homem nem lava as mãos, João.

— Agora você me pegou.

— É disso que eu tô falando: por que alguém como *você* se envolveria com alguém como *ele* nessas circunstâncias? — questionou Hugo, quando os dois pararam para pegar um café no ainda improvisado Cantinho dos Snacks.

— Alguém como eu?

Sim, alguém como *ele*. João Bastos, graças a Deus, também tinha aderido ao Dia da Bermuda, e Hugo poderia passar horas admirando aquelas panturrilhas. Era engraçado como Rômulo era *grande*, mas, em comparação com as pernas de João Bastos, Rômulo parecia uma casquinha do McDonald's. Era um mistério como aquelas pernas finas aguentavam o torso. Hugo suspeitava que Rômulo fosse tombar de lado se batesse um vento, mas João Bastos ficaria de pé, firme e forte, mesmo se segurasse Hugo no colo para que o vento não o levasse.

— Às vezes eu queria saber o que se passa na sua cabeça — disse João.

Melhor não.

— E qual o problema de eu ficar com o... Contábil?

— Você nem sabe o nome dele — acusou Hugo.

— Mas com certeza é com C.

— É *Leandro*, tava no crachá.

João Bastos apenas deu de ombros.

— Viu? Esse é o seu bloqueio. Pensa demais — disse João. — Parece que você tá esperando um príncipe loiro de olhos azuis num cavalo branco aparecer para salvar o seu dia e vocês viverem felizes para sempre.

Se a alternativa fosse o moço da Contabilidade, Hugo realmente daria tudo por um príncipe num cavalo branco que o tomaria pela mão e o trataria gentilmente. À noite, eles deitariam na mesma cama e... essa parte era meio nebulosa... mas eles com certeza dormiriam de conchinha entre juras de amor eterno. Hugo, porém, notou que o príncipe dos seus devaneios não era loiro. E tinha olhos castanhos marcantes.

— Só acho que as pessoas merecem coisa melhor do que um homem porco que não lava a mão — rebateu Hugo. — E já existem *tantos* aplicativos de pegação, por que criar mais um? É realmente *disso* que as pessoas estão precisando?

— Eu não posso responder por todo mundo, Hugo. Mas aí é que tá: você também não. Não existe isso de "as *pessoas* estão precisando". Cada pessoa quer uma coisa diferente. Tem gente que quer viver uma comédia romântica, mas tem gente que só quer curtir, e tá tudo bem. Nem todo mundo se interessa por esse mundinho cor-de-rosa de príncipes e princesas.

João Bastos tinha certa razão, mas Hugo ainda não estava

106

convencido. Deu um gole no café e fez cara feia porque o café da Bunker continuava tão horrível quanto o da falecida Gira-Gira. Ele tinha que parar, com urgência, de beber café socialmente.

— É que eu só... eu não... — lutou para encontrar as palavras certas dessa vez. — Eu não entendo como algumas pessoas às vezes vão tão longe pra ter uma experiência tão... breve. Você e o Leandro pelo visto nem se falavam e agora continuam não se falando, mesmo depois de terem ficado tão íntimos um do outro naquele dia. É pra ser assim? Os momentos mais felizes da minha vida são quando eu me sinto visto por alguém, por pessoas que prestam atenção no que estou falando, que se importam comigo, mesmo fora do contexto romântico... na verdade, *principalmente* fora do contexto romântico.

Hugo sorria como nunca nas tardes de fim de semana quando os astros se alinhavam e tanto Agnes quanto Jamille estavam de bobeira em casa. Ligar para os pais dele para saber das últimas fofocas era como receber um abraço de Fiofó do Oeste. Se estivesse procurando por um homem para passar o resto da vida junto, e Hugo *não* estava, com certeza procuraria por alguém que o fizesse se sentir assim: em casa. Alguém que também fosse um lugar.

— Mas quando a gente entra no mundo dos encontros, do sexo e dos aplicativos, a lógica parece outra — desabafou Hugo. — Você tem razão, eu não tenho ideia do que as pessoas procuram.

Os olhos de João tinham uma profundidade desconcertante, principalmente quando ele encarava desse jeito tão intenso. Hugo achou que tinha falado demais, e provavelmente tinha. Devia ter mexido em alguma coisa desagradável dentro de João, a julgar pela postura corporal dele. Pensou que João viria com suas alfinetadas costumeiras, mas a resposta pegou Hugo de guarda baixa.

— Nem sempre a gente consegue o que quer, Hugo. Não é como se em qualquer esquina você fosse conseguir ser visto, ouvido e benquisto. Às vezes a gente coloca todas as nossas esperanças em uma pessoa só e aí...

Hugo ficou esperando enquanto João Bastos cruzava os braços e suspirava, como se isso fosse uma conclusão decente. Será que estava falando dele mesmo? Hugo não queria ser invasivo, nem enxerido, mas se João decidisse contar, ele não reclamaria.

— Eu não acho que vale a pena ficar agarrado a essa ideia de amor romântico perfeito, de príncipe encantado, de que alguém vai olhar pra mim e pensar "nossa, esse é o homem da minha vida" — disse João, quando Hugo achou que a conversa não fosse mais prosseguir entre eles, naquele corredor.

— Você é alguém que perdeu a esperança, então?

Se *João Bastos* não acreditava no amor, era bom que Hugo nunca na vida tivesse sonhado com um romance, já que não teria a menor chance.

— Eu sou um homem *realista* — respondeu João.

Não era possível. Os pais de Hugo estavam casados e apaixonados fazia mais de vinte anos.

Em Fiofó do Oeste todo fim de semana tinha casamento.

As pessoas amavam mais do que trocavam de roupa. Era no mínimo *inevitável* que elas se apaixonassem por João Bastos, mesmo ele sendo insuportável de segunda a sexta e inconveniente aos sábados e domingos.

— Eu vou adorar descobrir que você está errado — rebateu Hugo.

— Pode esperar sentado, então — respondeu João, despedindo-se com um aceno de cabeça e saindo pelo corredor.

Hugo ainda ficou alguns minutos encarando o nada depois que João virou à esquerda e desapareceu. João Bastos era tão *intrigante*. Primeiro ele tinha dito que se envolver com as pessoas era fácil e agora, que beirava o impossível o amor dar as caras para ele. Quando ia entender aquele homem? Talvez tivesse mesmo que esperar sentado.

Nem percebeu quando Jairo saiu de uma sala e cruzou com ele no corredor. O recepcionista voltou alguns passos e perguntou gentilmente:

— Quer uma cadeira, Hugo?

10. Onde fica a saída de emergência?

— Daí ele disse que *não acredita no amor*. Tipo, ele até acredita que o amor aconteça pra outras pessoas, mas não pra ele. O que não faz sentido algum.

Hugo se deu o direito de alugar o ouvido de Jamille naquela sexta-feira e, como ela não reclamou, seguiu em frente sentado à mesa enquanto ela fichava mais um capítulo de um livro didático.

— Parece que isso te incomoda.

— Não me *incomoda*, Jamille — respondeu Hugo, visivelmente incomodado. — É só que... é a mesma sensação de ouvir você dizendo que odeia matemática, uma matéria tão pura, linda e perfeita. É injusto, sabe? Você só foi apresentada aos números de maneira errada.

— Tá dizendo que seu amigo João foi apresentado ao amor de forma errada? — perguntou ela, virando uma página sem nem olhar para ele.

— As pessoas é que não foram apresentadas ao João do jeito correto — concluiu Hugo. — É a única explicação que vejo para ele nunca ter dado certo com ninguém até agora. Você viu como ele é... charmoso.

— Você pode chamar ele de gostoso se quiser — comentou Jamille, para ser devidamente ignorada.

— Ele tem todo aquele jeitão implicante e talvez seja isso que afaste as pessoas, mas, sei lá, já vi gente pior namorando — disse Hugo. — Em Fiofó do Oeste tinha um homem sem dente que tinha duas namoradas e uma amante.

Agnes entrou na sala pronta para curtir a noite e pegou a conversa pelo meio.

— Por que você não leva ele logo pro altar, se é isso que você quer, Chuchu?

— Você já foi mais engraçada — rebateu Hugo.

— Eu ia perguntar por que você não leva logo ele pra cama, mas você jamais cometeria esse pecado sem passar pelo matrimônio.

— Você sabe que eu não sou católico.

— É o que mais me choca, Chuchu.

— Talvez ele tenha alguma questão mal resolvida ou, tipo, ele é negro, né? Vai saber o que já sofreu — comentou Jamille. — A solidão da mulher negra é muito real pra mim, homens negros talvez passem por algo parecido.

— Solidão da mulher negra é quando eu te deixo no vácuo no WhatsApp?

Jamille suspirou e deixou a caneta de lado só para encarar Agnes. Ia dizer alguma coisa, mas desistiu.

— Sim — respondeu logo depois.

— Às vezes a pessoa tá sozinha porque é feia — simplificou Agnes.

— Mas você já viu o homem do Hugo — rebateu Jamille.

— Ele não é meu homem — disse Hugo.

— Nem de ninguém, né? — pontuou Agnes. — Você é a primeira pessoa que fica revoltada quando descobre que o boy é solteiro. Pra mim até aliança no dedo é sinal verde.

Não adiantava explicar para aquelas duas cabeças-duras o que ele estava tentando dizer. Não estava *revoltado* com a situação. Só estava no mínimo... curioso. Hugo presumiu que João Bastos podia ter qualquer homem disponível que quisesse e, se isso não era um fato, o mundo estava mesmo de pernas para o ar.

— Aliás, por que vocês não vêm comigo pra balada hoje? — perguntou Agnes.

— Eu tenho que estudar — respondeu Jamille.

— Você já usou essa desculpa na última vez que te chamei.

— E vou usar de novo na próxima.

— Engraçado que da solidão da gostosa festeira que não consegue arrumar companhia pra balada numa sexta à noite ninguém fala — reclamou Agnes.

— Você já não foi pra uma festa esta semana? — perguntou Hugo.

— Isso foi há *eras*.

— Foi literalmente na quarta-feira.

— Por que *você* não vem comigo, Chuchu? Você não tem que estudar.

— Na verdade, eu tenho, *sim*, que estudar. Meu aplicativo não vai se construir sozinho, Agnes. Preciso estudar padrões de projeto, arquitetura de redes, tratamento de exceções... se eu deixar pra fazer isso só quando estiver na Bunker, vou ficar pra trás.

— Eles te pagam pra trabalhar em casa? — perguntou Jamille.

— Não exatamente. Mas salário também não é tudo. Existem gratificações que vão além do dinheiro, sabia?

Jamille com certeza ia descer o sarrafo no capitalismo se não tivesse sido interrompida por Agnes.

— Você também não tem que estudar como as pessoas se pegam? — perguntou ela. — A arquitetura do sexo é *tão* importante quanto a de redes, talvez até mais.

— Estou em choque, mas ela tem um pouco de razão — comentou Jamille.

— Que lugar melhor que uma balada para entender como as coisas acontecem?

— As pessoas *transam* na balada? — perguntou Hugo, chocado.

— Ai, Chuchu, pra sexo tudo é uma questão de tesão e um cantinho favorável.

Enquanto procuravam o final da fila que dobrava o quarteirão, Hugo desperdiçava cada oportunidade que tinha de sair correndo. Tinha que lembrar que ir a uma balada com Agnes era um sacrifício pelo *bem da ciência*, mas apostava que nem seu primo Murilo, que era médico, já tinha ido tão longe assim. E também que, se driblasse Agnes e fugisse para o outro lado da rua, ela o alcançaria em cinco passos com os pernões turbinados pelo crossfit. Ter aceitado sair de casa era um caminho sem volta.

No dia em que tivesse finalmente vencido na vida, pensou, nunca mais teria que estar onde não queria. Agora ele tinha que fazer isso, aquilo e aquela outra coisa terrível para quem sabe ter uma chance de brilhar, mas não via a hora de tudo isso ficar no passado e ele ser o homem mais independente do Brasil, sem dever satisfação a ninguém, nem precisar agradar pessoas acima dele.

Faltavam cinco para as onze, horário em que Hugo normalmente estava enrolado num edredom ou passando um café para tomar sem açúcar e ver se ganhava energia para trabalhar um pouquinho mais de casa. Ironicamente, Hugo *estava* trabalhando. Pesquisa de campo. Ninguém na fila parecia um príncipe num cavalo branco ou uma princesa esperando ser salva, embora Hugo tivesse sem querer trocado um olhar com um menino com cara de cavalo.

Agnes vestia blusa preta transparente, um top também preto por baixo e saia de couro, além de um sandalhão prateado hostil. Hugo tinha aparecido com suas roupas de sempre, mas Agnes o proibira de sair com ela assim. Arrumou uma camisa preta que algum peguete dela tinha deixado na casa e dobrou as mangas. Hugo estava se achando ridículo antes de chegar na fila, mas viu que todo mundo se vestia assim, como se estivessem indo a um enterro que também era um festival.

— Sem condições de esperar essa gente toda entrar — reclamou Agnes, assim que encontraram o final da fila.

— É assim que filas funcionam — comentou ele.

— Não quando se é gostosa. Vem comigo.

Hugo não tinha opção, então seguiu Agnes refazendo a fila quase até o começo. Vários caras assobiaram para ela, alguns dizendo coisas que Hugo jamais teria coragem de repetir em voz alta; um deles, ainda mais abusado, tentou passar a mão nela. Levou um tapão na cara e ficou quietinho. Agnes nem se abalava.

— Me ajuda a achar aqui o homem com mais cara de pedinte de xereca.

Era *tanta coisa* para Hugo aprender! Foi um inútil na busca de Agnes, não saberia nem por onde começar. Mas a amiga era perita.

— Oi, gato! — disse ela com uma voz sedosa para o terceiro da fila. — A fim de queimar a largada hoje?

— Tá falando comigo? — perguntou o cara.

— E tem outro gostoso nessa fila?

Hugo conseguia *ver* o ego do cara inflando e um sorriso safado brotando na boca dele. O rosto do homem era bem normal, devia ter uns cem iguais a ele naquela fila, então Hugo continuou na dúvida sobre o que na aparência dele denunciava que estava aceitando migalhas.

— Estou com tanto tesão hoje, não aguentei quando te vi — forçou Agnes, apertando os peitos de um jeito que deixou Hugo constrangido.

— Entra aqui — o cara disse logo, abrindo a faixa para Agnes passar.

— Só se meu amigo for junto — pontuou ela.

Ah, pronto.

— Agnes, você vai *furar fila*? — sussurrou Hugo, quase no ouvido dela. — É a pior coisa que um ser humano pode fazer.

— Eu não tô furando fila, é meu lugar de direito — rebateu ela. — Se eu fosse feia tava lá no final.

— Fala aí, parceirão! — disse o cara dando passagem para Hugo entrar também.

Hugo suspirou. A muito contragosto, atravessou a faixa que delimitava a fila, morrendo de medo de apanhar de quem estava atrás. Enquanto Agnes ficou numa conversinha mole com o cara e rindo mais do que deveria, Hugo anotou em seu bloco de notas que pessoas bonitas tinham vantagens invisíveis. Uma gostosa como Agnes, que era ao mesmo tempo malandra, seria um perigo se usasse os próprios poderes para o mal.

Quando deu por si, Agnes estava discutindo com o segurança na porta da boate.

— Mas mulheres entram de graça hoje! — disse ela, indignada.

— Só até as 23h — respondeu ele.

— São 23h07!

Hugo nunca ia entender a dificuldade das pessoas com matemática. Mas também não era ele que ia dizer que Agnes estava errada. Agora entendia por que ela estava dando tudo de si para furar a fila.

— Ninguém vai saber se você fingir que não viu esses minutos passarem... — veio ela novamente com a voz sedosa.

Chegava a ser engraçado ouvir Agnes com aquela voz de veludo porque o tom de voz normal dela era capaz de rachar uma parede.

— Não posso fazer isso... — respondeu o segurança, meio incerto, olhando para os peitos de Agnes.

— Poxa, eu sou *tão* bonita... — disse ela, praticamente gemendo no ouvido dele.

Hugo estava embasbacado com o poder de um par de peitos. Deveria ter investido nisso em vez de conhecimento em programação. Se existisse reencarnação, queria voltar ao mundo como uma grande gostosa na próxima vida.

— Tá, pode entrar — respondeu o segurança, deixando Agnes passar, mas barrando Hugo logo em seguida. — Só que você tem que pagar.

Hugo já ia tirar o dinheiro da carteira, mas Agnes insistiu:

— Não acredito que você vai cobrar do meu amigo.

— Homens pagam a noite toda — respondeu ele, estoico.

— Mas ele é gay! — disse Agnes.

O segurança avaliou Hugo de cima a baixo e não pareceu estar muito convencido. Se pelo menos Hugo tivesse uma voz aveludada...

— É, tem gente que curte... — disse o segurança, dando de ombros. — Tá, paga meia então.

Logo depois da entrada, Agnes puxou Hugo pela mão na direção da escuridão do interior da boate. Agnes era aquele tipo de pessoa que fala encostando, pegando na mão, apertando a bochecha, que adora abraços. Hugo preferia quando as pessoas sabiam respeitar seu espaço pessoal, mas com Agnes ele deixava. Era inútil resistir. Ela o arrastou até chegarem num recinto cheio de gente, luz negra e neon.

— É agora que a gente se diverte? — o cara da fila os surpreendeu vindo do nada e quase roubando um beijo de Agnes, mas ela era muito flexível e soube se esquivar com muita elegância.

— Safadinho! — respondeu ela, sorrindo. — Me espera lá no bar, tá? Mas me espera com vontade.

Agnes empurrou o coitado na direção certa e ele simplesmente foi, encantado.

— Vamos — disse ela para Hugo.

— Pro bar?

— Deus me livre. O mais longe que a gente conseguir.

A música estava tão alta que Hugo mal conseguia ouvir os próprios pensamentos. Nem Agnes, que em ambientes normais era ouvida até na China, estava conseguindo se comunicar com ele, mesmo que berrasse. Em algum momento eles desistiram e ela foi dançar, puxando-o pela mão de novo. Hugo já tinha se cansado na fila, então nem tentou acompanhar a amiga e a galera que pulava e dançava como se estivessem pegando fogo. De certa forma, *estavam mesmo*. Hugo viu muita gente paquerando e beijando a esmo naquele aglomerado de gente. Eram mais mãos, bocas, braços e pernas do que Hugo achava saudável e, no momento em que perdeu Agnes de vista, ficou apenas desviando das pessoas ensandecidas que se moviam ao som de um remix. Apertaram a bunda dele em algum momento, mas Hugo não ligou porque tinha muita coisa acontecendo ao mesmo tempo. Beijo triplo, mão boba, tapa na cara e um homem lambendo cerveja do decote de uma garota. Tudo era tão selvagem. Mas, mais do que isso, as pessoas dançavam em sintonia com o DJ com uma *urgência*, como se todo mundo fosse morrer se a música parasse.

Era gente demais pulando, trazendo de volta memórias de quando ele tinha que lutar pela própria sobrevivência ao brincar num pula-pula com as crianças maiores em Fiofó do Oeste. Preferiu se afastar um pouco e se escorar numa parede, mas foi nesse momento que reparou num cara piscando para ele. Hugo achou que tinham esterilizado aquela boate contra a homossexualidade, então encarou de volta por um tempo até ter certeza de que o homem estava mesmo dando em cima dele. *Uau*. Era assim que as coisas aconteciam. Ficou apavorado e quis correr, mas trombou com Agnes assim que tentou.

— Onde fica a saída de emergência? — gritou ele, o mais alto que pôde para ser ouvido por cima da música.

— Qual é a emergência?

— Acho que um cara piscou pra mim.

Agnes gargalhou e Hugo apontou discretamente com a cabeça para onde estava o dito-cujo.

— Ele definitivamente tá dando em cima de você — afirmou Agnes. — Chuchuuuu. Já se arrumou pra hoje.

— Eu tô apavorado. Eu nunca... como... o que eu faço agora?

— Depende. Você tá a fim dele?

— Eu *nem sei* quem é esse homem, Agnes.

— E isso é impedimento? Não sabe quem é, mas pode passar a saber. Ah, lá, ele tá te chamando pro banheiro.

Hugo viu quando o cara fez o movimento com a cabeça como quem diz "vamo ali" e sumiu multidão adentro.

— Eu acabei de fazer xixi — contestou ele para Agnes.

— Tenho certeza de que não é pra isso.

A ficha de Hugo caiu até que rápido.

— Chuchu, você não quer aprender as coisas? Ele tá te oferecendo uma aula prática.

— Não sei se tenho coragem.

— Ele não é dos mais bonitos, mesmo. Que cara mais comprida. Mas tirando o rosto dá pra ser feliz.

— Não tô falando disso!

— Aqui, bebe um pouco pra se soltar mais.

Hugo evitava bebidas alcoólicas, mas não demorou a dar um gole na cerveja de Agnes. Cuspiu imediatamente.

— *Mijaram* aqui??? — perguntou ele, enojado.

— É artesanal! — rebateu Agnes — Faz o seguinte. Tira os óculos.

Agnes nem deu tempo de Hugo protestar. Ela mesma puxou a armação, dobrou e guardou no bolso dele. Hugo conseguia distinguir alguns contornos e as luzes, mas aquela balada virou um grande borrão, incluindo Agnes.

— Viu? Ninguém é feio agora. Vai lá.

Hugo foi hesitante, desviando das pessoas pelo caminho até o banheiro masculino. Não era o lugar onde tinha imaginado que rolaria seu primeiro beijo, mas também não tinha imaginado lugar algum. As palmas suavam quando percebeu que iria *beijar um homem*. Meu Deus. Tinha saído de casa sendo apenas uma simples camponesa que vivia da lavoura familiar! E agora... Hugo travou na porta do banheiro. Não ia conseguir fazer isso. Estava entrando no modo avançado das safadezas sendo que não dominava nem o *básico*.

— Achei que você não viria — disse o cara, que tinha piscado para ele, já pegando em sua mão e o puxando para dentro.

Mesmo borrada, a cara dele continuava comprida como a de um cavalo. O nariz também dava a impressão de que se moveria se ele relinchasse. Hugo se deixou levar. O banheiro estava vazio, e o cara conduziu os dois direto a um canto mais reservado atrás das cabines. Já foi encostando Hugo na parede e chegando perto demais. O hálito dele chegava a queimar os pelinhos do nariz de Hugo.

— Por que nunca te vi por aqui? — perguntou Cara de Cavalo.

— É minha primeira vez... vim com uma amiga.

— E seu namorado deixa?

— Eu não tenho namorado.

Cara de Cavalo sorriu e Hugo também, mas estava pensando no absurdo de alguém presumir que ele namorava alguém.

— A gente vai se entender tão bem... — disse o cara.

Hugo não tinha tanta certeza disso, e o pouco que ele tinha se desfez quando Cara de Cavalo o encostou na parede novamente e passou a beijar seu pescoço. Hugo começou a ouvir em sua mente as vozes de todas as pessoas que nos últimos dias tinham dito que ele precisava só deixar rolar, ser feliz etc., mas era muito difícil ser beijado num banheiro com cheiro de mijo e desinfetante. Aquele cara tinha uma boca tão *molhada*. Como tudo naquele banheiro. Alguém mijava na cabine ao lado, uma torneira pingava na pia. O chão era perigosamente escorregadio. Apesar do *tumtz-tumtz* da música lá fora, Hugo ainda ouvia o som que os lábios que o beijavam faziam em contato com sua pele.

— Nossa, você tá tão tenso — comentou o cara, entre beijos. — Quer bala?

— Tem de morango?

Cara de Cavalo parou os beijos por um segundo e o encarou com o cenho franzido, mas logo depois sorriu.

— Você é muito fofo, sabia? — disse ele.

Curioso que as mesmas palavras numa boca diferente não causavam efeito algum. Talvez Hugo tivesse ido longe demais. Uma coisa era sair um pouquinho de sua zona de conforto, outra coisa era nadar pelado no mar da aflição extrema.

— Relaxa — insistiu Cara de Cavalo.

O borrão que Hugo enxergava sem os óculos tinha finalmente saído de seu pescoço, mas foi se abaixando até estar de joelhos. Quando as mãos dele chegaram ao cinto de Hugo, ele pediu para parar. Não ia ser pedido em casamento, ia?

— Tem muita gente aqui.

Foi o que Hugo disse, mas podia elencar, antes desse, outros trinta e dois motivos de por que ele não achava interessante pôr o pau para fora em público.

— Ninguém liga pra gente aqui — rebateu Cara de Cavalo. — Todo mundo faz isso.

Então algumas pessoas transavam *mesmo* na balada. Meu Deus. Tinha caído de paraquedas num mundo em que Agnes era uma fonte de conhecimento apuradíssima. Hugo levantou o cara do chão gentilmente porque... não dava mais. Estava zonzo, com a boca seca e tentando deixar rolar um cubo em terra plana.

— Acho que... preciso encontrar minha amiga — disse Hugo.

— Calma, gatinho, a gente mal começou. Eu tô te olhando a noite toda.

— Eu preciso mesmo ir — respondeu de novo, dessa vez já dando passos em direção à porta.

— Ah, vamos ficar mais um pouquinho — disse Cara de Cavalo, puxando Hugo para mais perto pela mão.

Mesmo sem enxergar, Hugo sentiu a urgência de virar o rosto para não ser beijado na boca. Era isso. Nunca deixaria rolar e morreria BV. Cara de Cavalo não se abalou e passou a mão na bunda de Hugo. Continuava tentando desafivelar o cinto dele como se na cueca de Hugo estivessem dando doce. Ainda sorrindo e constrangido, Hugo tentou pará-lo com mãos trêmulas, mas também não queria ser muito brusco com o rapaz. Afinal, ele tinha mesmo encarado Hugo a noite toda. E Hugo tinha ido até ali por livre e espontânea vontade. Era para ser divertido. Talvez estivesse sendo, era Hugo que não tinha jeito para perceber. Cara de Cavalo até tinha chamado Hugo de gatinho. Seria falta de educação sair assim *do nada*.

— Vamos lá fora tomar um ar? — sugeriu Hugo, afastando-se mais uma vez.

— Eu já falei pra *relaxar*.

Dessa vez Cara de Cavalo foi menos gentil e agarrou o braço dele com força. Era muito difícil relaxar nessas condições específicas. Talvez num lugar menos fedido.

— Você poderia... soltar meu braço? — pediu Hugo, mas foi o mesmo que nada.

Cara de Cavalo o puxou para mais perto e os corpos dos dois se tocaram novamente.

— Por favor? — insistiu, até com carinho.

— A noite é nossa, gatinho.

Cara de Cavalo agora agarrava Hugo pelos ombros como se ele fosse fugir na primeira oportunidade — ele iria —, então tudo que Hugo podia fazer era inclinar a cabeça para trás enquanto o rapaz beijava novamente seu pescoço e tentava encontrar sua boca. Parecia uma partida de batalha naval que Hugo, em algum momento, iria perder.

Mas o porta-avião de Cara de Cavalo foi atingido por uma bomba. Hugo não viu como, porque àquela altura do campeonato não via mais nada sem óculos, só sentiu as mãos saindo de cima dele e o rapaz sendo lançado contra uma parede.

— Ei! — disse um terceiro homem cujo rosto Hugo não via. — Você não ouviu ele mandar soltar o braço dele?

— A gente só tava se conhecendo! — defendeu-se Cara de Cavalo.

— Hugo, você tá bem?

Era como ter capotado de carro e ter saído vivo. Tinha que ter um sangramento fatal ou um osso quebrado em algum lugar, mas Hugo parecia inteiro.

— Você não falou que não tinha namorado, porra? — gritou Cara de Cavalo.

— Vaza daqui — disse o outro.

— *Corno* — xingou Cara de Cavalo, depois de alcançar uma distância segura e sair do banheiro.

Hugo agora podia respirar.

— Ele te machucou? — perguntou a voz do cara todo embaçado na frente dele.

Fisicamente não, mas Hugo se sentia todo esculhambado. *Por dentro.* Apenas negou com a cabeça.

— Por que você tá sem óculos?

Hugo até pensou em explicar a estratégia, mas achou de bom-tom só tirar os óculos do bolso.

Agora enxergava João Bastos em 4K.

Mas nem precisava dos óculos para saber quem era. Hugo percebeu que reconheceria aquela voz em qualquer situação, mas era mais agradável ouvi-la encarando aquele rosto. Era a primeira vez que João parecia puto da vida.

— Vocês dois, pra fora — disse um segurança gigante logo após invadir o banheiro. — Denunciaram dois barbudos se pegando aqui.

Mas nem barba Hugo tinha.

— Você não tem cara de quem curte balada — comentou João.

— Do que eu tenho cara? — perguntou Hugo.

— Chá das cinco?

Hugo soltou arzinho pelo nariz. Estavam sentados no meio-fio da calçada em frente à boate depois de terem sido passivo-agressivamente conduzidos para fora. Para Hugo, tinha sido uma benção disfarçada. Não saberia o que fazer se tivesse que ficar fugindo de Cara de Cavalo a noite inteira, além de se esconder na barra da minissaia de Agnes. A música estava a toda atrás deles. Um cara vomitava um pouco mais à frente enquanto os amigos dele riam da cena e uma garota reclamava que tinha perdido o sapato dentro da balada. Hugo só voltaria para dentro daquele lugar se fosse pago para isso. Aliás, ele *pagaria* para não ter que voltar.

— Essa é minha primeira balada — disse ele.

— E você já foi expulso? — alfinetou João. — Lendário.

— Não é justo terem te expulsado também, você foi o herói da noite.

Era a primeira vez que Hugo ficava feliz por João Bastos aparecer do mais absoluto nada. Porque esse homem agora pipocava em *todo lugar* em que Hugo pisava, como se fosse um paparazzo atrás da subcelebridade do momento. João Bastos no terraço, no elevador, em Vila Isabel e agora num banheiro fedorento no momento em que Hugo mais precisava. Hugo tinha certeza de que era um daqueles casos em que, depois de prestar atenção numa pessoa pela primeira vez, não conseguimos mais passar por ela sem notá-la. João Bastos brilhava como um holofote sempre que entrava no raio de visão de Hugo.

— Quer saber? Nem tô reclamando — disse João. — Balada de merda essa. Só otário. Prefiro ficar aqui sentado no meio-fio com você.

Hugo encarava as próprias mãos para não ter que olhar para João Bastos tão de perto assim, mas depois dessa confissão pensou que talvez, quem sabe, aquilo se tratasse de uma cantada. Não, não parecia. João Bastos olhava, tranquilo, para o outro lado da rua como se não tivesse dito nada demais. Depois de uns minutos em silêncio, Hugo resolveu falar:

— Eu vim aqui pra tentar aprender como as pessoas... deixam rolar.

— E aprendeu?

— Acho que vou reprovar nessa matéria.

João Bastos riu alto e coçou a nuca quase que casualmente, apesar de nada do que ele fazia ser casual para Hugo. Os movimentos de João Bastos naquela noite, e com aquela proximidade, pareciam artísticos, algo que as pessoas assistiriam em cima de um palco. João usava uma regata preta e justa e nisso, de alcançar a própria nuca, revelou uma axila que Hugo emolduraria se pudesse. Nunca tinha perdido muito tempo reparando na anatomia dos corpos alheios, mas João Bastos despertava nele vontades que jamais percebera, como a de cheirar um sovaco na rua. Era melhor seguir com a conversa do que dar ouvidos aos próprios pensamentos intrusivos.

— Achei que eu tava deixando rolar lá no banheiro. Parecia que eu queria no começo? Tô me sentindo meio mal. Acho que passei um monte de sinal errado pra ele. Sei lá, ficou estranho no meio, quando eu percebi que ele *realmente*...

Hugo não soube terminar a frase e agradeceu quando João não esperou.

— Hugo, nem sempre a gente sabe o que quer. Eu achava que queria estar lá dentro, mas parece que agora o que quero mesmo é jogar conversa fora com você aqui fora. Talvez o otário que tava em cima de você estivesse querendo outra coisa, outra pessoa, outra experiência. A gente sempre quer alguma coisa, mas nem todo mundo sabe exatamente o que é. Por isso a gente fuça em todo canto.

Era difícil acreditar que todo mundo estava tão perdido quanto ele, mas, depois da meia-noite, ele já não tinha mais energia para discordar de João Bastos.

— Você sabe o que tá procurando? — perguntou Hugo.

— Não — respondeu João. — Mas tem dias que parece que achei.

11. Um aplicativo que também é uma vulva

Assim como Jesus, Hugo Flores também tinha morrido numa sexta-feira.

Já era domingo e, apesar disso, a ressurreição dele ainda era um tanto incerta. O corpo se recusava a reagir depois da balada. Agnes, andando para cima e para baixo dentro de casa e depois saindo para bater perna, era um argumento contundente a favor do crossfit. Ele nem tinha dançado e tinha cuspido o pouco de bebida que pusera na boca, ainda por cima, mas sentia a ressaca de alguém que tivesse tomado uma garrafa de vodca e subido no balcão da boate para rebolar. Não conseguia parar de dar replay no que havia acontecido no banheiro com Cara de Cavalo. Os beijos ainda queimavam em seu pescoço, mesmo depois do quinto banho, junto com a sensação de que algo dentro dele havia se apagado. Hugo estava tentando se reacender, mas sempre que rebobinava as lembranças com Cara de Cavalo, um vento apagava sua chama.

João Bastos com ele no meio-fio, por outro lado, tinha sido muito mais salubre.

Nunca diria em voz alta, mas, apesar do pânico, Hugo tinha sentido meia dúzia de siricuticos por ter um *homem* brigando com outro *homem* por causa dele. Quando havia disputa por mulher em Fiofó do Oeste, acontecia um duelo em praça pública que só terminava quando pelo menos um dos pretendentes quebrava um braço ou uma perna. Mas um empurrão no banheiro era um bom começo para um gay. Ainda não conseguia acreditar, porém, que tinha chamado João Bastos de *herói*. João azucrinaria Hugo para sempre com isso. Hugo ia colocar a culpa naquele meio copo de cerveja que havia colocado na boca. Agnes tinha dito que era isso que as pessoas faziam.

— Voltei, Chuchu! — berrou ela, como se o apartamento deles fosse enorme. — E você ainda morando aí no sofá.

— Pode me enterrar aqui mesmo — resmungou ele, enfiando a cara numa almofada.

— Ai, Hugo, não é possível! Foi uma baladinha tão tranquila!

— Você saiu de lá calçando uma sandália que nem era sua.

— Eu perdi um pé dançando — explicou Agnes, sentando ao lado dele. — Aí catei o par de uma menina que deu bobeira. Bem lindinha, né? Deu certinho no meu pé.

Hugo olhou incrédulo para os pés da amiga, mas tinha que admitir que a sandália era uma gracinha mesmo.

— Talvez eu tenha que aprender sobre as coisas da vida em outro lugar — disse ele.

Havia contado por alto o que tinha acontecido no banheiro da balada e Agnes pedira desculpas por só encontrá-lo na hora de ir embora. Mas tudo ficara bem, na medida do possível. João Bastos não saíra do lado dele na calçada.

— Só porque você não gostou de uma pizza, nunca mais vai comer pizza? Acabaram de me chamar pra uma festinha. Bora?

— Eu não tô acreditando que você vai sair de casa de novo. Hoje é *domingo*.

— Tem certeza de que você não é católico?

— Como você encara essas maratonas de festa a semana toda? Eu saí pra curtir uma vez e já sinto que meu corpo é feito de carne moída. Você não tem que descansar pra trabalhar amanhã?

— Descansar pra *trabalhar*? — repetiu Agnes, quase ofendida.

— Eu, pelo menos, não rendo nada se chego cansado no trabalho.

— Ai, Chuchu, pelo amor de Deus. É ficar atendendo ligação o dia inteiro que me cansa. Se meu chefe me mandasse ficar em casa descansando, eu ficaria na hora, mas você acha que ele vai fazer isso?

Considerando quem era o chefe de Agnes, ele duvidava muito.

— Sair, curtir, malhar e beijar na boca, *isso* é a minha vida de verdade. Até parece que vou guardar o melhor de mim pra ficar dando dinheiro pra chefe. Eu trabalho o mínimo e me acabo com o que quiser no meu tempo livre.

Hugo ficava horrorizado com esse conceito de trabalhar o mínimo, porque se ele fizesse isso... nossa, nem conseguia imaginar. Viver assim era pior do que morrer, já que nada na vida dele iria mudar.

— Como você vai mudar o mundo desse jeito? — perguntou.

— Tá cheio de herdeiro bilionário por aí e é a fodida da Agnes de Vila Isabel que tem que mudar o mundo?

Nunca tinha pensado por esse ângulo. Mas também o mundo *dele*, da família *dele*, estava todinho nas mãos do coitado do Hugo Flores de Fiofó do Oeste. Ainda tinha uma perturbação na cabeça para expor:

— Você nunca quis ser, sei lá, importante?

— Eu já sou.

Na segunda-feira, Hugo digitava incansavelmente, como se fosse um pianista criando uma obra de arte. Ir a uma balada, ser encurralado num banheiro e sentar no meio-fio tinham mesmo dado a ele inspiração para o aplicativo. Hugo ainda entendia bem pouco sobre como as pessoas se atracavam, mas hoje sabia mais do que na semana passada. Verônica tinha exigido uma apresentação com as ideias que eles haviam tido durante o final de semana e, bom, se dependesse de Hugo, ela ia receber a melhor apresentação de todas.

Greice e Rômulo se levantaram ao mesmo tempo, e, quando Hugo percebeu que já estava na hora do almoço, resolveu se juntar à dupla.

— Posso ir com vocês?

Hugo almoçava sozinho, e às vezes nem saía do prédio. Levar comida de casa era muito mais em conta. E ainda dava tempo de gastar os últimos minutos do almoço tirando um cochilo no Espaço Recarregar, que aparentemente só Hugo frequentava — as camas e poltronas estavam sempre vazias. Essa, porém, era uma ocasião especial.

— A gente podia aproveitar e fechar os últimos detalhes da apresentação — disse ele.

Rômulo e Greice se entreolharam como se Hugo tivesse acabado de perguntar a eles se tinham gostado da última pessoa que venceu o BBB.

— E se a gente fosse só comer e jogar conversa fora? — sugeriu Rômulo.

Eles tinham tanto trabalho! Com a hora extra do almoço, conseguiriam matar o que faltava rapidinho, mas Hugo entendeu que o cachorro não ia morrer no grito ali, como nunca morria. Ficou com vergonha de se desconvidar do almoço, arrependidíssimo de ter que almoçar com outras pessoas.

— Tá... funciona também — cedeu Hugo. — Onde vocês vão comer hoje?

Hugo descobriu que essa era uma pergunta que trazia o caos. Rômulo gostava de comer muito e pagar pouco, mas Greice era do time que comia pouco e pagava muito, sendo que, de vez em quando, eles trocavam de lugar, então cada dia era um desafio para encontrar o lugar perfeito que atendesse aos dois.

— A gente podia ir na Baratinha — sugeriu Greice.

— De novo? Assim meu VR não aguenta — reclamou Rômulo.

— Essa Baratinha não é... barata? — perguntou Hugo.

Tinha imaginado uma pensão rústica de comida caseira, em que uma senhora de setenta e nove anos ficava na porta recebendo os clientes com um abraço e depois os forçando a repetir o prato do jeito que uma avó faria.

— É a pensão mais cara desta calçada aqui — disse Rômulo,

depois que saíram da Bunker para a rua. — O nome de verdade é Batatinha Gourmet, mas achamos uma barata lá uma vez.

— E continuam indo lá? — perguntou Hugo, chocado.

— A comida é muito boa — explicou Greice. — Mas concordo que não rola ficar indo toda hora.

— Também não quero almoçar no Fio de Cabelo — avisou Rômulo. — Se chama Fios de Ovos, mas uma vez a gente...

— Não precisa explicar — cortou Hugo.

Vetaram o Papa-Mosca, o Quebra-Queixo e o Cheirinho de Privada, mas, ainda com algum desgosto, toparam o Pé Sujo (o garçom tinha chulé, embora a comida fosse impecável).

— Então eu falei pra ele: ou você passa a lavar suas próprias cuecas ou eu tô fora — contou Greice, gesticulando como se eles fossem o ex-namorado dela.

— E o que ele disse? — perguntou Rômulo.

— Que eu era exigente demais e ia morrer sozinha, acredita? — respondeu, mas depois suspirou e desviou o olhar. — Às vezes eu acho que ele estava certo.

— Já chegou a procurar por homens que não usam cueca? — sugeriu Rômulo, enfiando de uma vez só um bife na boca, como um dinossauro comeria um antílope.

— Eu não queria baixar *tanto* meus critérios assim — disse Greice, encarando a performance de Rômulo com alguma ojeriza. — Mas desde então só dou com a cara na porta. Nenhum homem presta.

— Verdade.

Hugo não sabia dizer se Rômulo não se atentava ao fato de também ser um homem ou se simplesmente aceitava que as mulheres que namoravam homens estavam no mapa da fome no quesito relacionamentos saudáveis.

— Mas talvez não seja tão ruim... — retomou Greice. — Quer dizer, a gente *precisa* encontrar alguém?

— Precisa — respondeu Rômulo, roubando uma batata frita do prato dela.

Hugo pensou nisso por um instante. Não tinha dito nada até o momento porque descobrira que adorava admirar a dinâmica dos dois, com Greice sendo uma grande diva com seus movimentos exagerados e Rômulo fazendo de tudo para deixá-la horrorizada.

— Às vezes você não quer ter outra pessoa, só quer ter paz sozinha — comentou Hugo, depois de um tempo.

Ele sabia disso porque era o que queria também.

— Ai, Hugo, quem dera. Amar é bom *demais*. No fim das contas, prefiro morrer atropelada por um ônibus a ficar sem um homem pra me esquentar de noite, essa é a verdade e meu ex sabe disso. Ter alguém do meu lado que me faz bem, que me ama, que cuida de mim. Alguém pra dividir os momentos bons e ruins. Eu mesma vou baixar nosso aplicativo assim que ele estiver pronto.

— Não acho que os homens que vão baixar nosso aplicativo estejam querendo levar alguém pro altar — rebateu Hugo.

— Vão querer assim que me conhecerem.

— Deve ser por isso que tá cheio de doida querendo casar nos meus *matches* — comentou Rômulo. — Vocês estragam a experiência do sexo casual.

— E o que *você* quer? — perguntou Greice, meio ofendida.

— Eu quero quem me quiser, ué. Sem joguinho. Quero mulheres que chegam chegando, que têm coragem de me chamar pra sair.

— Ai, que mentira — pontuou Greice, quase rindo. — No segundo que uma mulher toma a iniciativa, vocês já fogem. Homem sempre acha que mulher é emocionada.

— Você *é* emocionada — devolveu ele.

— Não é porque eu tenho o sonho de me casar um dia que vou querer me casar com *qualquer um*.

Hugo acompanhou as alfinetadas por mais algum tempo e era como ter encontrado bem debaixo da cama a peça que faltava para o quebra-cabeças que ele estava tentando montar havia dias. Só foi interrompido pelo odor *azedo* que nocauteou suas narinas.

— Gente, que cheiro é esse? — perguntou.

— O garçom trazendo a bebida que pedi — respondeu Greice, prendendo a respiração.

Imediatamente o garçom apareceu com um suco de laranja na bandeja.

— Com gelo ou sem gelo, senhora?

Jamille talvez até tivesse interesse em dar uns beijos na boca, mas passava o dia inteiro sentada na mesa da sala. Agnes não queria nada com ninguém ao mesmo tempo que encarava tudo com todo mundo. João Bastos ia em balada hétero. Greice buscava amor em aplicativo de pegação. Rômulo queria namorar, mas fugia de pessoas que queriam namorar.

Hugo começou a enxergar um padrão.

Era difícil teorizar sobre amor e sexo, ainda mais para Hugo, que não conseguia colocar em palavras o que o tinha levado a entrar num banheiro com Cara de Cavalo e muito menos o que o fizera querer sair de lá. Mas Verônica Rico não ia querer saber disso. Hugo tinha nascido para ser grande, só que se quisesse crescer de verdade teria que dar um jeito de tirar esse desafio de letra. Não ia desistir agora que estava tão perto. Rômulo era meio devagar da cabeça e Greice às vezes achava que estavam no ano de 3025. Hugo só precisava de uma boa ideia para entrar para a história da Bunker como o primeiro criador a ter o rosto estampado na Vitrine da Elite. Deixaria Verônica tão orgulhosa! E os pais também. Mas principalmente Verônica.

Quando entrou na sala de encontros — Verônica havia banido o termo "reunião" porque era muito "chato e contraproducente", ali eles tinham "encontros de ideias" —, todo mundo já estava lá.

— Hugo! Achei que não viria mais — disse Verônica.

Eram 13h16. A reunião, quer dizer, o *encontro de ideias*, tinha sido marcado às 13h15.

— Desculpa! Fui escovar os dentes depois do almoço.

— Bom, seus amigos conseguiram chegar.

Hugo encarou Greice e Rômulo, que mexiam nas próprias anotações. Rômulo então sorriu para ele com uma casca de feijão no dente.

— E não acredito que vocês saíram para almoçar tendo esse encontro de ideias tão importante marcado para hoje — pontuou ela, parecendo genuinamente decepcionada. — Pessoal, não estamos mais brincando de criar. Viemos pra causar *impacto*.

Aquilo ia diretamente contra um ditado muito reverenciado em Fiofó do Oeste, que dizia que saco vazio não... ah, não, esse era um ditado popular nacional. O de Fiofó era sobre fertilidade e testículos.

— Vocês sabem o que alimenta o cérebro de vocês? — perguntou ela.

— Carboidratos? — respondeu Greice.

— *Não*. Força de vontade! Paixão! Esse projeto está nas mãos de vocês, é o *filho* de vocês.

A responsabilidade só crescia. Hugo agora era pai de uma criança. Sabia que Verônica estava certa, deviam ter usado o horário de almoço para fechar os últimos detalhes — como ele pretendia. Olhou feio para Rômulo e Greice, mas seus olhos eram muito dóceis para causar impacto.

Ninguém notou a manchinha de frango à parmegiana na blusa bufante de Verônica.

— Vou relevar, dessa vez, se me cativarem com o que elaboraram durante esse fim de semana. Quem começa?

Greice abriu a boca, mas Rômulo a interrompeu sem a menor cerimônia.

— Eu pensei de a gente criar um formulário especializado para as pessoas preencherem antes de navegarem no nosso app. Perguntas sobre elas mesmas e sobre o que estão procurando. Daí cruzaríamos os dados e encontraríamos os *matches* perfeitos.

— É um *app* de pegação ou uma entrevista de emprego? — alfinetou Greice.

— Não colocaríamos perguntas genéricas, dessas que as

pessoas respondem que amam viajar. Estou falando de fetiches, posições, faixa salarial, se mora sozinho, se tem carro, essas coisas que importam de verdade — completou Rômulo.

— Hum... — Verônica não pareceu muito impressionada. — Hugo?

Hugo não queria se digladiar com Greice e Rômulo assim tão diretamente, então usou a palavra que as pessoas usam quando não tem nada a dizer:

— Interessante...

— Eu fui muito mais disruptiva — anunciou Greice.

Ai, meu Deus, lá vinha. Com um final de semana inteiro para crescer e prosperar, Hugo tinha medo do que a ideia do aplicativo que se abre numa vagina poderia ter se tornado. Antes de começar a falar, porém, o celular de Greice recebeu uma notificação que a deixou pálida.

— Está tudo bem, querida? — perguntou Verônica, de cenho franzido.

— A minha vó... — balbuciou Greice. — Verônica, eu vou ter que encerrar o expediente agora. Minha vó tá no cti, sofreu um acidente no banheiro.

Hugo imediatamente pensou no que faria se aquilo tivesse acontecido com a mãe ou o pai dele lá em Fiofó do Oeste. Provavelmente criaria *asas*. Greice largou as anotações na mesa, despediu-se dos meninos, mas, assim que pôs a mão na maçaneta, Verônica segurou a porta.

— Querida, pensa comigo. A sua avó estar no hospital é mesmo um bom motivo para você largar suas obrigações?

— Sim? — arriscou Greice.

— Será que a sua presença lá vai fazer diferença? Você é médica, por acaso?

— Não, mas...

— Greice, o universo está te dando a oportunidade de usar essa preocupação com a sua vó em motivação para o trabalho. Se sua avó ficar bem, você terá deixado de participar de um encontro de ideias *crucial* pro seu sucesso.

Verônica olhava bem no fundo dos olhos de Greice, a

postura corporal de quem só sairia da frente da porta com um golpe de karatê.

— Mas ela foi pro CTI... — suplicou Greice.

— Se o pior acontecer... a sua vó com certeza gostaria de saber que tem uma neta que honra os próprios compromissos! Uma neta que faz a diferença e luta pela transformação do mundo!

Hugo nem conhecia a mulher, mas duvidava que a avó da Greice visse tanta importância assim num aplicativo que também era uma vulva.

— É... quando a gente encara as coisas dessa forma... — Greice fraquejou. — Se minha avó partir, quero que ela parta tendo orgulho de mim.

— Então me conta a sua ideia e vamos esquecer os probleminhas do mundo lá fora.

Verônica conduziu Greice pelos ombros de volta à cadeira, mas era como se Greice fosse só uma casca dela mesma.

— Bom... quero que a pessoa tenha toda uma experiência sensorial através do nosso aplicativo — explicou Greice, depois de pigarrear. — E que ela fique excitada só de acessar nossa rede.

— Estou gostando disso! — respondeu Verônica.

— Nosso aplicativo vai emitir um padrão vibratório *intenso* que, se colocado no lugar certo, pode operar maravilhas no corpo humano.

— Tá falando de enfiar o celular na xereca? — perguntou Rômulo.

Hugo quase engasgou com o café horrível que estava tomando.

— Claro que *não* — rebateu Greice, ofendida. — Estou falando de ondas vibratórias *curativas e relaxantes*. Toda vibração emite uma onda espiritual capaz de afetar positivamente o corpo humano. Qualquer pessoa que mexe com cristais sabe disso.

— Não sabia que você era chegada em cristais — pontuou Rômulo.

— Li na Wikipédia ontem.

Verônica bufou alto, completamente murcha por dentro.

— Hum, Greice... Amo a sua coragem em dizer certas coisas em voz alta. Você tem um *dom*.

— Podemos seguir com a minha ideia, então? — perguntou Greice avidamente, já tendo superado a avó estropiada no hospital. — Acho muito melhor que um questionário.

— Vamos ouvir o Hugo primeiro. Talvez ele agregue ao todo, não é, Huguinho? — disse Verônica, quase suplicante. — *Por favor*.

Era a hora dele de brilhar. Começaria tirando Greice e Rômulo da jogada, mas matando com bondade.

— Acho que precisamos de um pouco mais de estudo nessa área... esotérica... para poder avaliar a ideia da Greice — disse ele. — O questionário do Rômulo é uma solução mais direta e tem lá seus prós e contras. No fim, é o mesmo problema que eu encontrei em toda a concepção do nosso aplicativo. Verônica, não acho que um aplicativo de pegação seja a melhor opção para estrear a marca Bunker.

— Não acha, é? Me surpreende, então. Qual é o problema com ele?

— As pessoas *mentem* — respondeu Hugo, com toda a convicção do mundo. — Mentem sobre os próprios desejos.

— O que isso tem a ver com o nosso trabalho? — perguntou Rômulo, contrariado.

— Significa que a intenção do seu questionário é boa, mas as pessoas não vão responder com sinceridade e o resultado vai ser desastroso — explicou. — Os usuários vão responder as perguntas como eles *acham* que elas devem ser respondidas, vão escolher as respostas que eles *acham* que pegam bem para eles. Não vão responder com a verdade. Tudo na vida e no mundo dos relacionamentos parece uma questão de criar uma imagem de si mesmo, só que muito mais divertida, interessante e limpa do que a realidade. Todo aplicativo de relacionamento é assim, as descrições nos perfis e as fotos selecionadas raramente condizem com a verdade.

Hugo tinha passado os últimos dias fazendo o dever de

casa. Conduzira uma pesquisa nos concorrentes, com a ajuda de Agnes e Jamille, e encontrara essa mesma falha em todos eles.

— E existe remédio pra isso, Hugo? — perguntou Verônica, intrigada. — Não é crime querer parecer mais atraente.

— Também não é como se a gente fosse conseguir entrar na cabeça das pessoas e arrancar a verdade à força — emendou Greice.

— É aí que vocês se enganam — respondeu Hugo, ficando de pé com o dedo em riste.

Verônica cruzou os braços e franziu bastante o cenho. Greice ergueu as sobrancelhas. Talvez Hugo estivesse confiante demais.

— Eu quis dizer *mais ou menos* — corrigiu ele.

Foi nessa hora que todos na sala ouviram sirenes soando tão perto que dava para saber que vinham de *dentro* do prédio. Uma voz soou nos alto-falantes, confirmando as suspeitas. "ALARME DE INCÊNDIO. ATENÇÃO. ALARME DE INCÊNDIO. ABANDONEM AS SALAS IMEDIATAMENTE. SIGAM PARA AS ESCADAS." Rômulo ficou em pé num pulo como se fosse sua cadeira que estivesse pegando fogo. Greice agarrou as bordas da mesa e Hugo gaguejou, sem saber como continuar o discurso que fazia. Verônica nem se moveu.

— Se acalmem, bonitinhos, é só um treinamento de incêndio — explicou ela.

— Não tem nada pegando fogo mesmo? — perguntou Rômulo, encarando a porta e depois as janelas da sala.

— Mais importante do que qualquer fogo é o nosso encontro de ideias, vocês não acham?

Hugo nunca imaginou ouvir essas palavras reunidas nessa ordem.

— Mas Verônica... — suplicou Greice.

— Eu já disse que *é só um treinamento*. — respondeu Verônica, indo até a porta da sala e girando o trinco. — Huguinho, continue por favor.

Era difícil continuar por cima da voz berrando "ABANDONEM AS SALAS IMEDIATAMENTE", mas Hugo já tinha adquirido certa experiência morando há quatro meses com Agnes. Além do mais, estava em cárcere privado. Não parecia muito inteligente contrariar a líder e sequestradora deles agora. Também precisava ser honesto consigo mesmo e admitir que *queria falar*. Era o seu momento! Chegava a ser falta de educação aquele treinamento de incêndio bem na hora do encontro de ideias mais importante da Bunker. E qual a dificuldade em pôr fogo nas coisas? Pra que treinar antes?

Quando Rômulo voltou para a mesa e Greice não desmaiou, Hugo retomou a palavra, ignorando as sirenes.

— Não acho que as pessoas mintam de propósito nos aplicativos de paquera. A verdade é que nem sempre a gente sabe o que quer. *Esse* é o problema real. A maioria das pessoas *acha* que sabe o que está procurando num relacionamento, nós mesmos nos enganamos. O que percebi estudando as pessoas de perto nos últimos dias é que uma coisa é o que dizemos para nós mesmos, outra é o que *queremos de verdade*.

"EU FALEI *ABANDONEM SUAS SALAS*. VOCÊS ESTÃO OUVINDO, PORRA?"

Hugo não se abalou.

— Mas sabe pra quem as pessoas não mentem? Para o celular.

"O PRÉDIO PODE OU NÃO ESTAR PEGANDO FOGO."

— O que você curte nas redes sociais, o que te faz rir, o que te faz *reagir* ou se engajar por horas do seu dia. Essas são verdades que a gente pode até nem perceber que estão ali, mas que um algoritmo conseguiria facilmente mapear e entender melhor do que nós mesmos. E é com *essa* informação tão íntima que vamos trabalhar.

"VOCÊS PRECISAM RESPEITAR ESSE TREINAMENTO. O DIA QUE PEGAR FOGO DE VERDADE EU QUERO VER."

— Existem pessoas que baixariam nosso aplicativo, mas que no fundo não estariam interessadas em sexo casual. E o contrário também, pessoas procurando por relacionamentos mais duradouros que, na verdade, só querem continuar solteiras. Vamos criar um algoritmo que consiga identificar quem é quem e então guiar a pessoa por um caminho tão satisfatório que ela vai nos agradecer com lágrimas nos olhos.

— É... talvez funcione melhor que os cristais — admitiu Greice.

Isso deu forças a Hugo para fechar com chave de ouro:

— Como eu disse, todo mundo mente nesses aplicativos, mesmo que seja inconscientemente. Todo mundo parece perfeito na internet, de uma forma ou de outra. À noite, todos os gatos são pardos. Mas nosso aplicativo vai jogar luz sobre todos os cantos e iluminar o caminho para aqueles perdidos no mar dos relacionamentos. Eu o chamo de *Farol*.

Verônica nem precisava responder, porque Hugo conseguia ver a aprovação no fundo dos olhos dela. Ele mesmo sentia a adrenalina percorrer todo o seu corpo. Queria rir e chorar ao mesmo tempo. A revolução começaria ali, e Hugo sabia que tinha nascido para isso.

"MEUS PARABÉNS, VOCÊS MORRERAM PRA MIM."

12. É seu aniversário, bobinho

Ninguém era gay em Fiofó do Oeste.

Mas Hugo Flores tinha doze anos e adorava pescar com o pai na lagoa. Talvez por ter tido uma vida curta, até então, cada nova experiência para Hugo era a melhor *de todas*. No mês anterior, a coisa favorita do garoto tinha sido correr pelo quintal atrás de Porca e Galinha, mas isso já havia mudado dois dias antes, depois que o pai fizera, pela primeira vez, um bolo de cenoura com chocolate. *Aquela* tinha se tornado então a melhor coisa do mundo. Daí saíra para pescar com o pai e alguns vizinhos e relembrara que não havia nada mais incrível no mundo do que pescar. Não necessariamente a parte de pegar peixes, matá-los, esfolá-los e fritá-los. Hugo nem gostava de peixe. Nem vivos, nem mortos. A parte de ficar sentado, na maioria das vezes em completo silêncio, também era um tanto enfadonha. Sem contar toda aquela *grama* ao redor, as picadas dos mosquitos em sua nuca, o medo de que aquilo que tinha sentido roçar sua perna debaixo d'água fosse uma cobra e o risco iminente de um dinossauro sair do fundo da lagoa e comer todo mundo. Hugo não confiava no oceano e nas coisas que viviam no fundo dele e, mesmo que lagoas tentassem passar despercebidas, ele sabia que eram primas dos mares, portanto traiçoeiras. Ficava alerta o tempo todo no barco com o pai, contando os segundos para ir embora.

Quando seu Virgílio se dava por satisfeito, voltavam para a margem junto com os outros pescadores e, nos dias quentes em Fiofó do Oeste, os mais desinibidos aproveitavam para nadar seminus, tirar o suor do corpo e matar um tempo com os amigos. Era aí que o coração de Hugo acelerava e tudo de bom que existia no mundo, aos olhos do adolescente, acontecia naquela lagoa. Era tão legal olhar para eles! Homens eram tão divertidos! E grandes! E bonitos! Hugo ficava na borda esperando o pai falar com fulanos e ciclanos, quietinho, a bunda no chão e os pés na água, maravilhado com o espetáculo que só era incrível porque ele podia assistir de longe. Que Deus o livrasse de estar ali no meio.

Verdade, pescar com o pai era a segunda melhor coisa do mundo, porque a melhor era já ter pescado.

— Tá rindo de quê, menino?

Hugo jamais saberia explicar.

— Vem que sua mãe tá esperando o peixe pra gente bater um parabéns bem batido pra você.

Hugo tinha hesitado em pedir um computador de presente de aniversário, mas os pais tinham dito que ele podia pedir o que quisesse, que dariam um jeito. Hugo sabia que não dariam, não para um *computador*, mas eles insistiram, talvez acreditando que o filho fosse querer uma bicicleta ou um gatinho. Seu Virgílio e dona Cirlene sempre tinham feito o possível para dar a Hugo tudo de melhor, mas o impossível já era um pouco mais complicado. Assim que disse "um computador", viu os pais se entreolharem, apreensivos, e logo emendou num "ou... peixe frito na janta!". Não era difícil adivinhar qual presente ia ganhar.

Os pais precisavam de uma cama nova, porque Edna, a cabra, num momento de falta de empatia, tinha saltado sobre a deles e quebrado o estrado. Seu Virgílio andava de calça curta porque era o que tinha. Dona Cirlene tinha perdido os dentes da frente e fingia que não faziam falta, mas Hugo percebia que a mãe ria cada vez menos. Na casa deles, ora o telhado voava numa chuva, ora uma parede inventava de cair, ora o chão afundava, mas pelo menos dava tempo de consertar antes do próximo contratempo da fila. Hugo se sentia até mal de ter citado o computador. Nem vendendo a Edna (Hugo tentou depois do incidente da cama, mas ninguém na praça quis) conseguiriam um.

A mãe não estava esperando por peixe nenhum. Dona Cirlene mal sabia onde ficava a cozinha, mas Virgílio gostava de dizer isso na frente dos amigos. Hugo não entendia. Como se o pai ficasse sem jeito de falar na frente de outros homens que fazia um bolo de cenoura gostoso demais. Se Hugo soubesse fazer aquele bolo, contaria para todo mundo. O pai era rei na cozinha. Em todos os outros cômodos, era vassalo de dona Cirlene, mas na cozinha, brilhava. Talvez os amigos fossem ruins em fazer bolo e peixe frito, aí ficava feio se gabar.

— Eita que a janta chegou!

Hugo abraçou a mãe, que beijou seu rosto e sua cabeça. No pai ela deu um selinho que Hugo nem teria visto se tivesse piscado na hora errada. Amava aqueles dois.

— Corre pro banho que quando você sair vai ter uma surpresa!

Hugo ficou treinando a cara de surpresa que faria no espelho do banheiro um tempão, a ponto de os pais se perguntarem se ele já estava naquela idade. Não queria exagerar, ser dramático nem nada — tinha pensado em performar um desmaio, mas era um pouco demais —, tampouco parecer blasé. Queria que os pais acreditassem na felicidade dele. Não por ganhar peixe frito. Ele estava feliz, mas queria que eles soubessem que era feliz todo dia com aqueles dois espantando para longe tudo o que poderia deixá-lo de coração murcho. O cheiro do peixe já invadia o banheiro, e Hugo invocou todos os deuses da dramaturgia para ajudá-lo a performar o diálogo em que ele diria: "Uau! Eu nunca imaginaria que esse cheiro que parecia muito com o de peixe frito estaria vindo de fato de um prato de peixe! E ainda por cima frito!". Ele daria o seu melhor.

Assim que saiu do banheiro de banho tomado, a mãe tapou os olhos dele com as mãos, guiou-o pela casa e, quando chegaram ao destino, o pai perguntou se ele estava preparado.

— O que será que vocês aprontaram? — disse Hugo, com a entonação mais fabricada que conseguiu.

— SURPRESA!

Nem precisou fingir o desmaio.

Aos vinte e quatro anos, Hugo já tinha um *ranking* das melhores experiências da vida, e colocar um programa para rodar estava no mínimo no top 5. Era definitivamente melhor do que um bolo de cenoura, apesar de empatar com brincar com gatinhos e cuidar das pessoas de quem se gosta. Fazer isso em máquinas de última geração era quase roubar na brincadeira.

Os computadores — sim, porque eram dois — haviam chegado na semana anterior, quando Hugo percebera que precisaria de mais capacidade de processamento e memória para dar vida ao seu algoritmo. Verônica Rico tinha atendido ao pedido dele prontamente, como um gênio da lâmpada. Enquanto encarava dois monitores gigantes ao mesmo tempo, caía a ficha de que nunca tinha sido tão fácil para Hugo conseguir computadores novos.

Lembrou-se de sua primeira máquina, um computador que os pais, mesmo sem cama, sem calça e sem dentes tinham trazido para casa no seu aniversário de doze anos. Não era novo. Amarelado, encardido, talvez o primeiro caso de PC com hepatite. Seu primo Murilo estava se desfazendo dele porque ia comprar um novinho em folha, mas já era de segunda mão quando tinha entrado na casa do primo. Hugo não se importava. Hugo Flores não se importava *nem um pouco*.

Era nascido e criado em Fiofó do Oeste, mas só naquele dia passara a acreditar no impossível.

Os pais não tinham ideia de como aquele trambolho funcionava, mas sabiam que era o que Hugo queria, então tinham dado um jeito. Acreditavam que Hugo poderia ressuscitar a coisa, porque o filho deles podia tudo, e foi a partir dali que Hugo passou a amar computadores. Desmontou peça por peça e tentou descobrir o que cada uma fazia. Limpou o teclado com zelo, tirando a poeira e a gordura das frestinhas de cada tecla — e ainda bem, porque com dezessete anos o primo Murilo, apesar de um gênio, também usava o computador para muitas atividades extracurriculares de menino. Hugo aprendeu a remontar a máquina de olhos fechados e, quando viu, estava falando com o computador como quem fala com um irmão. Hugo *entendia* a máquina, e a máquina o entendia de volta, porque executava com muita precisão os comandos que ele digitava. Não demorou a pôr internet em casa, aprender a usar o Google, a programar, a brincar com inteligência artificial e a entender o mundo de possibilidades que vinham com as redes sociais. Não que os pais não tivessem martelado em sua cabeça que ele teria sucesso desde que nasceu, mas foi na frente de um monitor e um teclado que Hugo viu seu futuro. Ele era um foguete e os computadores eram suas turbinas. Hugo não precisava ser forte ou bonito ou entender de pessoas e animais. Não precisava nem *sair de casa*, poderia mudar a vida de seus pais dali. E depois, quem sabe, o mundo.

Os computadores da Bunker eram um tanto mais complexos e sensíveis, por isso Hugo tinha apenas assistido, admirado, João Bastos montando tudo na semana anterior. João também entendia as máquinas, mas de um jeito diferente. Enquanto Hugo via zeros e uns, João via cabos, plugues e botões. Não tinham mais conversado sobre a noite desastrosa na balada, mas João Bastos aparecia cada vez mais na sala dos criadores para consertar uma coisa aqui, configurar outra coisa acolá, bem JB da parte dele.

Aliás, isso era bem engraçado. Existia o João Bastos, que era implicante e irritante, e o JB, que era cordial com todo mundo; no entanto, era pelo *João* que Hugo procurava, aquele com quem tinha conversado no meio-fio naquela noite. Um dia, Hugo teve que chegar para o lado para que ele pudesse configurar o novo antivírus da Bunker e, enquanto João explicava, bem entediado, as diretrizes de segurança que Verônica tinha determinado, Hugo só acompanhava em silêncio, ora ouvindo, ora admirando a boca dele se mexer. E, na moral, *que unhas*. João clicava aqui, arrastava, digitava, e era impossível não ficar encantado pelo balé de seus dedos longos e unhas brilhantes. Como ele conseguia fazer isso? Que padrão de beleza era esse que até as unhas do homem chamavam atenção?

Hugo sentiu quando as pernas deles se tocaram por debaixo da mesa, mas não comentou, nem fez esforço para se mover. João Bastos também não.

Em determinado momento, Hugo achou que a aula já havia encerrado e tomou o mouse de volta, mas João ainda queria mostrar uma última coisa e, sem cerimônia nenhuma, colocou a mão por cima da dele. João *tinha* que ter tido alguma intenção com isso. Sem surpresa nenhuma, Hugo descobriu o toque macio daquela mão, mas também a quentura que dava ser tocado por ela, uma comichão que começava na ponta dos dedos e de repente se espalhava pelo corpo todo. Quis tirar a mão para coçar a perna, mas não moveu nem uma, nem outra.

— Entendeu o que fiz aqui? — perguntou João.

— Acho que vou precisar que você me explique melhor.

— Voltando do começo, então.

Isso tinha acontecido dias atrás, mas Hugo ainda sentia a mão dormente. Foi com essa mesma mão que ele colocou o último ponto e vírgula no código e pôs o algoritmo para rodar pela primeira vez. Era apenas um protótipo, não trabalhava com dados de verdade ainda e precisava passar por testes mais pesados, mas seria o suficiente para agradar Verônica, Hugo esperava. Sabia que sairia muito na frente de Rômulo e Greice se entregasse o cérebro do aplicativo. Ter um protótipo funcional já era meio caminho andado em direção à Elite.

— Você sabe que dia é hoje, Huguinho?

Hugo nem tinha visto Verônica entrando na sala. Estavam a sós. Todo mundo com vida social ou que era feliz em casa já tinha ido embora. Verônica havia raspado a cabeça recentemente, passado a zero mesmo, o couro cabeludo brilhando feito o sol.

— Segunda-feira? — respondeu.

— É seu aniversário, bobinho.

Hugo tinha certeza de que não estava fazendo aniversário, mas, se Verônica quisesse, ele a deixaria quebrar um ovo na cabeça dele.

— Faz quatro meses desde que a Norma te contratou e te deixou em banho-maria.

Ah. O mêsversário de empresa dele. Devia ter isso nos Estados Unidos também.

— Ai, Huguito, ainda bem que te encontrei! — disse Verônica, aproximando-se e puxando uma cadeira de rodinhas. — Te trouxe um café.

Hugo agradeceu por educação, mas o plano era deixar o copo na mesa até Verônica ir embora e ele poder jogar na pia do banheiro, mas ela ficou olhando como se quisesse vê-lo bebendo, que nem quando um parente dava uma camisa feia de presente e ele se sentia obrigado a usar. Hugo virou o copo de uma vez. Mais um café passado numa meia suada. Fez questão de sorrir.

— Você não acha que a gente devia comemorar? — perguntou ela. — Eu inclusive tenho um presente pra você.

Hugo não tinha reparado que ela escondia algo atrás das costas, e sua boca até abriu quando Verônica revelou uma caixinha branca e pequena com um laço de fita vermelha e a colocou sobre a mesa dele.

— Pra mim? — estranhou Hugo, os óculos embaçados pelo vapor do café.

Verônica assentiu, o que deu a Hugo a liberdade de tocar na caixa com uma das mãos.

— Você merece — disse ela, mas logo depois tomou a caixa da mão dele. — Quer dizer, *talvez* mereça. Vai depender do que tem pra me mostrar hoje.

Era ridículo o quanto Hugo queria aquela caixa, sendo que tinha acabado de descobrir que ela existia. Um presente de sua *líder*. Praticamente um passe livre para a Vitrine da Elite! Tudo dependia do algoritmo de Hugo, e nisso ele confiava; máquinas nunca tinham falhado com ele antes.

— Então, tá — respondeu, até um pouco prepotente. — Arquitetei esse algoritmo de um jeito que...

— Só me mostra, lindinho — interrompeu Verônica. — Quero ver esse algoritmo *vivo*.

— Tudo bem — respondeu Hugo, um pouco ofendido por alguém não querer saber dos bastidores lindos daquele programa. — É só uma introdução para...

— Ai, Huguinho. Tô achando que você tá me enrolando — disse Verônica, puxando a caixa para mais perto de si. — Sei que esse aplicativo é um desafio muito grande e talvez seja demais mesmo pra você. Talvez se você fosse mais qualificado...

Não. Quer dizer, *sim.* Às vezes Hugo seguia esse mesmo raciocínio quando entrava numa espiral de autocomiseração. Se já tivesse feito uma faculdade, se tivesse um diploma, talvez estaria programando muito melhor e mais rápido. Tinha pulado algumas etapas. Era um milagre ter sido contratado pela Gira-Gira, e mais ainda a empresa ter morrido e ressuscitado como Bunker. Tudo que Hugo sabia era orgânico, ensinado pela curiosidade dele e pelo desejo que tinha de voar. Norma devia estar muito desesperada quando o contratara.

— Eu consigo, juro. — insistiu ele. — Já consegui.

— E posso ver?

Hugo não hesitou. Digitou alguns códigos, clicou em três lugares diferentes, minimizou uma tela e esperou. Não era um som alto, mas Hugo conseguia ouvir o zumbido quase silencioso daquele computador processando uma quantidade absurda de dados, criando conexões, comparando padrões. Um gráfico foi surgindo na tela e, em instantes, usuários foram sendo pareados. *Milhares* deles.

— Todos esses pares são...? — perguntou Verônica, não muito impressionada.

— Pessoas que o algoritmo apontou como almas gêmeas.

— Interessante, Hugo... mas todas essas informações, a gente não tem tempo para ficar coletando dados de um usuário por, sei lá, um ano *inteiro* pra então ver com quem ele combina. A sua ideia foi boa, mas não é viável.

Hugo sabia que Verônica viria com essa, mas doeu mesmo assim.

— E se o algoritmo conseguisse encontrar sua alma gêmea depois de meia hora de uso em nosso aplicativo? — perguntou ele, sem se abalar.

— Rá! Eu te daria um aumento agora mesmo.

— Pois é isso que ele faz — respondeu Hugo, olhando bem nos olhos dela. — Foi exatamente o que acabei de te mostrar.

Hugo nunca tinha visto Verônica boquiaberta. Queria ter filmado.

— Você é incrível! — disse ela, empurrando a caixa sobre a mesa e batendo palmas. — É sua.

— Tava falando sério sobre o aumento? — perguntou Hugo.

— Querido, o que tem aí dentro é melhor do que um aumento de salário!

Hugo estava com medo de ter ganhado uma caixa cheia de experiência — vazia —, mas assim que pôs a mão no embrulho novamente, sentiu o peso do objeto. O salário dele na Bunker era o mesmo que na Gira-Gira, e ambos evaporavam feito álcool quando caíam na conta, já que Hugo mandava mais da metade para os pais e gastava o que sobrava com os boletos do apartamento em Vila Isabel. Precisava mesmo de um aumento, mas se aquilo ali era melhor... abriu a caixa de imediato, sabendo que teria a vida mudada, mas, antes de tirar a tampa, Verônica o interrompeu.

— É um presente exclusivo, tá? O resto da equipe não pode saber disso. Você deve entender que não posso revelar meus favoritos.

UM SEGREDO SÓ DELE E DA SUA LÍDER. Era um momento muito inconveniente para ter um infarto fulminante, então Hugo se segurou em vida o máximo que pôde. Ser um favorito era *mesmo* melhor do que aumento de salário! Queria ter gravado em vídeo o elogio de Verônica para dormir com isso no *repeat* torando em seus fones de ouvido. Hugo sabia que a maioria das pessoas ficaria na sombra para sempre, mas ele já sentia o sol batendo em seu rosto. Queria sair dali correndo e contar para TODO MUNDO, mas — ai, merda — não ia. Finalmente abriu a caixa. Na tampa vinha escrito "Nosso interesse é você".

— Uma chave? — estranhou Hugo, quando viu o objeto na caixa. — O que ela abre?

Meu Deus, tinha ganhado uma casa? Um apartamento no Rio de Janeiro de frente para a praia? Um *carro*? Hugo se imaginou pilotando uma moto gigante e brilhante numa BR qualquer enquanto o vento fazia seu cabelo voar como o de uma princesa da Disney. Hugo não sabia dirigir, mas podia aprender. Também não tinha tanto cabelo assim, o que atrapalhava um pouco a fantasia.

— Ela abre o caminho para todos os seus sonhos! — respondeu Verônica, extremamente sorridente.

— Uau! — disse ele, os olhos brilhando e a cabeça nas nuvens, até pôr os pés no chão novamente. — Mas, sério, o que ela abre?

— A porta principal da Bunker e a sala dos criadores, Huguinho! Isso significa que vai poder entrar aqui quando quiser! De dia, de noite, nos finais de semana e até nos feriados!

A chave parecia até meio opaca agora. Por um instante, Hugo se sentiu mais vazio que a sala de jogos, visitada por absolutamente *ninguém*. Talvez o único vento que sentiria nos cabelos seria o do ar-condicionado da Bunker. Podia viver com isso. Sabia o quanto a empresa e aquele aplicativo eram importantes para Verônica, então eram importantes para ele também.

— A casa é sua, querido. Meus parabéns — disse ela.

— A Bunker é mesmo uma segunda casa pra mim — respondeu Hugo, fazendo questão de pôr um sorriso no rosto.

— Faça dela a primeira então.

13. Ninguém pode saber que meu aplicativo foi testado em animais

— Eu não entendi como esse aplicativo vai medir o fogo na minha periquita se foi *você* quem fez — disse Agnes, como se esse fosse um argumento decente depois de toda a explicação técnica de Hugo.

— Senti um desdém na sua voz — debochou ele.

— Chuchu, eu te amo, mas você nunca viu uma vagina ao vivo.

E vivia muito bem sem isso, obrigado.

— O aplicativo não é sobre isso! — rebateu Hugo. — É a magia do algoritmo, ele só coleta dados e compara. Eu não preciso necessariamente interpretá-los. Se o algoritmo encontrar um homem com a sua energia, seja lá o que isso signifique, ele vai parear vocês.

Tudo estava perfeitamente arquitetado. Agnes podia não entender, mas Hugo *sabia* que o algoritmo que havia desenvolvido para o Farol era o seu ingresso para tudo o que ele sempre sonhara. Já era o favorito de Verônica, agora estava em busca da devoção completa de sua líder. Hugo não duvidava dos pais nem por um segundo quando diziam que ele era um foguete, embora às vezes se esquecesse disso, mas quando se lembrava, *não duvidava*. O cérebro, a boa vontade e a disciplina ele já tinha. Se fizesse por onde, se seguisse as regras da vida e da empresa, o mundo seria dele.

— Você vai causar uma explosão nuclear — interferiu Jamille. — Imagina um homem que nem a Agnes? Deus não dá asa a cobra.

— No meu caso ele não me deu a cobra — disse Agnes.

Jamille preferiu ignorar esse comentário, mas Hugo soltou uma risadinha frouxa. Já era de noite e estavam descendo a rua novamente em direção ao Só Cachorrada, nenhum dos três muito firmes com essa decisão. Vila Isabel continuava extremamente Vila Isabel, com um bar em cada esquina e comércios lado a lado. Hugo mal saberia explicar como tinha ido parar naquele bairro da Zona Norte quando decidira morar no Rio. Nem sabia que o bairro existia antes de procurar por quartos alugados. A mãe vivia perguntando se era perto de Ipanema, de Copacabana ou do Projac, ao que Hugo apenas sorria. Pessoas de dentro e de fora do Rio pouco comentavam sobre Vila Isabel e a Zona Norte em geral, mas era disso que Hugo gostava. Parecia um lugar só dele.

— Eu, que adoro livros, vou dar *match* com leitores, é isso? — perguntou Jamille.

— Se o algoritmo julgar que isso *realmente* faz parte de você, sim. Porque às vezes a gente se engana. Você pode gostar de ler livros, mas na internet seu interesse real é, sei lá, compotas de fruta — explicou Hugo.

— É a cara da Jamille não ter nenhum fetiche pesadão secreto pro algoritmo descobrir — alfinetou Agnes.

— Você também não tem, já que conta tudo pra gente — rebateu Jamille.

Hugo sabia contra sua vontade que Agnes já tinha transado num carro em movimento. E também amarrada num cipó, de cabeça para baixo, em cima de uma esteira de supermercado e numa bicicleta ergométrica. Já tinha pegado bombeiros, militares, professores, traficantes e mascotes de loja infantil de shopping. Não fazia distinção de pessoas quando as pessoas, no caso, eram homens.

— O Hugo *com certeza* tem — afirmou ela, quando entraram no canil. — Boto minha mão no fogo que esse aí vai dar *match* com alguém com pés extremamente bonitos e suados.

— Ou *mãos* — completou Jamille. — Você viu as unhas perfeitas do boy naquele dia.

Não encontraram ninguém atrás do balcão, então esperaram alguns segundos, mexendo nos produtos de algumas prateleiras e reparando, num dos cantos da parede, na teia intrincada de uma aranha caranguejeira que devia ter vindo da Austrália.

— Vocês são ridículas — disse Hugo. — Vão dar *match* com Patati e Patatá.

— Pior que eu tenho o maior tesão em palhaço — respondeu Agnes em alto e bom som.

— Boa noite — disse o balconista do canil, que nenhum dos três saberia dizer há quanto tempo estava ali.

Hugo corou e Jamille gaguejou antes de responder.

— B-boa noite, Henrique. A gente veio passear com os cachorros — disse ela.

— Ah, perfeito! Deixa eu ver quem ainda está disponível — comentou ele, digitando algo no computador — É... sobraram Vampira, Bandida e Capeta de novo pra vocês.

— Porra, não é possível! — reclamou Agnes. — Não tem, sei lá, uma *Belinha* aí? Até um Thor eu tô aceitando.

— As Belinhas são sempre as primeiras a serem escolhidas. A gente não tem um Thor, mas se você quiser temos um beagle chamado Chris Hemsworth. Só que ele já passeou hoje...

Era a Terça dos Três, e a vez de Hugo decidir o que fariam, mas ninguém quis participar da maratona de programação que ele havia sugerido. Tinha sido sugestão de Verônica, como uma forma de usar o tempo livre dele para se aprimorar. Jamille disse que já estava feliz em saber programar o micro-ondas e o despertador. Agnes ameaçou se matar na frente deles. Ficaram discutindo por mais de uma hora o que as regras da Terça dos Três diziam, mas um empecilho para a resolução desse conflito era que as regras nem existiam. Jamille, então, sugeriu que repetissem o passeio com os cachorros, de certa forma uma punição por não conseguirem chegar num acordo.

— Me diz que eu não vou ter que ficar com o poodle de novo — suplicou Hugo para as meninas.

— Acho que não tem jeito, gente — resumiu Jamille.

— Tá no inferno, abraça o Capeta, Chuchu.

Capeta adorava brincar com qualquer pedestre, mas sua brincadeira favorita era mijar na pessoa ou morder até sangrar. Hugo tinha salvado várias vidas naquela noite, trocando de calçada sempre que via algum ser vivo, embora não houvesse salvação para ele mesmo. Às vezes Capeta o arrastava para o meio da rua, e Hugo tinha que juntar toda a força que não existia em seus braços finos para domar a fera. O poodle era teimoso e suicida, latindo para motoqueiros e querendo se enfiar no meio do trânsito pesado. Uma coitada tinha perguntado o nome daquela gracinha de cachorro e Hugo respondera que era "Floquinho". Mas foi só ela chegar com a mão que Capeta mostrou os dentes e fez a mulher subir no banco do ponto de ônibus gritando por socorro. Hugo enrolou com afinco a corrente na mão, mas ainda deu tempo de o cachorro peidar na cara de um idoso e urinar numa criança. Jamille e Agnes acompanhavam o drama paradas do outro lado da rua, já que Bandida tinha cansado de andar depois de quinze passos.

— Eu me sinto num filme de terror com esse daqui — disse Hugo com a cara vermelha depois de ter fugido do ponto de ônibus e alcançado as amigas.

— E eu que tô passeando com a Invocação do Mal? — respondeu Agnes.

— Agnes! — repreendeu Jamille. — Os cachorros entendem, tá? Você pode achar que não, mas eles são muito sensíveis e inteligentes.

Vampira batia os dentes e hoje estava particularmente mal diagramada. A cachorra parecia que tinha tomado banho numa máquina de lavar. Tinha o corpo todo fino coroado por um cabeção e caninos enormes. Hugo ainda estava ressabiado com ela, sabia que não podia dar mole com o pescoço de novo, ou corria risco de ser infectado pelo vírus da licantropia.

— Essa aí te fez de boba, né, amiga? — disse Agnes, apontando para Bandida no colo de Jamille.

O cérebro de Bandida com certeza era mais desenvolvido que o de um ser humano, porque ela tinha colocado no chinelo a pessoa mais inteligente entre eles. Hugo tinha uma teoria de que a cachorra humilhava o líder da espécie para deixar clara a superioridade dela sobre toda a raça.

— Vocês sabem que ela não gosta de andar, tadinha — respondeu Jamille, derrotada.

— Só quando quer assaltar alguém — rebateu Hugo.

— Acho que preciso deixar que ela cometa crimes, porque não conta como exercício físico se eu carrego ela no colo.

Hugo teve uma ideia enquanto Capeta tentava deixar a canela dele em carne viva.

— Por que a gente não troca de cachorro? — sugeriu.

— Você vai fazer de tudo pra se livrar do boquinha nervosa aí, né, Chuchu?

— Eu tô falando sério. — Hugo queria *sim* se livrar de Capeta, mas, quanto mais ia falando, mais a ideia ia se mostrando perfeita na mente dele. — O Capeta tem muita energia pra gastar, mas eu não consigo acompanhar ele sendo um sedentário. Já você...

— Ih, nem vem — dispensou Agnes.

— Agnes, eu acho que o Hugo tem razão — disse Jamille. — Você é mais forte que o Capeta, ele não vai te arrastar. Aliás, muito pelo contrário, só você tem pique o suficiente pra fazer esse cachorro cansar.

— E ele é uma gracinha — argumentou Hugo.

— É, nisso você tá certo — admitiu Agnes. — Não posso ser vista na rua todo dia com uma cachorra que parece um Smilinguido que morreu e foi desenterrado.

— Mas eu posso! — garantiu Jamille. — A Vampira vai receber de mim todo o amor que ela merece. Vou curar todos os traumas que você causou nela.

— Você sabe muito bem que ela já tava assim quando eu cheguei — pontuou Agnes.

— E Jamille não vai correr o risco de ser mordida no pescoço, já que não vai precisar carregar Vampira no colo — concluiu Hugo. — Eu fico com a Bandida.

Bandida era calma e preguiçosa, mas literalmente corria atrás do que queria, e Hugo se identificava com isso. Ele também tinha um plano.

— Comprei isso aqui no canil pra dar pro Capeta e ele tentou comer meu braço, mas aposto que a Bandidinha aqui vai ser mais gentil.

Hugo tirou do bolso um saquinho com biscoitos caninos. Jogou de longe um pra Capeta e Vampira, mas segurou um pra Bandida vir até ele. A cachorra caramelo olhou desconfiada, cheirou o biscoito de longe e deu um latido sofrido para tentar comover a plateia. Vendo que ninguém mais tinha compaixão por animais naquele trio, pulou do colo de Jamille e caminhou até Hugo para receber, feliz, seu biscoito.

Deram meia dúzia de voltas no quarteirão. Agnes e Capeta devem ter dado o triplo disso, porque Agnes corria e puxava a coleira, o poodle se esforçando para acompanhar o passo logo atrás com a linguinha para fora. Ao final, estavam todos exaustos, mas em paz.

— Você foi brilhante, Hugo — disse Jamille, quando se sentaram num dos bancos da praça.

— Tô até botando um pouco mais de fé no seu aplicativo. Você só criou *match* de sucesso hoje — elogiou Agnes.

— Ninguém pode saber que meu aplicativo foi testado em animais — brincou Hugo. — E amor e relacionamentos são um pouco diferentes pra pessoas.

— Pois eu acho mais fácil achar boy do que um cachorro que combine comigo — comentou Agnes.

— Mas você também passa o rodo em qualquer um — rebateu Hugo.

— Você que pensa, Chuchu. Eu tenho critérios.

— Número um: ter um piru — atacou Jamille, sorrindo.

— *Jamille* — reagiu Agnes, gargalhando também. — Isso é só meio caminho andado, mas não garante nada. E eu só gosto de me *divertir*. Já tenho amor-próprio de sobra, tenho vocês, meus outros amigos que me amam, não preciso ficar caçando amor em homem. Sou gostosa, transar é gostoso, vou querer mais o quê?

— Eu até te admiro, amiga — disse Jamille. — Esse algoritmo do amor só não ia funcionar comigo porque eu não acredito nisso de alma gêmea.

— Ai, mais uma que vai falar que não acredita no amor — reclamou Hugo.

— Juro que acredito, mas a busca me cansa. Ficar tentando encontrar a pessoa perfeita só me fez passar na mão de um monte de doido. Agora eu tô numa vibe mais "antes só do que mal acompanhada". Se for legal, eu topo, mas, assim, foda-se também se não rolar, sabe? Estou com tanta coisa na cabeça, tipo a minha prova...

— Toma na sua cara! — gritou Agnes apontando para Hugo.

Hugo apenas cruzou os braços e revirou os olhos.

— Que palhaçada foi essa? — perguntou Jamille.

— A gente apostou quanto tempo levaria até você falar da prova — explicou Agnes. — Hugo jurava que você só ia falar amanhã, mas eu conheço muito bem as minhas amigas fracassadas.

— Vampira, encontrei dois pescocinhos pra você beijar — disse Jamille, fazendo carinho na cabeça da cachorra.

— Eu agora tô protegida pelo demônio, querida.

— Que lindo vocês fazendo os cachorros de Pokémon — comentou Hugo.

Falar no diabo despertou o poodle de seu descanso, e Capeta começou a querer correr de novo, puxando a coleira e latindo para o trânsito.

— Só mais uma volta, desgraça — reclamou Agnes, levantando, mas dava para ver que estava contente com o cachorro atleta.

— Quer passear, princesinha?

Os olhinhos de Vampira brilharam quando Jamille a chamou. Sem esforço, Vampira começou a dar seus passinhos desengonçados e foi dar mais uma volta na praça. Bandida nem se mexeu, e Hugo foi com a mão no bolso para pegar os biscoitos restantes, mas não encontrou nada. Nem o saco de papel estava lá. Encontrou ele debaixo da pata da cachorra, com Bandida mastigando, feliz, os últimos pedacinhos.

— Meliante — reclamou Hugo.

14. Um filme que o Jordan Peele faria se fosse gay

Tinha virado a noite numa ligação com Verônica mais uma vez.

Quer dizer, ela havia dado uma ordem de cinco minutos e um boa-noite, mas tinha sido ele quem encarara o que precisava ser feito. Vai ver era assim que funcionava a filosofia do "trabalhe enquanto eles dormem" na prática.

Hugo não tinha do que reclamar. Mentira, tinha — e reclamava quando ninguém da Bunker podia escutá-lo —, mas sabia que estava *na frente* na corrida para entrar na Elite. Verônica tinha pedido gentilmente para Hugo revisar e complementar os relatórios que Rômulo e Greice haviam escrito. Ela não tinha dito com todas as letras, mas ficara óbvio que não confiava tanto assim em deixar as coisas nas mãos dos dois. Os relatórios eram mesmo um desafio. Greice floreava tanto as palavras que às vezes ficava difícil de entender se estava falando de um aplicativo de celular ou de um quadro que vira num museu. As sentenças todas largadas no meio do texto faziam do relatório um mistério. Rômulo comia letras, e comia com vontade, fazendo do texto dele uma cruzadinha. Hugo não era a melhor pessoa com as palavras, mas sabia ler e escrever e isso teria que ser o bastante. Editou, revisou, completou o que os colegas de trabalho haviam feito e ia mostrar com orgulho para Verônica do que era capaz. Em algum momento ela ia *entender de fato* o foguete que ele era, e tudo de bom viria depois disso. Talvez Hugo fosse promovido se o aplicativo desse certo — ia dar — e, em um ou dois anos, poderia ser líder também e ir dormir a hora que quisesse, dentro da casa enorme que compraria para ele e os pais. Mas, até lá, tudo bem perder uma noite de sono.

Talvez estivesse perdendo mais do que isso, porque tinha sido obrigado a deixar o café da manhã para trás por ter dormido demais e seu sistema imunológico estava gritando por ter que se sentar mais um dia embaixo do ar-condicionado da Bunker. Desde o dia anterior, Hugo estava com uma gripe inconveniente, daquelas que humilham o portador do nariz com coriza, mas garantem uma voz rouca sexy.

— Bom... dia... gente — disse ele, morrendo, igual a todos os outros homens gripados no Brasil.

— SURPRESAAAAAAA!

Foi o suficiente para Hugo derramar nele mesmo o copo de café que segurava. A camisa amarela lavada e passada com tanto cuidado tinha virado um lixo e não era nem nove da manhã. O café da Bunker parecia piche, aquela mancha *nunca* iria sair. Nenhum dos criadores pareceu se importar e, juntos com Verônica, Norma e Jairo, todos batiam palmas.

— Agora é sério, hoje também não é meu aniversário! — avisou Hugo.

— Feliz Dia do Orgulho Gay!

Ai, gente. De fato era junho. Mês da visibilidade LGBT+, do orgulho, das paradas gays e tudo o mais. Hugo sabia disso, mais ou menos. Nunca soubera bem o que celebrar, nem do *quê* sentir orgulho, considerando que ele era um coitado como outro qualquer, ainda procurando seu lugar ao sol. Hugo achava que orgulho era pros outros, para quem vivia na pele todos os dias o que era ser gay e lésbica, pros amigos bissexuais da Agnes, mês do João Bastos, das pessoas trans, que nunca desistiam. Mas para ele... Hugo ainda acreditava que havia roubado o lugar do gay branco que entraria na Bunker pela cota.

As obras na Bunker finalmente haviam se encerrado, e Hugo tinha visto que haviam decorado os corredores com muitas bandeirinhas coloridas, que ele atribuíra a festas juninas. Mas alguém também tinha estendido uma faixa com as cores do arco-íris que ia de uma ponta a outra da sala dos criadores. Na verdade, tinha arco-íris *em todo lugar*. Nos cartazes que Rômulo e Greice seguravam bem alto — "somos todes um pouco gays" e "gay também é gente" —, nos broches que Norma usava na blusa e também na bandeira *enorme* com a qual Verônica estava se cobrindo como se fosse uma artista pop atrás de *pink money*.

— Meus parabéns, Hugo! — disse Verônica, com o dedo em riste. — A gente *nunca* vai te repudiar pelas coisas que você faz por ser gay.

— Obrigado?

— Você é muito importante para todos nós! — completou Norma, mas logo levou uma cotovelada nada sutil de Verônica. — *Todes* nós, eu quis dizer *todes* — corrigiu ela. — Desculpa se eu te ofendi, não foi minha intenção. Ainda estou me desconstruindo e tenho muito o que aprender com você.

Hugo não achou ruim o fato de agora todo mundo na Bunker ter descoberto o pronome neutro, mas estava longe de ser professor de gramática.

— Ainda não sei bem o que tá acontecendo — respondeu, limpando o nariz com a mão para esconder o ranho.

— Hoje vai ser muito especial, Huguito! — garantiu Verônica. — Vamos ter várias ações aqui na empresa em prol da luta contra a homofobia e isso tudo será graças a termos você aqui, iluminando a todos com a sua homossexualidade.

Ele estava se sentindo em um filme que o Jordan Peele faria se fosse gay. Aliás, Hugo não se sentia o homossexual *responsável* por isso. Que iluminação ele tinha trazido para a empresa? *Do que eles estavam falando* quando diziam que tinham aprendido muito com ele? A verdade é que Hugo não tinha tempo de se lembrar que era gay com aquele tanto de trabalho para fazer, exceto quando João Bastos aparecia para falar com algum dos criadores e casualmente fazia uma massagem surpresa em seus ombros.

Não ia deixar de ser legal ver a Bunker criando políticas afirmativas para membros da comunidade, como Jamille tinha comentado que algumas empresas já estavam começando a fazer. Comitês de diversidade formados por funcionários e especialistas, pessoas LGBT+ em cargos de liderança, palestras educativas, apoio financeiro para ONGS que trabalhavam pela causa... Hugo gostaria de fazer parte disso, mesmo sendo um gay bem mais ou menos. Mudar o mundo era seu segundo maior objetivo de vida, logo depois de ficar muito rico.

— Então... vamos criar um comitê? — perguntou.

— Você vai amar o que está rolando! — respondeu Verônica, sem responder de verdade. — Todos os protetores de tela foram automaticamente trocados pela bandeira do arco--íris. A cada hora vamos deixar rolando a discografia de uma diva pop nos alto-falantes e todos os cupcakes do Cantinho de Snacks terão granulados coloridos! A gente também mandou um e-mail para toda a empresa, veja bem, para *todo mundo mesmo*, dizendo que homofobia é errado, e já falei pro Jairo deixar um pote de preservativos na recepção para todos que quiserem pegar, mas deixando *bem claro* que a preferência é para gays, então seja você homossex ou aliado, não saberemos! Mas todo mundo vai poder fazer sexo com proteção.

Meu Deus, ele pensou, os granulados coloridos com certeza acabariam com a homofobia no Brasil.

— Agora vai ali com o Jairo pra ele te preparar — disse Verônica. — Você vai subir no palco do auditório em quinze minutos.

— Palco? — perguntou Hugo, já sentindo o calafrio subindo pelas pernas.

— Sim! Convidamos a imprensa para ouvir o nosso manifesto contra homofobia, gordofobia, xenofobia, brancofobia, *todas* as fobias mesmo. Não vamos deixar nenhuma passar porque aqui na Bunker não existe lugar para preconceito.

Hugo queria gritar no terraço de novo.

— O que é xenofobia? — Greice sussurrou para Rômulo.

— Acho que tem a ver com a Xena, lembra? — Rômulo sussurrou de volta.

— A princesa guerreira?

— Ela tinha o maior jeitão de sapatão.

O intensivão que a Bunker estava fazendo sobre a comunidade não tinha dado conta ainda de ensinar o alfabeto inteiro, haviam chegado apenas no G.

— O Jairo vai te dar uma roupa melhor, tá, lindinho? — avisou Verônica. — Se você subir no palco assim vão achar que maltratamos gays.

Hugo tentou dissuadir Verônica de colocá-lo num palco para fazer Deus sabe o quê, mas ela já nem o estava ouvindo mais.

— Jairo, bastante brilho, tá? — pediu ela. — E, só pra confirmar, não temos mais nenhum colorido na empresa? O palco tá meio vazio.

— Bom, na verdade eu sou bi — revelou Jairo.

— Hum, não. Eu queria um gay de verdade, sabe? Porque já tá difícil com a gente indo só com o Hugo... — respondeu ela, franzindo um pouco a boca, mas logo depois voltando a assumir aquela postura confiante de sempre. — Ah, deixa. É o que temos. Vai dar certo!

— Jairo, eu não tenho como subir num palco! — suplicou Hugo.

— Você é baixinho, mas lá tem escada.

Tinha que admitir que essa tinha sido boa, mas Hugo não estava para piadinhas.

— Você não tá para piadinhas, ok. Me desculpa. Só tô tentando te acalmar.

Estavam a sós, fazendo de vestiário uma das salas de encontro da Bunker. Hugo, que só usava camisas lisas de uma cor só para ficar o mais invisível possível em todos os ambientes, tinha acabado de vestir uma alegoria. Tinham mirado no gay e acertado no Carnaval. A camisa de paetês prateados tinha unicórnios, plumas na gola e a estampa ME DEIXEM AMAR.

— Como vou aparecer em público assim? — perguntou.

— Posso pedir mais glitter pra sua maquiagem, se quiser mais brilho.

— E se eu quiser *menos* brilho?

— Não me deram essa opção — Jairo deu de ombros. — Mas, olha, fica tranquilo, lá no palco você só precisa concordar com a Verônica. Ela vai guiar toda a conversa sobre como é ser gay na Bunker, não é nada que você já não saiba.

O que Hugo sabia sobre ser gay em *qualquer lugar*? A experiência mais marcante dele tinha sido querer gritar num banheiro de balada com Cara de Cavalo lambendo seu pescoço. Hugo se deu conta de que não sabia nada sobre luta, resistência e muito menos sobre *amar*. A estampa na camiseta que usava parecia uma piada. ME DEIXEM AMAR? Tinha alguém o impedindo? Hugo se perguntou que imagem passaria para a imprensa se morresse no palco.

— Você tá me preocupando agora — disse Jairo.

— Deveriam ter me avisado antes.

— Hugo, você é um *gênio*. Você tá dando vida pro aplicativo mais pauleira que a Bunker vai produzir este ano. É claro que a empresa vai querer te exibir em toda oportunidade. Isso é sua carreira deslanchando.

Era? Decolar como um foguete era tudo o que Hugo sempre quisera. Ser reconhecido, ser referência, chegar lá no topo pelo próprio esforço, era por essas coisas que Hugo levantava da cama todo dia. Agora que a Bunker iria colocá-lo num palco, por que a vontade dele era de se trancar no banheiro e apagar a luz? Os pais diriam que ele era capaz. Quanto mais Hugo crescesse e chegasse perto do sucesso, mais palcos e entrevistas e desafios viriam. Era isso o que ele realmente queria. Não era? Claro que era, era o que todo mundo queria. Agora não tinha o que ser feito também. Estava na hora de encarar e pronto.

— Deixa eu acertar seu glitter — disse Jairo, finalizando a maquiagem de Hugo com muita destreza.

Engraçado que Hugo nunca tivesse pensado que Jairo fosse bissexual. Não conseguia imaginar como era se interessar por tanta gente assim. Hugo já não dava conta de lidar com homens, pediria arrego se tivesse que lidar com todo o resto.

— Parece difícil no começo, muita informação, mas depois a gente pega o jeito — comentou Jairo.

— Tenho certeza de que você não está falando de bisse-xualidade.

— Maquiagem — respondeu. — Mas serve também.

Imaginar a plateia nua talvez funcionasse para algumas pessoas, mas, para Hugo, deixava o pesadelo dez vezes pior. *Ou quarenta*, se levasse em conta o número de jornalistas que tinha conseguido contar. Tinha gente de jornais, revistas, TV e rádio e era difícil acreditar que tanta gente assim tivesse vindo até ali para ouvi-lo falar sobre a sensação vertiginosa de sentir cheiro de homem. Tinha talentos da Bunker na plateia também, inclusive João Bastos na primeira fileira, o que não ajudava em *nada*. Norma tinha chamado alguns talentos da Bunker para falar sobre como era incrível trabalhar numa empresa inclusiva e, naquele exato momento, Greice contava ao microfone como tinha aprendido muito trabalhando com gays, inclusive como usar corretamente a expressão *YAS QUEEN*. Uma moça do financeiro contou que teve um amigo gay na faculdade e que falava com ele em todas as aulas como se fosse uma pessoa normal. Um cara do departamento pessoal tinha dito que respeitava gays, desde que fosse respeitado de volta. Outro falou que já tinha tentado ser vegano e desistido, mas ainda assim era contra a homofobia.

— Em que manicômio você achou essas pessoas, Norma? — criticou Verônica, bem baixinho.

— Elas trabalham aqui — respondeu Norma.

Tinha uma bancada de vidro na frente do palco do auditório da Bunker e, sobre ela, um microfone onde os talentos contavam as próprias experiências. No fundo do palco havia uma fileira de cadeiras onde Hugo, Verônica, Norma e outros talentos humanos aguardavam. Assim que o ex-quase-vegano largou o microfone e a plateia aplaudiu, Norma e Verônica se levantaram para seguir com a apresentação.

— A gente pode pular logo pro Hugo? — pediu Verônica.

— Falta só mais um... — disse Norma, fora do microfone, enquanto a plateia esperava — Quem é esse JB?

— O JB, da infra — respondeu Verônica.

— Tá, mas qual é o nome dele?

— JB, Norma. Tá escrito aí.

— Fica feio chamar alguém por apelido, Verônica. É falta de profissionalismo.

— O nome dele *é* JB — Verônica deu de ombros. — Ah, sei lá, se vira.

Hugo estava perplexo ouvindo essa conversa de camarote. Verônica cruzou os braços e Norma voltou a falar no microfone.

— Agora vamos ouvir o... José, da Infra? — disse ela.

João Bastos apenas franziu o cenho. Quando ninguém da plateia se levantou, olhando confusos uns para os outros, Norma tentou novamente:

— José?

Nada. João cruzou os braços.

Se alguém tivesse contado que Hugo se levantaria da própria cadeira e iria até o microfone por livre e espontânea vontade, ele não teria acreditado, mas lá estava ele, pedindo licença à Norma.

— O nome dele é *João* — disse ao microfone, olhando diretamente para seu alvo.

João Bastos ergueu as sobrancelhas.

— João, da Infra? — repetiu Norma, depois que Hugo voltou ao seu lugar.

Era curioso que João não estivesse ali para falar sobre ser gay, e sim só para dar o próprio depoimento de funcionário numa empresa tão aliada à causa. Agora que Hugo parava para pensar, nunca tinha ouvido ninguém da Bunker fofocar sobre João Bastos, se ele era, se não era. Diferentemente do que faziam com ele, todo mundo tratava JB como mais um dos parças. Hugo, mesmo, só tinha ficado sabendo da orientação de João porque presenciara, naquele fatídico dia, o rolo dele com o cara esquisito da contabilidade. Não era Hugo quem iria tirá--lo do armário. Por ele, tudo bem se João quisesse continuar sendo apenas um homem com as unhas bonitas demais. Era até meio novidade para Hugo alguém separar tanto assim o trabalho da vida pessoal, porque João vinha, fazia o que tinha que fazer, não contava nada para ninguém e saía pelas portas da Bunker para, sei lá, frequentar baladas ruins e ter noites tórridas de amor em Vila Isabel com um "amigo". Hugo nem enxergava mais onde terminava sua vida e onde começava a da Bunker; tinha dias que parecia uma coisa só, como hoje, quando teria que falar para todo mundo como ser gay era legal. Às vezes, queria ter o direito de não ter que falar sobre nada.

Mas pensando bem, também, o que mais ele teria para falar? A Bunker *era* a vida dele. Fora dali, Hugo não sabia quem era e nem se interessava muito em descobrir, porque era a partir da Bunker que sua vida começaria a se desenrolar, crescer e acontecer.

João subiu ao palco e deu — *talvez* tivesse dado — uma piscadela muito sutil para Hugo, que quase derreteu na cadeira. Não estava feliz. Na verdade, Hugo nunca tinha visto João tão emburrado quanto agora. A cara fechada, o corpo se arrastando até o microfone, os olhos entediados. Por causa da posição das cadeiras, Hugo agora só o via de costas. João Bastos e sua calça social sob medida que o deixava gostosíssimo.

— Então, João, como é fazer parte de uma empresa tão aliada a essa comunidade linda? — perguntou Norma, toda sorridente.

— Vocês me pagam muito bem — disse ele, numa tacada só.

Norma esperou por algo mais, mas aparentemente era só isso mesmo que João Bastos tinha a dizer. Ao lado de Hugo, Verônica fechou os olhos e respirou fundo. Norma não se deu por vencida.

— Mas é claro que você também acha que a Bunker é a número um em abraçar o povo animado, certo?

João já tinha dado três passos para longe do microfone, mas, com a pergunta, parou e encarou Norma mais uma vez. Olhou para a plateia, olhou para Hugo e suspirou. Voltou para o microfone.

— Sabe o que eu acho, Norma? — disse João Bastos, e a voz dele agora estava muito mais alegre, mas alegre *demais*, extremamente afetada. — Vocês estão de parabéns! Nunca vi um gay apanhando nos corredores da Bunker. Deve significar *tanto* para eles poderem trabalhar sem que ninguém cuspa na cara deles! Tô muito feliz, tipo, de verdade, de saber que a cada dia me torno uma pessoa melhor só de ter a oportunidade de trabalhar aqui e não agredir nenhum homossexual. A Bunker faz *tanto* pelos gays deixando que eles convivam no meio da gente! Eu me sinto participando da ressocialização de ex-presidiários. Nunca tinha visto um gay antes de entrar nessa empresa, sempre terei essa dívida com vocês, por terem me apresentado essa gente tão especial. Obrigado.

Meu Deus. Hugo quase riu desse *deboche*.

Norma ficou sem palavras enquanto a plateia ficou dividida entre aplaudir e encarar João Bastos descendo a escadinha do palco. Aconteceu apenas uma salva de palmas bem frouxa, até que João gritou bem debochado "E, claro, AMOR É AMOR" e o salão inteiro urrou. Era ridículo, Hugo sabia. João também sabia, porque voltou ao seu assento na fileira da frente, dessa vez com um sorriso travesso no rosto, desses que significam mil coisas.

Norma retornou ao microfone.

— Isso foi muito... bonito. Agora, nosso grande ato dessa coletiva, quero chamar ao microfone nossa CEO, Verônica Rico! E nosso talento incrível, brilhante e que jamais teve vergonha de ser homossexual trabalhando na nossa empresa, Hugo Flores!

Mil aplausos e flashes, e Hugo sentiu uma pontinha de como seria seu futuro se continuasse dando tudo o que tinha pela Bunker.

— É um prazer estar com vocês aqui nesta celebração! — disse Verônica ao microfone. — É o mês do Orgulho, mas aqui na Bunker o combate à homofobia e a inclusão de quem precisa é um trabalho que nunca para! E o Hugo está aqui para confirmar, já que está há anos na nossa empresa conferindo de pertinho nosso modo de abraçar essa causa.

Anos? Hugo tinha acabado de completar quatro meses na

Bunker e Verônica sabia disso. Tinha até dado a chave dourada pra ele. Talvez fosse um erro no roteiro. Outra pessoa devia ter escrito o discurso e se perdido nas informações.

— Não apenas isso, mas Hugo é a peça-chave do nosso próximo lançamento, um aplicativo de relacionamentos idealizado e desenvolvido, em boa parte, por ele!

Hugo continuou sendo ovacionado. Nem nos seus aniversários recebia tanta atenção. Era como se o mundo inteiro estivesse naquele auditório olhando para ele.

— A gente tem tanto a aprender com os gays! — celebrou Verônica. — E é por isso que a Bunker *jamais* deixaria talentos como o Hugo serem desperdiçados só por conta da orientação sexual.

Era tão gostoso ser apreciado e celebrado como parte importante do dia a dia e do sucesso da empresa! Queria que todos aqueles jornalistas entendessem que a Bunker tinha chegado chegando, que era uma casa, uma família, e que juntos desenvolveriam o melhor aplicativo de *todos*.

Verônica abriu a entrevista assim:

— Hugo, agora conta pra gente, não é incrível ser gay na Bunker Tecnologia?

— Eu não consigo pensar em nada melhor.

E Hugo nem estava mentindo.

15. Silêncio, pessoal, vamos ouvir a bicha falar

Hugo sentiu o bafo quente do interior do apartamento assim que abriu a porta de casa, mas pela primeira vez quis estar exatamente ali, longe do ar-condicionado da Bunker Tecnologia. Ia voltar feliz para a empresa no dia seguinte, com certeza, mas precisava voltar a ser ele mesmo pelo menos um pouquinho, e o único lugar em que conseguiria isso era na filial do inferno em que morava. Naquele dia, até as paredes suavam. O ar havia desistido de circular e as janelas abertas só atraíam mosquitos, mas por ele tudo bem. Era tarde da noite porque Hugo tivera que compensar as horas perdidas com o Dia do Orgulho, e a sensação era a de que tinha perdido mais do que isso.

Ninguém era gay em Fiofó do Oeste, e Hugo não podia fazer nada a respeito, mas ali no Rio, tinha achado que seria mais fácil.

Que as coisas simplesmente aconteceriam e que ele deixaria rolar.

Mas agora parecia que ele nunca tinha sequer saído da casa dos pais. Ainda era o mesmo Hugo Flores, gay em tons pastel, com coisa demais na cabeça. O algoritmo por trás do Farol, a Elite, Verônica, seus pais. Hugo só precisava encontrar a paz necessária para pôr a mente em ordem depois daquela longa entrevista na frente dos jornalistas, mas o que encontrou foi algo que não procuraria nem em um milhão de anos: um gay em cores extremamente vivas com a bunda de fora de pé no meio da sala.

TINHA UM HOMEM PELADO NA SALA DELES.

Hugo pensou em bater na porta dos vizinhos e pedir socorro, mas depois notou que ali estava uma bunda conhecida — UM ROSTO CONHECIDO, pelo amor de Deus. Diego continuava de costas para ele, nu em pelo, o corpo negro, musculoso e suado como qualquer outro ser vivo ficaria dentro daquela casa.

— Hugo tá olhando sua bunda — disse Agnes, entrando na sala pelo corredor.

— Tá? — perguntou Diego, virando o pescoço para encarar Hugo na porta, sem se abalar. — E gostou do que viu?

— Eu não tava olhando! — rebateu Hugo.

Hugo já tinha esbarrado com Diego várias vezes, mas nunca o tinha visto *assim*, em toda sua glória. Era o amigo de Agnes mais frequente ali no apartamento. Geralmente, a opção número um quando ela queria companhia para balada e fofoca, e Hugo suspeitava que seria também se Agnes quisesse jogar cocô na porta de um ex. Agnes e ele combinavam um tanto mesmo, de modo que Hugo nem tentava ocupar o lugar de Diego na vida da amiga. Era o gay com a maior autoestima que Hugo já tinha visto, e às vezes ele tinha medo de chegar muito perto e ficar sem ar, tamanho o assombro.

Se Diego um dia aparecesse em Fiofó do Oeste, causaria uma revolta maior do que a Revolta da Vacina. (Não confundir com a Revolta da Vacina do Rio de Janeiro. Na de Fiofó do Oeste, tinham espalhado um boato de que moradores vacinados aprendiam a voar, o que causara filas imensas no posto de saúde, mas logo depois uma imensa frustração, dois protestos pacíficos, uma guerra civil, muita gente pulando dos telhados e uma vizinha que dizem que realmente tinha saído voando para nunca mais voltar.)

Diego era bonito mesmo. Forte, confiante até o talo e tinha nádegas simétricas.

— Mas agora que olhou, gostou? — insistiu Diego.

Hugo nunca teria um bronzeado daquele, já que só via as praias do Rio de Janeiro pela TV mesmo. Não eram de todo inacessíveis para quem morava em Vila Isabel, mas Hugo ficava nervoso com tanta areia, tanta pele exposta e tanto *mar*. Não se esforçava nem para pegar sol. Diego, por outro lado, exibia com orgulho a marca da sunga que costumava usar, que pelo contorno parecia ser minúscula.

— Ah... bom... é bem... agradável — respondeu Hugo, sem saber como chamar outro homem de gostoso tão assim na cara.

— Ele tá me xingando? — perguntou Diego para Agnes.

— Não, ele é assim mesmo — Agnes deu de ombros. — Agora não se mexe.

— Amiga, acho que dá pra colar mais — disse ele, empinando a bunda quando Agnes chegou mais perto com uma pinça.

Só agora Hugo havia reparado nas estrelinhas brilhantes que estavam na bunda de Diego, adesivos que Agnes colava minuciosamente com a pinça. Sabia que qualquer explicação que eles dessem não seria o suficiente, mas admirava a intimidade da amizade deles. Hugo se perguntou se um dia colaria estrelinhas na bunda de alguém. A intenção dele tinha sido fugir para o quarto, porque, meu Deus, mas então Agnes perguntou se ele estava bem, e Hugo precisava mesmo conversar com alguém, mesmo naquelas circunstâncias. Fez que ia se sentar no sofá, mas o móvel estava tomado por plumas, paetês, peças de roupa e itens de bricolagem, como se Agnes estivesse praticando artesanato vivo. Notou que a mesa estava vazia pela primeira vez em *meses*.

— Jamille saiu apavorada com os livros pro quarto assim que Diego tirou a roupa — explicou Agnes, antes que Hugo perguntasse.

— Ela pelo menos disfarçou, tadinha — comentou Diego.

Hugo se sentou à mesa meio acanhado, porque antes Diego estava de costas para ele o tempo todo, mas agora...

Ficou aliviado quando viu o tapa-sexo.

Ainda assim, era muito difícil não ficar olhando, então alternava entre reparar nos detalhes da toalha de mesa e se sentir quente por dentro por causa daquele *homem*.

— O que... tá rolando aqui? — perguntou, alisando os fiapinhos da toalha.

— Preciso de ajuda pra vestir minha fantasia pro baile do Orgulho hoje, e a Nádia foi visitar a mãe — respondeu Diego.

— Aquela desgraçada sempre deixa a bomba na minha mão — reclamou Agnes.

— Mais respeito com o meu corpo, piranha.

Se Hugo chamasse qualquer pessoa de desgraçada ou piranha em Fiofó do Oeste, levaria um tapão na cara, mas na boca dos cariocas as regras eram invertidas. Diego e Agnes eram amigos amicíssimos. Piranha, vagabunda, maldita e desgraçada eram trocas de afeto, enquanto queridinha, bonitona e minha flor poderiam ser xingamentos.

— O tema é obras de arte que mudaram o mundo — explicou Diego.

Hugo tentou puxar na memória alguma pintura ou escultura famosa contendo um homem de um e oitenta com a bunda cheia de estrelas, mas foi um desafio e tanto. Diego deve ter percebido, pela cara de paisagem dele.

— Eu sou *A noite estrelada*, do Van Gogh, porra! — berrou ele, abrindo os braços.

Agnes revirou os olhos enquanto colava a última estrela naquela bunda lisa e comentou:

— Eu te falei que ninguém sabe quem é esse homem.

Sim, ninguém no mundo sabia quem era Van Gogh. Quem sabe depois que ele conseguisse hitar no TikTok.

— Ai, eu joguei no Google pra me destacar, né? — defendeu-se Diego. — Você sabe que vai todo mundo de *Mona Lisa* e *Abaporu*.

Era engraçado que Diego falava mais com as mãos do que com a própria boca. Agnes o mandava parar de se mexer, mas ele só obedecia por quinze segundos.

— O Gustavo me disse que vai de *O nascimento de Vênus* — disse Agnes.

— Que quadro é esse? — perguntou Diego, mas foi ele mesmo pesquisar na internet com o celular na mão. — Aquela vagabunda é *podre*!

Partindo do princípio de que Gustavo era um dos amigos

mais fofos dos dois, Hugo interpretou "aquela vagabunda é podre" como gíria regional.

— Ele vai chegar *pelado* no baile! — reclamou Diego, a única pessoa nua no recinto. — Olha isso, é só uma mona cobrindo a xota com o cabelo.

Qualquer pessoa do mundo da arte chamaria a polícia naquele exato momento, mas Hugo não tinha nada a ver com isso. Quase riu imaginando o que diriam Van Gogh, Botticelli, Da Vinci e Tarsila do Amaral se soubessem que inspirariam uma guerra de fantasias gays seminuas e minimalistas no futuro. Não queria ofender Diego, então segurou o riso e mudou de assunto.

— Comemoraram o Dia do Orgulho lá na empresa hoje também. Me entrevistaram na frente da imprensa e tudo.

— Aposto que foi assim: *silêncio, pessoal, vamos ouvir a bicha falar* — ralhou Diego.

— Pega leve com ele, corno — cortou Agnes, pegando um cropped com vários tons de azul que estava num cabide e o resto da fantasia.

— Eu te ofendi? — perguntou Diego para Hugo.

— Não... — respondeu Hugo no automático, mas repensou. — Quer dizer, *sim*. Mas foi meio assim mesmo.

— Você quer falar sobre isso, Chuchu?

Era a deixa de que ele precisava.

— Sei lá, foi estranho — comentou. — Pareceu que todo mundo parou pra me ouvir falar, mas eu não tinha nada a dizer e mesmo assim as perguntas foram feitas e respondidas. Acho que não dei orgulho pra ninguém. *Eu*, pelo menos, não tive orgulho de nada do que falei.

O arco-íris, as músicas de divas pop, as bandeiras coloridas, nada daquilo Hugo encontrava nas entrelinhas da própria vida. Como podia estar lá representando *todos* os gays do mundo? Hugo não se sentia apto nem a representar todos os gays presentes no recinto naquele momento.

— Chuchu, grandes chances de eles terem te pegado como *token*, sabe? Lembra da Jamille explicando? Empresas adoram fazer essa palhaçada. Fingem que se importam com as pautas importantes, mas no fim das contas é só pra pagar de progressista e continuar ganhando o dinheiro do povo. Por baixo dos panos, continuam escrotas.

— A ação de Setembro Amarelo lá no trabalho foi fazer todo mundo assistir *Divertida Mente* depois do expediente — disse Diego, vestindo o cropped azul. — Eu quase me enforquei na sala do rh.

— No Dia da Mulher, meu chefe fez a gente parar de atender cliente, deu um bombom pra cada uma e depois chamou todo mundo de vagabunda porque atrasamos o trabalho — contou Agnes.

— Porra, qual bombom? — perguntou Diego.

— Acredita que foi um *Caribe*?

— *Cretino*.

— Essas comemorações cafonas que empresa inventa é pra deixar a gente puta da vida mesmo — completou Agnes.

Mas o problema era a Bunker ou ele? Porque Verônica tinha se esforçado. Um pouco. O Dia do Orgulho não fora exatamente como Hugo imaginara que seria: nenhuma pauta séria ou ação transformadora tinha sido discutida ali. Sobrara só muito brilho e barulho. Hugo tinha mentido uma ou duas vezes para não deixar Verônica e Norma numa saia-justa, mas elas continuaram a insistir em levantar a Bunker cada vez mais alto como um santuário gay. Não que Hugo se sentisse desrespeitado lá dentro, mas também não era bem assim. Estava muito difícil traçar a linha do que era verdade e do que elas queriam que fosse verdade. De qualquer forma, todos tinham aplaudido, então meio que tudo bem. Hugo passaria esse pano para a Bunker até com a bandeira do arco-íris.

— Não acho que a Bunker seja assim... — defendeu ele, quase como se tivessem chamado a mãe dele de feia. — Tipo, me apresentaram como o criador do aplicativo que a gente tá fazendo e tudo, a galera até aplaudiu. Eu senti que eles se importam muito comigo. O que me pegou é que eu não me vi ali, sabe? Todo aquele orgulho gay... todo mundo tava feliz, festejando e dizendo como gays são isso, aquilo e mais aquilo outro, mas eu não sentia que tinha a ver com absolutamente *nada* daquilo. Tava ali no palco fantasiado de outra pessoa, não sei de quem.

A fantasia de Diego, para além da bunda de fora, era mesmo incrível agora que Hugo a via quase completa. Na parte de cima havia várias estrelas douradas brilhando no céu azul do cropped extremamente justo ao corpo. Diego calçava agora uma bota preta que ia até os joelhos e tinha um salto alto o suficiente para Hugo achar um perigo. Agnes espalhava purpurina dourada na pele negra exposta, purpurina que provavelmente nunca mais ia sair, mas nem ela nem Diego estavam preocupados com isso. Tinha ainda uma armação preta que irradiava como galhos de uma árvore e que Diego colocaria nas costas, além de uma espécie de cetro e uma coroa reluzindo sobre o sofá. Diego estava pronto para o Carnaval do ano que vem, apenas oito meses adiantado.

— Talvez eu estivesse fantasiado de você — respondeu Hugo, deslumbrado. — Sei lá, não sei explicar, mas na maioria das vezes eu não me sinto gay o suficiente.

Hugo nunca iria a um baile gay, muito menos vestido de "A noite estrelada". Nem cabia tanta estrela na bunda seca dele, para começo de conversa.

— É a primeira vez que vejo com meus próprios olhos a dor do *twink* discreto e fora do meio — comentou Diego, enquanto Agnes acertava os últimos detalhes da roupa. Os galhos pretos pareciam meio tortos.

— O que é um *twink*? — perguntou Hugo.

— Puta merda — exclamou Diego, negando com a cabeça. — Bicha, acorda pra vida, você talvez só não tenha vivido o bastante.

— Eu tenho vinte e quatro anos — rebateu.

— Idade de gay não se conta assim. Quanto tempo faz que você se assumiu?

Se essa conta fosse possível, Hugo teria dado a resposta prontamente, os números girando em sua cabeça, mas... ele *tinha* se assumido? Não em Fiofó do Oeste, pelo menos. Nem conseguia conceber contar para os pais que era gay, pois tinha medo de eles perguntarem o que isso significava e ele nem mesmo saber explicar. Gostava de homem? Mas gostava *mesmo* de homem? Hugo quis vomitar na cara do último homem que encostara nele com segundas intenções.

— Porque eu, com quinze anos, já tava dando na esquina — completou Diego, fazendo com as mãos um gesto extremamente obsceno que deixou Hugo com a cara ardendo.

— Mentira! Eu também! Gêmeas — gritou Agnes, toda fofa, dando as mãos para Diego, ambos comemorando.

— Duas putinhas precoces — respondeu ele, e logo se voltou para Hugo. — Mas a gente sabe que tem gente que demora *muito mais* pra se entender. E nem é culpa nossa. Nenhuma pessoa hétero precisa se aceitar ou se assumir hétero pros pais e pros amigos. Todo mundo acha que nasce hétero, né, até a gente. Mas isso só dura até o mundo dar na nossa cara e a gente ter que rever tudo o que achávamos que sabíamos sobre nós mesmos. É, tipo, *muito trabalho*. Vai ter gay de cinquenta anos que ainda não gosta de ser visto como gay e, infelizmente, faz parte da vida. Cada pessoa tem seu tempo.

Diego parecia uma divindade gay agora que tinha encaixado a armação da árvore negra de "A noite estrelada" certinho nas costas. Van Gogh ficaria orgulhoso. Ou extremamente ofendido, mas problema dele.

— Não existe isso de ser gay o suficiente, tá? Ninguém é mais bicha ou menos bicha por fazer isso ou deixar de fazer aquilo. Você não é gay? — perguntou Diego, e Hugo assentiu, ainda meio incerto. — Então pronto, o orgulho é pra você também.

Se Diego estava dizendo, Hugo ia acreditar, porque ele estava *fantástico* com o dedo em riste.

— E digo mais! — bradou Diego.

— Agora ele se empolgou, Chuchu. Bem-feito. — comentou Agnes, sorrindo.

— Eu não sou gay só quando tô saindo, beijando ou trepando com outro cara não, *eu sou gay o tempo todo* — disse Diego, abrindo os braços, depois fechando, depois levantando, com as mãos por toda parte. — Gay no trabalho, gay na rua, no ônibus, na feira. Eu sou gay quando os crentes vêm me evangelizar, quando escolho a sunga que vou usar na piscina do condomínio, quando me chamam pra ser o Papai Noel na escola dos meus sobrinhos e até quando eu tava brincando com as crianças e meu irmão veio me encher o saco falando que eu sou uma *má influência*.

Hugo nunca tinha imaginado que Diego fosse do tipo que tinha sobrinhos e gostava deles. Até se sentiu constrangido com a pequenez da própria mente. Ficou imaginando como a vida seria mais bonita em Fiofó do Oeste se tivesse tido um tio assim.

— Eu já te mostrei fotos deles? — emendou Diego, já sacando o celular.

— Ai, lá vem — reclamou Agnes.

— Olha como eles são *tudo*.

Diego foi passando as fotos, todo orgulhoso das crianças. Andando naqueles bichinhos motorizados num shopping, brincando com raquetes, montando um castelo de cartas e, a favorita de Hugo, todos eles numa piscina. Eram três piticos. A mais velha era a cara de Diego, mesmo por trás dos óculos. Não devia ter mais de dez anos. O do meio com aquela boca arreganhada de dentes separados, boca de criança atentada que veste camisa do Homem-Aranha e usa chinelo da Hot Wheels, e o menorzinho evitando a câmera, rindo para o lado como se alguém invisível tivesse acabado de contar uma piada que só ele tivesse ouvido. Diego era o homem mais feliz do mundo naquela piscina.

— Você tá que nem minhas amigas quando despiranham — desdenhou Agnes. — Casam e logo arrumam filho. Os bebês, um mais feio que o outro. Virou pai de família.

— *Gay* de família — corrige ele, virando-se logo para Hugo. — Mas tá vendo? Homossexual vinte e quatro horas por dia. Sozinho ou acompanhado, com boy ou sem boy. Ninguém nunca me deixa esquecer disso. Vale pra você também.

Então não era o que ele fazia... era quem ele *era*. Talvez

Hugo precisasse descobrir quem era debaixo de tantas horas em frente a um computador e a copos de café.

— Você ainda não me parece muito convencido — disse Diego, estalando a língua. — Aqui, pronto.

Diego pegou o cetro que estava no sofá e, com a ajuda de Agnes, encaixou a coroa belíssima na cabeça. Depois chegou mais perto da cadeira onde Hugo estava e encostou a ponta do cetro em seus ombros, primeiro de um lado, depois de outro, como um rei ordenando um cavaleiro.

— Pelos poderes homossexuais a mim concedidos, ou que eu mesmo acabei de me conceder, eu te declaro... — Diego parou por um segundo, pensou e retomou. — Qual é o seu sobrenome?

— Flores.

— Eu te declaro Hugo Flores, gay em tempo integral.

16. Demitido pelo cu

Não existia homem para Hugo Flores na Bunker Tecnologia.

O sistema que lia os dados do Farol exibia um zero enorme e vermelho no lugar em que deveria estar o número de *matches* de Hugo com os talentos da Bunker que participaram do primeiro teste. Tinham tirado a semana para coletar os dados de mais de cem pessoas da empresa que haviam topado testar o protótipo do aplicativo, mas simplesmente nenhuma delas tinha a mesma energia que Hugo emanava. Não foi exatamente uma grande surpresa. Depois da conversa epifânica com Diego, Hugo agora não se sentia gay de menos, nem gay demais, apenas a quantidade adequada de gay que um homossexual precisava ser... mas aquele zero contundente pinicava suas inseguranças. Poderia acreditar que era uma falha do algoritmo, mas Greice tinha conseguido sete pretendentes, e Rômulo, a incrível marca de quarenta e duas mulheres.

— Sou gente boa, gostoso, era de se esperar — gabou-se Rômulo, flexionando os braços e sorrindo feito criança.

— Um bando de maluca — rebateu Greice.

— Eu gosto das malucas. E você, Branca de Neve, vai fazer o quê com os seus sete anões?

Greice estava puta da vida que todos os homens que o algoritmo havia encontrado para ela faziam, digamos, pouca sombra. Hugo tinha achado fascinante, porque era exatamente esse tipo de coisa que ele esperava que o Farol fosse revelar. Greice gostava de baixinhos, mas não queria admitir.

— Pra sua informação, o Cadu, da segurança, tem um metro e setenta e três — disse ela, na defensiva.

— Eu conheço crianças de dez anos mais altas que ele.

Hugo quase cuspiu o café que estava se obrigando a beber, mesmo sendo ele mesmo menor que o tal Cadu. Andava dormindo muito pouco, preocupado com as metas que Verônica exigia e com o sucesso do aplicativo. Ter esses *matches*, dessa vez com dados reais, era um passo gigante. Não deveria se importar com aquele zero humilhante. O que Hugo queria não era uma pessoa, era um futuro.

— Bonitinhos, precisamos conversar — anunciou Verônica, entrando na sala.

Hugo estranhou não ver o sorriso afetado e característico na cara da líder. A expressão corporal de Verônica era sempre a de uma pessoa que tinha acabado de achar o pote de ouro no final do arco-íris, mas hoje o pote era de sorvete com feijão dentro no fundo do congelador.

— Nosso aplicativo vazou — informou ela, passando a mão pelo cabelo raspado, mas que já começava a crescer.

— O quê? — os três disseram em uníssono.

— Recebi essa informação de fontes confiáveis. Alguns de nossos concorrentes diretos conseguiram colocar as mãos no código do Farol. Sabem o que isso significa?

— Que vamos acionar os advogados? — arriscou Hugo.

— Que estamos *destruídos*.

Greice ficou boquiaberta e pôs a mão no coração. Rômulo deu um soco na mesa. Hugo... Hugo nem existia mais. A mente dele tinha se fragmentado em um milhão de pedacinhos e cada um berrava de dor.

— E se a gente lançar mesmo assim? — perguntou Rômulo, depois de passar a mão no rosto.

— O nosso trunfo era a novidade — disse Verônica, negando com a cabeça. — A gente ainda corre o risco de lançarem o algoritmo no mercado *antes* da gente. O nosso vai parecer uma mera cópia e não vou me sujeitar a isso. O projeto será cancelado.

Hugo Flores era um foguete, mas talvez um daqueles que explodem dez segundos depois do lançamento antes mesmo de sair da estratosfera. O coração dele batia tão forte que... *não*, o coração dele *apanhava* tão forte que tudo o que Hugo queria era que alguém encerrasse a luta.

— Verônica, mas isso é impossível — alegou Greice, com os olhos já marejados. — Ninguém de fora da empresa tem acesso a esse código. Na verdade, nem pessoas *de dentro* da Bunker têm.

— O sistema de segurança não emitiu nenhum alerta — completou Rômulo.

— Só nós quatro temos acesso — pontuou Greice. — Qualquer coisa que for sair daqui tem que passar pela gente.

— Sabe, Greice... é isso que me intriga — disse Verônica, semicerrando os olhos. — Já revi todos os protocolos de segurança, acionei o setor responsável e vocês estão certos. Se vazou, vazou por aqui.

A ficha de Hugo caiu até bem rápido, mais rápido que seus sonhos despencando do céu e sua pressão quase batendo no pé.

— Tá querendo dizer que foi... um de nós? — perguntou.

— Me digam vocês — rebateu Verônica, e Hugo viu, no fundo dos olhos dela, que ela não estava ali apenas para dar uma notícia, mas para condená-los.

— Nem faz sentido a gente fazer uma coisa dessas — respondeu Rômulo, ofendido com a acusação velada. — Somos os principais interessados em ver esse aplicativo nascer.

— O Farol é, tipo, *meu filho* — desabafou Hugo.

Não conseguia falar mais do que isso. Hugo só pensava nas noites sem dormir que tinha gastado pensando no Farol ou adiantando o trabalho do dia seguinte para poder fazer logo o trabalho do dia seguinte ao seguinte. E em como sua garganta ameaçava suicídio toda vez que ele chegava a cinco metros do ar-condicionado potente da Bunker. Os momentos que ele tinha perdido com as meninas em casa porque preferia estar ali, o tanto que ele defendia Verônica quando alguém implicava com seus métodos ousados, o medo que ele tinha de ver tudo desmoronar do dia para noite porque a Bunker era, de longe, a melhor coisa que já tinha acontecido na vida dele. E isso só podia ser sucedido pela pior coisa que poderia acontecer na vida dele, que era o que estava acontecendo agora.

— É o seguinte, bonitinhos: posso até continuar com o projeto, a gente dá um gás e lança o quanto antes. Posso mexer meus pauzinhos para atrasar os concorrentes, jogar o jurídico em cima deles e enterrar todo mundo em burocracia — disse Verônica, ainda com a cara toda travada. — Mas não vou fazer isso tendo um traidor entre nós.

A palavra pesou tanto sobre eles que Hugo queria sair dali engatinhando de cabeça baixa.

— Ou o culpado se entrega, ou vou encerrar o projeto — resumiu Verônica. — Nada mais, nada menos que isso.

Numa das primeiras Terças dos Três, Agnes tinha obrigado Hugo e Jamille a maratonar com ela a franquia Jogos Mortais. Só tinham desistido depois que Hugo vomitara no tapete durante o segundo filme. Não tinha estômago para aquilo, e com toda a certeza também não tinha para *isso*. Sentiu que ia vomitar na sala dos criadores também. Preferiria arrancar o próprio pé a ter que descobrir se existia um traidor entre eles.

Greice foi mais prática:

— Verônica, *por favor*, eu tô dando meu sangue no design e na usabilidade desse aplicativo, só se eu fosse maluca pra fazer uma coisa dessas e sabotar meu próprio projeto. A gente nunca faria isso... — disse ela, parando para encarar Hugo e Rômulo. — Quer dizer, *eu* nunca faria isso. Não posso falar pelos meninos.

Hugo agora arrancaria o pé de Greice se fosse uma possibilidade.

— Você tá acusando *a gente*? — perguntou Rômulo, cruzando os braços.

— Não estou acusando ninguém, só dizendo que é *óbvio* que não fui eu. Mas se tiver sido um de nós três...

— Greice, você tá comigo *o tempo todo* nessa sala, se eu tivesse feito isso vocês saberiam — disse ele.

— Bom, não é todo dia que o Hugo vai embora com a gente, por exemplo.

Ah, pronto. Agora era crime *trabalhar*. Hugo não ia embora com eles porque elaborar um algoritmo era muito mais complicado do que o que Greice e Rômulo tinham para fazer! E ele queria ser *Elite*. O melhor dos melhores. Nunca que ia deixar de vestir a camisa da Bunker para seguir esse comportamento medíocre de sair no horário. Tinha até parado de frequentar o Espaço Recarregar — para que dormir enquanto eles trabalhavam?

— Por que eu roubaria meu próprio código, Greice? — perguntou Hugo.

— Porque agora ele é propriedade da Bunker e algum concorrente te subornou?

— Hum, faz sentido — comentou Rômulo.

— Não faz! — disse Hugo, exasperado. — Eu *não sou* traidor.

— É exatamente o que um traidor diria — rebateu Greice.

Era muito difícil debater assim. Não que algum dia tivesse sido fácil discutir com Greice.

— Você tem algum argumento *coerente* contra mim? — perguntou ele.

Ela pensou antes de responder, mas só por três segundos, o que não era um bom sinal.

— Você tá indo muito ao banheiro de uns tempos pra cá — disse ela, estranhamente confiante ao jogar na roda uma informação que não significava *nada*.

— Consegue elaborar isso melhor, Greice? — perguntou Verônica.

— Ah, meu Deus — Hugo suspirou, tirando os óculos e esfregando os olhos.

— Eu percebi ultimamente que o Hugo vai ao banheiro umas quatro ou cinco vezes por dia. E não vai *rápido* — disse Greice.

Gente?

A vermelhidão foi tomando conta do rosto de Hugo de um jeito que até ele diria que era o culpado.

— O-o que isso tem a ver com o trabalho? — perguntou ele.

— Abusando da cagada remunerada — comentou Rômulo.

— Exatamente! *Quem* vai tanto ao banheiro assim? — acusou Greice.

Era o café, caramba!

Hugo passara *meses* se esforçando para gostar de café só para se enturmar, estar por dentro das fofocas e não ser esquisito. Mas o resultado tinha sido apenas insônia, um possível transtorno de ansiedade generalizada e muitas idas ao banheiro, já que o café simplesmente soltava *tudo* por dentro dele.

— Quem vai ao banheiro tanto assim é porque está ansioso — concluiu Greice. — E por que tanta ansiedade? Tá nervoso com o quê? Provavelmente com o roubo do código!

Hugo estava embasbacado demais com o raciocínio lógico apresentado para poder falar qualquer coisa. Tantos neurônios trabalhando para *isso*.

— Tá nervoso porque, se ele falhar e for pego, nem a Bunker nem o concorrente que o subornou vão ficar do lado dele — completou ela. — É só uma suposição, claro, mas eu leio muitos livros de suspense e sou excelente em conectar pontas soltas.

Era por essas e outras que às vezes Hugo odiava livros. As pessoas liam trezentas páginas e se achavam o novo Einstein. Mas, ok, talvez Hugo tivesse mesmo exagerado no café. Tinha gente que era demitido pela boca, Hugo seria demitido pelo cu.

— Gente, pelo amor de Deus, isso não tem nada a ver com nada! — Hugo tentou se defender, vendo que o caldo estava entornando para o lado dele. — Vocês não ficam juntos *o tempo todo*, também vão ao banheiro, às vezes chegam mais cedo que todo mundo e ficam sozinhos na sala... você mesma pode ter roubado o algoritmo, Greice!

— Bom, eu voto no Hugo — disse ela, encerrando de vez a discussão.

— Não é uma votação! — corrigiu ele, desesperado.

— Um voto pro Hugo — contabilizou Verônica. — E você, Rômulo?

— Olha... — Rômulo encarou Hugo como quem pede

desculpas, mas logo desviou o olhar. — É difícil de acreditar que o Hugo...

— Dois votos para o Hugo, então — interrompeu Verônica.

— Ele não votou em mim! — gritou Hugo. — Ele só disse *Hugo*.

— Três votos para o Hugo — encerrou Verônica, sem dó. — Fechamos por aqui.

Não, não, não, não, não, não, não, não, não, não, não, não, não, não, não, não, não, não, não, não, não, não, não, não, não, não, não, não, não, não, não, não, não, não, não, não, não, não, não, não, não, não, não, não, não, não, não, não, não, não.

Verônica virou as costas e ia sair da sala, mas Hugo se levantou da cadeira e foi atrás. Rômulo e Greice pareciam que estavam velando um parente.

— Verônica, *por favor* — suplicou Hugo, quase se jogando aos pés da líder, mas talvez fosse um pouco demais.

Talvez pudessem chamar Jairo para vasculhar a mente dele e, apesar de descobrirem uma ou duas coisas vergonhosas, nenhuma delas seria um *crime*.

— Huguinho — vociferou Verônica. — *Hugo*. Nunca esperei isso de você. Achei que nossa parceria iria longe, mas você optou pelo caminho mais fácil em vez de dar valor a quem te acolheu.

— Verônica, eu não...

— Não quero mais discutir. Recolha suas coisas e passe no TH sem levar *nada* daqui.

Ah, meu Deus, ele ia *mesmo* vomitar. Tudo que tinha construído até ali, a vida boa que daria para os pais, o lugar *dele* ao sol... Hugo estava até vendo sombras.

— Ah, mais uma coisa. Tenho uma notícia para vocês três — disse Verônica, voltando mais uma vez como se fosse incapaz de ir embora. — VOCÊS ESTÃO DE PARABÉNS!

Verônica abriu seu sorriso de líder e começou a bater palmas.

— Oi? — perguntou Rômulo.

Saindo da sala e voltando com um rojão de papel nas

mãos, Verônica fez o troço explodir e jogou sobre eles uma chuva de papel picado nas cores da Bunker Tecnologia. Hugo não estava entendendo nada, ainda sofrendo os sintomas de uma experiência de quase-morte.

— Vocês passaram, lindinhos! Os três! — anunciou Verônica. — No teste de confiança da Bunker!

— *Teste?* — perguntou Rômulo, boquiaberto.

— Eu não vou ser demitido? — suplicou Hugo.

O gostinho salgado na boca eram lágrimas rolando pela bochecha dele.

— Foi tão lindo ver vocês *lutando* pra permanecer no projeto! — elogiou Verônica. — Protegendo a empresa de uma ameaça hipotética! Os argumentos de vocês foram *tão* convincentes que eu quase chorei. Tão vendo isso aqui? É a lágrima, quase caindo.

Greice, Rômulo e Hugo encararam o rosto seco de Verônica.

— Verônica, peraí, então não teve vazamento nenhum? — insistiu Greice, hiperventilando.

— Greice, você foi a mais incrível! Eu tô tão orgulhosa de você! Defendendo a empresa acima de tudo e de todos, livrando-se dos empecilhos para o sucesso, sendo *extremamente* assertiva.

Então *Hugo* era um empecilho para o sucesso? ACUSAR AS PESSOAS DE FAZER COCÔ DEMAIS ERA SER ASSERTIVO?

— É isso que eu espero dos próximos a estamparem o rosto da Vitrine da Elite — disse Verônica.

— Mas ela me acusou sem prova nenhuma! — criticou Hugo.

— *Xiu* — cortou Greice. — Deixa ela falar.

— É isso, lindinhos. Estou animada demais com esse time! Voltem ao trabalho. Mas antes limpem esse papel picado, por favor. Meu Deus, que bagunça.

Verônica finalmente saiu da sala.

Hugo estava com a alma em frangalhos, com a saúde mental de um sobrevivente de guerra. Rômulo não sabia mais o que era realidade ou simulação, ficava perguntando de hora em hora se os colegas eram atores contratados. Greice, apesar de ter sido elogiada, tinha medo de ser envenenada pelos meninos depois de jogar a culpa de um crime inexistente neles.

Foi uma tarde ótima.

17. Bombeiro e o caralho lá fora

Hugo tinha uma teoria de que, se Greice fosse advogada de defesa num tribunal, causaria a prisão não somente do réu como a de si mesma.

— Já expliquei que a minha intenção não foi te *prejudicar*, Hugo, eu só queria que você fosse demitido no meu lugar.

Com certeza sairia algemada direto para a segurança máxima.

— Eu era inocente! — gritou Hugo, mas daquele jeito pouco intimidador que dá a volta e fica fofo.

— Mas eu também! — respondeu Greice.

— Então por que você não acusou o Rômulo?

— Ei! — Rômulo se meteu na briga. — Por que ela me acusaria?

— Por que ela *não* te acusaria?

— Eu não estava acusando ninguém em específico! — Greice se defendeu. — Contanto que não fosse eu, qualquer um de vocês podia ir pra rua.

— *Uau.* — disse Rômulo. — Eu trabalho com *cobras*.

Hugo revirou os olhos. Não estava acostumado a discutir com os colegas de trabalho assim. No geral, os três se davam muito bem, então Hugo precisava praticar mais se quisesse humilhá-los no bate-boca. Ainda não tinha conseguido perdoar a traição. Hugo *quase* tinha sido demitido injustamente! Tudo bem que havia sido tudo de mentirinha, uma dinâmica corporativa que Verônica importara dos Estados Unidos para medir o grau de comprometimento deles, mas o corpo de Hugo não conseguia se esquecer. As mãos dele ainda suavam e uma dor de cabeça insistente fazia sua têmpora pulsar. Ficava chocado só de imaginar que Greice e Rômulo passariam a perna nele se fosse necessário.

Talvez fosse.

Achou que estivesse competindo sozinho por uma vaga na Vitrine da Elite, tinha subestimado os dois. Ficaria muito mais fácil para eles sem Hugo na concorrência. Greice talvez até estivesse *na frente* deles, já que Verônica tinha dito que procurava pessoas com o perfil dela para a Elite.

Hugo não estava disposto a deixar isso barato.

Quando percebeu, já estava maquinando planos diabólicos que envolviam Rômulo rolando pelas escadas e Greice sendo desovada na Argentina. Só queria que os dois sumissem. Hugo já tinha trabalhado tanto pelo sucesso da Bunker que não via a hora de conquistar tudo o que queria. Assim que chegasse no topo, onde seus pais sempre profetizaram que chegaria, Hugo faria uma... na verdade, talvez ele... bom, assim que chegasse lá, lógico que...

Hugo não tinha ideia do que faria depois de alcançar o sucesso, o reconhecimento, o topo do mundo. Mas ainda tinha tempo para descobrir. Talvez fosse só perguntar para quem já estava lá.

— É aqui que estão prometendo encontrar minha alma gêmea? — perguntou João Bastos, entrando na sala com o celular na mão.

Hugo sabia que nem João, com sua boca bonita e seus ombros largos, seria capaz de melhorar o humor dele hoje, mas também não custava tentar. Adorava ficar vendo João interagir com outras pessoas de longe.

— Fala, meu mano JB! Entra aí — gritou Rômulo.

João Bastos cumprimentou Greice antes de ela sair da sala e piscou para Hugo enquanto ia para a baia de Rômulo.

— Foi mal pelo atraso — disse ele para Rômulo e Hugo. — Tava cheio de coisa pra fazer, mas a Verônica foi lá na minha sala me ameaçar gentilmente pra eu entregar esse teste.

— É o jeitinho dela — respondeu Hugo.

João Bastos era literalmente o último da fila de testes do Farol que eles tinham recebido ao longo dia. Alguns talentos haviam se comprometido a usar o aplicativo por pelo menos meia hora, então Hugo, Rômulo e Greice passaram o expediente inteiro vendo os pares se formar. Greice tinha agora nove pretendentes, Rômulo mantinha seu número, mas Hugo — e ele tinha acabado de abrir a tela para verificar — continuava com seu zero bem redondo.

— Acabei de subir os dados pra nuvem — avisou Rômulo.

Greice voltou da copa com um café fumegando em mãos e parou na frente de Hugo, que ergueu as mãos em frente ao rosto por instinto, achando que ela ia queimar a cara dele. Greice suspirou.

— Aqui, Hugo, um café quentinho pra *te acalmar*.

Hugo olhou meio desconfiado para o café. Talvez ela tivesse cuspido lá dentro. Encarou Greice por mais um tempo antes de recusar, mas percebeu o sorriso tenso na cara dela. Greice tinha olhos de cachorrinho triste, os ombros ligeiramente curvados para a frente. Entregava o café como uma oferta de paz. Hugo era muito manteiga derretida para resistir a isso.

— Obrigado, Greice. — respondeu — Eu estava mesmo precisando.

Hugo aceitou com um sorriso sem dentes e deu um gole na bebida quente. Ainda tinha gosto de esterco, mas ele sabia que a intenção era boa.

— Café? — estranhou João Bastos, do outro lado da mesa. — Mas você odeia café.

Gente. Hugo apertou o copo descartável com um pouco mais de força e nem ligou de queimar a própria mão.

— Eu não... odeio café — disse ele, agarrando-se ao personagem.

— Menino, o Hugo é a pessoa que mais ama café quente nesta sala — interveio Greice. — Às vezes a gente faz só pra ele porque sabe que ele não vive sem.

— E a cara de bunda que você faz toda vez que vira um copo? — acusou João, falando diretamente com Hugo.

— É um gosto... recém-adquirido — respondeu Hugo, dando mais um gole no café para provar seu ponto e se segurando ao máximo para não fazer cara de quem ia cuspir tudo neles.

— Pode vomitar se quiser — alfinetou João.

— Por que eu vomitaria um café *tão gostoso*? — disse Hugo, olhando em seguida para Greice e Rômulo com as testas franzidas. — Huuuumn, que delícia.

Não tinha açúcar no mundo que salvasse aquele café de ter gosto de óleo de rícino e tragédia, mas Hugo bebeu quase tudo sentindo o olhar de João Bastos penetrá-lo como uma adaga. Hugo deu um sorriso doloroso ao fim e João quase bateu palmas por pena.

— Bom... e aí? Com quantas pessoas eu dei *match*? — perguntou João para Rômulo.

— Eu vejo pra você, meu mano.

João Bastos voltou para o lado de Rômulo enquanto Hugo o seguia com os olhos. A camisa social era um ímã para as pupilas de Hugo, principalmente quando João cruzava os braços, e o peito dele ganhava ainda mais contorno por baixo da roupa. Hugo ia fingir que não estava nem aí para o resultado. Ele *estava mesmo* nem aí para o resultado. O que ele tinha a ver com a quantidade de *matches* de João Bastos? Hugo tinha mais o que fazer. Sério, tinha mesmo. O algoritmo ainda precisava de alguns ajustes, e, à medida que novos testes do protótipo eram analisados, mais desafios surgiam.

— Peraí, só leva uns segundos — disse Rômulo, digitando algo no teclado.

Se bem que analisar os testes era trabalho de Hugo também. Era *só por isso* que ele estava prestando atenção na conversa, por puro interesse científico. João Bastos era um usuário como qualquer outro e não alguém por quem Hugo nutria qualquer tipo de sentimento, mesmo ele sendo muito bonito e às vezes atraindo o olhar de Hugo para a virilha dele em momentos como esse, em que João estava distraído. Era importante que Hugo ficasse por dentro de tudo.

Hugo desviou o olhar imediatamente quando percebeu que João o estava encarando.

— Parece que foi só... um — anunciou Rômulo.

— Um? — respondeu João, erguendo as sobrancelhas. — Porra, já fui melhor. E com quem foi, dá pra ver?

Hugo estava preparado para ouvir que João Bastos tinha dado *match* com todos os homens da empresa, era apenas uma *verdade* a qual ele já estava preparado para aceitar, mas... como assim *uma* pessoa? QUEM? Como assim, em toda Bunker Tecnologia, o Farol tivera a audácia de encontrar uma única unidade de pessoa para ser o par perfeito de João Bastos? Saber que João era atraente o suficiente para ser desejado por todos os homens gays era uma coisa, mas descobrir que existia *um* com nome e rosto que super combinava com ele era muito incômodo. Ele sairia gritando no terraço de novo se descobrissem que era o cara da Contabilidade que não lavava a mão. Isso ou pararia de prestar atenção na vida dos outros.

Hugo nem sabia por que de repente estava se sentindo diretamente atingido pelo resultado do algoritmo que ele mesmo criara. Não era como se eles fossem desenvolver um relacionamento. Hugo tinha o mundo para conquistar e entregar na mão dos pais. Tudo bem que João tinha guardado o segredo humilhante dele do terraço. Tudo bem que João tivesse sentado no meio-fio com ele após quase sair no soco com Cara de Cavalo. E ainda que tivesse ficado dando aquelas piscadinhas e entendendo Hugo e alfinetando e protegendo e mapeando todas as reações dele enquanto bebia café — *quando* isso tinha acontecido? — a ponto de saber que a personalidade fã de cafeína de Hugo era uma grande farsa. *Tudo bem mesmo.* Mas era só isso. Eles só trabalhavam no mesmo lugar e se esbarravam de vez em quando. Não era o suficiente para mais nada.

— É só eu entrar aqui que já te falo quem foi. Não demora nem um minuto — informou Rômulo.

Hugo virou o resto do café que Greice tinha trazido como

forma de autopunição — incrível que quente fosse horrível e frio parecesse quente —, mas só encarou os horrores além de sua compreensão quando passou pela aba do navegador que contabilizava seus *matches*. Já tinha até simpatizado com aquele zero, mas de repente viu que o número não estava mais lá. A página tinha acabado de ser atualizada e, no lugar dele, havia um número um.

Hugo tinha dado *match* com uma pessoa agorinha.

Levantou os olhos imediatamente e encarou João Bastos. Só uma pessoa nova tinha entrado no sistema e agora Hugo tinha um par perfeito. Não precisava ser um gênio para fazer o cálculo. Se João visse quem tinha dado *match* com ele, *toda a realidade* seria alterada e a Bunker inteira saberia de tudo, e Hugo seria obrigado a aceitar e seria impossível ficar admirando João Bastos de longe como vinha fazendo havia tempos, incluindo aquele momento minutos atrás. Era como se estivessem prestes a ler o diário dele ao vivo no programa da Ana Maria Braga. Hugo nem tinha um diário, e depois de hoje, jamais teria, porque não ia aguentar passar pela mesma humilhação duas vezes na mesma vida.

— Peraí, tá carregando. — disse Rômulo.

Então Hugo travou.

Por três segundos.

E logo depois, como se tivesse aprendido a usar a capacidade plena de seu cérebro e se transformado num ciborgue, logou no servidor, digitou os comandos de *shutdown* e matou o Farol.

— Ué, acho que travou — estranhou Rômulo. — O sistema caiu, galera?

— Eita. Parece que sim — respondeu Greice, encarando o próprio monitor com o cenho franzido. — Viu isso, Hugo?

O aplicativo nunca tinha caído antes. Não deveria cair nunca, porque a Bunker tinha investido muito nos servidores e na rede, que aguentariam milhares de usuários simultaneamente, na teoria. Só não estivera preparado para ser assassinado pelo próprio pai.

— Que... estranho... — disse Hugo.

Esperava que o crime não estivesse estampado na cara dele como toda vez que um dos bichos invadia sorrateiramente a cozinha dos Flores para comer fubá, e Edna, a cabra, aparecia serelepe com a cara toda amarela.

— Logo na minha vez? — perguntou João Bastos.

— Foi mal, mano — disse Rômulo, dando de ombros. — Inclusive, acho que você vai ter que dar uma olhada nisso aqui.

— Então eu vim descobrir minha alma gêmea e encontrei *trabalho*? — disse João, apontando em seguida para Hugo — Esse seu aplicativo é péssimo.

Hugo riu de nervoso.

— Que história é essa da Norma me falando que o Farol caiu? — bradou Verônica, invadindo a sala.

— Foi do nada — informou Rômulo. — A gente acabou de finalizar os testes e, não sei, morreu. Nada funciona mais.

— Vocês deixaram o Farol *morrer*? — perguntou Verônica, os olhos arregalados e a mão no peito como se eles tivessem acabado de sacrificar uma criança.

— Talvez não tenha morrido, ele só... engasgou um pouquinho — respondeu Hugo, não querendo correr o risco de ser demitido de verdade dessa vez.

Só tinha colocado o servidor para dormir de forma temporária.

— Então vai dar pra ver com quem dei *match*? — perguntou João.

— Engasgou um pouquinho com um osso de galinha e está em estado grave — rebateu Hugo.

— *Grave*? — interrompeu Verônica.

Estava muito difícil achar o ponto certo de quão morto o Farol tinha que estar para Hugo voltar a sorrir. Felizmente, João resolveu trabalhar e sair da sala:

— Vou lá na infra verificar. Me chamem se ele ressuscitar.

Hugo soltou o ar que sabia, *sim*, que estava segurando.

— Peraí, acho que o servidor só entrou em *shutdown* — disse Rômulo, digitando alguns comandos no teclado.

— Traduz pra mim — pediu Verônica.

— Ele só desligou. Se for só isso mesmo, consigo religar daqui.

— Por favor!

Hugo quis dizer que ele também conseguia levantar o servidor, principalmente porque ele mesmo tinha derrubado, mas Rômulo roubou a cena. Verônica batia o pé no chão parecendo, pela primeira vez, que ia arrancar os cabelos que nem tinha, um tique nervoso em que Hugo nunca tinha reparado. Ele é quem seria desligado se descobrissem o que tinha feito, e não ia ter gente no mundo que o ressuscitasse. Talvez tivesse ido longe demais, mas era isso ou deixar João Bastos descobrir que eles... tinham muito em comum. Hugo não sabia *o quê*, o que colocava em cheque todos os outros *matches* gerados pelo algoritmo. João Bastos gargalharia e o Farol viraria piada.

— Consegui! — comemorou Rômulo.

Luzes acenderam nos monitores e uma orquestra de bipes soou na sala, o aplicativo ativando nos celulares de cada um deles.

— Rômulo, eu devo minha vida a você! — disse Verônica, o que Hugo achou um tremendo exagero. — Sabia que tinha apostado minhas fichas no talento certo!

— Pô, Verônica, desse jeito fico até sem graça.

— *Aceite* o que você merece, querido. O jeito que você foi rápido, sagaz e heroico? Nunca vou me esquecer. Com certeza te fez subir no ranking da Elite.

Não era possível que *qualquer coisa* fizesse subir no ranking da Elite, menos os relatórios, códigos e a conduta excepcional que Hugo entregava todos os dias.

— Mas eu ainda sou a melhor, certo? — perguntou Greice.

Verônica ponderou por um momento.

— Uma das, sim — respondeu.

— Porque eu protegi o Farol com *unhas e dentes* — argumentou Greice. — Quase causei a demissão do Hugo.

— Eu acabei de *ressuscitar* o Farol — interrompeu Rômulo. — O que você quer mais?

Hugo quase se levantou da mesa para dizer que *ele* tinha dado à luz ao Farol, mas ainda se sentia culpado pelo quase assassinato que havia acabado de cometer. Não conseguia decifrar a expressão de Verônica, mas podia jurar que, em algum lugar ali embaixo das camadas de maquiagem cara, vira um sorriso sutil despontar. Hugo estava dando munição para Rômulo e Greice atirarem nele, servindo de escada para os dois chegarem à Vitrine da Elite.

— Sem briga, lindinhos. — disse Verônica — Agora que o pior já passou...

"ATENÇÃO! ALARME DE INCÊNDIO! ISSO NÃO É UM TREINAMENTO."

— De novo isso? — reclamou ela, olhando para os alto-falantes instalados nos cantos da sala.

"FAVOR EVACUAR O PRÉDIO O MAIS RÁPIDO POSSÍVEL."

Hugo, Greice e Rômulo levantaram num pulo e começaram a catar seus objetos pessoais de cima da mesa.

— Se acalmem! Eu estou aqui e garanto a vocês que é só mais um treinamento — disse Verônica.

"TÁ PEGANDO FOGO, GALERA!"

Era um treinamento muito realista. Hugo se perguntou se dessa vez tinham investido em fumaça falsa e em ativar os sprinklers.

— *Agora que o pior já passou...* — retomou Verônica. — Consegui encaixar a Bunker numa matéria sobre aplicativos de relacionamento no Fantástico. Vamos fazer muito barulho na mídia, lindinhos. O Brasil inteiro vai saber do Farol.

"NÃO VAI DAR PARA TRABALHAR SE VOCÊS ESTIVEREM MORTOS. EVACUEM O PRÉDIO."

— Isso tá ficando extremamente inconveniente — reclamou ela.

A mídia. De novo. Era mais uma chance de Hugo brilhar. Porque, se ele pudesse falar do Farol em detalhes, poderia derramar sobre o Brasil todo o amor que sentia pelo próprio trabalho. Hugo podia passar *horas* falando do algoritmo que unia pessoas afins sem nem se preparar.

— Os criadores vão participar da matéria? — perguntou ele, meio que temendo a resposta.

— Ainda estou pensando nisso, Huguito... todos vocês seriam excelentes porta-vozes, mas não posso colocar vocês três na tv. Preciso de uma *única* voz que represente a Bunker, que vista a camisa da empresa e seja o rosto que a gente precisa. Talvez precisem me convencer do motivo para escolher um de vocês em vez dos outros dois. Alguém quer começar?

Hugo levantou a mão imediatamente, mas Greice deu um tapa na mão dele e o forçou a baixá-la. Rômulo nem precisava, mas colocou um joelho na mesa para ficar mais alto que os dois com as duas mãos estendidas. Hugo, então, começou a falar o mais alto que podia, enquanto Greice deu a volta na mesa e se ajoelhou na frente de Verônica. Só não conseguiu dizer nada porque Rômulo desceu da mesa e tapou a boca dela. Hugo já estava pronto para pular nas costas dele e derrubá-lo no chão, mas João Bastos entrou correndo na sala:

— Tá pegando fogo mesmo!

Verônica estava se divertindo com o ufc na sala dos criadores, mas parou para tranquilizar João.

— É um *treinamento*, JB. Toda semana agora parece que tem um. Nem existe tanto fogo assim no mundo.

— Vocês têm que sair daqui *agora* — insistiu ele.

A urgência na voz de João fez Hugo perder o foco na briga e foi só aí que ele começou a ouvir o som de sirenes ecoando lá fora.

— Ei! *Eu* sou a líder aqui, lembra? A gente não pode ficar parando toda hora pra participar de treinamento de incêndio.

— Não é um treinamento! — exaltou-se João. — Olhem pela janela.

Rômulo e Greice correram para a janela e Hugo foi atrás. Uma multidão deixava o prédio enquanto muita gente já estava lotando as calçadas e a pista lá embaixo. Bombeiros fechavam o perímetro enquanto ambulâncias e a polícia circulavam em meio ao tumulto.

— JB, você pode nos dar licença? — reclamou Verônica.

João expirou toda frustração que tinha no corpo. Parecia uma situação de vida ou morte, mas nem por isso Hugo deixou de reparar o quanto João ficava *vigoroso* assim todo brabo.

— *Hugo*, você vem comigo — ordenou João.

E era uma senhora ordem, porque João apontou o dedo na direção dele sem hesitar nem um segundo perante as objeções de Verônica. Hugo ficou paralisado, como sempre ficava em momentos mais impróprios.

— O Hugo é *essencial* pra essa conversa — garantiu Verônica, e não era difícil adivinhar que ela estava irritada também: a mulher estava quase rosnando. — A menos que ele queira desistir de falar com a TV.

Hugo definitivamente não queria desistir de falar com a TV. Jogaria Greice e Rômulo no fogo se fosse muito necessário. Hugo queria abrir a boca para expulsar João dali porque ele estava deixando Verônica Rico puta, e o que Hugo precisava era que sua líder ficasse feliz, satisfeita e orgulhosa dele próprio. Não podia sair assim no meio de um encontro de ideias. As ideias precisavam *se encontrar*, principalmente a de que Hugo era o nome perfeito para falar na TV sobre o Farol.

Hugo não ia a lugar algum.

— O Hugo *vem* comigo — insistiu João, dessa vez não esperando resposta de ninguém e agarrando Hugo pela mão.

Hugo talvez fosse a um ou dois lugares com João pegando tão firme na mão dele assim.

João era uns bons dez centímetros mais alto que Hugo e, mesmo se quisesse, Hugo não conseguiria oferecer resistência. Ficou surpreso ao perceber que nem queria. Foi sendo arrastado para fora da sala, meio caminhando, meio querendo ir, meio querendo ficar, mas estava sentindo a mão de João segurando a dele e nunca tinha segurado a mão de outro homem assim, como se fossem um par.

— Hugo? — gritou Verônica, por cima do som das sirenes que agora se intensificava.

Hugo firmou o pé antes de sair da sala. Encarou a fúria nos olhos de Verônica e a pressa nos olhos de João. Ai, gente.

Os dois amores de Hugo Flores. Uma escolha da qual ele se arrependeria depois.

— Juro que vou compensar essas horas!

— João, você tá maluco? Ela é minha líder!

— Porra, Hugo! O prédio está pegando *fogo*.

Os dois corriam pelos corredores da Bunker, passando pela sala de jogos, ainda de mãos dadas. João foi guiando Hugo na direção de uma saída de emergência que dava para as escadas do prédio.

— Você tá colocando a sua vida nas mãos de uma mulher *doida* — acusou João. — Ela é tão descolada da realidade que prefere acreditar que um incêndio de verdade é só um treinamento a cancelar uma reunião.

— Mas pode mesmo ser só um treinamento! — disse Hugo.

"REPETINDO: ISSO NÃO É UM TREINAMENTO. FOGO NO DÉCIMO SÉTIMO ANDAR. EVACUEM O PRÉDIO."

— Mas da última vez foi — insistiu.

"SABEMOS QUE DA ÚLTIMA VEZ FOI UM TREINAMENTO, MAS DESTA VEZ NÃO É."

— Ele tá *ouvindo* a gente? — reclamou Hugo.

— Você mesmo viu, tem bombeiro e o caralho lá fora — disse João. — Olha só isso, não tem quase mais ninguém aqui.

Realmente não tinha visto ninguém nos corredores, nem nas salas, que haviam sido largadas com as portas abertas. Alguém entornara um copo d'água no carpete, e havia relatórios espalhados pelo chão.

"ESPERO QUE TODOS SOBREVIVAM, JÁ QUE PARTICIPARAM DO TREINAMENTO DE INCÊNDIO E SABEM O QUE FAZER."

— Ele tá se vingando da gente — pontuou Hugo, quando atravessaram a porta da saída de emergência.

Foi um baque ver aquele tanto de gente. As escadas estavam tomadas por pessoas tensas, descendo o mais rápido que podiam, tentando não se atropelar no processo. Hugo e João tiveram até dificuldade de entrar no meio da turba. O ar estava abafado, muita gente conversava, tinha gente chorando, o cheiro de suor era palpável. João permaneceu ao lado de Hugo segurando sua mão com muita vontade, como se corresse o risco de perdê-lo se o soltasse por um momento. Eram nove andares de escadas estreitas, então Hugo desceu colado ombro a ombro com João. Ainda não acreditava que tinha deixado Verônica falando sozinha e talvez perdido a chance de apresentar o Farol, mas sentir os pelos delicados do braço de João o distraía e o impedia de cair na espiral do surto. Assim tão perto Hugo também conseguia sentir o cheiro dele. Havia no ar aquele ranço de fim de tarde emanando de todo mundo, inclusive do próprio Hugo, mas dava para discernir o perfume de João no meio de toda aquela experiência olfativa involuntária. Em dado instante, quando finalmente alcançaram o térreo, viu que João olhava para ele com uma expressão que Hugo não sabia decifrar. Alívio? Cuidado? Admiração?

Hugo ouviu o incêndio antes mesmo de vê-lo quando chegaram na calçada juntos com o mar de gente que fugia do prédio. Os bombeiros e os seguranças guiavam as pessoas com faixas de sinalização até todo mundo se espalhar pelos arredores. Ninguém ia embora: todos olhavam para cima, e foi o que Hugo fez. O fogo rugia lá no alto, quase no topo do prédio. Muita fumaça preta saía do meio das labaredas extremamente *reais*.

— É mesmo um incêndio! — exclamou Hugo, boquiaberto.

João nem precisou dizer nada porque o rosto dele por si só não mentia. Dizia *eu avisei*, e dizia também que Hugo era um bocó. Hugo concordava.

— Por que você voltou pra sala dos criadores? — perguntou, porque, agora que ele via o fogo, sabia que João tinha ligeiramente arriscado a própria vida. Não conhecia muitas pessoas que fossem enfrentar um incêndio por ele.

— Eu te conheço, né — respondeu João, simples assim.

Hugo usou todos os músculos de sua face para franzir o cenho de um jeito que João entendesse como um desafio.

198

Como assim "eu te conheço"? Porque Hugo só via João ocasionalmente, às vezes João Bastos, às vezes JB, mas de um jeito que parecia que Hugo estava sempre encarando de longe. Tinham conversado, verdade. E, agora que Hugo parava para pensar, havia contado para João coisas que não tinha contado para mais ninguém. No terraço, na balada, na rua, nos corredores. Era irônico o tanto que esse longe parecia tão perto. Hugo passava tempo demais admirando os movimentos elegantes de João pela Bunker, mas duvidava que João tivesse gastado mais do que três minutos notando a falta de brilho de Hugo. Será que conhecia mesmo?

João aceitou o desafio:

— Você é do tipo que come quieto e fica feliz assim, porque dá pra ver nas conversas que você prefere ouvir o que os outros têm a dizer do que falar sobre a própria vida. E presta atenção de verdade nas coisas e, talvez por ficar observando as pessoas por tanto tempo, entende bem mais rápido que os falastrões como cada pessoa gosta de ser tratada. Você sabe meu nome e sobrenome, quando todo mundo nesse inferno de empresa acha que meu nome de verdade são *duas letras*, sendo que no Brasil um nome assim deve ser proibido por lei. Você prefere tomar um soco na cara do que beber café, mas sei lá por que bebe todo dia na frente dos outros. Tá resfriado há *semanas* porque senta na direção do vento do ar-condicionado e sua imunidade deve estar lá no pé porque tem dias que você nem almoça. Tá ficando gradualmente mais disperso e com olheiras maiores desde que te conheci, o que coincide com a Verônica chegando na Bunker, então sei que ela não te deixa dormir, porque você *com certeza* acredita que tem que trabalhar que nem um corno vinte e quatro horas por dia. E não errei quando imaginei que você prefere morrer *carbonizado* do que parar de trabalhar. Claro que não ia te deixar naquela sala, porra.

Hugo estava perplexo. Era um resumo que, ao mesmo tempo que o ofendia de maneira sutil, também era verdadeiro em cada sentença. Tinha que aceitar:

— Você me conhece — disse, quase sussurrando.

Estava fitando João Bastos bem no fundo daqueles olhos castanhos e, enquanto o fogo crepitava lá em cima e os bombeiros gritavam ordens, algo dentro de Hugo também gritava e crepitava. Estavam muito perto um do outro e, Hugo notava só agora, ainda de mãos dadas, como se esse fosse o jeito certo de estar com João. Não saberia dizer quem aproximou o rosto primeiro, mas já que eles tinham essa diferença de altura, alguém teria que ter feito o esforço de encurtar a distância. Se fora Hugo ou João, não importava mais, porque Hugo quase podia sentir no ar a vontade não verbalizada dos dois de que alguma coisa acontecesse. Dessa vez, foi João quem aproximou os lábios. Hugo ficou sem saber como agir e no último segundo desviou o rosto.

— Foi mal — disse João, um pouco desconcertado. — Eu achei que...

— Não. Tudo bem. De boas — respondeu Hugo, apressado em deixar as coisas como sempre tinham sido.

— Tá.

Hugo voltou a olhar para o prédio queimando e soltando fumaça enquanto os bombeiros tentavam controlar o fogo. Percebeu que João fazia o mesmo. Chegava a ser engraçado ver João sem palavras, mas depois começou a incomodar porque Hugo sabia que tinha tomado a decisão errada, ainda mais com o que borbulhava dentro dele. João não tinha que se desculpar por nada e precisava saber disso.

— Eu quis dizer que... — disse Hugo, virando-se para ele.

— É que... — interrompeu João ao mesmo tempo, também voltando a encarar Hugo.

Foi então que Hugo percebeu que estava tudo ali novamente: o olhar penetrante de João Bastos, as mãos dadas, o dedo que acariciava sua mão como num tique nervoso, o silêncio misterioso que pairou de repente, como se um anjo tivesse passado ali e mandado todo mundo calar a boca. Hugo não ia deixar a timidez vencer dessa vez.

— Eu não sei beijar — disse ele, arrancando o curativo da vergonha logo de uma vez.

— Não vamos fazer nada que você não queira, fica tranquilo.

João deu um sorriso e apertou de leve a mão de Hugo, que ele ainda segurava. Voltou a olhar para o prédio, agora as chamas eram cada vez menores.

— Eu não disse que não quero, disse que não *sei* — afirmou Hugo.

— Peraí. Você tá me dizendo que, tipo, nunca beijou ninguém? — perguntou João, ligeiramente surpreso.

A essa altura do campeonato, a cara de Hugo já estava vermelha feito uma maçã do amor e ele já tinha limpado os óculos umas três vezes. Tinha vinte e quatro anos de idade, pelo amor de Deus. Qualquer gay de quinze anos nascido no Rio de Janeiro riria da cara dele. Hugo apenas assentiu.

— Então acho que sei quando será seu primeiro beijo — disse João, com um sorriso saliente nos lábios.

— Sabe?

— Daqui a menos de dez segundos.

Hugo ficou muito feliz por João Bastos ser um excelente vidente.

18. Só gente triste ganha

— Daí ele agarrou minha nuca e... me beijou.

Hugo ainda se lembrava da mãozona de João Bastos apertando a nuca dele e depois passando por dentro de seus cabelos, varrendo de dentro dele todo resquício de depressão. Tinha chegado em casa bem mais cedo do que o normal por conta do incêndio e tivera que esperar algumas horas até Agnes e Jamille aparecerem. Esperou como um cachorro espera pelo dono, quase abanou o rabo quando a porta de casa se abriu. Hugo *queria* contar. Espalhar para o mundo todo que ele, Hugo Flores, *ele mesmo*, tinha beijado na boca. E tinha sido gostoso demais. Mas as colegas de apartamento reagiram de maneiras inesperadas.

— Vocês se beijaram enquanto tinha gente morrendo no prédio pegando fogo? — perguntou Jamille, por cima dos livros sobre a mesa.

— Ai, *tão* romântico — disse Agnes, do sofá.

— Juro que ninguém morreu — defendeu-se Hugo, andando de um lado para o outro da sala como se estivesse dando uma palestra sobre a própria vida amorosa.

Algumas salas do penúltimo andar haviam virado cinzas por conta de um curto-circuito num ar-condicionado, mas os bombeiros tinham conseguido conter o fogo antes que ele se espalhasse para os demais andares. Na Bunker mesmo só havia chegado um pouquinho de fumaça. Nenhuma fatalidade, nenhum ferido, só Hugo e João Bastos se beijando *um monte* de vezes. Era para Hugo estar mortificado de ter abandonado Verônica, e ele *estava*, mas, depois que João pegara na mão dele, fora como se o mundo tivesse desaparecido. Ou como se eles dois tivessem ficado do tamanho do mundo.

— Você não tá conseguindo disfarçar esse sorriso gigante no seu rosto, Chuchu.

— Eu tô me sentindo pessoalmente atacada por esses olhos brilhando — disse Jamille. — O boy beija bem, né?

— Então, quando *ele* me beijou, eu não sabia muito bem o que fazer, mas acho que aprendi rápido. Daí foi tão...

Surpreendente. Porque Hugo nunca tinha se imaginado beijando outro homem na boca. Tipo, uma *pessoa*. *Na boca*. Parecia tão natural quanto cheirar o nariz de alguém. Mas, quando estava lá, cara a cara com João, cara a cara *mesmo*, descobrira que queria. Só porque podia, porque sabia que beijo era uma coisa que existia, e ali, naquela multidão, percebeu que queria fazer todas as coisas possíveis com João Bastos. O beijo pareceu um bom começo. Hugo achou que veria unicórnios, que sua mente inventaria fogos de artifício, que as borboletas do estômago dele dariam um jeito de sair pela boca, mas, quando nada disso aconteceu, Hugo conseguiu se concentrar nos lábios extremamente macios de João. Dava vontade de deitar no sorriso dele, como se fosse uma música da Marina Sena. Hugo sentiu a pele quente de João, o cabelo crespo, aquela bunda durinha — Hugo não resistiu —, passou as mãos por aquele rosto anguloso enquanto se beijavam repetidas vezes. O primeiro beijo também foi o décimo terceiro, se estivessem contando. Era inebriante ver o consentimento nos olhos do outro e saber, telepaticamente, que João via o mesmo nos olhos dele.

— Nem sei explicar, minha ficha ainda não caiu — completou, jogando-se no sofá ao lado de Agnes.

Hugo. E João Bastos. Hugo! E João Bastos! Acertar aquele beijo tinha sido tão satisfatório quanto encaixar a última peça de um quebra-cabeças.

— E depois? — perguntou Agnes, tão animada que puxava o braço dele como se fosse conseguir arrancar dali a história completa.

— Depois o quê?

— Pra onde vocês foram depois, Chuchu?

— Ué, cada um pra sua casa. A Verônica foi muito legal e deu o dia de folga pra todo mundo.

— Ela não *deu* o dia de folga, Hugo — disse Jamille, voltando a rabiscar numa folha de exercícios enquanto os outros papeavam. — O prédio *pegou fogo*.

— Não acredito que você não aproveitou e foi pra casa dele — ralhou Agnes, quase chateada.

Se conheciam fazia menos de dois meses. Só. Agora que parava para pensar, Hugo não sabia nada de importante sobre João. Onde e com quem morava, de onde ele tinha vindo, o que pensava sobre ter filhos, religião e, sei lá, caipiras. Verdade que sabia que João cuidava muito bem das próprias unhas, que ia para o terraço espairecer quando precisava de um tempo e que não estava esperando por nenhum príncipe encantado. Mas isso não queria dizer nada.

Mesmo assim, tinha beijado a boca dele. E gostado.

— O que é que eu ia fazer na casa do João? — perguntou.

— Sei lá, ué, *ver um filme* — respondeu ela, mas com a malícia característica de quem fala putaria sorrindo.

— Tô sentindo um tom gritante de safadeza nessa sua voz — acusou Hugo.

— Porque ela tá falando de ver filme pelada com o boy no escuro, de preferência sem pipoca e sem filme — disse Jamille.

Hugo não era muito fã de escuro. Queria sair de mãos dadas com João Bastos em dia claro, numa daquelas tardes em que, no céu do Rio de Janeiro, tinha um sol para cada um.

— Acho que não sou muito de ver filme — respondeu Hugo, ligeiramente perturbado com a ideia.

Jamille gargalhou e apontou com a cabeça para Agnes:

— Já essa daí é cinéfila.

Naquele dia em que teve de subir ao palco para o Dia do Orgulho, Hugo estava um tanto despreparado, como um calouro do curso de ciências da homossexualidade tendo que palestrar como um especialista sobre boiolagem aplicada. Fez o possível e teve até gente batendo palmas. No fim, meio que deu certo.

Mas ser o porta-voz do Farol era diferente.

Claro, não tinha se esquecido de Diego, transformado em *Deus*, garantindo que não existia isso de gay melhor ou pior, maior ou menor, mas Hugo sabia que ainda havia uma longa jornada pela frente para parar de se sentir uma criança vestindo roupas de adulto quando o assunto era ser gay. Talvez um dia até desse uma palestra, mas não planejava subir num palco tão cedo.

Hugo conhecia cada linha de código daquele algoritmo, como se fossem da mesma espécie ou, sei lá, da mesma *família*. Podia prever quando o Farol acordaria de mau humor, quando engasgaria, qual era o tanto de informação que aguentava processar. E sabia disso porque ele mesmo tinha sonhado, rabiscado e criado cada regra, cada desvio, cada centelha de caráter que o Farol tinha. Greice e Rômulo? Greice decidia como o Farol se vestia e Rômulo preparava cuidadosamente cada refeição de dados que alimentava o algoritmo. Mas o que adianta saber que uma pessoa veste Gucci e é vegana? Hugo conhecia a *alma* do Farol. Era só por isso que ele deveria participar da matéria na Globo. O problema é que ninguém mais além dele parecia entender isso. Verônica havia adiado a disputa pelo holofote na TV por tempo indeterminado e talvez só ela mesma fosse participar.

Hugo estava se encarando no espelho de um dos banheiros da Bunker e ficou surpreso com as lágrimas que viu descendo dos próprios olhos. Pareciam lágrimas de outra pessoa, porque Hugo estava *tão feliz* em trabalhar naquela empresa! Era uma oportunidade única de mudar o mercado de aplicativos de relacionamento, o salário dele caía em dia, a líder dele era incrível, ele se dedicava muito ao trabalho, como os pais tinham desejado! No fim, o trabalho realmente enaltecia o homem, e Hugo era *excelente* em trabalhar. Estava fazendo tudo certo, então aquele choro não tinha sentido.

Ele só devia estar nervoso. Um pouquinho só.

Querendo beber sabão e mastigar vidro como qualquer pessoa adulta em qualquer trabalho. A Bunker era a melhor empresa do Rio de Janeiro, talvez do Brasil. Hugo sentia calafrios só de imaginar trabalhar em outro lugar. Todos os criadores sentiam na pele que não existia nada melhor lá fora, e perder a chance de trabalhar na Bunker era a mesma coisa que *morrer*. Ou pior, viver uma vida toda afogado em frustração e arrependimento por ter perdido aquela chance única.

Hugo enxugou as lágrimas, deu dois tapas na cara e voltou ao trabalho.

O clima na sala estava esquisito. Trabalhar na Bunker era maravilhoso, exceto quando era péssimo, tipo agora. Ninguém falava com ninguém desde que haviam quase se estapeado no último encontro de ideias. Uma rinha de galo teria sido mais profissional. Hugo não se orgulhava disso e agora, vendo Rômulo e Greice no estado em que estavam, sentia até um pouco de pena. Greice havia inalado fumaça — Verônica só liberara todos quando uma fumaça preta começou a entrar pela janela da sala dos criadores —, e agora tossia em intervalos regulares, uma tosse seca, arranhada, de cachorro engasgado. Rômulo, na correria, tinha batido a cabeça num batente e levado três pontos na testa. Mostrara o atestado de uma semana, mas Verônica dissera que a melhor recuperação para o cérebro dele era continuar trabalhando.

Verônica, por outro lado, estava ótima. De repouso em casa após sofrer um grande estresse emocional com o incêndio. Hugo ainda não tinha conseguido digerir o fato de que ela o havia deixado para morrer.

— Ei, almoça comigo?

Era João Bastos vindo do nada como um anjo em meio ao caos. Hugo estava tão concentrado em não olhar para os colegas que pela primeira vez não acompanhou o desfile de João da porta até sua mesa.

— Sim, por favor! — respondeu Hugo, emocionado demais, embora a emoção fosse desespero.

Aquela Guerra Fria entre ele, Rômulo e Greice estava insustentável, mas Hugo também não ia dar o braço a torcer. Apesar de a matéria no Fantástico ter ido para segundo plano, eles ainda eram adversários. Rômulo nem tinha lhes dado bom dia. Greice pegara água só para ela e não parecia nem um pouco preocupada se eles estavam com sede, muito pelo contrário: o olhar dela era de quem torcia para que eles morressem secos.

Então, *sim*, Hugo estava desesperado para almoçar com alguém que não fosse envenenar a comida dele quando ele se distraísse.

E esse alguém era João.

O beijo tinha acontecido dois dias antes, e daí... ficou por isso mesmo. Não por falta de vontade de Hugo nem falta de tentativa de João, mas os horários deles eram impossíveis. Hugo chegava adiantado na Bunker, João chegava atrasado. João almoçava na rua, Hugo levava marmita. Hugo fazia horas extras sem ninguém pedir, João saía às seis em ponto, nem um segundo a mais. João dormia bem tarde e nessa hora queria ligar para ouvir a voz de Hugo, mas depois das dez da noite Hugo nem existia mais, era só uma coisinha enrolada num edredom, ou então existia mas apenas para trabalhar, nem ouvia o celular tocando. Tinham sido dois dias inteiros se esbarrando nos corredores, trocando selinhos no Cantinho dos Snacks e praguejando toda vez que um encontro de ideias era marcado no horário que teriam livre para se encontrar. Até que encontraram uma brecha.

Já estavam no térreo, saindo do saguão de elevadores.

— Tem um restaurante na rua de trás que você vai amar — comentou João.

— O apelido dele tem alguma coisa a ver com barata, cabelo, sujeira, mofo, dente quebrado, pedaço de dedo, unha encravada, chulé, vômito, ratos ou outros roedores?

— Meu Deus, onde você anda almoçando? — perguntou João. — O nome é Ranga & Chora.

Não parecia de cara uma ameaça em potencial, mas Hugo ficou ressabiado mesmo assim.

— Espera, por que o choro? — perguntou.

— Você vai ver.

O Ranga & Chora pisava em todos os outros restaurantes. No alto da porta tinha a placa escrito "Rango & Cheiro" — as pessoas eram muito criativas —, e Hugo realmente começou a sentir o cheiro de comida boa já da esquina. O lugar era simples, mas confortável; ninguém parecia ter chulé por ali. Foram atendidos por funcionários muito simpáticos e cheirosos. O preço não era dos melhores, mas nem isso o abalou, já que era João quem estava pagando. Quando Hugo deu a primeira garfada no seu bife ao molho madeira, quase derramou lágrimas. Então o choro vinha daí, graças a Deus.

Mais inebriante do que tudo isso era ter João Bastos sentado na frente dele cortando um frango grelhado com toda casualidade do mundo como se fosse um dia qualquer, e não o acontecimento do século: Hugo num encontro. Meu Deus, tinha beijado aquele homem na boca. *Aquele homem ali*, do outro lado da mesa. Ficou pensando se os outros clientes do restaurante estavam conseguindo perceber o que estava acontecendo bem ali. E se a qualquer momento alguém ia apontar para eles gritando ESSES DOIS AQUI BEIJAM NA BOCA UM DO OUTRO. E SÃO HOMENS! Nunca ia se acostumar com isso. João, sem perceber, às vezes coçava a nuca e esticava a camisa social, dando mais contorno aos próprios músculos. Hugo só conseguia imaginar como seria aquele homem sem camisa. Como deveria ser passar horas perdido naquele sovaco.

— Então, me conta de onde saiu esse menino lindo que eu tô encarando.

João estava mesmo encarando, e só agora Hugo via. Sentiu as bochechas corarem. Quase podia apostar que João conseguia ler na cara dele escrito OBCECADO POR AXILAS, já que João o desvendava todinho só de olhar. Hugo tinha gostado da pergunta, porque, apesar de todo o frenesi que vinha vivendo desde o primeiro beijo, sentia que estavam namorando de trás pra frente. Primeiro o beijo, depois a conversa. Seria tachado de vagabunda em Fiofó do Oeste, mas de alguma forma isso agora parecia pequeno demais para ter relevância. Só queria saber mais de João mesmo.

— Eu nasci em Fiofó do Oeste — respondeu.

— O nome da cidade é *Fiofó?* — perguntou João.

— Desde 1800 e bolinha.

— Acho que nunca ouvi falar dela.

— Não tem muito o que falar, então ninguém fala.

Habitar Fiofó do Oeste era como participar do Clube da Luta.

— Onde fica?

Hugo começou a explicar, mesmo sabendo que a localização de sua cidade era imprecisa. Uns diziam que era mais para cá, outros afirmavam que era mais para as bandas de lá... Não tinha um ponto de referência *bom*. Os curiosos ficavam mais ou menos satisfeitos quando entendiam que Fiofó do Oeste ficava no interior do Rio de Janeiro, na fronteira de onde o vento faz a curva com onde Judas perdeu as botas.

— Não aparece nada quando procuro no Google — respondeu João, que tinha sacado o celular imediatamente para pesquisar sobre a cidade.

— Lá pra página dez ou onze tem uma notinha sobre a vez que a Vanessa da Mata tava indo fazer show em Volta Redonda, mas se perdeu e foi parar lá em Fiofó.

— O nome da cidade ser Fiofó do Oeste implica que existe uma Fiofó do Leste.

— Nada. Já chegou asfalto e internet lá, mas lógica ainda não. Quem sabe ano que vem.

João Bastos apenas sorriu.

— Parece que tô sentado na frente de uma lenda do folclore brasileiro — comentou.

Engraçado que Hugo se sentia o mais ordinário dos homens, ainda mais quando estava frente a frente com João, com aquela risada calorosa que fazia as bochechas dele se levantarem. Era coisa de outro mundo, um mundo que só existia fora de Fiofó do Oeste. Porque Hugo estava acostumado a outro tipo de vida, explicou para João. Hugo sabia o que era acordar com o galo, alimentar Porca e Galinha, chispar Edna de dentro de casa. Sabia o que era morar numa casa cheia de história, sabia que os pais o amavam, sabia que se tivesse disposição poderia atravessar Fiofó do Oeste inteira de cabo a rabo num dia só. As crianças brincavam na rua, adolescentes andavam a cavalo, as moças rezavam o terço e os velhos reviviam as lendas urbanas que se misturavam com a realidade: um vizinho acreditava em bruxas, o outro em esquema de pirâmide, aquele outro era lobisomem, a vida era bem simples. O Rio de Janeiro que era um caos, com aquele tanto de música, de religião, de gente corrida e de homem bonito.

Em Fiofó do Oeste, homens não namoravam, mas no Rio de Janeiro eles se beijavam no meio da multidão, graças a Deus.

João Bastos disse que não tinha muito o que contar sobre si, o que era impossível, porque Hugo mesmo tinha um milhão de perguntas, como se ele também fosse um algoritmo querendo mapear a alma do homem. João tinha vinte e sete anos, crescera na Tijuca, adorava perfumes caros e conversa fiada. Os pais de João eram divorciados, mas ele se dava muito bem com os dois na medida do possível. A mãe queria porque queria que ele prestasse concurso público, já que ele tinha um primo que trabalhava no Supremo Tribunal Federal — todo mundo realmente tinha um primo Murilo. Mas fora na falecida Gira-Gira que ele se entocara depois de um curso técnico de montagem e manutenção de computadores. O trabalho era tranquilo, pagava uma quantia razoável e ele podia fazer outras coisas com o tempo livre depois do expediente.

Que coisas?, Hugo perguntou.

Sei lá, ficar à toa, ler um livro, João respondeu. Duas coisas que Hugo odiava. Mas para João era importante *ter* esse tempo, ser *dono* dele, mesmo que em noventa e nove por cento dos dias não fizesse nada de útil com a própria liberdade. Só que tinha os dias um por cento.

— A gente podia ir lá pra casa ver um filme depois do trabalho.

Hugo quase engasgou com o cuscuz marroquino.

— É que eu tenho trabalho depois do trabalho.

— Só pensa com carinho.

Quando os dois terminaram de comer e Hugo ia se levantar, João o segurou na mesa.

— Calma, vamos raspar pra ver se estamos com sorte.

Hugo percebeu que junto com a comanda do Ranga & Chora vinha uma raspadinha minúscula. Jamille tinha contado a ele que "raspadinha" no Rio de Janeiro podia significar tanto uma espécie de sorvete quanto um pedaço de papel raspável que por baixo revelava prêmios. E era esse segundo que Hugo tinha em mãos.

— A gente raspa e pode ganhar uma fatia de pudim de graça se tiver sorte — explicou João.

— É loteria de almoço?

— É, mas não se anima. Não sei explicar como, mas só gente triste ganha.

— Como assim?

— Pode perguntar pra qualquer um aqui. Se você estiver triste quando vem aqui, ganha pudim.

João Bastos foi raspando o papelzinho com a unha radiante dele.

— Sei que vai parecer estranho, mas adoro suas unhas — disse Hugo.

— Linda & Meiga Beauty Studio. As manicures de lá arrasam.

— Linda & Meiga?

— Ninguém cuida das minhas unhas como elas. É um salão que frequento em Vila Isabel. Tava indo pra lá naquele dia que encontrei você e suas amigas. Juro, vale todo o tempo que demoro pra chegar lá vindo da Zona Sul.

Agora as peças se encaixavam de um jeito que Hugo não

havia previsto. João Bastos visitava Vila Isabel por um caso de amor, mas não do jeito que Hugo tinha imaginado, e Hugo tinha imaginado *várias* coisas.

— Minhas unhas ficam perfeitas — completou João.

— Ficam lindas e meigas.

— Agora você tá me zoando.

— Não estou! — respondeu Hugo, alarmado. — Juro. Acho incrível, na verdade. Você gosta, não é crime. Aposto que um monte de homem seria feliz fazendo o mesmo, mas não vão ter a coragem de ir a um salão de beleza. Isso é... sei lá, legal pra caramba.

— Você acha mesmo? — perguntou João, meio desconfiado.

Hugo confirmou veementemente com a cabeça. João franziu o cenho. Os pelos nos braços dele eram fininhos, quase invisíveis, de um jeito que Hugo queria passar a mão por cima para conferir se estavam mesmo ali. As unhas eram mesmo lindas, mas meigo era uma palavra que Hugo nunca usaria para descrever João Bastos como o homem que ele era. Tinha outras palavras para isso, algumas que ele jamais diria em voz alta.

— Enfim, quando a gente tá feliz... — João terminou a raspagem. — Viu? Nada.

Hugo olhava para o papel em branco sem pudim nenhum. Deu uma risada porque aquilo era muito besta.

— Por isso é Ranga & *Chora* — concluiu Hugo.

— Exatamente. Tô feliz que a gente se encontrou e tudo o mais... então sabia que não ia rolar pudim. Vem pra cá quando estiver na merda, é pudim na certa.

Hugo gargalhou.

— Vai, raspa o seu pra provar minha teoria. Sei que você tá explodindo de alegria por causa do Farol, te garanto que virá em branco.

Hugo tinha até se esquecido do Farol sentado ali, naquela mesa, com João, mas, agora que tinha lembrado, as emoções vieram com tudo. Ainda precisava se provar para Verônica, que andava cada vez mais arisca. Mesmo que ela já tivesse dito com todas as letras que ele era o favorito. Mesmo que já tivesse sido presenteado com a chave da Bunker. Nunca era o suficiente. Hugo foi raspando devagar e João soltou um *ué* quando viu que tinha dado pudim.

— Acho que minha teoria falhou.

Hugo não tinha tanta certeza.

19. O Machado de Assis ali vendo tudinho

Beijar na boca era como andar de bicicleta: uma vez que se aprende...

Hugo podia comprovar isso porque — na verdade, não fazia sentido nenhum. Hugo nem sabia andar de bicicleta. Como era mesmo que as pessoas diziam? Beijar na boca era mamão com açúcar? Hugo odiava mamão. Era como ensinar o padre a rezar a missa? *Teoricamente*, padres não deveriam saber nada a respeito de beijos.

O caso era que beijar na boca não era parecido com nada do que Hugo tinha experimentado antes e, depois dos primeiros beijos, ele soube que as músicas, os filmes e as novelas não o tinham preparado para aquele momento. Beijar na boca era *muito bom*.

Agora ele entendia por que seus colegas de turma matavam aula para ficar se pegando atrás da escola em Fiofó do Oeste. Valia muito mais a pena do que as aulas do professor caquético de história, que parecia falar de momentos que ele havia vivido em pessoa. Beijar na boca não dava nenhum futuro, mas essas aulas também não. Tinha que admitir, porém, que, se tivesse beijado na boca antes, era capaz de não ter se formado no ensino médio.

— O que você quer fazer agora? — perguntou João Bastos, vendo que ainda tinham meia hora de almoço naquela sexta-feira.

Estavam nas escadas do quinto para o sexto andar, numa quina que João tinha convencido Hugo de que era um ponto cego para as câmeras do prédio. João Bastos sabia tantos truques! Era inclusive mestre naquele de beijar o pescoço de Hugo e fazer as pernas dele ficarem bambas.

— Que tal irmos à biblioteca? — respondeu Hugo, extremamente motivado.

Depois do almoço de quarta-feira, João contara que gostava de matar tempo numa biblioteca pública que ficava perto da Bunker. Hugo o acompanhara mais por falta do que fazer do que por amor aos livros, mas logo percebera que a biblioteca vazia também oferecia algo mais: alguma privacidade. Foram dois dias seguidos de beijos entre as estantes. João de fato gostava de ler uns calhamaços russos no meio do expediente quando ninguém estava olhando, livros com capas feias, poemas ininteligíveis, e, depois da sessão de beijos, ficava procurando por títulos pretensiosos tipo "A Poesia dos Desafetos", de autores com nomes enigmáticos como "F. Harquimedes".

— A moça de lá não disse que iam devolver hoje aquele livro que você queria? Já deve estar lá — disse Hugo.

— Acho que ela disse que é amanhã.

— Tenho quase certeza de que ela disse hoje. Mas, se for amanhã, bom, tem tantos livros legais lá, né? — insistiu Hugo. — Todas aquelas estantes.

— Não sabia que você tinha tanto interesse em literatura assim — disse João, com um sorriso travesso nos lábios.

— É uma arte tão *rica*.

João gargalhou com o cinismo, mas Hugo nem estava tentando ser sutil. Não sabia o que dava nele quando estava perto de João. Parecia outra pessoa falando, alguém de quem Hugo gostava mais. Mais feliz, mais engraçado, sei lá, no mínimo mais safado.

A boca de João Bastos havia ressignificado bibliotecas. Onde antes Hugo via poeira, gente esnobe e informação datada, ele agora via liberdade e intimidade. E nem era *tanta* liberdade assim, mas o tantinho suficiente para os dois serem felizes. Eventualmente eram surpreendidos pelas bibliotecárias ou por leitores escolhendo o que ler — Hugo quase morreu no dia em que esbarraram com Jairo do nada ali, tendo certeza de que o recepcionista agora sabia de todas as safadezas que habitavam a mente dele —, mas todo mundo era tão concentrado olhando aquelas estantes que mal notavam os dois rapazes próximos demais um do outro.

Acontecia, também, de um segurança aparecer por ali de vez em quando, e teve um dia que o coração de Hugo quase saiu pela boca quando achou que tinham sido pegos em flagrante. Talvez *tivessem* sido, mas o segurança não dera a mínima. Esse homem em específico tinha cara de paisagem e, de vez em quando, Hugo o encontrava pela rua e podia ouvir a risadinha interna e o olhar dele dizendo *Eu sei, tá?* Hugo ficava vermelho, embora pudesse conviver com isso. Era um preço baixíssimo por uma recompensa muito maior.

— *Ok*. Vamos — cedeu João. — Mas eu de fato quero procurar uns livros dessa vez.

— Não sei por que você acha que quero algo diferente disso.

Hugo saiu caminhando na frente e sorrindo, sabendo que João Bastos também vinha sorrindo logo atrás.

Hugo não tinha entregado nenhuma grande performance na primeira vez que tivera a oportunidade de beijar uma boca. João não tinha reclamado, nem feito nenhum tipo de crítica, mas também não desmentiu quando Hugo pediu desculpas por beijar tão mal. Isso não saía da cabeça dele.

Por isso, foi pedir ajuda para as especialistas.

— Chuchu, peraí, essa foi sua primeira vez beijando homem ou a primeira vez na *vida*? — perguntou Agnes.

Naquele dia, estavam fazendo uma força-tarefa à noite para dar um jeito na cozinha. Agnes lavava a louça enquanto Jamille secava e guardava. Hugo fazia cara feia ao limpar a geladeira e se deparar com o *desalento* da gaveta de baixo. Tinha certeza de que o inferno seria assim, uma gaveta cheia de legumes e verduras abandonadas por Deus.

— Eu tinha outros interesses na adolescência — respondeu, sentindo a vermelhidão tocar seu rosto.

— *Nossa* — exclamou Agnes, enquanto lidava com todos os copos da casa. Parecia que metade da torcida do Flamengo morava ali.

— Não tem nada de errado em beijar pela primeira vez só depois dos vinte anos — disse Jamille. — Conheço várias pessoas assim.

— Crentes, né? — perguntou Agnes.

— Até parece que você não sabe que crente é o povo com o rabo mais quente — rebateu Jamille, com um riso malicioso se espalhando pelos lábios e um pano de prato no ombro.

Agnes tinha contado para eles sobre o ménage ecumênico que uma vez tinha feito com um padre e um pastor, mas sobre o rabo quente até Hugo já sabia.

Em Fiofó do Oeste, as pessoas eram muito religiosas e, por causa disso, pipocavam pela cidade vários casos de meninas grávidas do Espírito Santo.

— Vocês sabem que eu sempre fui gorda, né? Se fosse esperar algum daqueles bundas-moles do ensino médio quererem alguma coisa comigo, ia ser boca virgem até hoje — disse Agnes, e se virou para Hugo. — Desculpa, Chuchu. — E voltou para Jamille. — O segredo é tomar o que a gente quer a força.

— Estamos falando de *assédio*? — perguntou Jamille.

Hugo percebeu que Jamille ia começar um longo discurso sobre cultura do estupro e sociedade sexonormativa e perderiam o foco da conversa. Era como se ela tivesse se preparado a vida toda para esses momentos. Se Jamille fosse palestrar sobre tudo o que sabia, daria uma convenção de sete dias.

— Gente, só me deem dicas básicas, ok? — Hugo a cortou.

— Tá — ponderou Agnes. — Comece pegando no pau dele.

— *Agnes* — Os outros dois disseram.

— Amores, isso é o básico. Se o pinto do garoto nem sobe, é porque o beijo já está morto — explicou ela.

— Você nem sabe se o boy do Hugo *tem* um pinto — rebateu Jamille.

— Ele tem — garantiu Hugo, por conta daquele dia no mictório, mas logo percebeu que essa confirmação tão imediata plantava um monte de minhoca na mente perversa de Agnes. — Não importa! Isso muda *mesmo* alguma coisa na hora do beijo?

— Não, porque você beija com a boca, e não com o piru — explicou Jamille, e logo apontou o dedo para Agnes. — Se você fizer alguma piada com vagina e grandes lábios, eu vou te expulsar daqui.

Agnes revirou os olhos, mas riu enquanto abria o armário para enfiar pratos limpos. Depois de muito custo, elas começaram a falar coisas úteis que Hugo foi anotando mentalmente. Jamille disse para Hugo não se sentir pressionado em estar fazendo certo ou errado, porque não existia um modo certo de beijar, cada um faz de um jeito.

— É meio que único — frisou ela. — O que existe são beijos que você gosta e se encaixam com o seu jeito. Quanto maior a sintonia, melhor.

Agnes disse para ele pelo menos verificar se não estava com mau hálito antes de beijar, porque ninguém merece. Parecia uma dica óbvia, mas Agnes garantiu que muita gente a ignorava.

— Você já beijou alguma boca fedida? — perguntou Hugo, intrigado com a possibilidade.

— Tem cada bafo de alho, Chuchu.

— Eu tô sem homem há tanto tempo que acho que esse é meu único critério: escovar os dentes — disse Jamille.

Meu Deus, gostar de homens era um mundo com regras muito doidas. Hugo estava aprendendo que devia se sentir *grato* pelo hálito de menta que João Bastos sempre tinha quando se encontravam entre as estantes.

João sempre começava suave, e Hugo adorava sentir aqueles lábios grossos passeando pelos seus. Às vezes, João mudava o alvo e meio que fingia que o errava, beijava o canto da boca, a bochecha, o queixo... daí voltava para a boca como que para provar que sabia o que estava fazendo. Os beijos eram quentes, e Hugo passava a língua pela boca para umedecer. Quando deslizava, era muito melhor. Hugo tentava não mentalizar a parte da língua porque *teoricamente* era uma coisa que ele ainda não conseguia compreender. Como as pessoas achavam aquilo uma boa ideia? Era *lamber* a boca de uma pessoa. *Por dentro*. Não teria experimentado se um dia João Bastos não tivesse cruzado essa linha por conta própria. Quando viu, sentiu a língua dele passeando por sua boca e tentou imitar. Deixava tudo mais *nooossa*.

O dia em que João beijou o pescoço de Hugo pela primeira vez foi um outro nível de prazer. Estavam os dois sentados no chão entre as estantes dos clássicos, o Machado de Assis ali vendo tudinho, e Hugo sentiu como se tivesse sido agraciado espiritualmente. A boca de João pegava fogo e queimava seu pescoço, sua nuca, seus ombros. Por que as pessoas beijavam na boca se o pescoço estava logo ali embaixo, gritando para ser beijado?

— Tudo bem por aqui, meninos?

Era uma bibliotecária que tinha surgido de um buraco no chão, fazendo os dois darem um pulo e ficarem de pé.

— Ah, s-sim, livros. Eu amo livros — disse João, pegando um livro aleatório que haviam deixado numa bancada próxima e mostrando a capa para a moça. — Acho que vou levar esse.

— Tem certeza? — perguntou ela, o cenho franzido.

— Sim... — respondeu, hesitante. — Eu me interesso bastante por esse assunto.

Assim que a mulher se foi, Hugo olhou horrorizado para a capa do livro na mão de João.

— O manual da menopausa para mulheres fogosas?

— Ai, porra — João deixou escapar.

Caíram na gargalhada.

Hugo pegou o livro da mão de João e o devolveu à bancada. Foi como se a bibliotecária nunca tivesse aparecido, porque recomeçaram exatamente de onde tinham parado. João Bastos beijou o pescoço dele e instintivamente Hugo procurou pela bunda dele. Tinha lembrado das dicas de Agnes e, enquanto não tinha coragem e sua mão não era tão boba assim, foi com tudo na parte de trás. Era um lugar tão bom de pegar! Os corpos dos dois estavam muito colados e, honestamente, Hugo não precisava apalpar ninguém para saber que João estava curtindo os beijos, dava para *sentir*.

— Hugo... — arfou João, fazendo uma pausa nos beijos e puxando Hugo para baixo novamente. Se sentaram no chão. — O que você acha de ir lá em casa amanhã? A gente podia mesmo ver um filme.

Hugo se retesou com todas aquelas palavras ditas. A casa de João Bastos. Amanhã. Um *filme*. Era a segunda vez que João insistia nesse filme, então Hugo sabia que ele não ia desistir. As pessoas assistiam a filmes, afinal. Uma coisa adulta a se fazer, ir para a casa de alguém ver filme. Talvez João tivesse lido em seus olhos.

— Não vamos fazer nada de mais — acrescentou. — Estou te chamando só pra gente ver um filme *mesmo*, só isso. E aí posso mostrar minha casa pra você.

Era impossível resistir àqueles olhos castanhos e ao calor daquelas coxas entrelaçadas às suas.

— Só quero passar mais tempo com você sem ter que me esconder em horário de trabalho — respondeu, acariciando o braço de Hugo.

— Até aceitaria, se você me beijasse no pescoço de novo — disse Hugo.

— Então tô prontinho pra te fazer aceitar.

20. A gente pode parar se você quiser

Estavam mesmo vendo um filme.

João Bastos, pelo menos. Hugo assistia apenas de mentirinha. Num jogo de perguntas e respostas valendo um milhão de dólares, Hugo erraria até o nome do filme, mesmo que sua vida dependesse disso. Tinham escolhido juntos, mas João tinha prós e contras para todos os filmes do catálogo de todos os *streamings* que ele assinava, enquanto Hugo só fizera uni-duni-tê e apontara, confiante, para um filme genérico que podia ser comédia, ação ou drama, mas que fez João dizer "*nossa*, você tem razão".

O apartamento ficava em Laranjeiras, bairro no qual Hugo nunca tinha pisado. Ainda estava besta que conseguia ver pela janela o Cristo Redentor ao longe, abençoando a cidade — ou quem sabe olhando torto para Hugo. *Estou de olho em vocês, gays.* João fez pipoca, ligou o ar-condicionado, deixou a sala à meia-luz e os cobriu com uma manta cheirosa. Hugo demorou a acreditar que estava *ali*, naquele lugar que não era um lugar de verdade, mas um misto de sensações superiores que ele tinha medo de nunca mais se unirem de novo e recriarem a magia de estarem embaixo de uma manta com as pernas esticadas: Hugo Flores tocando as pernas de João Bastos.

Só que João estava *mesmo* assistindo o raio do filme.

Ele gargalhava com vontade (comédia?), ficava admirado com os efeitos especiais, os carros explodindo e tudo mais (ação?) e teve uma hora, dentre as inúmeras vezes que Hugo achava mais satisfatório encarar João do que a tv, que Hugo notou os olhos marejados dele (drama?). Hugo tinha entrado naquela casa todo travado, parecendo uma ripa de madeira, mas ver João assim tão relaxado havia desfeito as paranoias que Agnes e Jamille haviam criado em sua cabeça.

João o recebera de regata, shorts e pés descalços. Era muito melhor que o Dia da Bermuda, aquele era o Dia do João Bastos, com aquelas coxas bonitas, peludinhas, que davam mais audiência do que qualquer filme. Numa das reviravoltas da trama, João dera um grito e, no automático, pousara a mão na coxa de Hugo debaixo da manta, coisa que Hugo gostaria de ter feito, colocar a mão na coxa de João, mas nem tinha entendido o *plot twist*. Era impossível não sentir o quanto estavam próximos em todos os sentidos, mas Hugo enxergava uma distância entre eles, uma barreira que Hugo chegou naquela casa querendo levantar, mas agora torcia para que caísse esfacelada no chão.

Pelo menos *uma vez* Agnes estava errada sobre como funcionam relacionamentos. Ele e João estavam curtindo a noite. Dois homens adultos que gostavam um do outro, sozinhos, de boas, vendo TV. O filme já estava quase no final, mas os dois ainda estavam vestidos da cabeça aos pés. Extremamente vestidos da cabeça aos pés, porque nem as meias Hugo tinha tirado quando chegara. Foi ficando consciente da pipoca na boca enquanto mastigava. *Croc croc croc*. Em certo momento, João se mexeu e puxou a manta um pouco para cima, descobrindo os pés de Hugo. Ele olhou com um pouco de desprezo para as meias nos próprios pés. Em contrapartida, os pés de João Bastos eram pés de rei. Grandes, largos, bem cuidados, o que deixou Hugo com a certeza de que no Linda & Meiga Beauty Studio ele fazia pé e mão. Hugo tirou as meias discretamente quando o filme acabou e os créditos começaram a subir.

— Li na internet que tem uma cena pós-créditos do caralho! — comentou João.

Hugo cobriu os pés com a manta novamente. Não estava a fim de ver mais nada, sinceramente. Queria, no máximo, que João Bastos pegasse na mão dele e fosse acariciando a palma, o topo, depois subindo por seu braço desenhando círculos imaginários até passar pelos ombros e se deter em sua nuca, onde poderia virar a cabeça de Hugo no ângulo certo para receber um beijo que venceria o Oscar. Hugo queria sentir as mãos de João Bastos por todo o seu corpo, a boca dele trabalhando de cima a baixo, queria que avançassem todos os semáforos que não podiam nas bibliotecas e nas escadarias da vida.

A cena extra foi bem qualquer coisa.

Talvez Hugo devesse tomar a iniciativa, mas queria que João olhasse dentro de seus olhos e entendesse o que estava se passando, como naquele dia do incêndio em que deram o primeiro beijo, mas agora era por dentro que Hugo queimava. Assim que o filme acabou — agora de vez, graças a Deus —, João Bastos apertou alguns botões no controle remoto e encarou Hugo profundamente.

Era agora.

Um dos dois atravessaria a linha que tinham riscado no chão no começo da noite — ou desde que tinham se conhecido. Hugo fez que ia abrir a boca, mas João foi mais rápido.

— Anima de assistir a continuação? *Dobraram* o orçamento. Vão explodir um helicóptero dessa vez.

Ai, gente.

— Acho que por hoje já deu de filme — respondeu Hugo, disfarçando muito mal o fato de estar emburrado.

João Bastos *estava* interessado nele. Quer dizer, era o que parecia, pelo menos. Nas escadas da Bunker, nos restaurantes que eles frequentavam no horário de almoço, nas escapulidas que davam quando ninguém estava olhando. Tinha sido por isso que Hugo tinha achado que hoje...

— Ei, não gostou do filme? — perguntou João.

— Gostei.

— Então por que essa cara de quem bebeu café?

— Eu *gosto* de café.

— Você mente muito mal. — respondeu João, sorrindo.
— E é exatamente por isso que sei que você tá todo esquisito.

— Não é nada, eu só...

Era horrível ter que dizer esse tipo de coisa em voz alta. Agnes não teria nenhuma dificuldade de pôr para fora os próprios desejos mais fogosos, mas Hugo... não era necessariamente vergonha, embora com certeza envolvesse certa dose de constrangimento, mas era uma incerteza sobre o que queria, quando queria e o *quanto* queria. *Nem sempre a gente sabe o que quer*. Hugo não sabia mesmo. Só torcia para que as coisas acontecessem sozinhas e ele apenas seguisse o fluxo.

— Eu... é que... eu tinha expectativas pra essa noite — disse, mas já querendo catar todas as palavras de volta.

João era um bom entendedor.

— E essas expectativas são suas ou de outras pessoas? — perguntou ele.

Hugo levantou os olhos, um tanto surpreso. Nunca tinha parado para pensar nisso. Por que ele tinha achado que hoje rolaria algo mais do que assistir um filme se João tinha dito, com todas as letras e ainda reafirmado, que o filme era o plano para a noite? Era tudo muito novo e talvez Hugo devesse trazer a mente de volta ao zero, sem expectativas, sem achar que era obrigatório que isso ou aquilo rolasse. O difícil era que João era muito gostoso. E gentil, engraçado e inteligente também. Mas realmente muito gostoso.

— Vou reformular: você quer que algo aconteça ou só acha que deveria acontecer porque é o que todo mundo disse pra você que tem que rolar? — perguntou João.

Hugo não pensou muito dessa vez.

— Eu quero.

A regata de João estava jogada em cima do sofá, que foi onde o rumo da noite começou a mudar. A camisa de Hugo demorou um pouco mais para ser desabotoada por ele próprio num momento de coragem, mas agora estava no pé da cama. Hugo simplesmente a jogara para qualquer lado, como numa performance de dança... meu Deus, ele não sabia mesmo o que estava fazendo. João estava por cima dele na cama, ambos seminus, um retrato que Hugo poderia ficar observando para sempre sem jamais se dar por satisfeito.

Mas João Bastos fazia questão de deixar o pescoço de Hugo vibrando com os beijos, num misto de carinho e cócegas, sensível como uma queimadura, mas do tipo de queimadura boa, dessas que não existem porque queimaduras são horríveis e Hugo não conseguia fazer sentido dentro de sua própria cabeça. João tinha transformado a linha de pensamento dele numa cama de gato.

Dar o beijo era quase tão bom quanto receber. O corpo de João Bastos era muito convidativo, com aqueles pelos enroladinhos no peito largo, o nariz proeminente e o maxilar quadrado, e Hugo se viu tendo todos os pedidos atendidos. O pescoço era mesmo muito divertido, mas achou uma delícia beijar as orelhas, a testa e o queixo. Segurou o rosto de João com ambas as mãos, sentindo os fios ásperos de sua barba, e o beijou naquele ponto do rosto que é quase bochecha, entre os olhos e o nariz.

— Eu também tenho boca, sabia? — disse João, olhando para ele de um jeito intenso.

Nenhuma boca chamava atenção em Fiofó do Oeste.

Hugo mesmo tinha aquele lábio bem fininho que quase desaparecia quando estava sério ou emburrado, apenas uma linha em seu rosto.

Mas com João Bastos a coisa era bem diferente.

A pressão dos lábios deles se tocando... Hugo sentia como se estivesse tocando um travesseiro de lábios. Não que João o deixasse descansar.

— Mais devagar, gatinho — disse João, acariciando o cabelo de Hugo.

— Me empolguei, né? — Hugo se afastou um pouquinho para respirar.

Foi Hugo relaxar um pouco para João tomar seu lugar, como numa troca de turno. Estavam sentados na cama — meio sentados, meio deitados agora — com as pernas entrelaçadas e João vindo para cima, cobrindo-o de beijos molhados. A comichão começava na ponta do dedo mindinho do pé de Hugo e vinha subindo por toda sua perna, passava por seu peito, ganhava força em sua garganta e explodia em sua boca na forma de um gemido.

Causava sensações em outros lugares também no meio dessa subida.

Hugo ficou meio constrangido quando deixou o primeiro gemido escapar. A cara dele ardeu, mas o corpo também ardia, então estava tudo bem. João acariciava seu peito enquanto o beijava com aquela pegada que era forte, mas sem machucar. Era uma visão atordoante ver João sem camisa, os mamilos escuros, os vários tufinhos meio perdidos no peito, onde Hugo descobriu que adorava passar a mão e se ver embrenhado. Quis conhecer todo aquele mundo novo à sua frente.

Hugo descobriu que adorava ouvir barbaridades ao pé do ouvido, porque a voz de João fazia carinho por dentro enquanto o roçar de sua barba acariciava por fora. Os pés deles se completavam, os sorrisos emendavam um no outro, as mãos, quando unidas, pareciam conectar as almas deles porque Hugo nunca havia sentido uma *mão* pegar na dele do jeito que aquela *mão* pegava. O corpo de João Bastos era uma mina do tesouro, das costas ao peitoral, deixando Hugo inebriado com o tanto de lugares para explorar.

Foi só quando ambos estavam completamente nus e João ia descendo pelo umbigo de Hugo que ele pediu para parar.

— Tá tudo bem? — perguntou João.

— Tá.

Mas o corpo de Hugo havia se retesado na hora. Hugo achou uma explicação.

— É que eu nunca... eu não sei o que fazer — disse ele.

— O seu primeiro beijo foi praticamente ontem, Hugo. É óbvio que não espero de você nada além do que você já está me dando aqui.

— Então tá bom.

Só que não estava. Agora estavam indo por caminhos pelos quais Hugo não tinha muita certeza se queria andar. João

Bastos já tinha dado tudo a ele, tudo mesmo. Se parassem onde estavam, Hugo já se levantaria daquela cama sorrindo de orelha a orelha, mas...

— Calma — pediu Hugo, segurando João pelos ombros.

João suspirou e resolveu se deitar ao lado de Hugo na cama. Tinha um olhar preocupado, mas a preocupação se perdia no meio de tanto tesão.

— A gente pode parar se você quiser — disse João.

— *Não*.

Por que parariam? Ele não tinha ido até ali só para isso? Não era para esse exato momento que tinham se encaminhado desde que havia começado a trocar olhares com João Bastos pela Bunker com aquela camisa social perfeitamente alinhada, as unhas brilhantes e a calça justa naquele corpo tão sinuoso? Hugo agora via João em toda a sua glória e ele era lindo, e ele achava Hugo lindo, e só existia uma coisa que duas pessoas que se admiram podem fazer peladas numa cama. Todo mundo queria, então Hugo queria também.

— Então eu posso... — João começou a perguntar.

— Pode — respondeu Hugo, dessa vez bem firme.

Hugo se deixou levar pelos beijos apaixonados de João em seu peito, sua barriga, sua pélvis. Mal acreditava que tinha um homem *ali*. Não conseguia disfarçar a excitação que sentia, mas, mesmo constrangido, queria que João também tivesse dele tudo o que quisesse.

Mas talvez não estivesse preparado psicologicamente para receber um boquete.

— Não dá — Hugo arfou. — Desculpa.

João parou de imediato e Hugo viu a confusão nos olhos dele.

— Hugo, o que tá rolando? — perguntou João, gentilmente.

— A-acho melhor eu ir pra casa. Outro dia a gente conversa.

Hugo disse isso encarando o chão. Levantou rápido da cama, desviando o olhar, procurando pelas roupas o mais rápido que pôde. Estava se sentindo... *grudento*. Suado, quente, sujo. Mais quebrado do que nunca, e nem tinha um bom motivo.

— Outro dia? — rebateu João, ainda nu, sentado na cama. — Por que não, tipo, agora? Eu disse alguma coisa errada? Foi algo que eu fiz?

Hugo gostaria de ter resposta para essas perguntas, porque assim seria tão mais *fácil*. De certa forma, tinha se teletransportado para o banheiro da balada com Cara de Cavalo e aquela língua rebelde, e de repente João Bastos ali em carne, osso e gostosura não era mais suficiente para Hugo querer ir em frente. Só que ele *queria*. Tinha chegado até ali, não tinha? Estava até usando uma cueca nova que comprara de supetão na C&A para não fazer feio. Se fosse viver essa experiência com alguém pela primeira vez, que fosse com João Bastos, alguém de quem ele gostava e em quem confiava...

Mas o corpo de Hugo o traía.

Era o ranço na pele, o desgosto na boca, o brilho no fundo dos olhos se apagando. Hugo não controlava nada disso. Tinha subido inteiro na cama de João Bastos, mas agora perdia tempo tentando explicar por que estava catando os próprios cacos.

— Não tô me sentindo bem — resumiu.

— O que você tem? Posso te levar pro hospital.

— Não, não é pra tanto. Pode deixar que eu vou sozinho.

Não iria para hospital algum. Só tomaria um banho quente e limparia cada centímetro do próprio corpo para ver se aquela tristeza entranhada em sua pele saía de vez.

— Você quer ir sozinho... — repetiu João Bastos, confirmando que tinha deixado de ser bem-vindo.

Estava machucando João sem nenhuma necessidade, mas Hugo não sabia como parar o rolo compressor que brotava de dentro dele. Só precisava ir embora para se entender melhor, mas tinha que fazer isso *agora*.

— João, eu juro que não é pessoal, não sei por que eu... na verdade... sei lá, não tá certo isso aqui. Eu acho que a gente...

— Você não tá falando coisa com coisa — respondeu João, segurando a mão dele como numa súplica.

— Nós somos muito diferentes — disse Hugo.

Porque isso eles eram mesmo, como yin e yang. Hugo podia ver a ansiedade nos olhos brilhantes de João, como João queria entender cada palavra dita para, quem sabe, poder ajudar nesse conflito que Hugo parecia ter acabado de inventar.

Mas não tinha.

E Hugo sabia disso. O conflito sempre estivera ali, mas João era tão bonito e simpático e gentil e tão *João* que Hugo achara que conseguiria se esquecer do quão quebrado por dentro ele próprio era. Sentia essa *pressão*, que era enorme, mas só naquele momento desabou.

Virgem aos vinte e quatro anos, pelo amor de Deus. Como essa relação ia dar certo se ele não sabia nada do mundo, enquanto João era o próprio mundo? Hugo era uma bola de ferro gigante presa à perna de João Bastos.

— Eu não acho a gente tão diferente assim — rebateu João.

Pois agora Hugo via duas espécies distintas de ser humano. Estava com vergonha de, minutos antes, ter estado sem roupa achando que alguma coisa ia rolar entre eles. Não tinha como entregar o que João queria porque Hugo simplesmente não tinha o necessário. Era como dar de beber com uma garrafa vazia. Hugo queria matar a sede de João, como todo mundo bebia e dava de beber, mas estava *seco*.

Achava que tinha aprendido muita coisa sobre amor desde que desenvolvera o Farol, mas agora via que continuava o mesmo cara que subira no terraço para gritar que não sabia transar.

— Você transou numa sala da Bunker! — exclamou Hugo.

João tinha que enxergar que essa era a prova cabal, mas não enxergou.

— E daí? Aquilo foi só uma vez. O que isso tem a ver com a gente? — perguntou ele.

— Eu nunca... tipo, eu sinto que é impossível que um dia eu... — Hugo se perdia nas palavras. — Olha, você é um tipo de pessoa, e eu sou outra. Pessoas como a gente não ficam juntas.

— Eu não tô ouvindo isso, Hugo — João balançou a cabeça, encontrou a própria cueca e agora não parecia mais tão gentil. — Que porra você tá querendo dizer com *pessoas como a gente*?

— Eu não vou transar com você na sala da Bunker ou num banheiro de balada, nem num balanço ou, sei lá, de cabeça pra baixo. Eu... não faz sentido a gente começar isso agora se lá na frente...

— Mas eu nunca te pedi nada disso, por que isso agora?

— Porque...

Por quê? Porque João podia não dizer com todas as palavras, mas um homem como ele, tão *vivido*, nunca se diminuiria para se encaixar nas regras de "não pode isso, não pode aquilo" que agora se multiplicavam na cabeça de Hugo.

— Vou embora. Isso aqui foi um erro.

Hugo queria pedir desculpas por todo tempo que João perdera com ele.

— Hugo! — interrompeu João. — *Calma*.

João pegou no braço dele e aquela mão não era mais *aquela* mão.

— Não encosta em mim, por favor — pediu Hugo, mas pediu mesmo, quase implorando.

Cada segundo que passava ali na presença de João, mesmo ele todo lindo, de cueca, aumentava a sensação de fuga urgente. Hugo não conseguia disfarçar mais.

— Você tá com *nojo* de mim? — perguntou João.

Quando Hugo apenas desviou o olhar, o choque fez João soltar o braço. Ficou lá de pé, no meio do quarto, as mãos caídas ao lado do corpo e o cenho franzido vendo Hugo atravessando a porta o mais rápido que podia.

João tentou contato por todas as redes possíveis, mas Hugo já o tinha bloqueado em tudo que era canto.

21. Se isso era ser um foguete

— Tá tudo bem, juro — mentiu Hugo ao telefone, onde era bem mais cômodo mentir. — Só estou com saudades.

— Ô, meu filho. Toda vez a mãe finge que acredita que você tá bem, mas hoje você não tá conseguindo disfarçar.

Dona Cirlene era muito perspicaz, e Hugo sabia disso. Na verdade, era exatamente o tipo de pessoa com quem ele precisava se abrir agora, dessas que a gente não precisa dizer nada, mas de alguma forma entendem tudo. Hugo nem saberia o que contar se tivesse que usar palavras. Era só ele e João girando pela sala ininterruptamente.

— Não quero ficar enchendo vocês de preocupação à toa. Não tem nada *sério* acontecendo. São só... umas coisas. Acho que tô cansado.

E deprimido e confuso e arrependido e sem saber como as pessoas faziam para viver naquela cidade, e com raiva de tudo, mas principalmente de si próprio.

— Muito trabalho na firma nova? — perguntou a mãe, que não entendia que espiritualmente a Bunker ainda era a Gira-Gira Sistemas.

— Mais do que imaginei — confessou Hugo, mas logo tratou de emendar: — Mas vou dar conta, claro. Já estou dando conta.

— Você é um foguete, filho! Que nem seu primo Murilo.

Não estava se sentindo como um foguete naquele momento. Verdade que antes também não estivera, mas *naquele momento*, menos ainda. Queria saber se o primo Murilo também destruía tudo por onde passava e magoava as pessoas. Se isso era ser um foguete, então Hugo devia ser um, mesmo.

— Como vocês descobriram? — perguntou ele, depois de um tempo em silêncio.

— Como assim?

— Como vocês descobriram que eu seria um foguete? Quer dizer, como vocês *sabem* se eu sou mesmo um foguete?

A mãe nem parou para pensar.

— Você não é nosso filho, Hugo? Um Flores? Como a gente não ia saber, vendo você crescer tão de pertinho?

Uma resposta irônica, porque Hugo não se enxergava nem quando olhava no espelho.

— Às vezes... fico me perguntando se estou fazendo certo — desabafou. — Sei que vim pro Rio pra trabalhar, e estou fazendo isso, mas... tem dias que esqueço que tenho pra onde voltar.

Dias em que Hugo achava que, se uma mísera coisa desse errado, ele *morreria*, mas não antes de trazer vergonha para a família inteira. Por isso quase tinha infartado quando fora demitido de mentirinha. Por isso que preferia trabalhar num prédio em chamas do que salvar a própria vida. Se a vida desandasse no Rio de Janeiro, o que ele faria? Não tinha um bote salva-vidas. Era confiar em Verônica Rico, coisa que ficava cada dia mais complicada, considerando os métodos suspeitos dela, e dar um salto no escuro. Agora, nem João tinha mais por perto.

— Hugo... — murmurou dona Cirlene. — A gente vai estar sempre aqui, esperando por você. Pode voltar quando quiser, meu filho.

Sim, tinha os pais em Fiofó do Oeste. Era disso que se esquecia quando se via sem saída.

— Sabe por que você já é um foguete? — perguntou ela. — Porque com cinco anos você adestrou a Edna. Com doze, ensinou a gente a usar esse negócio de internet, e com quinze teve que ensinar de novo porque todo ano a gente esquece. Com vinte você já sabia fazer a nossa renda de uma semana durar um mês, multiplicando pão e peixe que nem Jesus. E agora você tá aí, filho, mais longe do que eu e seu pai jamais fomos.

— Mãe...

Enquanto sentia os olhos marejarem, Hugo ouviu o pai murmurando ao fundo.

— Seu pai tá dizendo que você também é um foguete porque seu coração é enorme. Eu e seu pai somos dois caipiras boca larga, dois cavalos chucros, mas você é gentil como ninguém, meu filho. Isso a gente viu de perto, mas também vê de longe. É o que eu sempre digo: *língua afiada espera sentada, língua mansa, boa dança.*

Era um ditado popular em Fiofó do Oeste sobre ser gentil, que Hugo ouvia desde pequeno vindo da boca da mãe.

— Amo vocês — respondeu Hugo, que não necessariamente concordava com os pais, mas não tinha nada mais verdadeiro para dizer.

— A gente também te ama, filho — reforçou dona Cirlene. — E, olha, sei que você não tá contando tudo pra velha aqui, e não precisa, mesmo, tudo bem, mas imagino como é se sentir perdido numa cidade grande. Tenho certeza de que você vai se achar. Vai descobrir coisas novas sobre você mesmo. Algumas dessas coisas serão boas, outras nem tanto, mas tudo isso ainda é você. O mesmo Hugo que saiu daqui. O filho da Cirlene e do Virgílio.

Bom, ele estava mesmo descobrindo que era capaz de machucar pessoas. Hugo agora sentia que as respostas estavam dentro dele mesmo, só não conseguia achá-las. Por que tinha tratado João Bastos daquele jeito? Por que aguentava *tanto* na Bunker a ponto de querer ficar num prédio pegando fogo? Queria se abrir com os pais e implorar por ajuda, mas teria tanta explicação para desfiar que o jeito era encarar sozinho. Os pais já haviam feito muito.

— Obrigado por me lembrarem de casa — disse, por fim. — Queria muito poder abraçar vocês agora.

— *Uma mãe troca até as pregas por um abraço do filho.*

Também era um ditado em Fiofó do Oeste, sobre, bom... é meio óbvio.

22. Qual é o problema do amigo de vocês?

Era hoje, mas podia ser ontem, porque Hugo tinha ido dormir pouca bosta depois de falar com os pais e acordado bosta pouca. Fora burrice da parte dele achar que se afundar em música de fossa era o caminho para voltar a ser feliz. Como ouvir a Vanessa da Mata cantando que *É só isso, não tem mais jeito, acabou* traria alegria para a vida de alguém? Mas tinha que concordar que era melhor sofrer com trilha sonora do que ouvindo os próprios soluços.

Tinha estragado tudo com João Bastos na noite passada.

Lembrava exatamente as coisas horríveis que tinha dito, porque é óbvio que tinha que escolher as piores palavras do mundo para explicar um sentimento inexplicável. João não entendera nada, mas pudera, né. Nem Hugo tinha entendido.

Tinha nascido para ficar sozinho, e era isso que não tinha conseguido explicar. Era cafona esse negócio de "o problema não é você, sou eu", mas o problema era mesmo Hugo. Que não sabia nada da vida, nada de homens, nada de ser gay, nada de ser *gente*. Todo mundo ia lá e fazia, e conseguia, e alcançava o que queria com naturalidade, mas não ele.

O que mais doía era que Hugo estava fingindo que isso não ia acontecer. Mais cedo ou mais tarde, isso explodiria na cara dele, e que bom que foi mais cedo. Ou talvez tenha sido tarde demais, porque agora já amava João Bastos, mas nunca seria amado de volta. Porque João podia *achar* que o amava, mas, francamente, ninguém conhecia Hugo por completo. Ele mesmo ainda estava tentando se conhecer. Não tinha ido ao terraço gritar à toa. Era caso de vida ou morte, ele precisava pôr para fora aquilo que pinicava dentro dele. Agora não podia gritar num apartamento de paredes finas em Vila Isabel.

Era por isso que se sentia um lixo.

Estava trancado no quarto havia horas e a vontade que tinha era de transformar essas horas em dias. Ouvia a animação das meninas do lado de fora, animação de gente que não foi atropelada por um caminhão, de gente que não se quebrou por dentro. Não tinha como lidar com isso. Não queria ver ninguém, não encarava nem o espelho do guarda-roupa. Talvez, se mijasse numa garrafa e cagasse num penico...

— Hugo... você tá bem? — perguntou Agnes, atrás da porta trancada.

— Tô ótimo — respondeu.

— Para de ser mentiroso, garoto, eu tô ouvindo a Vanessa da Mata cantando daqui.

Não tenho o que dizer, são só palavras e o que eu sinto não mudará...

— É só uma música — respondeu ele.

— Que você não para de ouvir.

Agnes esperou por um contra-argumento que não veio.

— Comprei sorvete de creme. Se quiser, sai do quarto e vem buscar, porque não sou sua empregada.

Ouviu os passos de Agnes se afastando da porta e sorriu pela primeira vez em doze horas. Sabia que o sorvete era uma armadilha, mas não tinha como resistir. Todo dia fazia um calor infernal no Rio de Janeiro e, mesmo quando o universo tinha piedade e mandava um céu nublado, ficava quente naquele apartamento.

Pausou a música no celular antes que chegasse na parte chata de "Boa sorte", aquela que o cara canta em inglês.

Hugo se levantou da cama e, gente, era como se tivesse passado os últimos cinco anos ali. Tinha um buraco no colchão no formato do corpo dele, de ter ficado deitado em posição fetal. O fato era que Vanessa da Mata *sabia* das coisas e "Boa sorte" explicava *tudo*. Por isso não conseguia parar de ouvir.

Ficava pior a cada vez que a música terminava, mas ali no meio as coisas faziam sentido.

Não há paz.

— Pela sua cara, o encontro não foi bom — disse Agnes, quando ele entrou na cozinha.

Jamille esfregava um pano no interior do micro-ondas, de onde saía um cheiro hostil que poderia ser de peixe, pipoca, queijo, peido ou chulé, e franziu o cenho quando encarou o rosto de Hugo.

— Meu Deus, o que fizeram com você?

Hugo se viu de relance na porta espelhada do micro-ondas. Cabelo para cima, óculos embaçados, olheiras profundas e olhos vermelhos.

— O João te tratou mal? — perguntou ela.

— Chuchu, se ele fez alguma coisa com você, juro que vou lá na casa dele fazer um *escândalo*. Me passa o endereço agora — exigiu Agnes.

Hugo apenas imaginou Agnes num ringue com João, que não teria nenhuma chance de se defender. Mesmo se tivesse, João não correria o risco de estragar as unhas perfeitas numa luta.

— Não... ele foi bem legal comigo — murmurou Hugo, querendo falar sobre qualquer outra coisa.

— Então ele transa tão mal assim? — perguntou Agnes.

E pensar que Hugo chegara tão perto de descobrir essa resposta. Dava até dor de cabeça lembrar disso.

— A gente não... eu... — disse Hugo. — Acho que não quero falar sobre isso agora.

— Só não esquece que a gente tá aqui, ok? — informou Jamille. — Pra quando você quiser e precisar.

— Quando *ele* quiser, Jamille? Tô morrendo de curiosidade. Hugo, desembucha, pelo amor de Deus.

Hugo ignorou Agnes por um momento e foi se servir do sorvete, que já derretia em cima da bancada.

— Ué, se ele não quer falar, não quer falar e pronto — respondeu Jamille.

— Não quer uma ova.

Agnes tirou a colher de pegar sorvete da mão de Hugo para que ele fosse obrigado a encará-la. Estava preso na armadilha que ele tinha visto de longe.

— Acho que tenho o direito de ficar calado — disse ele.

— Teu cu! — exclamou Agnes. — Olha aqui, Hugo. Ontem você tava todo animado porque finalmente ia pra casa do João Bastos. A gente te vestiu, te deu dicas pra usar na cama, te ouviu repetir vezes *incessantes* o quanto os lábios do boy são carnudos e que o sorriso dele ilumina uma cidade e fez isso tudo *sem vomitar* pra você chegar em casa todo estropiado, se trancar no quarto e agora aparecer assim que nem um fodido? Que tipo de amiga eu sou se deixar você sofrer sozinho? Não fico *em paz* se não souber que meus amigos estão bem.

— A Agnes com certeza precisa tratar isso em terapia, mas ela tem mesmo um pouco de razão — concordou Jamille.

Não é que Hugo não queria falar: daria tudo para ser consolado pelas amigas, que talvez curassem todas as feridas que ele andava carregando, mas o que tinha para dizer subia estrangulado pela garganta dele. Aquele apartamento também era um sufoco, como se Hugo e suas dores estivessem presos ali dentro.

— É que foi tão... — tentou dizer. — Não dá pra falar *aqui*. Essas paredes, esse teto, esse calor...

— Puta que pariu, você tá muito fodido — concluiu Agnes.

Mas Jamille teve uma ideia:

— Eu não deveria sair de casa hoje porque tenho muito pra estudar, mas acho que sei onde a gente pode ir.

Agnes tinha exigido os três melhores cachorros do canil. Sempre passeavam de noite, no último horário, que era a hora que batia com Hugo chegando da Bunker (cada vez mais tarde), mas hoje era domingo e Jamille fizera de tudo para que chegassem com antecedência e tivessem todos os cachorros disponíveis. Nada contra Capeta, Vampira e Bandida, apenas... tudo contra Capeta, Vampira e Bandida.

— Não ranqueamos nossos cachorros aqui no Só Cachorrada — informou Henrique, ofendido de verdade.

— Mas deveriam — disse Agnes. — A gente sabe que sempre fica com a raspa do tacho.

O homem nem desmentiu. Jamille implorou pelos cachorros mais comuns e fofos e dóceis e capazes de curar toda a depressão do mundo, porque na cabeça dela era disso que Hugo estava precisando.

— Qual é o problema do amigo de vocês? — perguntou Henrique, olhando para Hugo pela primeira vez.

— Muitos — respondeu Jamille.

Belinha era uma vira-lata extremamente normal, daquelas que apareciam em livros de cursinho de inglês com a legenda "*a dog*" embaixo. Rex também não tinha raça, mas tinha cara de cachorro, corpo de cachorro e se comportava como um cachorro se comportaria. Totó era um Border Collie de dez anos que com certeza nunca tinha cometido um crime na vida, nem dos menores, como morder as canelas alheias, atacar a jugular para matar e tentativas diversas de latrocínio.

Deram a volta em dois quarteirões e, uau, então era *assim* que era levar cachorros para passear? Nas últimas vezes, o que era para ser um passeio na praça havia se tornado, ao mesmo tempo, uma prova de resistência do *Big Brother Brasil* e um teste de sobrevivência do *Largados e Pelados*. Já Belinha, Rex e Totó eram anjos. Depois de mais voltas, Hugo parou para fazer carinho em Rex, o cachorrinho mais dengoso que ele já tinha visto. Belinha lambeu sua mão carinhosamente. Totó ficava correndo em volta dele, latindo feliz. Era como estar dentro de um daqueles panfletos de Testemunhas de Jeová que mostravam o Paraíso, com humanos e animais vivendo em harmonia.

Percebeu que Jamille e Agnes se entreolhavam e às vezes cochichavam uma com a outra de uma forma nada discreta. Hugo suspirou, já sabendo o que elas queriam. Estavam no meio da praça de Vila Isabel, bem vazia naquele horário, só eles três sentados num dos bancos, os cachorros mais gentis do mundo e a brisa de uma tarde de domingo.

— Eu... eu acho que tenho que ficar sozinho. Tipo, pra sempre — disse Hugo, sem nenhum aviso prévio.

As meninas se encararam por um segundo e Agnes cutucou Jamille.

— Por quê? — perguntou Jamille, serenamente.

— Não sei bem... tô me sentindo... não sei... falta alguma coisa — disse Hugo. — Eu devo ter algum defeito, ser doente, *sei lá*. Tem alguma coisa errada comigo e eu quis poupar o João disso ontem. Ele não merece, sabe? Ele é um fofo.

— Não sei se estou te entendendo — confessou Jamille. — Mas, olha, se você está tendo sintomas associados a depressão, ansiedade, outros transtornos psicológicos tipo esses, a gente pode procurar ajuda com você.

— Você tem plano de saúde, garoto, com certeza tem psicólogo lá — pontuou Agnes.

Hugo nunca tinha pensado na possibilidade de um transtorno. Uma categoria amplamente documentada que explicaria por que ele fazia o que fazia. Para Hugo, não fazia sentido *nenhum*. Era só ele com suas esquisitices sendo pego de calça-curta no trabalho, no amor e na vida inteira, para dizer a verdade.

— *Como* é esse defeito que você imagina? — perguntou Jamille.

Hugo tinha passado a noite toda pensando nisso. Ou pelo menos nos momentos em que seu choro constrangedor dava uma trégua.

— Eu não consigo ser como todo mundo é. Tipo, nos relacionamentos — disse ele. — Já sabia que gostava de homens lá em Fiofó do Oeste, lá no fundo eu já sabia, mas nunca fiz nada a respeito. Achava que era porque não tinha mesmo o que fazer, já que, vocês sabem...

— Ninguém é gay em Fiofó do Oeste — as duas responderam em uníssono.

— Exatamente. Com quem eu ia me envolver? Decidi me concentrar em estudar, em fazer um plano, em sair de lá. Daí cheguei aqui no Rio e, sei lá, o ar daqui é diferente. Tem mais gente. As coisas acontecem mais rápido. Mas daí teve o Cara de Cavalo...

— Quem? — perguntou Agnes.

— O cara da boate — explicou.

— Nossa. Agora que você falou, *realmente* — respondeu ela. — Senti mesmo uma vibe meio equina vindo dele.

— Daí fiquei com ele e foi horrível — disse Hugo, extremamente desgostoso em ter que se lembrar daquilo. — Mas daí veio o João...

— E foi horrível também? — chutou Jamille.

— Foi excelente — desabafou Hugo. — Até certo ponto. Achei que fosse me sentir diferente porque o João é alguém que eu *conheço* e ele me *conhece* e eu queria mais do que tudo estar na casa dele, mas de novo... o problema sou eu.

Agnes e Jamille o encararam com expectativa, mas Hugo permaneceu mudo por quase um minuto inteiro.

— Não sei transar — disse, bem baixinho, quando ninguém mais estava esperando por uma resposta. Nem sabia se aquilo contava como *dizer*.

Como fazia para pegar as palavras de volta?

— Como que não sabe, Chuchu? — perguntou Agnes, com certeza quase tendo uma convulsão por ouvir isso da boca de um homem adulto. — Todo mundo sabe. Se não sabe, aprende, ué.

— Hugo, mas era de se esperar, né? — Jamille aproveitou a oportunidade. — O que a Agnes está *querendo dizer* é que ninguém nasce sabendo, todo mundo passa por essa curva de aprendizado.

Era maravilhoso ter Jamille interpretando Agnes, mas Hugo precisava de alguém que o interpretasse.

— Eu te ensino, Chuchu. Quando os dois têm piroca deve ser ainda mais fácil, porque o corpo é parecido. Com lubrificante, tudo melhora.

— *Agnes*, acho que o Hugo já sabe essa parte — Jamille cortou a amiga.

— Bom... — começou Hugo. Meu Deus, que vergonha

falar sobre essas coisas. — Ai, é difícil. Não é bem que eu não sei. Na *teoria*, eu sei bem o que acontece, o que vai aonde, e na prática até tava sabendo me deixar levar, mas... sei lá, eu travo.

— Você é muito novo pra ser brocha — comentou Agnes.

— Não é isso! — respondeu Hugo de imediato, a cara ardendo.

— Deixa ele falar, Agnes — Jamille a repreendeu.

— Ai, vocês falam as coisas pela metade, também. Gente, eu sou impaciente e *fofoqueira*.

— Acho que *não gosto* de sexo — confessou, finalmente.

— Então não fez direito — respondeu Agnes. — Ou o João deve ser muito ruim de cama.

— A gente não chegou a fazer nada. Porque eu meio que não quis. Tipo, eu *queria*, mas aí chegou na hora do vamos ver e travei.

Agnes só fez um *huuuuuumn* e Jamille ficou em silêncio.

— Tipo, eu amo beijar o João — Hugo começou a explicar, mais confiante agora que Agnes tinha calado a boca. — Gosto quando ele toca na minha cintura com as mãos grandes dele, sou maluco pelo beijo no pescoço que ele me dá, me sinto protegido quando ele me abraça. Ele é forte, *quente*, dá vontade de agarrar e não soltar mais.

— Isso me parece bem normal, Hugo. Você gosta dele — comentou Jamille.

— Mas quando as coisas começam a esquentar de verdade, eu paro. Não tenho interesse em continuar, mas fico com vergonha de dizer isso porque, segundos antes, fico totalmente entregue. Me dá nervoso só de pensar em continuar. Tipo, *não sei*, parece coisa demais.

— De fato é coisa demais — explicou Jamille. — Sexo é um momento muito íntimo, Hugo. São todos os sentidos trabalhando juntos.

Talvez ele só pensasse demais. Hugo era, de fato, muito atrapalhado, e ter João Bastos pelado na cama com ele desnorteava todos os seus sentidos. Transar com João era um malabarismo de prazer, e Hugo nunca tivera afinidade com atividades circenses. Mas ainda assim...

Ficaram em silêncio por alguns segundos até que o celular de Hugo tocou, assustando até os cachorros.

— Ai, não — resmungou ele.

E começou a tremer com aquele gelo que subia por suas costas e aquelas mãos invisíveis que agarravam seu estômago. Hugo percebeu o olho direito vibrar e as lágrimas querendo se acumular. Porque ele conseguia lidar com a pressão do trabalho e com sua vida amorosa desastrosa quando existiam em âmbitos separados, mas beirava o impossível lidar com as duas coisas ao mesmo tempo. Não conseguiria ouvir falar de algoritmos, metas e apresentações enquanto estava no meio de uma crise romântica.

— Vai ser a Verônica me chamando pra trabalhar, ou então o João me xingando de tudo que é nome — explicou, ainda sem tirar o celular do bolso, quando as colegas de apartamento dele o encararam com preocupação.

— Você não bloqueou ele? — lembrou Jamille.

— Verdade.

— Bloqueia a Verônica também, folgada do caralho, ligando em pleno domingo — criticou Agnes.

— Ei! A gente tem um projeto pra fazer acontecer — Hugo se defendeu.

— Então por que você tá quase tendo um ataque epilético pra atender? — perguntou ela.

Hugo revirou os olhos e tirou o celular do bolso para não ter que responder as alfinetadas. Era mais um daqueles números desconhecidos que não diziam nada vindos de São Paulo, uma cidade que Hugo não queria conhecer porque parecia ter mais robô do que gente lá. Mas isso o fez se lembrar do aplicativo.

— Acho que é isso, sabe? Tenho que focar mais no trabalho — disse ele. — Estou indo super bem na Bunker, *nasci* pra isso, na verdade também vim pro Rio pra fazer meu nome, não pra ficar namorando e pirando por conta de sentimentos e relacionamentos e essa coisa toda estranha que tem dentro de mim.

— Chuchu, pelo amor de Deus, você já trabalha *demais*. Nunca vi ninguém pensar tanto em trabalho assim, vinte e quatro por sete. Vai ver você não consegue trepar com o gostoso lá porque gasta toda a sua energia com computadores. Isso pode ser normal lá nos Estados Unidos, mas no Brasil não é.

Odiava ouvir Agnes criticando a Bunker assim, porque ela *não sabia* como era fazer parte de algo tão grande quanto o Farol. As pessoas entendem quando o sonho de alguém é querer se casar ou então ter um filho, entendem gente que sonha em viajar para um lugar específico, mas custam a compreender alguém que sonha grande, realmente *grande*. Essas coisas menores da vida não faziam os olhos de Hugo brilhar, ele sabia que podia ir bem mais longe. Verônica exigia muito porque acreditava no potencial dele.

— Será que não é você que trabalha de menos? — rebateu, mais atravessado do que gostaria.

Porque também era muito fácil para Agnes ficar apontando o dedo para ele, já que passava o dia inteiro de pernas pro ar, entregando só o mínimo do mínimo na empresa dela. Eles eram *adultos*, tinham responsabilidades. Todo mundo trabalhava, e com ele não ia ser diferente, então, já que tinha que trabalhar, que pelo menos fosse reconhecido por isso.

— Talvez seja, mas foda-se também — disse ela. — Eu tenho mais o que fazer da minha vida do que ficar enchendo de dinheiro os bolsos do meu patrão.

Não era sobre dinheiro! Era a paixão, a motivação, a revolução!

— O *quê*, por exemplo, Agnes? — perguntou Hugo, ficando de pé.

— Eu só não vou te dar um bofetão agora porque você já tá sofrendo por homem, que é a pior coisa que pode acontecer a um ser humano — disse ela, sem se abalar com Hugo quase se transformando num Pinscher.

— Longe de mim querer me intrometer na quizumba de

vocês, mas tava pensando aqui, Hugo — comentou Jamille, alheia ao arranca-rabo dos dois. — Além de gay, você talvez também seja assexual.

— Bem feito, te chamou de ameba — ralhou Agnes.

— Eu falei *assexual*. Não assexuado.

— E tem diferença? — perguntou Agnes.

— *Assexual* vem de assexualidade — explicou Jamille. — Pessoas que sentem pouca ou nenhuma atração sexual e, por causa disso, raramente se envolvem em sexo.

Assexualidade? O nome parecia horrível, provavelmente um tipo novo de câncer.

— Não tô dizendo que seja o seu caso, Hugo. Não é um *diagnóstico*, até porque isso não é uma doença, é só uma orientação sexual, da mesma forma que nós somos hétero e você é gay.

Achava que Jamille estava inventando palavras até meio segundo atrás.

— Nunca ouvi falar disso... — respondeu ele, tirando os óculos para coçar os olhos.

— Assexuais só não sentem *atração* da mesma forma que outras pessoas sentem. E vivem bem com isso. O sofrimento de quem é assexual é gente tarada que nem a Agnes te forçando a transar.

— Eu tô muito apavorada com essa conversa — confessou Agnes. — Mas, Chuchu, vou te apoiar sendo você uma ameba ou não.

— Obrigado, Agnes.

Assexual... estava aí algo para pesquisar. Não era de admirar que pessoas como Agnes estranhassem o termo. Agnes era a mulher do dia a dia, do ônibus lotado, do tête-à-tête e do preto no branco. Por vezes tóxica, mas sempre autêntica. Apreciava que Agnes era bruta onde precisava ser delicada, porque ela pelo menos tentava ajudar, mas não sabia o que fariam da vida se fossem só eles dois naquela casa.

— E, Jamille, sério, você é a maioral — disse Hugo.

— E eu? — perguntou Agnes.

— Com certeza a pioral.

23. Nem todo gay era o mesmo gay

Da mesma forma que Pedro Álvares Cabral descobriu o Brasil, Hugo Flores descobriu a assexualidade. Isso mesmo, navegando pelos mares e matando quem já estava por aqui.

Brincadeira.

Mas foi mais ou menos assim que Hugo se sentiu navegando na internet, crente de que estava arrasando no pioneirismo e encontrando nas comunidades de assexuais milhares de pessoas há anos vivendo essa realidade. Jamille *realmente* não estava inventando dessa vez. Hugo tinha decidido que dormir era o melhor remédio, mesmo que na verdade fosse o pior remédio, já que não resolvia nada, mas não conseguiu. Tinha passado o dia inteiro se sentindo sozinho de um jeito que um pobre se sentiria na Zona Sul do Rio, uma solidão sem precedentes, como se fosse o último homem da Terra. Mas daí, quando Jamille lançou a palavra, Hugo agarrou nessa boia com todas as forças.

Assexualidade.

A princípio, ficou chocado com o tanto de resultado que apareceu. Não era uma alucinação coletiva, tipo mamadeira de piroca, os Illuminati e a Carreta Furacão. Os primeiros resultados eram artigos da Wikipédia definindo em inglês e português o que era o conceito.

Falta de atração sexual; ou baixo ou nenhum desejo de se envolver sexualmente.

Se sexo fosse líquido, Hugo não tinha como dizer que jamais beberia dessa água. Até queria beber, sabe? Mas talvez umas bicadinhas, pequenos goles... Hugo parou para pensar enquanto terminava de ler o artigo e, bom, não tinha mesmo tanta sede assim.

A assexualidade pode ser considerada uma orientação sexual ou então a ausência de uma.

Então... Hugo não era gay? Meu Deus, talvez a carteirinha de homossexual dele devesse *mesmo* ser revogada. Se era a ausência de uma orientação sexual, tipo, se Hugo então *não tinha* uma orientação sexual, não faria sexo? Era por isso que nunca avançava com João, nem com ninguém? Mas João era tão perfeito! E legal! E respeitoso! Hugo terminou o artigo com mais perguntas do que começou. Também não gostou muito porque parecia um artigo científico. Sentiu como se estivesse lendo sobre uma doença terminal que havia descoberto meia hora atrás.

Isso o fez repensar se deveria mesmo estar pesquisando a assexualidade na internet. Todo mundo sabe que o Google é o médico mais hostil.

Mas jornais estavam falando sobre assexuais. Jornais grandes até! Sites especializados em notícias sobre a área da saúde também. Como Hugo tinha demorado tanto para descobrir sobre isso? Achou que estavam escondendo a verdade dele, mas estava ali o tempo todo. Um por cento da população mundial se identificava como assexual, e não era mesmo um número muito expressivo, mas, tipo, um por cento das duzentas milhões de pessoas que moram no Brasil ainda é simplesmente MUITA GENTE. As matérias que encontrava datavam de até cinco ou seis anos atrás. Hugo foi abrindo todas elas, uma aba atrás da outra.

Achou um texto — "Tudo o que você quer saber sobre pessoas assexuais se descobriu hoje que a assexualidade existe" — que parecia suspeito de tão específico, mas se revelou um verdadeiro milagre. Hugo começou a ler como se sua vida dependesse disso e, no fundo de sua mente, percebeu que realmente dependia, porque descobrir ser assexual mudava tudo. No texto, um grupo de pessoas que se identificavam como assexuais respondiam perguntas feitas pelo site como numa entrevista. A maioria tinha entre vinte e trinta anos, o que deixou Hugo com um pouco de pé atrás, mas então viu que entre os entrevistados tinha uma mulher de quarenta e sete anos e um homem de sessenta e dois.

O que significa ser assexual?

Hugo quase pulou essa pergunta porque já tinha lido o artigo com a definição precisa, mas então viu que cada pessoa deu uma resposta diferente. Cada um tinha uma experiência de vida com a assexualidade que se parecia com a dos demais em alguns pontos, mas em outros divergiam completamente. A maioria dos entrevistados tinha vontade de se apaixonar por alguém e construir uma vida juntos. Que bom, porque Hugo também queria. Mas a mulher mais velha não sentia vontade de ir atrás disso, nem um dos caras mais novos. Estavam bem consigo mesmos. Hugo conseguia imaginar como era viver sem pensar em estar com alguém, porque era assim que vivia em Fiofó do Oeste, mas agora... não sabia se conseguiria voltar atrás. Alguns dos entrevistados estavam namorando. O senhor de sessenta anos era casado. Hugo notou, também, pelas respostas, que havia entre eles homens que gostavam de homens e mulheres que gostavam de mulheres. Uma das entrevistadas era uma garota trans. Hugo quase podia ver o nó se formando em sua cabeça enquanto todas as letras da comunidade cruzavam seu caminho naquela pesquisa desesperada sobre assexualidade.

Fazia sentido, para Hugo e para alguns pesquisadores, que a assexualidade fosse um espectro que se sobrepunha à orientação sexual. Por quem você se sentia atraído sexualmente era uma coisa, mas *como* se dava essa atração era outra. Que era o mesmo que ocorria com a identidade de gênero. Uma pessoa trans podia ser homossexual, uma categoria não anulava a outra. Alguns assexuais se rotulavam como homorromânticos, heterorromânticos, birromânticos etc. para destacar a orientação e a assexualidade ao mesmo tempo, mas Hugo tinha feito toda uma jornada para aceitar que era gay e, agora que estava começando a se ver enquanto um homem que amava homens, não abriria mão disso. Que era gay ele já sabia, mas pelo jeito nem todo gay era o mesmo gay...

O que todos os entrevistados tinham em comum, porém, era que nenhum deles tinha *realmente* interesse em dormir com outras pessoas. Se não fosse o episódio na cama com João... Hugo estaria vivendo no céu ainda. Lembrou-se de como a conversa entre eles fluía. Como o humor de um agradava ao outro. Como eles adoravam concordar nas discussões, mas também o quanto era divertido discordar. Hugo voltou a pensar em seus encontros furtivos nas escadas e na biblioteca, como parecia que estavam juntos construindo um mundo novo. Tudo isso era mais importante do que sexo para Hugo. Segurar nas mãos bonitas de João Bastos causava mais frisson do que tirar as roupas dele.

Mas assexuais fazem sexo, afinal?

Hugo devorou as respostas. Enquanto ia lendo, nervoso, foi entendendo uma coisa: existia a atração sexual. Que era esse *impulso* que levava as pessoas a quererem fazer sexo ao ver ou pensar em alguém. Era como um ímã que puxava o sujeito em direção a outra pessoa. Esse era o ponto da assexualidade: não era que todos os assexuais tinham horror a sexo ou detestavam dormir com outras pessoas, não era necessariamente vontade de vomitar, não era nojo. Era apenas não sentir esse *ímã*. Hugo, quando pensava em João, pensava em conversar com ele, contar coisas que tinha descoberto, ouvir o que ele tinha para ensinar. Pensava até em abraçá-lo, tocá-lo e beijá-lo. Dentro dele agora mesmo explodia a vontade de ir até João e mostrar todas as abas abertas em seu navegador. Mas sexo? Não que fosse a última colocação no ranking de "coisas que preciso fazer com João assim que o vir", mas também não entrava nas primeiras. Talvez fosse bom... quem sabe? Mas Hugo conseguia entender que não se sentia particularmente *atraído* pela ideia. Na hora H, ficava apavorado com a ideia de como as coisas se dariam.

Mesmo João sendo um gostoso do caramba.

Hugo descobriu que não havia problema nenhum com a biologia de quem se via dentro da assexualidade. Eles ainda se excitavam. Eram capazes de atingir o orgasmo. Podiam fazer sexo por inúmeras razões, fosse porque achavam sexo gostoso, fosse para proporcionar prazer ao parceiro, fosse por curiosidade, mesmo sem sentir o tal ímã da atração sexual. Quanto mais ia lendo, mais Hugo ia pensando *nós* em vez de *eles*.

Nós nos excitamos. *Nós* podemos ter orgasmos. *Nós* podemos fazer sexo quando quisermos. *E também podemos nunca querer*.

Hugo leu superficialmente as próximas perguntas e respostas porque sentiu que já sabia o que ia encontrar. *Assexuais se masturbam? Consomem pornografia?* Alguns sim, outros não. Óbvio. E isso ficava fácil de entender porque não tinha a ver com o fato de se sentir atraído por alguém, mas mais com uma necessidade fisiológica no primeiro caso e um hobby no segundo. Hugo não curtia nenhum dos dois.

A bem da verdade, não era um grande fã de gente pelada. Pessoas vestidas eram tão mais atraentes! Hugo não tinha certeza se acreditava em Deus, mas seja lá quem tivesse criado o corpo humano poderia ter feito pênis e vaginas um pouco mais visualmente agradáveis.

Assexuais só namoram outras pessoas assexuais?

Piscou forte algumas vezes antes de ler. Fechou o notebook por um instante e olhou para a parede. A essa altura do campeonato, havia pouco espaço para dúvidas: os artigos e as histórias pessoais que tinha lido descreviam praticamente a biografia não autorizada de Hugo Flores. O pouco interesse em garotos e garotas na adolescência. O tanto que não se sentia compelido a se relacionar. Os momentos estranhos que dividira com João. O peixe fora d'água que ele se sentia quando se comparava com outros homens...

Hugo era assexual, não era?

Mas, partindo do princípio de que João não era, será que eles ainda poderiam ter um futuro juntos? Hugo sabia que havia cagado tudo entre eles e teria um trabalho enorme para consertar a relação, mas, ainda assim... será que era pelo menos *possível*? Abriu o notebook e leu tudo de uma vez.

Acabou que assexuais de fato se relacionavam com pessoas que não eram assexuais, afinal.

Hugo quase chorou.

Todo mundo concordava que, neste quesito, se relacionar com assexuais era mais fácil. Mas se envolver com outras pessoas e fazer dar certo também dependia de centenas de outros quesitos, e sexo era apenas mais uma bolinha no malabarismo. Como em qualquer outro relacionamento, as pessoas precisavam *conversar* e *compreender*. Se eram opostos, talvez achar um meio termo? Ceder aqui e ali? Era um trabalho emocional e que precisava de muita boa vontade de ambas as partes, mas que, na maioria das vezes, valia a pena. Hugo refletiu que talvez não desse certo com uma versão masculina de Agnes, que quisesse transar o tempo todo. Mas João não parecia ser assim. Se nem todos os assexuais eram iguais, isso também deveria valer para quem não era.

Hugo reuniu toda a força de vontade do mundo para resolver as coisas com João, mas...

Será que João faria o mesmo?

Virou a noite lendo sobre seu novo assunto favorito — já tinha virado rotina perder a noite trabalhando, não faria mal perder mais uma enquanto transcendia espiritualmente — e aproveitou para não ficar pensando muito no que teria de enfrentar dali pra frente. Sabia que João não deixaria passar batido a situação. Iam se encontrar, querendo ou não, na Bunker. Hugo leu até os olhos arderem. Viu até alguns vídeos quando cansou. Ficou sabendo de histórias tristes envolvendo assexuais, histórias de bullying, assédio e desrespeito. Mas também leu histórias felizes de pessoas se descobrindo, assim como ele, pessoas encontrando outras pessoas, gente casando, tendo filhos, descobrindo que é possível, *sim*, ser feliz sozinho, gente descobrindo que há outros interesses na vida de uma pessoa além de romance.

Não ia sair por aí levantando uma bandeira gigante roxa,

branca e preta nem gritando do terraço que tudo bem não querer transar. Tinha que se acostumar com a ideia primeiro. Sei lá, talvez fazer mais leituras, ouvir mais gente falando das próprias experiências, ficar por dentro de alguns estudos. Mas lá no fundo, na verdade nem tão lá no fundo assim, já sabia a resposta.

Hugo era assexual pra caramba. E gay.

Esperava conseguir fugir de João Bastos por tempo o suficiente para aprender a dizer isso em voz alta.

24. De férias com o ex
(mas ninguém está de férias
e um deles lê mentes)

Não conseguiu evitar João Bastos nem por um segundo.

Assim que Hugo desceu do ônibus e pisou na calçada do prédio da Bunker, viu João do outro lado da rua acenando para ele. Fez que não viu. João ainda teria que esperar o sinal fechar para poder atravessar, o que dava a Hugo uns bons vinte segundos de vantagem. Hugo caminhava quase correndo.

— Hugo! — bradou João. — Eu sei que você me viu!

Então que provasse. Hugo subiu as escadas da entrada correndo, ajeitando os óculos que teimavam em cair da cara, e esbarrou com Jairo no saguão.

— Oi, Hugo! E aí? Como foi o final de semana?

— Depois te conto!

Nunca contaria. A situação era justamente essa. Hugo queria se esquecer para sempre do que tinha acontecido no fim de semana e daria tudo por uma lobotomia ou qualquer outro método cirúrgico duvidoso que aparecesse pela frente e que permitisse isso. Quando chegou, afobado, no saguão dos elevadores, deixando Jairo para trás, de cara apertou o botão três vezes para que o elevador entendesse a urgência. Hugo não se chocou quando o elevador abriu as portas imediatamente, pois máquinas nunca o deixavam na mão. Jogou-se para dentro como se estivesse sendo perseguido pela máfia italiana e espancou o botão do andar da Bunker. Foi só quando as portas começaram a se fechar que suspirou aliviado. Tinha fugido. Talvez João entendesse o recado e nunca mais o procurasse, uma possibilidade de futuro que apertava seu coração,

252

mas, depois de toda aquela água que havia passado sob a ponte deles, era o único que Hugo via sendo possível.

Mas aí uma mão entrou pela fenda entre as portas.

As unhas impecáveis.

Era João Bastos, em todo o seu um metro e oitenta, banhado a ódio e ligeiramente desgrenhado porque tinha corrido uma meia maratona para alcançar o elevador.

Hugo ainda estava processando o quão *traído* havia sido por uma máquina.

O elevador apitou aleatoriamente como se pedisse desculpas. Hugo não aceitou.

— Você não vai fugir de mim de novo — disse João, segurando as portas com as mãos — Vem, vamos conversar. Depois a gente sobe.

— Eu não vou sair daqui — respondeu Hugo, encostando na parede do fundo, quase se fundindo ao espelho.

O elevador começou a apitar por estar tempo demais preso no térreo.

— Deixa de ser infantil, Hugo! O que você fez no sábado... não acha que eu mereço pelo menos uma explicação?

— Solta a porta, eu não vou sair — disse.

Preferia passear com um cachorro gigante de três cabeças, com cada uma delas sendo Capeta, Vampira e Bandida.

— Então eu vou entrar.

Hugo pensou em sair correndo pelas escadas, mas João foi esperto e bloqueou o caminho. Ele *não tinha* esse direito.

— Você tem nove andares pra me explicar tudo o que aconteceu — insistiu João.

As portas do elevador finalmente começaram a se fechar e Hugo sabia que viveria os próximos trinta piores segundos da vida dele até chegar na Bunker.

Mas então outra mão bloqueou a porta. Ninguém tinha medo de ficar sem dedo, pelo amor de Deus?

João soltou um palavrão baixinho enquanto Hugo não sabia o que sentir. Jairo entrou no elevador.

— Meu Deus, vocês, hein? Me deixaram falando sozinho

lá atrás. Isso tudo é vontade de trabalhar? A língua de vocês vai cair se responderem um bom-dia?

Nenhum dos dois respondeu. Jairo apertou o botão para subir e as portas finalmente se fecharam. Se mais uma mão se metesse entre as portas, Hugo teria caído na gargalhada, de tão absurdo.

O elevador começou a subir, mergulhando num silêncio constrangedor, mas Hugo passou a ver Jairo como uma benção disfarçada. Hugo esperava que João no mínimo tivesse a decência de não discutir na frente de uma terceira pessoa.

— Vai ter a decência, João? — perguntou Jairo.

Puta merda. Hugo tinha se esquecido dos poderes telepáticos inexplicáveis do recepcionista.

— Decência de quê? — disse João, de repente alarmado.

— De me pedir desculpas, né. Hugo me deixou falando sozinho, você quase me derrubou no chão. Tão indo pra onde com essa pressa toda?

— Pro inferno, aparentemente — respondeu Hugo.

Era só uma piada, mas se tornou realidade quando o elevador, ainda de portas fechadas, travou do nada no quinto andar e as luzes começaram a piscar.

— Ué — disse Jairo.

O minuto se arrastou, os três em silêncio. Hugo queria calar a boca para sempre, João só o encarava, doido para falar. Jairo começou a apertar todos os botões do elevador como se isso alguma vez na história da humanidade tivesse ajudado alguém numa situação parecida. Tentou o telefone de emergência, mas estava mudo.

— Gente, acho que estamos presos — disse ele, quando todas as luzes do painel se apagaram de vez. As do teto ainda piscavam, intermitentes.

Ai, porra.

Tudo que três pessoas podem fazer para escapar de dentro de um elevador emperrado, aqueles três fizeram. Jairo já estava sem voz pelo tanto que gritou por ajuda. João havia tentado arrombar a porta: primeiro com a perna, depois com o corpo todo. Tinha tentado abrir as portas com as mãos, mas havia sido esforço em vão. Hugo tinha procurado por saídas de emergência, mas nenhum painel de ventilação abria. Mesmo se abrisse, só um rato passaria por ali. O celular dos três estava sem sinal, foi a primeira coisa que Hugo verificou. Agora Jairo rezava baixinho, ajoelhado num canto do elevador, e talvez tivesse alguma sorte com Nossa Senhora. João batia de leve com a cabeça nas portas, resignado: não sairia dali por conta própria.

Hugo escorregou o corpo pela parede até o chão e se sentou. Estava com raiva de estar preso com aqueles dois porque a presença deles o forçava a tentar sair dali. Se estivesse sozinho, só ficaria esperando até que *alguém* lá fora abrisse a porcaria da porta. Alguém que ele não sabia quem era, mas tinha que ter alguém, né? Não era como se o elevador fosse ficar parado para sempre. Era só esperar, gente. Mas Jairo e João eram do tipo que gastava todas as energias lutando. Dez minutos depois e João foi para o chão também, onde Jairo já estava.

Hugo estava de frente para João, ambos com as costas em paredes opostas. Os pés quase se tocando. Jairo estava com as pernas esticadas, encostado na parede de fundo do elevador, olhando para a porta como se ela fosse se abrir a qualquer momento.

— Já era pra terem tirado a gente daqui — disse João.

— Será que sabem que estamos aqui? — perguntou Jairo.

— Tem câmera. — Hugo olhou para o ponto preto no teto. — Que eu não sei se tá funcionando ainda ou morreu junto com o painel.

— Era pra esse telefone de emergência estar funcionando, mas não tem ninguém ouvindo a gente. Como você pode estar tão tranquilo? — perguntou Jairo, os olhos bem abertos.

Hugo era incapaz de esconder vergonha, mas era mestre em disfarçar desespero. Por dentro estava se remexendo como um *ascaris lumbricoides* na hora do almoço. Só conseguia pensar no tempo precioso que estava perdendo longe do computador enquanto Rômulo e Greice conquistavam Verônica.

— Eu não tô tranquilo — disse Hugo. — Ficar sem resposta nenhuma é horrível, mas só resta esperar.

— Engraçado você dizer isso — interrompeu João, chamando a atenção dos dois. — *Ficar sem resposta nenhuma é horrível*. Muito engraçado.

Ah, então João seria irônico.

— Acha que consigo carreira no *stand-up*? — disse Hugo, porque odiava aquele *tom*.

— Você sabe muito bem do que eu tô falando — rebateu João.

— Não tenho ideia do que você tá falando.

Hugo sabia muito bem do que João estava falando.

— Você sabe muito bem do que o João está falando — disse Jairo, bem firme.

— *Jairo* — reclamou Hugo, surpreso e chocado. — Será que você pode *parar* com isso?

Pior do que estar preso no elevador com João era estar preso no elevador com João *e* um telepata. Tinha coisas que aconteciam no Rio de Janeiro que faziam Hugo querer voltar correndo para Fiofó do Oeste, até porque telepatas haviam sido banidos de lá em 1931.

— Deixa pra lá. — João suspirou. — Não era nada de importante mesmo.

— Era importante, sim — insistiu Jairo.

— Quê? — João franziu o cenho.

— Viu como é irritante? — disse Hugo.

— Eu não tenho culpa se a expressão corporal de vocês diz tudo! — exclamou Jairo.

— Jairo, acabei de pensar num número de um a dez, qual é o número? — disse Hugo, bem rápido, e pensou em oito.

— Oito — respondeu Jairo, sem nem hesitar.

— Acertou! — disse Hugo, apontando um dedo acusatório.

— Eu só chutei.

Jairo deu de ombros e Hugo não acreditou naquilo nem pelo segundo que demorou até João entrar no jogo:

— Estou pensando num número de um a dez, qual é?

— Hum... cinco? — respondeu Jairo, a boca franzida.

— Puta merda, tá certo — João deu um tapa no chão.

— Minha vez de novo — disse Hugo. — Em qual número de um a dez eu tô pensando?

Hugo pensou em sete.

— Acho que...

E, logo antes de Jairo responder, Hugo trocou para quatro.

— Não — disse Jairo, de repente, mais para si mesmo do que para os outros — Peraí. Acho que...

Hugo voltou pra sete.

— Ah, sei lá, que brincadeira idiota — reclamou Jairo, virando o rosto para a porta novamente.

Hugo pensou em nove.

— Dá pra parar de me encarar, Hugo? — pediu Jairo.

Hugo continuou encarando Jairo e pensando em nove *bem forte*.

— Dois! Pronto! Satisfeito? — respondeu Jairo.

Hum. Uma quebra de expectativas.

— Aposto que você errou de propósito, mas tudo bem — Hugo cruzou os braços.

— É que o João quer *muito* falar com você e não vou ficar aqui atrapalhando — Jairo se defendeu.

— Eu não quero *tanto* assim — João logo disse.

— Quer sim — insistiu Jairo.

— Olha só — Hugo começou a dizer. — Quando essas portas se abrirem, porque elas vão se abrir, vou sair daqui e trabalhar no Farol. Não quero conversar, não quero falar sobre nada disso aqui na Bunker.

— Qual é o problema de conversarmos aqui? Estamos num elevador. Tecnicamente não estamos na Bunker ainda — argumentou João.

— O Jairo está aqui! — reclamou Hugo. — Você não sabe esperar?

Se bem que Hugo sabia muito bem que João não era de esperar E NESTE INSTANTE, JAIRO IA ABRIR A BOCA PARA REPETIR EXATAMENTE O QUE ELE HAVIA PENSADO.

— Você sabe muito bem que o João não é de... — Jairo começou a falar.

— A-HÁ! — gritou Hugo, dando um pulo do chão. — Peguei você!

Todo mundo se assustou.

— Se o Jairo realmente lê mentes, então pra que esconder a conversa dele? — disse João, não muito impressionado. — Ele já sabe de tudo que eu quero falar.

Ele tinha razão, pensou Hugo.

— Gente, eu realmente quero deixar claro que *não leio mentes*. Ninguém tem razão aqui — disse Jairo, provando exatamente o contrário do que queria.

— Você vai ter que esperar — disse Hugo para João.

Aquilo era *De férias com o ex*, sendo que ninguém estava de férias e um deles lia mentes.

Hugo só precisava de tempo para processar tudo o que agora sabia sobre si mesmo. Nunca entenderia aquelas pessoas que se resolviam de um dia para o outro. Hugo era do tipo que era humilhado numa briga e só sete dias depois pensava na resposta *perfeita* para encerrar a discussão. Também era do grupo de pessoas que eram alvo de um comentário que na hora batia meio esquisito, mas só no mês seguinte entendiam que estavam sendo ofendidas. Imagina *compreender* uma nova orientação sexual, ainda mais considerando que Hugo tinha acabado de se formar no supletivo gay. João ia ter que esperar *sim*.

Por sua vez, João bufou e cruzou os braços, ainda no chão. Jairo deu de ombros. Hugo fechou os olhos e encostou num dos cantos do elevador, escorregando até o chão novamente.

— Jairo — disse João, um tempo depois. — Digamos que duas pessoas tenham ficado por alguns dias.

— Você vai *mesmo* fazer isso? — questionou Hugo, abrindo os olhos de supetão.

— Tô falando com o Jairo, que é a única outra pessoa neste elevador além de mim que está disposto a conversar.

— São dois homens, não são? — perguntou Jairo.

— Eu não vou participar disso. — Hugo voltou a fechar os olhos.

— Não interessa, Jairo, são duas *pessoas* — insistiu João.

— Tá bom. Mas uma é bem baixinha e a outra é alta, né? — perguntou Jairo.

— *Jairo* — João o fuzilou com os olhos, já se questionando se aquela era mesmo uma boa ideia.

Ainda de olhos fechados, Hugo queria que os dois calassem a boca. O ideal seria que o elevador caísse e os três virassem estatística.

— A história é a seguinte, Jairo: um dia, essas duas pessoas marcaram um date, um encontro super tranquilo na casa de uma delas, com filme, pipoca, uns beijinhos, parecia que estava indo tudo bem. Até que uma delas simplesmente encerra a noite *do nada*, vai embora e *bloqueia a outra* em tudo!

— Foi o menorzinho quem bloqueou o grandão, não foi? — perguntou Jairo, incapaz de sair do personagem.

— Foi — disse João e, logo em seguida, bateu com a mão na testa — Ai, merda. Escapou.

— Não consigo me controlar — respondeu Jairo, colocando as mãos na cabeça.

— Tanto faz. — João expirou. — O fato é que essa pessoa sumiu sem nenhuma explicação e agora não sei por que tá fingindo que nada disso aconteceu. E a outra ficou de *otária* porque achou que elas estavam tendo um lance legal desde o primeiro beijo até todos os que vieram depois, mas teve que ouvir um monte de papo-furado escroto.

Papo-furado escroto? Era assim que João via Hugo praticamente pedindo *socorro*?

— Não foi tão *escroto* assim. Eu nem falei nada de mais pra você! — Hugo desistiu da abordagem zen e se viu na obrigação de participar.

— Pera, então o João é a otária? — perguntou Jairo.

— Não! — João e Hugo responderam ao mesmo tempo.

— Porque pareceu — insistiu Jairo, franzindo o cenho.

— Ninguém desse elevador está nessa história — mentiu João.

Hugo quis gargalhar, porque Jairo, que com certeza tinha um terceiro olho místico no meio da testa, nem por um segundo compraria aquilo.

— A questão é que... — continuou João — o que você acha que a pessoa que meteu o pé *deve* para a que levou o pé na bunda?

— Ah, sei lá... no mínimo uma explicação? — ponderou Jairo.

— Acontece que *talvez*, nessa situação hipotética que o João inventou na cabeça dele, a tal pessoa teve um motivo pra ir embora e sumir. Um *bom* motivo.

— Mas é isso que estamos falando, que ela deveria *explicar* esse *bom* motivo — disse João. — Aliás, isso é o que ela deveria ter feito desde o começo.

— Viu? Esse é o problema. — Hugo estava sentindo o sangue subir. — Talvez a pessoa soubesse que ia rolar esse desejo *ardente* por respostas que ela não tinha até ontem.

— Mas ela tem agora? — perguntou João, na lata.

— Olha... eu acho que a pessoa teve que sumir porque... — Hugo tentou explicar.

— *Fugir* — interrompeu João.

— A pessoa teve que *sumir* porque ela não sabia o que tava rolando e tava difícil continuar — disse Hugo, sentindo pinicar o fundo de seus olhos. — Na hora pareceu certo. Ela tinha um motivo, mas não sabia colocar em palavras. Até ontem.

— Qual é o motivo então, Hugo? — perguntou João, ficando de pé. — Eu não aguento mais esperar.

— O meu motivo... — Hugo começou a dizer. O sangue subia, descia, ele estava com calor e frio, um exemplar vivo de As Crônicas de Gelo e Fogo.

— Eu sabia que vocês se pegavam! — comentou Jairo, com um sorriso no rosto.

— Cala boca, Jairo — disseram João e Hugo em uníssono.

— Foi mal.

— O meu motivo é que... — recomeçou Hugo. — Eu... o motivo é que... tipo, eu meio que... sou...

Era um inferno Hugo não saber se estava pronto para se definir. Tinha descoberto novas palavras *no dia anterior*, mas ali, no presente, longe dos fóruns em que pesquisara, parecia que tinha inventado a assexualidade.

— Eu sou...

Hugo teve a mais ínfima das esperanças de que Jairo fosse, magicamente, completar a sentença por ele. Mas isso não aconteceu, e a frase saiu aos trancos.

— Eu sou assexual. Acho — disse, por fim — É isso. Não sabia disso quando comecei a ficar com você. Sempre achei que tinha algo de errado comigo nesse departamento, mas nunca liguei muito pra isso. Me relacionar com você trouxe tudo isso à tona. Mas agora *sei* que não tem nada de errado comigo, só sou... diferente.

Silêncio pesado não era a resposta que Hugo estava esperando, mas era melhor do que gente rindo dele.

— Assexual... — disse João, como se saboreasse uma comida pela primeira vez.

— Por isso que travei na hora em que... sabe... — disse Hugo. — Só... precisava de mais tempo pra me entender melhor. Foi por isso, João.

João cruzou os braços e Hugo ficou encarando com expectativa.

— Mas então, se você é assexual... você, tipo, pretende ficar sozinho? É isso que está dizendo que entendeu?

— Não! — Hugo se apressou em dizer. — Não tem nada a ver. Li muito sobre isso e de fato existem assexuais que preferem ficar sozinhos, mas eu... não acho que seja o meu caso.

— Hugo, mas como que... se você nunca vai... — disse João, e dava para ver em sua cara a confusão. — Você sabe. Se você nunca tem vontade de... como que a gente, quer dizer, qualquer pessoa e você vão...

João estava *lutando* para não dizer as palavras óbvias, mas Jairo finalmente usou seu poder para o bem.

— Pera, *transar*? — perguntou Jairo.

João assentiu, vermelho pela primeira vez em anos, provavelmente.

— Cara, assexuais fazem sexo também — explicou Jairo. — Tipo, alguns. Eu já vivi isso, meu ex-namorado era assexual.

— Sério mesmo? — perguntou Hugo, incrédulo.

— Mas então o que faz uma pessoa ser assexual? — João retomou o assunto, olhando de Jairo para Hugo, voltando o olhar para Jairo.

Hugo tinha tido aquele mesmo questionamento antes de virar a noite pesquisando. Era mesmo querer demais que as pessoas entendessem a assexualidade assim de cara, o assunto ficava muito restrito a bolhas da internet e, a passos de formiguinha, estava chegando ao grande público. Nem Hugo entendia ainda.

Em Fiofó do Oeste, entenderiam mais fácil dois homens se beijando do que um que não queria transar tanto assim.

— É mais sobre *sentir* atração sexual do que fazer sexo — respondeu Jairo. — Tem mesmo uma curva de aprendizado, e namorar um assexual não sendo um exige certa bateção de cabeça...

— Então vocês terminaram porque ele era assexual e você não? — Hugo teve que perguntar. Essa pergunta estava se formando dentro dele e não aguentava mais esperar para ganhar vida.

— Nada, ele tinha uma banda de rock autoral.

João deu risada, mas Hugo continuou gelado por dentro, sem conseguir juntar lé com cré.

— Era a pior banda que eu já vi na vida, não aguentava mais ter que fingir que tava amando o trabalho dele.

— É um bom motivo — disse João.

— Se não for uma disparidade muito grande e os envolvidos tiverem um pouco de boa vontade, dá para decidirem ficar juntos. É o que eu acho, pelo menos — completou Jairo.

Não apenas não tinham rido da cara dele como agora as palavras de Jairo esquentavam o coração de Hugo. Ele estava se sentindo menos um peixe fora d'água do que quando tinha entrado no elevador.

— É, eu não tive a chance de decidir por mim mesmo — reclamou João, lançando um olhar um tanto frio para Hugo.

— Eu não sabia, João — Hugo se defendeu. — Achei que eu tivesse algum defeito, ou estivesse doente, sei lá. Foi horrível, porque gosto muito de você, mas lá, na hora, fiquei confuso.

— Achei que você estivesse me rejeitando.

— Eu estava *me* rejeitando. Nunca faria isso com você — disse Hugo, todo dolorido por dentro.

Como rejeitaria João Bastos, com aquelas unhas imaculadas, o sorriso travesso e as alfinetadas sem fim?

— Você me bloqueou, Hugo. — João agora olhava diretamente para ele. — Sabe o quanto fiquei na merda achando que tinha te forçado a alguma coisa? Ainda falou um monte sobre eu ter transado com fulano e ciclano, como se eu fosse imundo. Sobre eu ser *esse tipo de gente*. Que merda foi essa?

Meu Deus, saindo da boca dele, as palavras soavam muito mais pesadas.

A expressão corporal de João era um padrão que Hugo conhecia bem. Os olhos bem abertos, aquele castanho quase âmbar o encarando como dois buracos negros. Os lábios cheios, os ombros largos, o peito se abrindo. João era uma supernova em expansão.

— Eu fico com quem eu quero e também quer ficar comigo, e daí? Isso é crime agora? Aí vem você falando que a gente é *diferente* bem naquela hora, como se você fosse o certinho que não pode se meter comigo. Eu sou rodado demais pra você? Peguei homens demais pra passar no seu crivo? Não fode, Hugo! Te tratei do melhor jeito que pude, mas mesmo assim você fez eu me sentir um lixo.

Hugo sentia que era injusto estar se entendendo assexual e ter que lidar com intimações dessa intensidade ao mesmo tempo. Por outro lado, estava destruído só de imaginar João sofrendo o dia inteiro com isso. Em nenhum momento tinha parado para pensar que João tinha suas próprias dores. Era palpável o cuidado que tinha com Hugo quando estavam juntos. João sabia de Fiofó do Oeste, como Hugo tinha sido criado, tudo o que ele tinha deixado de viver como gay, tudo o que ainda precisava descobrir por si próprio. Hugo nunca tinha sido forçado a nada. João sempre estivera ali, pegando na mão dele com paciência, mesmo quando Hugo se sentira ridículo ao extremo por nunca ter beijado na boca. Hugo sempre via João como um homem grande, independente e autossuficiente.

Mas era óbvio que por trás da altura e da independência existia uma pessoa.

— João, eu... sinto muito. — Hugo choramingou ao dizer aquelas palavras. Queria ter dito aquilo muito tempo antes, deixado claro que gostava do fato de João estar tão na dele, de se importar de verdade com ele, frisar que os sentimentos eram recíprocos... mas agora parecia tarde demais.

— Não sente nada, você não tem ideia — continuou João. Se estivesse sozinho no elevador, aquele seria um bom momento para ele cair no fosso e deixar de existir. Puta merda. Os efeitos em João tinham sido bem piores do que Hugo imaginara. E saber que *ele* havia causado *aquilo*...

— Não tenho como te dizer que não tô machucado. Aconteceu e me atingiu, *sim*.

— João... — Hugo tomou coragem para dizer. — Eu só queria que a gente voltasse do começo. Como se nada disso tivesse acontecido.

— Pelo amor de Deus, Hugo! É o que estou te dizendo: não posso ignorar como me senti. Você teve seu tempo pra se descobrir, parabéns pra você, mas eu também preciso de tempo pra digerir isso tudo.

— Você... tá certo.

Hugo não podia esperar mais que isso. Queria que João o pedisse em namoro agora, no meio daquele caos? Queria. Mas não ia acontecer. Até porque isso não era historinha de criança com final feliz, era a porcaria da vida real, Hugo, seu merda.

— Poxa, eu queria tanto que vocês voltassem — Jairo se permitiu dizer.

Hugo abaixou a cabeça, contendo uma *onda* que veio por trás de seus olhos. João apenas encarou Jairo.

— Calei minha boca. Eu nem estou aqui.

E foi nesse segundo que a energia do elevador voltou. Com um solavanco que assustou os três, o elevador se movimentou e subiu pelo vão. As lâmpadas pararam de piscar e o painel dos botões se acendeu. Foi parando em cada um dos quatro andares acima deles até a Bunker porque Jairo, no desespero, tinha mesmo apertado todos os botões. Pelo amor de Deus. Os três se levantaram e pularam fora na primeira oportunidade, quando a porta se abriu no nono andar.

Hugo viu as portas se fecharem, torcendo para que aquele peso enorme que havia saído dele tivesse ficado ali, fosse lá para baixo e nunca mais voltasse.

— Eu nem acredito que estamos livres! — disse Jairo, quase se jogando e beijando o chão de granito.

Hugo estava acabado, mas mais por ter sido atropelado por João do que por ter ficado preso por quase uma hora.

— Eu tô com muita raiva, Hugo. Me dá um tempo, tá? — disse João Bastos, de repente.

Hugo daria a ele todo o tempo do mundo se isso de alguma forma fosse diminuir as feridas que tinha causado no cara que, agora se dava conta, ele amava.

A manhã tinha passado feito um borrão, com Verônica bem em cima dele querendo resultados do Farol — para compensar o tempo perdido no elevador, como se fosse culpa dele —, Norma falando com aquela boca mole alguma coisa que ninguém ouviu, rios de cafeína goela abaixo, provavelmente uma úlcera estreando no estômago e uma crise de ansiedade que veio e passou sem distrair Hugo, que seguia ocupado demais pensando em João Bastos.

Hugo não sabia o que fazer, agora que tudo estava em pratos limpos, mas... bom, decidiu almoçar.

Talvez tivesse ido ao lugar errado, porque o Ranga & Chora tinha sido apresentado por João, e naquela mesma mesa ele havia dito que Hugo era lindo, o que era impossível de esquecer. Tudo o lembrava de João ali. Até a cartelinha de sobremesa.

Hugo raspou, confiante.

Ganhou duas fatias de pudim.

Mas ficaram com o gosto salgadinho da lágrima que ele deixou cair.

25. Especial igual a todo mundo

Não viu João Bastos a semana inteira. Nas poucas vezes em que os criadores tinham tido problemas técnicos, JB resolvera remotamente. A tecla R do computador de Hugo tinha morrido e ele falecia um pouquinho também toda vez que mandava um e-mail para "ômulo", "Geice" e "Veônica", mas isso ainda era melhor do que ter que pedir um teclado novo. Esperar o tempo que João havia pedido já doía bastante, mas ter perdido a amizade, as conversas honestas e as risadas fáceis parecia tão errado que Hugo queria criar uma máquina do tempo para voltar ao passado e consertar tudo. Talvez fosse seu próximo aplicativo. *Remember*: viagem no tempo para corações partidos ou para gente trouxa que quer voltar com ex.

O Farol já estava praticamente pronto. Rômulo e Greice estavam finalizando os últimos ajustes que Verônica havia pedido, e Hugo só precisava garantir que *ele* — e mais ninguém — seria o único rosto a aparecer na Vitrine da Elite. Verônica teria que dar o braço a torcer, mesmo com Greice sendo "assertiva" e Rômulo "resolvendo problemas". Hugo era o favorito, só precisava continuar sendo. E era por isso que agora invadia a penumbra da Bunker Tecnologia em pleno feriado, enquanto os outros provavelmente curtiam praia, churrasco, família, amigos e outras coisas mundanas. Só ele tinha a chave dourada que abria todas as portas da empresa. *Isso significa que você vai poder entrar aqui quando quiser*, Verônica havia dito. Agora parecia um bom momento para estrear esse poder, até porque não queria ficar em casa com Agnes e Jamille buzinando no ouvido dele, além de ouvir sem parar a voz de João Bastos pedindo um tempo e de sua própria voz questionando se ele era *mesmo* um gay assexual. E, se fosse... meus pêsames.

Passou pela recepção vazia, com o ar-condicionado desligado e todas as luzes apagadas. Seguiu pelo corredor da Vitrine da Elite, ouvindo apenas os próprios passos. *Essa é a sua casa, querido. Meus parabéns.* Hugo inseriu a chave dourada na porta dos criadores e o som da porta se abrindo foi extremamente satisfatório. *Ele* tinha a chave, só ele. *Ele* tinha o poder. *Ele* era o cabeça, o favorito, o que ia trabalhar três vezes mais do que todos e provar o próprio valor. Hugo voltou a trancar a porta com um sorriso no rosto.

Mas Greice já estava na sala.

Trabalhando.

— Greice?!

Hugo estava em choque. Como ela...? Isso era humanamente impossível. A menos que...

— Você *arrombou* a Bunker? — acusou Hugo.

— Me diz *você*, Hugo — respondeu Greice, na defensiva, a postura corporal de uma cobra. — Como *você* entrou aqui?

— Pela porta.

— Eu também.

Verônica tinha pedido a ele para não contar aos demais sobre a chave para não criar ciúmes nem ficar muito na cara que ele era o queridinho dela, então não seria agora que revelaria o segredo.

— Greice... não era pra você estar aqui. A Bunker não abre nos feriados — disse ele.

— Só que você está aqui, né?

— Mas eu posso.

— Por quê?

Hugo quase disse. Lembrou-se de quando Greice cuidava deles até quando não precisava. Agora, ela parecia alguém que colocaria o pé na frente para Hugo cair. Ficou sustentando o olhar ferino de Greice por tempo indeterminado até que ambos ouviram a porta se abrindo novamente e uma voz indignada:

— Ah, vocês tão de caô pra cima de mim!

— Rômulo?! — Greice e Hugo disseram juntos.

— Vocês entraram pela janela ou dormiram aqui de ontem pra hoje, porra?

— *Eu* entrei pela porta — insistiu Greice.

— E você? — perguntou Hugo.

Rômulo titubeou um pouco, mas depois suspirou e passou a mão no rosto.

— Se liguem — disse ele. — Eu não deveria contar isso pra vocês, mas... tenho a chave desta sala. A Verônica me deu de presente... pelo meu bom trabalho e tal. Não é nada contra vocês, claro, vocês também trabalham, é só que eu me sobressaio, né.

Hugo quis rir da última frase por pura incredulidade, mas tudo que tinha vindo antes dela levara sua alma para o mais profundo dos infernos. Aquele lugar para onde iam apenas aqueles que ouviam música sem fones de ouvido no ônibus. Rômulo tinha uma chave idêntica à dele. RÔMULO TINHA UMA CHAVE!

— Querido, *você* se sobressai? — questionou Greice, pronta para o bote. — Então por que eu também tenho essa chave?

Greice abriu a bolsa de utilidades com itens de emergência que poderiam salvar a vida dela em qualquer acidente no ambiente de trabalho, num passeio no parque ou numa sessão de alpinismo no Everest. Tirou de lá de dentro mais uma chave dourada. Hugo estava prestes a ter um colapso.

— Vocês *roubaram* a minha chave? — acusou.

E tinham feito cópias. Era a única explicação plausível.

— Acorda, Hugo. Eu ganhei essa chave de presente da Verônica, tá? — explicou Greice. — Pela minha contribuição ao Farol. Sem mim esse troço jamais sairia do papel, e a Verônica sabe disso. Por isso que sou a favorita!

— Não tem como você ser a favorita se eu também sou! — exclamou Hugo.

— Não se esqueçam de mim — pontuou Rômulo.

Tanto Greice quanto Hugo haviam se esquecido dele.

— Isso não pode estar certo — disse Greice.

— E se a gente tirasse no zerinho ou um? — perguntou Rômulo, parecendo legitimamente animado com a ideia.

— Não se trata do título de favorito ou favorita! — gritou Hugo, exasperado.

— Mas ele é meu — insistiu Greice.

Hugo não conseguia seguir em frente no raciocínio, porque se sequer cogitasse que Greice ou Rômulo talvez fossem, de fato, os favoritos, então Verônica estaria *maluca*. E o futuro dele em pedaços.

— A Verônica... mentiu pra gente? — disse ele, mais para si mesmo do que para os outros.

— Ela nunca faria isso, e você sabe — respondeu Greice.

— Talvez cada um de nós tenha sido o favorito dela num momento diferente. Só temos que descobrir quem foi o *primeiro* favorito — disse Rômulo.

— Ou o último — completou Hugo.

— Vamos tirar no palitinho, então? — insistiu Rômulo.

Greice e Hugo responderam ao mesmo tempo:

— *Não*.

Uma mãe não deveria escolher entre os próprios filhos, mas, uma vez que já tinha escolhido, Hugo estava indignado de não ter a certeza de que era o nome dele que Verônica diria quando fosse anunciar o novo rosto da Vitrine. Três chaves, pelo amor de Deus! Ser especial era incrível, mas especial igual a todo mundo era menos agradável.

Rômulo e Greice também não pareciam muito felizes. Depois de encarar a cara de bunda deles por pouco mais de uma hora, Hugo tinha desistido de fazer o feriado render. Já era fato consumado que não tinha tesão para fazer um monte de coisas, mas nem para trabalhar era mesmo o fim. Juntou suas coisas, despediu-se dos colegas e se encaminhou para a recepção.

Queria pôr Verônica Rico contra a parede. Que ela se explicasse, porque *com certeza* teria que ter uma boa explicação para esse desaforo. Hugo vinha se achando por cima da carne-

-seca esse tempo todo enquanto os outros dois estavam com o ego inflado por fazerem o mínimo. E isso era *tão injusto*. Não queria mais conversar com Verônica, queria gritar com ela.

— Você não aguenta a Verônica, né? — perguntou Jairo, tirando de fato um grito de Hugo por causa do susto.

Hugo nem tinha se dado conta de que estava na recepção.

— Eu nunca disse isso!

Ai, meu Deus. Tinha sido pego em flagrante falando mal da líder.

Pensando mal dela.

— Nem precisa, né, Hugo? É só olhar pra você — disse Jairo.

Gente, era tão evidente assim que Hugo estava soltando fogo pelas ventas? Jairo não estava em sua posição habitual, atrás do balcão da recepção. Estava de pé, próximo à porta, encarando uma das paredes. Segurava uma escada articulada com uma das mãos e um rolo enorme na outra.

— Eu não tenho *nada* contra a Verônica — respondeu Hugo, na defensiva.

— *Contra* a Verônica? Do que você tá falando, homem? — perguntou Jairo, com cara de confusão.

Era a primeira vez que Hugo sentia que Jairo realmente não sabia de alguma coisa.

— Ué. — Hugo refletiu e parou, antes que falasse alguma besteira. — Do que *você* está falando?

— Da Verônica Rico. Mas essa daqui.

E desenrolou o banner gigante que tinha em mãos.

Era uma foto profissional de excelente qualidade de Verônica sorrindo, vestindo um terninho caro e sob medida, ao lado de um logo da Bunker.

— Você não aguenta, né? É meio pesado e eu preciso pendurar ali em cima — disse Jairo, apontando para um ponto no alto de um quadro verde.

Isso explicava tudo.

— Pode segurar a escada pra mim? Está meio bamba — pediu.

Hugo, então, segurou a escada para Jairo subir, mas o óbvio o incomodava.

— Jairo, como você entrou aqui?

— Ah, a Verônica me deu uma chave. Sou o recepcionista favorito dela.

Uma chave dourada estava sobre a mesa de Jairo. A Bunker tinha um problema sério de segurança. E Hugo, um problema sério de *raiva*. O recepcionista subiu alguns degraus e se apoiou no quadro onde ia pregar o banner. Aquele cabeção da Verônica era mesmo maior do que Hugo inteiro. Jairo prendeu o banner na parede com as duas mãos, o que fez a escada ranger.

— Hugo, pega as tachinhas pra mim. E cuidado com essa escada, pelo amor de Deus.

— Tachinhas vão aguentar? — perguntou Hugo.

Era um banner realmente enorme. Ia precisar de umas duzentas tachinhas.

— É o que eu tenho. Estão no meu bolso. Pega umas dez na caixa — disse Jairo, sobre a escada e com as duas mãos nos cantos superiores do banner pressionando-o contra a parede.

Hugo continuou segurando a escada com uma das mãos e, com a outra, esticou o corpo um pouquinho para pegar a caixa no bolso esquerdo da frente da calça do recepcionista. Jairo usava uma calça social com um bolso bem largo, então Hugo não teve problemas para alcançar. Achava que era intimidade demais colocar a mão no bolso de alguém assim, mas até aí tudo bem. Tateou pela caixa, mas a caixa não veio.

— Hugo, o que você tá fazendo? — gritou Jairo, o banner já despencando num dos lados. — É no *outro* bolso!

Hugo meteu a mão no bolso que faltava e achou a caixa de tachinhas. Abriu, contou dez e entregou.

Um Jairo vermelho e ofegante foi pregando tachinha por tachinha.

— Tá tudo bem? — perguntou Hugo, vendo que o recepcionista descia da escada desviando o olhar, as bochechas coradas.

— Tirando o fato de que você acabou de pegar no meu pau, tá sim — sussurrou Jairo.

O berro que Hugo deu foi ouvido lá da sala dos criadores.

O sol do Rio de Janeiro estava particularmente impiedoso naquele feriado, e voltar para casa no meio da tarde talvez não tivesse sido uma ideia tão boa. Hugo desceu do ônibus lotado em Vila Isabel com a roupa tão amarrotada quanto seus pensamentos. A camisa tinha mudado até de cor enquanto o tecido agarrava em suas costas encharcadas de suor. Hugo sentia o peso de outras coisas agarradas em suas costas também.

Descobrir que *todo mundo* na Bunker tinha uma chave dourada tinha ligado pela primeira vez o alerta vermelho de que talvez ele não fosse conseguir tudo o que queria. Não era o favorito de verdade, não sabia se sequer estava mesmo concorrendo à Vitrine da Elite. Sim, entregaria o Farol, mas e depois disso? Seria promovido? Viraria líder de algum projeto grande, pelo menos? O Farol, inclusive, poderia ser um fracasso. Hugo amava o algoritmo que tinha criado, uma inteligência muito superior que conseguia identificar perfeitamente pessoas que combinavam. Ajudaria tanta gente solitária! Pessoas que estavam havia anos procurando pela alma gêmea finalmente a encontrariam. O povo ficaria feliz e a moral de Hugo iria lá para cima. Mas não existia garantia para o sucesso.

De que teria valido sair de Fiofó do Oeste e lutar tanto para fracassar justo agora? Antes nem tivesse saído. Porque os pais de Hugo e todos os vizinhos esperavam que ele voltasse com o nome feito. Com dinheiro, independência, fama, um carrão. Seu primo Murilo tinha feito isso e virado um *deus* em Fiofó do Oeste. O orgulho da cidade.

Se Hugo tivesse ficado em casa e deixado de sonhar tão alto, não teria passado por tantos constrangimentos, nem dito aquelas coisas terríveis para João Bastos, porque não o conheceria, nem saberia como era beijar outro homem na boca ou todos os outros altos e baixos de entender a própria sexualidade.

E Hugo *nem sequer entendia* direito o que era a assexualidade. Ainda era um bicho raivoso que, por acaso, tinha aparecido em seu quarto, que mordia, arranhava e rosnava, que Hugo não tinha nem ideia de como começar a amansar. Tinha saído de Fiofó para buscar sucesso, mas tinha encontrado fracasso e solidão.

Quando chegou em casa, encontrou Agnes puta.

— *Agora* você aparece? — disse ela, largando de qualquer jeito no chão da cozinha três ecobags lotadas de produtos.

— Eu tava na Bunker.

— Claro que tava, né, Hugo. *Num feriado.* Era pra ter ido na porra do mercado comigo! A gente combinou, lembra?

Ai, não. Era verdade. Hugo tinha garantido que estaria livre. Jamille tinha pedido para ficar de fora dessa vez porque já estava na reta final dos estudos, a prova em cima, e em compensação tinha lavado o banheiro, arrumado a casa e botado a roupa de todo mundo para lavar. O mercado era responsabilidade de Hugo e Agnes. Mas agora Agnes já tinha carregado as compras todas sozinhas com seus brações de crossfit.

— Esqueci completamente, me desculpa — disse ele. — Você tentou me ligar?

— Como se você atendesse o celular quando não é sua chefe ligando. Eu te mandei um milhão de mensagens.

— *Juro* que ia com você, mas é que fui dar um pulo no trabalho porque...

— Hugo, você *sempre* precisa dar um pulo no trabalho — cortou Agnes. — E eu entendo isso, a gente releva um monte de coisa uns dos outros. Mas a gente mora junto, não mora? O fato de você trabalhar não pode ser desculpa pra não ajudar em nada aqui dentro. Eu trabalho também, porra, e daí?

Não tinha argumentos para participar da briga naquele momento. Talvez dali a sete dias, depois de ele ter repassado todas as palavras ditas e encontrado a resposta *perfeita* para calar a boca de Agnes. Mas por hora ela tinha razão. O problema era que a Bunker exigia tanto dele que, se ele não se entregasse de corpo e alma, ficaria para trás. Era isso o que ele queria que Agnes entendesse, mas não tinha fôlego para explicar, não depois de ter caído do posto de favorito de Verônica.

— Tá bom, Agnes — disse Hugo, firme. — Não quero discutir com você agora.

— Então deu azar, porque eu quero.

— Você não pode me obrigar.

Agnes saiu da cozinha e se pôs na frente dele no corredor da entrada, de braços cruzados. O único jeito de Hugo passar seria apelar para a luta corpo a corpo, apesar de o resultado ser óbvio.

— Tá, você pode me obrigar — admitiu. — Mas, caramba, já pedi desculpas. Me perdoa, tá? Não vai acontecer de novo, prometo.

— Ultimamente tá parecendo que você mora mais lá do que aqui.

— Você sabe que eu *preciso* estar lá. A gente tá fazendo uma coisa que ninguém fez antes e, se a gente não for rápido, outros vão passar na nossa frente.

— Hugo, esse trabalho tá mudando você. Pelo amor de Deus, *acorda*. Que desespero é esse em fazer dinheiro pra uma empresa que já é rica?

Era isso que acabava com ele. Agnes não entendia que nem tudo era sobre dinheiro.

— Você sabe o que esse trabalho significa pra mim — insistiu ele.

— Tá, mas que horas você saiu de lá ontem? Onze horas? Meia-noite?

Duas da manhã, para ser mais exato, mas Hugo não quis dizer em voz alta.

— Aposto que sua chefe já estava na cama muito antes disso. Você não precisa dar o *sangue* por uma empresa.

— *Líder*. E a Bunker paga hora extra, sabia?

— Dá pra entender por que o slogan deles é "nosso interesse é você". O interesse deles é que *você* seja o otário que vai trabalhar feito um condenado pra encher o rabo de todo mundo de grana lá dentro.

— Agora você tá me ofendendo de graça.

Hugo não tinha saído de Fiofó do Oeste para ser chamado de otário assim. Já não bastava tudo ser tão *difícil*, ainda tinha que aguentar Agnes, como sempre, fazendo chacota de tudo?

— Não tô falando isso pra ofender *você* — disse ela, mas berrando. — Sei que você ama trabalhar e que sonha grande, mas não acha que existe pelo menos uma pequena possibilidade de essa Verônica Rico estar explorando vocês? Antes de essa mulher chegar você tinha tempo pra ir ao mercado, lavar o banheiro e passear.

Mas Verônica era uma mente superior! Tinha um currículo de sucesso imenso. Salvar a Bunker era praticamente um favor que ela fazia por todos eles.

— *Explorando*? A Verônica se importa tanto com o projeto quanto a gente, Agnes. É isso que a gente faz, nós construímos ideias pra mudar o mundo.

— Ela demitiu praticamente todo mundo que trabalhava com você, não contratou mais gente e mesmo assim não aumentou o salário de ninguém. Quem tá fazendo o trabalho dos demitidos? Você não tá trabalhando cinco vezes mais por causa do seu potencial ou sei lá o quê, isso tá acontecendo porque você é cinco vezes mais barato que um time inteiro.

— Eu sou capaz, eu realmente *posso* fazer isso.

— Mas será que deveria? A mulher te liga de noite, no domingo, no feriado. Fez todo um jogo psicológico pra jogar vocês uns contra os outros e, pelo amor de Deus, quase matou todos vocês num incêndio! Tô vendo que ela se importa com o projeto, mas não entendo como isso seria o mesmo que ela se importar com você.

Não deveria ter contado tudo para Agnes. A fé de Hugo em Verônica Rico agora também não andava lá grandes coisas, mas talvez já tivesse ido longe demais para desertar. Verônica era Deus, mas o Deus do Antigo Testamento, e Hugo tentava pregar a palavra tendo que fazer vista grossa. Os métodos dela eram mesmo... agressivos, mas funcionavam.

— Talvez seja *você* que não entende como uma empresa

grande e organizada funciona — acusou Hugo. — A Verônica estudou nos Estados Unidos e trouxe o aprendizado dela pra cá, eu já te expliquei isso. Claro que causa um pouco de estranheza, mas é isso que faz ela ter sucesso e salvar todas as empresas que assume.

— *Onde* nos Estados Unidos, porra? Nos esgotos de Nova York?

Discutir com Agnes era como discutir com uma porta. Verônica só botava as pessoas para trabalhar em prol do bem maior, mas Agnes não entendia isso.

— As pessoas *evoluem*, Agnes — disse Hugo, já exasperado. — É normal querer estudar, crescer, se desenvolver. Você parece que não enxerga isso porque tá acomodada no seu emprego, que você diz o tempo todo que é horrível. Por que não sai de lá, então? Vai estudar, ué, manda currículo, faz um curso, sei lá, corre atrás. Agora, só porque *eu* levo meu trabalho a sério, estou errado?

Talvez já tivesse falado demais, mas, quando viu que Agnes ia rebater, falou ainda mais alto a primeira coisa que passou por sua cabeça:

— Você que tá certa, né, ganhando uma mixaria e ouvindo desaforo de cliente todo dia!

Agnes abriu a boca com o queixo no chão, chocada. Hugo sentiu a facada que ele mesmo havia dado.

— Não foi isso que eu quis dizer — completou ele, mesmo sabendo que já era tarde demais.

Agnes se limitou a balançar a cabeça.

— Esse é o seu problema, Hugo — disse ela, depois de uns segundos. — Essa desgraçada fica dizendo todo dia no seu ouvido que você é melhor do que todo mundo, que o trabalho de vocês vai mudar o Brasil e essas merdas todas e aí você vai lá e acredita. Você não é melhor que eu, nem é melhor que a Jamille, que tá desempregada. Não é melhor que *ninguém*. Porque não é o seu trabalho ou o quanto você ganha que te faz maior, é quem você é. E agora, pra mim, você é um merdinha esnobe.

— Agnes...

277

— Eu ouço desaforo todo dia sim, meu chefe é um cuzão, eu ganho mal e nunca mudo o mundo, mas, quer saber? *Foda-se*. Eu vou lá, pego o meu dinheiro, gasto com o que eu quero, namoro quem eu quero, tenho meus amigos, cuido da minha casa e preferia tomar um tiro na cara do que me vender assim que nem você. Eu *não* quero chegar onde você chegou. *Não* tenho inveja de você. Eu tenho é pena.

Não tinha sido uma luta corpo a corpo, mas Hugo foi a nocaute. Agnes saiu pisando forte sem nem olhar para trás. Passou pela sala, entrou no quarto. Hugo tentou ir atrás dela, mas desistiu quando a viu bater a porta bem forte.

Abrindo a porta do próprio quarto, Jamille o encarava com os olhos arregalados e a boca semiaberta. Hugo suspirou. Esperava que Jamille, pelo menos, fosse vir com as palavras certas. Um conselho, um sermão carinhoso, ou que talvez ela dissesse que Agnes era difícil mesmo e que ela entendia por que ele fazia o que fazia.

Mas Jamille continuou sem dizer nada.

Desviou os olhos e voltou a fechar a porta, como se ele nem estivesse ali.

26. Antes mulher, agora tubarão

Agnes não estava mais falando com ele.

Hugo arriscara um "bom dia" quando a encontrara na cozinha mais cedo, mas Agnes tinha passado por ele como se ele fosse invisível. Hugo queria pedir desculpas porque não aguentava continuar em conflito nem com um mosquito, embora soubesse que tinha falado demais.

Você que tá certa, né, ganhando uma mixaria e ouvindo desaforo de cliente todo dia.

Meu Deus.

Mas Agnes também tinha dito poucas e boas que, na verdade, tinham sido muitas e horríveis. Hugo tinha achado o tom dela um tanto injusto com ele, Verônica e a Bunker.

Porque era verdade que Hugo ainda estava chateado com as chaves douradas que *todo mundo* tinha na Bunker e, desde que Verônica chegara, estava trabalhando feito um jegue para dar conta de tudo, mas...

Não *tenho inveja de você. Eu tenho é pena.*

Hugo sabia que seus pais e qualquer outra pessoa em Fiofó do Oeste diriam que ele estava seguindo o caminho certo, mas foi no ônibus para a Bunker que Hugo pensou na possibilidade de Agnes ter pelo menos um pouquinho de razão. Porque Agnes acertava até quando errava.

Você não é melhor que eu, nem é melhor que a Jamille, que tá desempregada. Não é melhor que ninguém.

Hugo queria explicar que não se achava melhor do que os outros, que só queria... ser melhor do que ele mesmo. Todo mundo merecia ter a vida tranquila que desejasse, todo mundo era digno de amor, paz e felicidade. Exceto ele, claro. Para Hugo, só existia o fazer por merecer, porque com ele sempre fora assim e para sempre seria.

Por isso os métodos de Verônica mexiam tanto com ele. As promessas, as métricas, os elogios. A competição acirrada. Hugo podia se esforçar e provar que o sucesso era dele por direito.

Ela quase matou todos vocês num incêndio.

Tá, tudo bem, as coisas vinham sendo meio caóticas, mesmo. Imprevisíveis, até, uma pressão constante, mas isso era um mal necessário para salvarem a falecida Gira-Gira Sistemas. Todo mundo sofrendo um pouco pelo bem maior. Não era como se Verônica quisesse *destruir* a equipe. A quem interessaria ver os funcionários cansados, desmotivados, sem nenhuma vontade de trabalhar por caírem doentes pelos cantos? Quem se beneficiaria com funcionários insatisfeitos? A Bunker voltaria à estaca zero se a equipe fosse embora. Se Hugo, Greice e Rômulo pedissem demissão ao mesmo tempo, Verônica estaria arruinada. Era por isso que ela cuidava deles como uma mãe. Incentivando, provando que eles podiam ser melhores e, às vezes, educando-os. Do jeito maluco dela, mas educando.

— Acho que meu mouse morreu — reclamou Greice, batendo o mouse na mesa para ver se dava uma ressuscitada.

— Não perde tempo, pede um novo pro JB — aconselhou Rômulo, sem tirar os olhos de seu monitor.

Hugo aprenderia a mover o cursor com o teclado se fosse o mouse dele que tivesse parado de funcionar.

— Lindinhos, vou aproveitar este momento para anunciar uma grande novidade — disse Verônica, que naquela manhã estava na sala com eles, supostamente para dar apoio moral.

Hugo estava se sentindo particularmente sem apoio. Estava mais para jogado no abismo depois que o chão que sentia embaixo dos pés havia se partido. De uma forma figurativa. Ainda ouvia a voz de Agnes buzinando no ouvido dele, então, quando Verônica disse *grande novidade*, Hugo se repreendeu por ouvir *mais uma tragédia*. De alguma forma sabia que seria mais um "desafio pessoal" ou uma "oportunidade de crescimento", mas Hugo talvez não quisesse mais ser desafiado, e a única oportunidade que gostaria de agarrar era a de dormir o dia todo enrolado num edredom.

— O JB não faz mais parte do nosso quadro de talentos — informou Verônica.

O quê? Hugo ficou de pé como se tivesse sentado num alfinete.

— O departamento de infraestrutura que atendia vocês foi finalizado porque vocês são tão competentes e independentes que não precisam de intermediários para resolver os próprios problemas.

Hugo não queria acreditar que estava ouvindo direito. JB não estava mais entre eles? *João* tinha ido embora?

— Você tá dizendo que *demitiu* o João? — perguntou.

— Estou dizendo que acabei de dar a um talento a chance de buscar novos horizontes — respondeu Verônica, sorridente.

Onde antes Hugo via uma mulher muito feliz, agora enxergava um tubarão.

— Essa é a... grande novidade? — questionou Rômulo, mas cheio de dedos.

— Não é incrível? — respondeu Verônica. — Vocês são a primeira equipe multitarefas da Bunker! Desenvolvimento, banco de dados, design, testes, qualidade, atendimento ao cliente e, agora, infraestrutura! Parabéns, queridos!

Estavam herdando o trabalho de JB quase que no sentido literal, porque Hugo sentia que João havia acabado de *morrer*. Tinha passado os últimos dias evitando e sendo evitado pelo homem e, agora, tudo o que mais queria era vê-lo. Precisava saber se ele estava bem, mesmo sendo óbvio que não estaria.

— Verônica, ainda preciso de um mouse novo — disse Greice.

— E é agora que você vai experimentar o poder de levantar da cadeira e ir buscar no almoxarifado! — respondeu Verônica, como se isso fosse uma vantagem.

— Eu pego pra você — disse Hugo.

Sem nem esperar ninguém contestar ou tentar pará-lo, Hugo saiu da sala dos criadores mais rápido do que quando o prédio pegara fogo. Verônica havia dito que acabara de demitir João, então talvez ele ainda estivesse por ali.

João tinha pedido um tempo, mas o que era o tempo agora, quando a pior coisa que poderia acontecer a um ser humano havia acontecido a uma das pessoas com que Hugo mais se importava? O estômago dele foi se embrulhando a cada passo que dava em direção à sala de João, como se estivesse prestes a entrar na cena de um crime. Hugo não bateu à porta, apenas a empurrou tão forte que a porta espancou a parede quando se abriu.

João estava colocando pastas e enfeites numa caixa de papelão. Bonito como sempre. Com todos os membros do corpo intactos.

— Parece que a notícia já se espalhou... — disse ele, sem encarar Hugo.

A sala estava vazia. O departamento inteiro que atendia o time dos criadores havia sido demitido antes, e agora João, o último homem a ficar de pé, também sairia dali e apagaria a luz de vez.

— Como você tá? — perguntou Hugo, chegando mais perto.

— Foi um susto, mas na verdade tô ótimo.

Estava sim, ótimo, com os ombros encurvados e a cara fechada. Não ia entrar mais nessa de que João não sentia as coisas. Cada palavra pesava naquele coração. Ele só tinha ficado bom demais em ignorar as decepções.

— Ninguém fica ótimo com uma demissão, João — insistiu Hugo.

Só depois de ouvir o próprio nome que João olhou para ele. A questão era que Hugo também amava falar J-O-Ã-O. Parecia uma coisa só dele dentro de uma empresa em que Hugo sentia a si próprio escorrendo pelas mãos. Todo mundo chamava "JB isso", "JB aquilo", mas o João era só dele.

E agora Hugo queria abraçá-lo, mas se segurou muito para ficar apenas encarando a dois metros de distância. Quando chegava perto demais, lembrava da textura irresistível daquele cabelo, de como era bom passar a mão através dele, depois ir descendo e alisar aquele rosto de pele perfeita. João vestia uma camisa social extremamente justa cujo único propósito parecia ser desafiar Hugo a arrancá-la.

— Acho que isso é problema meu — respondeu João.

Bom, Hugo tinha pedido por isso. Mas doeu mesmo assim.

— Desculpa — disse João, talvez por Hugo não conseguir disfarçar que havia sentido praticamente dor física com aquele corte seco. — Agora a raiva que eu tô sentindo não é de você.

Agora não.

Talvez esse fosse o jeito de João apaziguar um pouco as coisas, mas, verdade seja dita, ele era péssimo nisso.

— Eu sinto muito — disse Hugo, achando melhor começar assim do que implorar para ser perdoado. — A Verônica não tinha o direito de fazer isso. Caramba, jogar uma pessoa como você na *rua*? Não consigo nem imaginar pelo que você tá passando agora, sem saber como vai ser daqui pra frente. Eu estaria arrancando os cabelos ou, sei lá, gritando no terraço.

Porque havia, *sim*, coisas piores do que a morte. Se Hugo morresse, não teria que fazer mais nada a respeito, mas se fosse demitido... tinha certeza de que se afogaria num mar de vergonha e humilhação dia após dia.

— Ei — interrompeu João. — Você tá aqui pra me consolar ou pra me fazer pular da janela?

— Desculpa.

Hugo tentou abafar os próprios pensamentos de dor porque estar ali naquela sala não era sobre ele.

— Eu tô bem, juro — garantiu João, fechando a caixa em cima da mesa. As unhas dele continuavam radiantes. — A minha vida não acabou porque a Bunker não é a minha vida, Hugo. Não deveria ser a sua também e eu já te disse isso. É só um emprego. Eu sou o João. Vou sair daqui e minha vida vai continuar praticamente a mesma.

Já era a segunda vez seguida que alguém dizia algo parecido, e nas duas Hugo entrara em pânico.

— Mas como você vai viver? — perguntou. — Tipo, como você vai se sustentar, onde você vai *trabalhar*?

— Em qualquer lugar, ué — respondeu João. — Na verdade, um amigo meu já tá até vendo pra mim uma vaga que abriu na empresa em que ele trabalha.

Não ia ter a guru do sucesso como CEO, não iam mudar o mundo com inovações tecnológicas, não teriam um time de alta performance, uma Vitrine da Elite, nem um Cantinho dos Snacks. Nada de sala de jogos e Espaço Recarregar — Hugo nem tinha mais tempo para tirar um cochilo, e a sala de jogos estava sempre vazia, já que havia trabalho demais a fazer, mas mesmo assim. Qualquer empresa seria um lugar triste sem o Dia da Bermuda. Além do salário imbatível da Bunker.

— Mas não vai ser igual.

— Por que não, Hugo? Tem um monte de empresa por aí, ainda mais na área de tecnologia. Eu mesmo já passei por três diferentes antes de parar na Gira-Gira. É o melhor jeito de aumentar nosso salário, aliás. Cansei de ficar esperando pela boa vontade das pessoas me promoverem.

— Mas a Bunker é a melhor empresa pra se trabalhar. Isso tá em todas as pesquisas que a Verônica mostrou pra gente. Não consigo me imaginar saindo daqui e indo para outro lugar porque não tem como existir algo *melhor*.

João desistiu do pingue-pongue entre eles e apenas ergueu as sobrancelhas. Deixou a caixa sobre a mesa e deu a volta para ir até Hugo. Tão perto e tão longe ao mesmo tempo...

— Hugo, você sabe que continua existindo, mesmo quando não tá aqui dentro, não sabe? Que existe vida lá fora? — perguntou João, com uma gentileza desestabilizadora. — Você não é o seu trabalho.

— Mas a Bunker não é qualquer trabalho — respondeu Hugo. — A gente vai mudar a vida das pessoas com o Farol.

João suspirou.

— Ai, Hugo. Torce pra ser pra melhor, então.

Hugo sabia que João era um cético. Não acreditava na Bunker, nem no amor... Queria muito saber de tudo que aquele homem já tinha passado na vida.

— Vai ser pra melhor — insistiu Hugo. — A Verônica pensa lá na frente. Os projetos que a Bunker vai colocar no mundo são inovações que as pessoas de hoje precisam muito, mas ainda não sabem. Como o Farol. A Verônica *se importa* com as pessoas, não vamos entregar qualquer coisa para os usuários.

— Ah, se importa mesmo — concordou João, irônico. — É verdade que gente como a Verônica se importa com muita coisa, Hugo, mas não sei se pessoas entram nessa lista.

No fundo, Hugo não tinha mais tantos argumentos assim para seguir com essa discussão. A verdade era que Verônica arrancara o couro deles desde o primeiro minuto que chegara na empresa para colocar o Farol no ar a qualquer custo. Claro que isso exigia esforço e algumas pessoas haviam ficado pelo caminho, como o próprio João... mas ia valer a pena no final. Talvez. Tinha que valer. Às vezes a mente de Hugo voava para uma teia de desconfianças e inseguranças sobre o papel de Verônica Rico, mas ele não podia se dar ao luxo de voltar atrás agora.

— Eu preciso ir — avisou João.

— Quer ajuda?

— Não, obrigado.

João voltou à mesa, pegou a caixa e estendeu uma das mãos para Hugo. Então era isso que eles teriam, um aperto de mãos. Hugo queria um abraço, um beijo, o mundo, mas não pediu nada disso.

Só ficou olhando João se afastar e atravessar a porta.

— João? — disse, no último segundo.

João parou e virou a cabeça. Era difícil dizer o que havia nos olhos dele. Hugo estava soterrado em tantas palavras não ditas. Um dia precisariam conversar, mas não parecia que esse dia seria hoje.

No entanto, se não hoje, quando? Nem sabia se encontraria João novamente.

— Você faz falta. Eu *realmente* sinto muito. Por tudo. — disse Hugo, por fim, sabendo que isso não bastaria.

— Eu sei que sente.

— Será que a gente...

— Um dia, Hugo. Talvez em outra hora, em outro lugar. Mas aqui não, hoje não — respondeu João Bastos.

E saiu andando.

— Oi, Verônica. Me chamou?

Hugo entrou na sala particular de Verônica depois de ser convocado. Havia entrado ali pouquíssimas vezes porque a própria Verônica quase nunca ficava lá. Sempre circulando pela empresa, na sala dos criadores, na recepção, nos outros departamentos, com olhos de falcão. Era de longe a sala mais suntuosa da empresa, com a melhor vista do centro da cidade.

— Huguinho! O homem do momento — disse ela, sentada atrás da mesa de mogno numa cadeira de encosto extremamente alto. — A pessoa mais requisitada da Bunker.

— Aconteceu alguma coisa?

— Não sei, Hugo... aconteceu?

Só o fato de você ter demitido a pessoa que mais importava para mim aqui dentro. Fora isso, tudo bem.

— Disseram que você está meio chateado comigo por conta das chaves douradas... — disse Verônica, casualmente.

Ah, não.

— Quem te disse isso? — perguntou.

— Não importa quem disse. Só me interessa saber se é verdade.

Com certeza Greice ou Rômulo tinham dado com a língua nos dentes. Talvez *os dois*. A primeira reação de Hugo fora entrar em pânico, mas a segunda fora notar que já estava de saco cheio de joguinhos, mentiras e meias palavras. Não ia ser *demitido*. Verônica via potencial nele e, se o que tinham era uma parceria, ele precisava ser sincero com ela.

— Verônica, olha... sim, eu me senti um pouco enganado.

Você disse que eu era seu favorito. Mas se todo mundo também é, de que me serve isso?

Verônica não se mexeu por três segundos, tempo o suficiente para Hugo achar que ela nem tinha ouvido o que ele acabara de falar, mas logo em seguida ela segurou a mão dele por cima da mesa e Hugo viu os olhos dela marejarem.

— Quero que saiba que sinto *muito* se por acaso te ofendi, querido. Nunca foi minha intenção. Meu único intuito com as chaves foi motivar vocês ainda mais.

Motivar ou... *manipular*?

Porque talvez essa fosse a grande questão. Será que Hugo era só mais um peão nas mãos dela ou será que eram parceiros de verdade? Hugo sabia que era *visto* por Verônica, mas não tinha mais certeza de como ela o enxergava.

— Vocês foram incríveis no desenvolvimento do Farol — continuou ela. — De verdade, estou impressionada. Vamos conseguir pôr esse aplicativo no ar em tempo recorde. Vocês todos estão fazendo isso acontecer. Mas falando exclusivamente de você, Huguinho, você é *superior*. Te achar aqui nas mãos da Norma foi como encontrar um diamante na lama. Você tem um potencial absurdo para criar os algoritmos mais poderosos que a nossa tecnologia permite.

Ele era um foguete. Seus pais mesmo haviam dito. Juntos, ele e Verônica poderiam dominar o mundo. Mas não ia mais baixar a guarda assim tão fácil, depois das chaves distribuídas aleatoriamente e João indo embora.

— Como eu vou saber que você não disse isso pra Greice e pro Rômulo também? — perguntou Hugo, as mãos suadas nos braços da cadeira onde estava sentado.

— Eu não contaria para qualquer um o que vou confidenciar agora aqui, só entre a gente.

Hugo já tinha ouvido isso antes. Não queria morder a isca, mas era tão tentador... num lapso de lucidez, ativou o gravador do celular sem que Verônica percebesse. Estava difícil confiar nas palavras dela ultimamente e, em todas as conversas, Hugo saía com a sensação de que estava errado. Verônica estava sempre dizendo uma coisa que parecia outra, então, fosse lá o que fosse, Hugo ia querer repassar esse papo tão confidencial.

— Talvez o Farol, do jeito que ele está hoje, não seja o suficiente para erguer a Bunker.

— Não?

— Chocante, eu sei. Nós trabalhamos tanto. Principalmente você.

Então a Gira-Gira Sistemas estivera afundada num buraco maior do que Hugo imaginara todo esse tempo. O Farol era uma ideia perfeita, tinha sido desenvolvido com muita cautela e responsabilidade porque Hugo sabia que impactaria a vida de milhões de pessoas. Se isso não era o suficiente... com que tipo de problema estavam lidando?

— Claro que eu já estou contornando isso. Não seria a Guru do Sucesso se qualquer dificuldade mínima me parasse. É por isso que tenho outros planos para o aplicativo.

Hugo não estava gostando do rumo que a conversa estava tomando.

— Você sabe qual é o grande trunfo do Farol, Hugo?

— A taxa altíssima de compatibilidade dos pares que ele forma? — respondeu ele. — Tenho certeza de que ninguém mais vai querer se aventurar em aplicativos tão imprecisos que nem os que já existem hoje no mercado.

— E como a gente consegue isso?

— Dados ultraqualificados.

— Exatamente.

Verônica deu a volta na mesa e foi seguida pelo olhar de Hugo. Até que parou atrás dele e começou a massagear seus ombros e pescoço.

— Você já pensou que, em vez de brincar de santo casamenteiro, a gente poderia simplesmente vender esses dados?

— Vender? — perguntou Hugo, desgostoso com a massagem e o assunto. — Verônica, a quem interessa saber que sou gay e quero namorar com um rapaz que seja assim ou assado?

— A quem, Hugo? — disse ela, colocando as mãos em volta de seu pescoço. — Literalmente qualquer empresa que tenha você como público-alvo. Hoje em dia, qualquer empresário mataria pra ter um público qualificado sendo exposto aos seus produtos e serviços.

— Mas sites de busca e praticamente todas as redes sociais já não fazem isso? Coletam dados e vendem para anunciantes?

— Não em tempo integral. Você criou um algoritmo que monitora tudo o que fazemos pelo celular. Contatos, mensagens, fotos, geolocalização, internet... não há como se esconder do Farol.

O Farol, então... seria um dedo-duro. Hugo pensou com muito cuidado em quais seriam as próximas palavras que iria proferir, pois sentia que a qualquer momento Verônica poderia quebrar seu pescoço se quisesse.

— Ninguém vai querer usar nosso aplicativo se souber que ele será um espião — disse ele, por fim.

— Mas eu não vou contar para os usuários. — afirmou Verônica. — Você vai?

Hugo murmurou um não que nem era feito de sons reais, apenas oitenta por cento movimento dos lábios e vinte por cento imaginação.

— Verônica, isso não é ilegal?

Porque, meu Deus, tinha que ser. Isso era basicamente *roubar dados* e distribuir em praça pública sem o consentimento de ninguém. Ainda iria mudar o mundo, mas não necessariamente para quem queria encontrar o amor. Tinha receio do que as pessoas passariam a encontrar.

— Huguinho, eu tenho contatos em todas as esferas de poder deste país. Não existe lei pra gente como eu. E todos eles terão interesse nos nossos dados. Estamos falando de *muito dinheiro*, querido. Mais do que o suficiente para tirar a Bunker do buraco e levar nossos nomes ao estrelato.

Verônica começou a pressionar os dedos em alguns pontos da nuca de Hugo, talvez os pontos que ativavam os sonhos que ele estava visualizando. *Muito dinheiro. Estrelato.* Era o que Hugo quisera desde o início, mas não imaginara que o caminho para chegar até lá fosse criminoso.

— E não pense que seremos os vilões! Pense em como, sei lá, a polícia poderia usar esses dados para emboscar bandidos. Como as ciências sociais evoluiriam ao analisar os perfis dos nossos usuários. A psicologia, o marketing, a publicidade, todos saem ganhando com isso. Claro que muita gente vai usar para vender produtos e serviços duvidosos, mas não é problema nosso, né? Isso pesa na consciência de quem estiver oferecendo serviços ruins. Nós somos apenas a fonte.

Apenas os responsáveis por todo o trabalho sujo.

— Verônica... não sei se concordo com isso.

— Não precisa concordar — garantiu ela, tirando as mãos dele bruscamente. — Já te liberei de todas as tarefas que tinha. Quero que vire a noite hoje ajustando o Farol para ficar do jeito que a gente precisa.

Hugo não tinha escolha, então. O que aconteceria se ele se recusasse?

— Por que só eu tô sabendo disso? — perguntou.

— Quanto menos gente sabendo melhor, não acha? Não queremos que nosso segredinho vaze. Mas não é só isso — disse ela, agora sorridente. — Reconheço uma mente brilhante quando vejo uma, Huguinho. Você é ambicioso como eu.

Você é superior.

— Não acho que Rômulo e Greice vão embarcar nisso — rebateu.

— Mas a gente nem precisa mais deles, precisa? O que eles tinham para fazer já foi feito. É até melhor para a Bunker deixar esses dois talentos partirem agora do que ter mais gente na equipe de um projeto tão secreto.

Greice e Rômulo seriam demitidos? Depois de tudo o que tinham ajudado a erguer?

Mas... bom, então Hugo tinha vencido?

Os dois ficariam tão surpresos e magoados. Tinham tão poucas pessoas na equipe que cada um deles sabia o que era essencial, mas, pelo jeito, até não ser mais. Apenas Hugo havia sobrado, no fim das contas. Porque ele era um foguete.

— Norma sabe disso? — perguntou, ajeitando os óculos.

— É a fã número um da ideia.

Parecia a oportunidade perfeita para Hugo finalmente cumprir a expectativa dos pais e de toda Fiofó do Oeste. Ia para outro patamar e deixaria para trás a história medíocre que vinha escrevendo até então. Era para isso que Hugo havia saído de Fiofó, não era? Agora o sucesso estava ali, na frente dele, de bandeja. Seria uma noite longa. A noite em que Hugo mudaria o mundo sozinho.

Percebeu, ali, o que era poder de verdade. Só não sabia bem o que fazer com ele.

— Eu vou... ver o que consigo fazer de hoje pra amanhã — respondeu.

— Então mãos à obra.

27. Que nem fazem em *Velozes & Furiosos*

Hugo passou em frente ao canil voltando para casa de madrugada. Tinha inveja de Capeta, cuja vida se resumia a comer, dormir e mijar em desavisados. Ser adulto seria muito mais simples se Hugo não precisasse decidir o próprio futuro e se pudesse urinar em seus desafetos.

Depois de haver tentado muito, beirava o impossível ter uma carreira decente, cultivar bons amigos, encontrar uma pessoa especial para passar o resto da vida e não morrer antes de tudo isso acontecer. Estava falhando em todos os aspectos, principalmente em evitar a morte, já que Hugo sentia a própria saúde escorrer pelos dedos, com ele sempre revezando entre resfriado, tosse seca, insônia, crises de enxaqueca e dores misteriosas na barriga. Tinha envelhecido dez anos naquela noite que passara encarando o código do Farol e remoendo o pedido de Verônica. Hugo se sentia no purgatório, sem saber se tinha tomado a decisão certa ou não.

Você criou um algoritmo que monitora tudo o que fazemos pelo celular. Não há como se esconder do Farol.

Havia passado as últimas semanas acatando ordens questionáveis, então era difícil dizer se estava mais perto do céu ou do inferno. Chegou em casa com o acúmulo de suas escolhas pesando nos olhos.

A sala estava silenciosa como sempre, mesmo com Jamille acampando na mesa vinte e quatro horas por dia. Se você não dissesse boa noite, Jamille nem notava que tinha alguém no recinto. Em várias noites, ele a encontrava parada lá, quase como estátua. Só os olhos se movendo pelos livros e eventualmente uma virada de página casual.

Portanto o que mais chocou Hugo ao ver Jamille caída no chão não foi que ela estava, bem... *caída no chão*, mas o fato de não estar estudando.

— Jamille!

Hugo se ajoelhou ao lado dela só para descobrir que não tinha ideia do que fazer em seguida. Jamille estava de olhos fechados, a boca meio aberta, o coque com as trancinhas desfeito no chão. Hugo segurou o pulso dela sem saber o que exatamente deveria sentir. Não conseguiu identificar nada, mas a mão dela estava gelada. Não era bom sinal, era? Ninguém ficava gelado no Rio de Janeiro. Colocou o dorso de sua mão no pescoço de Jamille. Sacudiu a cabeça em desespero.

— Jamille, acorda! — Hugo tocou nos ombros dela. — Por favor!

Quis dar um tapa na cara dela, mas achou muito agressivo. Talvez isso só fosse aceitável em filmes.

Foi correndo até Agnes. Antes de bater na porta, pensou em todas as coisas horríveis que ela tinha dito a ele, mas principalmente nas que ele dissera a ela. Hesitou por um segundo.

Contudo, Jamille estava desmaiada ou morta ou, pior ainda, sem estudar. Ia ficar tão brava quando acordasse ou ressuscitasse dos mortos!

— Agnes! A Jamille! Por favor! Você tá aí?

Ele estava pronto para derrubar a porta, uma vez que essa era a única opção que tinha. Se Agnes não estivesse em casa... ia gritar pelos vizinhos? Descer com Jamille no colo pelas escadas? Chamar a funerária?

Agnes abriu a porta antes que opções ainda mais ridículas surgissem na mente de Hugo.

— O que foi? — perguntou ela, a cara toda amassada e ódio em cada letra.

Hugo tapou os olhos porque Agnes estava completamente pelada.

— Ai, que palhaçada, nunca viu uma buceta?

— Você sabe que não!

— O que você quer, Hugo?

— A Jamille! — disse ele, virando-se de costas, agora com a ponta das orelhas bem vermelhas — Ela tá caída na sala. Acho que morta.

Hugo ouviu a porta se fechar e abrir dois segundos depois. Agnes surgiu com um roupão rosa de plumas felpudas e voou para a sala como se fosse uma madame que acaba de atender a porta da mansão onde mora para ouvir a polícia informar que seu marido morreu num acidente misterioso.

Agnes levantou a cabeça de Jamille do chão e agora seus olhos estavam arregalados.

— Jamille! — berrou Agnes, abaixando perto do nariz da amiga. — Hugo, ela está respirando! De onde você tirou que ela tava morta?

— Eu tô nervoso!

Agnes sacudiu a desmaiada.

Em seguida, deu um tapa na cara dela. Incrível como todo mundo assiste aos mesmos filmes. Jamille, ainda de olhos fechados, balbuciou algumas palavras indecifráveis.

— Vai no meu quarto, a chave do carro tá em cima da penteadeira — ordenou Agnes.

— Você não tem carro.

— Mas tenho a chave de um, porra! Vai logo!

Hugo foi correndo e atravessou a linha sagrada do umbral da porta de Agnes. Deu um grande berro que pôde ser ouvido da sala, inclusive por Jamille em seu estado semiconsciente, mas voltou trêmulo com as chaves.

— O HENRIQUE TÁ PELADO NA SUA CAMA.

— Jura, Hugo? Eu nem percebi.

Doía notar que ela não o chamara de Chuchu nenhuma vez. Hugo queria voltar a ser a leguminosa favorita de Agnes, mas agora não era o momento.

— Não é melhor a gente acordar ele? — perguntou.

— Ah, ele não vai acordar. Não depois da chave de buça que eu dei.

294

Naquele momento, Hugo achou que seu olho esquerdo jamais fosse parar de tremer.

— Para de chilique e abre a porta pra mim, vou levar essa garota no braço.

Foi uma surpresa tanto para Hugo quanto para Agnes quando eles não capotaram na primeira curva que o carro fez. Do banco de trás, com a cabeça de Jamille deitada em seu colo, Hugo via as mãos de Agnes segurando o volante com força. O carro dava uns solavancos sempre que paravam num sinal. Morreu umas duas vezes no meio do caminho. Em um dos quebra-molas, Hugo bateu a cabeça no teto e Agnes pediu desculpas, sem nem olhar para trás.

De vez em quando, os olhos dele encontravam os dela pelo retrovisor, mas Hugo logo desviava.

A questão era que Agnes não entendia mesmo o quanto aquele trabalho era *a vida* dele. Ele veio lá de Fiofó do Oeste por *um motivo*. Seu Virgílio já estava todo entrevado com a dor na coluna, e agora a mãe ficaria sem trabalhar por um tempo por conta dos óvnis rondando o milharal... Hugo tinha que crescer o mais rápido possível para que seus pais nunca mais precisassem depender da boa vontade de extraterrestres para sobreviver. Nunca mais ia deixar os pais chegarem perto de uma espiga de milho. Talvez trouxesse os dois para o Rio de Janeiro, ou eles iriam então para onde eles quisessem ir.

Você é nosso foguete, menino.

Hugo queria ser apenas uma pessoa da classe C que venceu, mas vencer sem a família por perto era uma derrota. Hugo era Hugo, mas também Cirlene e Virgílio. Por isso desafiar Verônica era um risco imenso, não era algo que Hugo pudesse fazer levianamente.

— Chegamos! — gritou Agnes, depois de uma freada de filme de ação.

O silêncio no carro havia sido tão difícil que Hugo preferia que Agnes socasse logo a cara dele. Olhou para Jamille ainda desmaiada em seu colo. Agnes pulou fora do carro sem perder nem um segundo. Foi correndo para a entrada da emergência do hospital até que sumiu da visão de Hugo. Porém, ele ainda conseguia ouvi-la.

— TEM UMA MULHER MORRENDO LÁ FORA.

Logo vieram dois homens e uma mulher junto com Agnes lá de dentro, colocaram Jamille numa maca e a levaram. Jamille com certeza não estava bem, mas ver a amiga numa maca tinha deixado a coisa ainda mais séria.

— Você vai ficar aí? — perguntou Agnes.

Hugo deu um pulo, fechou as portas do carro e foi seguindo Agnes pelos corredores. Tinha orgulho dela, essa era a verdade. Agnes estava resolvendo tudo de roupão com plumas rosas e sem mais nada embaixo. Hugo jamais seria capaz de nenhuma das duas coisas. Só Deus sabe o que seria de Jamille se a vida dela estivesse nas mãos dele.

Os médicos da noite estavam super exercendo o direito de ir e vir, porque iam e vinham, às vezes com perguntas, às vezes com respostas, mas na maioria das vezes com perguntas. *Ela bebeu? Usou drogas? É fumante? Já aconteceu antes? Essa garota se alimenta bem?* Uma hora depois, Hugo e Agnes não tinham nada a que se agarrar.

— Ela vai ficar bem? — Hugo arriscou perguntar.

— Vai. Ela só foi descuidada, a Jamille é forte — disse Agnes, sem muita convicção.

A verdade é que fazia semanas que Jamille parecia ainda mais magra. Devia estar trocando as refeições do dia por mais tempo para estudar. Os médicos tinham dito que ela estava com a pressão baixíssima, desidratada e com a glicose de uma participante do *Largados & Pelados*. Estavam tentando reanimá-la e checando seus sinais vitais, mas essa fora a última notícia que tinham recebido.

— Obrigado por ter vindo — disse Hugo, depois de um tempo na sala de espera.

— O que eu ia fazer? Deixar ela lá desmaiada?

Um pouco depois das quatro da manhã, uma médica saiu da área proibida para visitantes e trouxe boas notícias.

— Ela nunca correu risco de morte, mas ainda está muito fraca. Vai ter que passar o resto da noite aqui em observação. Está no soro agora.

— Ai, meu Deus — Agnes deixou escapar.

— Ela já acordou — confirmou a médica. — Creio que estará melhor amanhã, depois de comer alguma coisa.

— A gente pode entrar? — perguntou Hugo.

— Só um por vez.

Nem discutiram. Agnes seguiu com a médica, deixando Hugo se roendo de ansiedade nas cadeiras da sala de espera novamente.

Ai, Jamille... ela tinha que ficar bem.

Ela vai ficar bem.

De agora em diante, sempre que passasse pela sala, ia encher o copo dela com água. E deixar um pedaço de pão. Ou brócolis. Ia perguntar qual era a comida favorita dela e mandar pedir num aplicativo de entrega. Também passaria a esconder os livros se ela passasse tempo demais sentada lá. Talvez também comprasse uma cadeira ergonômica e boas almofadas para aquela bundinha sofrida. Não sem antes encher a cara dela de tapa para deixar de ser doida.

— Sua vez — disse Agnes.

— Já? — Hugo se assustou.

— Ela dormiu... mas está bem, sério.

Foi como se tirassem um navio cargueiro dos ombros de Hugo.

— Aqui... — Agnes começou a dizer. — Você pode ficar com ela por uma hora? Alguém tem que passar a noite aqui. Vou pra casa tirar esse roupão, pegar umas roupas pra ela vestir amanhã e, tipo, tem um homem pelado na minha cama que ainda não sabe que roubei o carro dele.

Hugo nunca mais ia olhar para Henrique do mesmo jeito.

— Vou com o carro e depois volto de Uber. Daí você pode ir pra casa descansar — completou ela.

— Eu fico — disse Hugo, de supetão.

Agnes cruzou os braços e levantou uma das sobrancelhas.

— Você? A noite toda aqui?

— É tão difícil assim acreditar? — insistiu ele.

— É — respondeu ela, bem séria. — Quer dizer, dormir numa cadeira dura não é fácil e, se é que você vai conseguir dormir, vai acordar amanhã todo moído pro seu trabalho, que é *tão* importante pra você.

Ela nunca ia se esquecer aquilo.

— Eu consigo — garantiu ele.

— Então tá. Vou meter o pé antes que você mude de ideia. Preciso ligar pra mãe da Jamille e ainda acordar cedo pra ganhar meu salário mixuruca amanhã.

— Agnes...

Mas ela virou as costas e se foi.

Hugo suspirou e foi em direção ao quarto, esperando que a médica aparecesse para levá-lo até lá. Passar o resto da noite com Jamille seria melhor do que passar a noite com Agnes, que o odiava com razão. Hugo ultimamente estava pisando no pé de tanta gente que talvez Jamille o odiasse também, mas pelo menos estava dormindo.

Só ia acreditar que ela estava bem quando a visse fora daquela cama, de pé, sem aqueles fios e agulhas e aparelhos fazendo bip-bips. A médica se despediu dele e Hugo se sentou na cadeira extra que havia na sala. Caramba, era dura mesmo. Tudo bem. Não tinha a intenção de dormir. Queria ficar acordado mandando vibrações positivas para Jamille e eventualmente se perdendo em pensamentos sobre aplicativos de celular e moços bonitos que ele talvez não fosse mais ver.

Quando Hugo abriu os olhos, já era de manhã e Jamille estava sentada na cama, as costas na cabeceira.

— Eu dormi? — perguntou Hugo, procurando pelo celular em seu bolso. Seus olhos ainda estavam embaçados, então olhar as horas foi o mesmo que nada.

— Acordei com seu ronco meia hora atrás — respondeu ela, com um sorriso.

— Você está bem? Precisa de água? Tá respirando direito?

Antes que ela respondesse, Hugo já havia sido acalmado pela aparência dela. Jamille tinha deixado de ser uma morta-viva e agora tinha *cor*. Ainda estava toda amassada, os olhos meio inchados, mas longe das agulhas.

— Melhorando, eu acho. Não foi nada demais. Só exagerei nas horas de estudo.

— Jamille, você *desmaiou de tanto estudar*.

— Porque fui burra e não comi nem bebi quando deveria. Foi um descuido, eu admito.

— Quer que eu chame alguém?

— Só se for pra me tirar daqui. Será que já posso ir?

Hugo chegou na porta da sala e chamou por uma das enfermeiras. Jamille dividia o quarto com mais cinco mulheres, todas mais moribundas que ela. Hugo até pediu perdão a Deus por ficar aliviado pela amiga dele ser a mais viçosa. A enfermeira veio, mediu a pressão de Jamille, fez mais algumas perguntas e disse que já voltava com a médica. Hugo voltou para o lado dela quando a enfermeira se foi.

— Agnes me disse ontem que foi você quem me encontrou no chão — disse Jamille. — Obrigada.

— Ah, ela que fez tudo. Veio dirigindo até aqui que nem fazem em *Velozes & Furiosos*.

— Não tinha ideia de que ela sabia dirigir.

— Ela não sabe — respondeu Hugo. — E, se ela te oferecer uma carona até em casa, você vai recusar.

Jamille deu uma gargalhada e Hugo acabou acompanhando, mas ele estava falando sério.

— Vocês já estão se falando? — perguntou ela.

— Ela me mandou mensagem perguntando sobre você — respondeu Hugo, de repente puxando o celular para ter para onde olhar.

— Não foi o que eu perguntei.

Hugo sabia. Limitou-se a revirar os olhos.

— Essa briga de vocês... — começou Jamille. — Você sabe que não é sobre o mercado e as tarefas de casa, não sabe?

— Não?

— A Agnes se preocupa com você, Hugo. Mas esse é o jeito dela de te informar isso.

— Ela podia tentar ser mais gentil.

— Nós dois sabemos que isso nunca vai acontecer — rebateu Jamille.

— Mas você acha que ela está certa?

— Bom, vocês dois disseram algumas verdades...

Hugo já vinha refletindo sobre isso. Ontem — ou hoje, já que ele não tinha dormido de verdade —, enquanto atualizava o código do Farol, Hugo só pensava no que Agnes e João haviam dito: que trabalhar não era tudo na vida. Parecia que tinham combinado. E tinha ainda Verônica, com suas propostas indecentes.

— Eu te entendo, Hugo — disse Jamille. — Eu sei o que é vir de um lugar de cobrança, eu vivo vinte e quatro horas por dia com a pressão de que eu tenho que ser duas vezes melhor do que as pessoas brancas pra ter alguma chance de chegar no mesmo lugar que elas. Levo meus objetivos muito a sério.

Por ser uma mulher negra, Jamille enfrentava batalhas que Hugo nunca sentiria na pele, ele sabia disso. E tentava ter empatia. Imaginava como deveria ter sido duro para Greice chegar onde tinha chegado, numa área tão dominada por homens brancos. O tanto de gente que Verônica superara para virar guru. Como a autoestima de Agnes era algo a ser admirado. Todas as pessoas que tratavam João Bastos com menos dignidade do que ele merecia.

— Mas olha aonde isso me levou? — continuou ela.

Jamille estendeu os braços para abarcar o quarto de hospital inteiro.

— E eu sei que vou sair daqui e continuar estudando que nem uma condenada, porque é isso que eu faço — completou.
— Então tô falando sério, *entendo mesmo* o tanto que você tá se doando por esse trabalho.

— É tudo pra mim, Jamille.

— Mas tem uma diferença. Eu tô dando o sangue aqui

porque eu sei que, assim que eu passar nessa prova, vou poder jogar meus livros para o alto e finalmente viver que nem gente. É uma fase. Sei que não é saudável, que não deveria ser assim, que eu me cobro demais... mas vai passar — disse ela. — Agora, você... parece que tá apostando sua vida inteira nisso.

— Mas também não é pra sempre — Hugo se defendeu. — É só até eu fazer sucesso.

— E quando isso vai rolar? Quando você entregar esse projeto?

— Bom, talvez mais um ou dois aplicativos... e se a Bunker sair do buraco como Verônica tá prometendo... e de repente se eu agradar muito a Verônica a ponto de ela me promover e me dar mais responsabilidades... E seria muito bom também se...

— Só mais dez anos e você chega onde quer. Parabéns.

Mais dez anos de desafios, de dinâmicas dos Estados Unidos, de café ruim... mais dez anos de Hugo se perguntando se estava fazendo a coisa certa.

— Não tô dizendo que você tem que pedir demissão — pontuou Jamille. — Só implorando pra você pensar se essa é mesmo a vida que você quer.

Queria *mesmo* ser um cachorro no canil agora. Nada de decisão moral sobre a própria vida, apenas sombra, água fresca e au-au o dia todo.

— Porque, se for, vai fundo. Corre atrás mesmo. Mas, do contrário, você vai estar vivendo a vida de outras pessoas. A dos seus pais, do seu primo médico, da Verônica Rico...

— Mas todo mundo quer ter sucesso na vida — emendou Hugo, ainda tentando se agarrar a alguma verdade incontestável naquela conversa.

— De certa forma, você está certo — cedeu Jamille. — Mas cada um vê sucesso de um jeito, Hugo. O meu sucesso é passar numa prova, o da Agnes é curtir a vida. Tem gente que fica feliz vendo a família unida, tendo bebês, cuidando das plantas. Pra outros, só mesmo governando as empresas, sendo tubarões nos negócios, ganhando muito dinheiro. Casar, vender arte na praia, realizar sonhos de infância. Enfim, todo mundo tem algum objetivo, mas não necessariamente é o *mesmo*. Você só tem que descobrir o seu.

Quando tinha sido a última vez que Hugo fizera algo por si próprio? Não por alguém, não por seus pais, não por Verônica, mas exclusivamente por si mesmo?

— Acho que é mais fácil falar do que fazer — desabafou.

— Por isso que eu tô falando — Jamille sorriu. — O fazer é com você mesmo.

28. Toda mãe vem com um defeito ou dois

Parte de Hugo tinha passado por uma cirurgia de emergência e morrido na mão dos médicos lá no hospital. Jamille estava bem melhor, cercada pelo carinho da mãe, que havia aparecido desesperada de última hora, e de Agnes, que havia chegado lá com os pertences da amiga logo depois. Agnes continuava sem dar muita trela para ele, e Hugo preferiu não insistir agora. Estava sobrando ali. Já estava atrasado para o trabalho, mas hoje, só por hoje, queria não ter que ir para a Bunker.

Até porque tinha virado a noite fazendo coisas que nunca imaginara ter que fazer.

Foi o caminho todo torcendo para que seu ônibus se envolvesse num acidente ou que o pneu furasse, que alguém fizesse jus à fama do Rio de Janeiro e o assaltasse no meio da rua, que fosse atropelado por um caminhão ao atravessar, qualquer coisa que o levasse para outro lugar bem longe da empresa. Seus pedidos obscuros, no entanto, não foram atendidos.

Agora estava no encontro de ideias final, o último antes do lançamento do Farol. Todos pareciam radiantes depois de tantas etapas e ajustes de última hora, exceto Hugo, claro, que ainda engolia o amargor de ter alterado o aplicativo para fazer coisas que ele jamais deveria ter permissão de fazer.

Você criou um algoritmo que monitora tudo o que fazemos pelo celular.

Então era com isso que o sucesso se parecia. Uma criatura que ele nunca teria conhecido se não tivesse saído de Fiofó do Oeste.

Não há como se esconder do Farol.

— Eu sinto como se fôssemos uma grande família! — disse Verônica, sorrindo para todos na sala.

Greice vibrou ao lado de Hugo, enquanto Rômulo batucava na mesa. Tinham mesmo trabalhado o dobro, talvez o triplo, do que Hugo jamais imaginara que fossem capazes. Apesar de toda a rivalidade que surgira entre eles, que Hugo até agora não tinha entendido muito bem como havia começado, os três tinham conseguido tocar o projeto para frente.

Deviam mesmo se orgulhar. Greice tinha olheiras enormes, que tentava sem sucesso esconder com maquiagem. O cabelo dela vinha passando por um desgrenhamento linear, tinha ido de cachos extremamente bem cuidados para um coque frouxo e sem forma. Rômulo tinha emagrecido, e nele era nítida a diferença, porque antes era um armário de quatro portas, mas agora parecia mais uma cômoda infantil. Todos haviam sofrido mudanças. Hugo nem se olhava mais no espelho porque sabia que também estava só a capa do Batman. Verônica, no entanto, estava ótima. Viçosa, robusta, sorridente. Hugo queria saber o que mais ele precisava fazer para ficar *daquele jeito*.

— Nós lutamos bravamente para fazer o Farol acontecer, e hoje eu posso garantir que nunca vou me esquecer de vocês. Vocês seguiram cada passo da minha liderança, cumpriram com êxito todas as metas que designei a cada um de vocês...

Nessa hora, Verônica o encarou com uma intensidade que fez Hugo desviar o olhar. Ela estava orgulhosa dele, mas... ele não deveria estar também?

— E agora o Farol é uma realidade. Vamos lançá-lo já na semana que vem. Vai ser um estouro na mídia. Já alinhei com vários veículos que nosso aplicativo tem que ser a grande pauta do momento. Obrigada... meus filhos.

Tinha que dar os dois braços a torcer. Verônica havia mesmo operado um milagre na falecida Gira-Gira Sistemas. Obrigara todo mundo a trabalhar como nunca, transformara uma equipe reduzida num time de elite e agora estava para pôr no mundo um aplicativo que mudaria a forma como as pessoas se relacionavam... e como eram influenciadas.

E era por isso que Hugo queria continuar gostando muito dela, chamando-a de *mãe*, porque ela de fato havia abraçado toda a vontade dele de chegar ao topo do mundo. Mas também toda mãe vem com um defeito ou dois.

— Queridinhos, eu adoraria continuar esse encontro de ideias com todos vocês, mas vou ter que pedir para Rômulo e Greice passarem no TH.

Ah, meu Deus, ela não estava brincando.

— Nós dois? No TH? — perguntou Greice, o sorriso em seu rosto sumindo na hora.

— Foi um prazer trabalhar com você por todo esse tempo, Greice — disse Verônica.

— Por que isso está parecendo uma despedida? — questionou Rômulo.

— Eu estou muito orgulhosa dos dois. Vocês foram essenciais — disse Verônica, como se ninguém tivesse dito nada.

— Nós *fomos* essenciais? Mas ainda somos, certo? — insistiu Greice, agora pálida. — Verônica, eu...

— Façam o que mandei, por favor — cortou Verônica, impassível.

— E o Hugo? — perguntou Rômulo.

Os dois encararam Hugo, implorando por uma explicação, talvez por socorro. Hugo quis dar de ombros como se não soubesse de nada, mas tinha muita dificuldade em ser cínico com eles. De fato tinham dado o sangue pelo Farol. Do jeito deles, mas tinham. Hugo apenas baixou a cabeça para a mesa, fazendo seus óculos descerem alguns milímetros pelo nariz.

— O caminho de vocês aqui na Bunker foi tão cheio de luz! — disse Verônica.

— Mas a gente acabou de entregar o aplicativo... — choramingou Greice.

Verônica não disse mais nada, apenas ficou sorrindo para Greice e Rômulo de um jeito até meio psicótico que acabou por vencer os dois pelo cansaço. Rômulo se limitou a suspirar e abriu a porta para Greice passar.

Greice saiu da sala super desconfiada. Os dois ainda deviam ter esperança de que aquele não era o fim das carreiras deles. Hugo mesmo nunca tinha imaginado a possibilidade de ser demitido assim da Bunker. Quer dizer, depois de quase ter sido demitido de mentirinha, pensava em ser demitido todos os dias. Mas, antes disso, nunca.

— Levanta a cabeça, Huguinho — disse Verônica, quando ficaram a sós. — Fale a verdade, não era isso que você queria? Ser o melhor entre os criadores? A única mente brilhante por trás do Farol?

Não era mentira. Hugo havia sonhado com isso desde que Verônica lhe prometera mundos e fundos. Agora não restava dúvidas de que o rosto dele iria para a Vitrine da Elite, já que era o único rosto que sobrara. Hugo Flores havia eliminado todos os concorrentes. Mas não estava exatamente feliz com isso, o que era perturbador.

— Você acabou de chamar eles de filhos, Verônica — acusou ele.

— Eu posso ser mãe de muitos — disse ela, dispensando as palavras dele com a mão. — Da mesma forma que Rômulo e Greice saíram, outros podem entrar. Mais jovens, mais motivados, mais ansiosos em serem liderados por mim.

Mais baratos também, pensou Hugo.

— Eu quero reter na Bunker apenas os talentos excepcionais, Huguito. Não é por mim que faço isso. É por vocês. Se você um dia se acomodar, seu talento pode ser desperdiçado. É por isso que luto todos os dias para te desafiar. É assim que trabalho e levanto as empresas. Os sem talento ou apenas bons vão embora, os brilhantes ficam. E é com eles que faço o melhor para todo mundo.

Hugo ia e voltava no amor e no ódio. Porque o que Verônica dizia fazia sentido. Mas no fundo, bem lá no fundo, havia alguma coisa escondida, maquiada, flutuando nas entrelinhas, que machucava quando era vista. Verônica não dizia com todas as letras, mas estava ali: ninguém era insubstituível. Nem ele. A única pessoa que não seria demitida era Verônica.

— O que acontece se eu me recusar a levar o Farol pra frente do jeito que você... planejou? — perguntou Hugo, sabendo que estava pisando num campo minado.

— Ai, Huguinho. Não vai querer fazer isso. Porque eu não te fiz crescer aqui na Bunker para desistir de tudo agora, né? Estou entregando o sucesso nas suas mãos.

Era aceitar ou aceitar, então. Hugo havia imaginado isso.

Queria pedir licença para poder ligar agora para os pais, ouvir a voz calorosa deles, para perguntar se isso era mesmo o sucesso que eles tanto tinham profetizado. Porque Hugo havia chegado longe, mas a que custo? Era desse peso que ninguém falava. Ou ele simplesmente não havia dado ouvidos, porque João, Jamille e Agnes haviam falado um monte no ouvido dele sobre isso.

As frases deles começaram a ecoar em seu ouvido, uma cacofonia de conselhos, críticas, verdades que ele se negara a compreender até agora.

A Bunker não é a minha vida, Hugo. Não deveria ser a sua também. Do contrário, você vai estar vivendo a vida de outras pessoas.

Não é o seu trabalho ou o quanto você ganha que te faz maior, é quem você é.

Porque pegar na mão de Verônica era ter sucesso na vida, isso era um fato: a mulher era uma titã. Mas talvez este sucesso não fosse o que Hugo queria. Tendo que passar por cima de todo mundo. Não tendo tempo para mais nada, nem para se lembrar de quem ele realmente era.

Pensou em Agnes de dedo em riste, em Jamile caída no chão da sala, em João guardando seus pertences para ir embora da Bunker, na cara triste de Greice e Rômulo fechando a porta ao sair, depois de darem tudo de si.

— Você mentiu pra gente — constatou ele. — Mentiu pra mim.

Hugo via a moldura que teria a foto dele agora se desfazendo na parede da Vitrine da Elite. Mas também, paciência. Por ele, até a parede poderia cair.

— Ah, é? — Verônica franziu o cenho e se sentou na mesa, debochada. — E quando foi isso?

— Ter dado uma chave pra todo mundo não foi um descuido, foi? Você queria que a gente se dividisse porque, se cada um pensasse só em si e em te agradar, não teríamos tempo pra pensar no tanto que a Bunker estava tirando da gente.

Foi assim que Hugo começara a enxergar Greice e Rômulo como concorrentes, querendo competir com eles pela atenção de Verônica.

— Você ainda tá nessa, Huguinho? Pelo amor de Deus, você já venceu.

— Quem me garante que amanhã ou depois você não vai encontrar um novo Hugo que custe menos, que seja mais maleável e ainda mais besta do que eu?

Eles não estavam *mudando* o mundo. Porque, se estivessem, Verônica não teria pedido para transformar o Farol numa máquina que só deixaria o mundo nos mesmos eixos em que já se apoiava. Hugo queria muito ser importante, ter um nome que era levantado lá no alto, mas como faria isso se jogasse tão baixo?

— As premiações, os comes e bebes, os videogames... até o Dia do Orgulho. Tudo cortina de fumaça pra gente não enxergar que o que você chama de sucesso é na verdade *exploração*.

Hugo sabia que não tinha mais nada a perder, porque dentro dele tudo já estava perdido. Não tinha mais volta de onde ele tinha ido. João, Greice, Rômulo e todos os que tinham vindo antes deles haviam sido moídos pelo rolo compressor que era Verônica, e Hugo não queria que isso se repetisse. Esperou que Verônica negasse ou contasse mais uma mentira de que lá nos Estados Unidos faziam assim, mas foi surpreendido:

— Isso é o que eu mais gosto em você, Huguinho — disse Verônica, sorrindo. — Você é tão caladão, mas nunca para de observar, né? Pois seja bem-vindo ao capitalismo, querido. Ou você mata, ou morre. E eu escolhi não morrer Hugo. Porque já tentaram me matar tantas, mas tantas vezes que cansei. Agora eu me nego a ser engolida por qualquer um que tente.

— Você nem vai se defender? — perguntou Hugo.

— Me defender de quê? Queridinho, o mundo em que você acha que vive, onde todo mundo é bonzinho e cuida apenas da própria vida, não existe. Ou então fica bem longe daqui. Eu faço o que precisa ser feito. As empresas que salvo afundaram por causa de gente besta assim, que nem a Norma. Pode até ser que eu venha aqui e me entregue ao trabalho sujo que eles negligenciaram, mas fazer o que se sou boa nisso? Não sou a Guru do Sucesso à toa, Huguinho. Eu faço mais com menos. E, se você quiser crescer, chegar no topo *de verdade*, vai ter que aprender a ser como eu. Implacável. Ou então será devorado.

Todo mundo em Fiofó do Oeste sabia o que era trabalho. Eles não lidavam muito bem com o desemprego, a falta de futuro e não ter do que se orgulhar. Todo mundo levantava da cama pensando em sair de casa, pôr a mão na massa e voltar com a vida ganha. Mas, se para fincar a bandeira no ponto mais alto da montanha do sucesso Hugo tivesse que derrubar outras pessoas, talvez não quisesse trilhar esse caminho. Não que ele fosse incapaz disso. Só não era ele. Hugo sabia que agora podia tudo.

Até nada.

— Eu me demito — disse Hugo, ficando de pé.

— Oi?

Verônica deu uma risada seca, como quem não acredita numa piada.

— Eu tô fora — insistiu ele. — Vou buscar novos horizontes.

Não era ali que Hugo iria crescer e abrir as asas. Não sob pressão, desespero e cobranças. A Bunker podia ser o solo fértil de alguém, mas Jamille estava certa quando dissera que cada pessoa tem que descobrir o que quer fazer da própria vida.

Hugo queria, sim, ajudar os pais, mas queria mesmo um carrão do ano? Pelo amor de Deus, ele nem sabia dirigir. Precisava de uma casa gigante? Precisava mesmo de fama, logo ele que adorava ter privacidade? Hugo não se via vendendo arte na praia, até porque seu senso estético era pavoroso, mas a vida não era oito ou oitenta.

— Hugo, não seja ridículo. Você espera que eu leve isso a sério? — debochou Verônica.

Hugo apenas cruzou os braços.

— Não pense que vou implorar pra você ficar, queridinho. Você sabe o caminho para o TH. Achei que fosse mais forte, Hugo, mas devo ter me enganado, o que é raro.

Hugo puxou o celular do bolso, conferiu algumas informações e decidiu que não valia mais a pena ficar ouvindo aquele lero-lero. Abriu a porta da sala, mas ainda ouviu Verônica dizendo:

— Além do mais, você já fez tudo o que eu queria. O Farol já pode caminhar sozinho. Eu contrato outra equipe num instante. Todo mundo quer trabalhar com Verônica Rico.

— Eu não quero — respondeu Hugo, tão firme quanto podia, as pernas meio bambas. — E o Farol vem comigo.

— Ir com *você?* — perguntou Verônica, quase gargalhando. — Querido, esse algoritmo é propriedade da Bunker, e você sabe disso. Você só sai daqui com ele por cima do meu cadáver.

— Se considere morta, então.

Hugo deu play no celular e encarou Verônica enquanto ouviam juntos o áudio gravado em segredo.

"Ninguém vai querer usar nosso aplicativo se souber que ele será um espião."

"Mas eu não vou contar para os usuários. Você vai?"

Verônica foi empalidecendo à medida que o áudio avançava.

"Verônica, isso não é ilegal?"

"Huguinho, eu tenho contatos em todas as esferas de poder deste país. Não existe lei pra gente como eu... Claro que muita gente vai usar para vender produtos e serviços duvidosos, mas não é problema nosso, né?"

Hugo ficou esperando o áudio terminar para dar sua cartada final.

— E essa é só uma parte da conversa. Além disso, tenho

um dossiê com todos os documentos que comprovam as vezes que você quebrou a lei, além da proposta assinada por você de transformar o Farol numa tecnologia ilegal.

Hugo tinha feito *quase tudo* o que Verônica pedira. Não concluíra o processo porque algo dentro dele dizia que aquilo o perseguiria pelo resto da vida. Na noite passada, reunira todos os e-mails, atas de reunião, documentos da empresa e mensagens que poderia usar para se defender de Verônica. Eles causariam um alvoroço se saíssem dali.

Talvez ele não fosse tão besta assim, pensou agora, olhando para a cara séria de Verônica. Talvez ele fosse de fato um foguete.

— E você vai fazer o quê com isso, Hugo? Abrir um processo trabalhista? — perguntou Verônica após se recompor, parecendo até desinteressada. — Não vai ganhar nada com isso.

— Mas você vai perder. Sua reputação — disse ele. — Imagina todo mundo descobrindo que a guru do sucesso é uma exploradora de pessoas? Todas as empresas nas quais você botar os pés serão boicotadas. Marca nenhuma vai querer se aliar a você.

Hugo nem sabia se isso era verdade, mas queria acreditar no melhor das pessoas. Ainda tinha mais:

— E, se você planejava fazer isso aqui na Bunker, o que não deve ter feito nas empresas anteriores? Imagina se começam a desenterrar esquemas ilegais que por acaso têm seu nome no meio?

Foi só aí que Verônica pareceu *realmente* prestar atenção nas palavras de Hugo. Ele tinha tocado na ferida certa.

— Você não sabe com quem está mexendo — ameaçou ela.

— Na verdade, eu...

Hugo foi interrompido bruscamente quando Verônica avançou sobre ele numa tentativa de tomar o celular. Meu Deus. Ele tinha se preparado a noite toda para um embate verbal, para não se deixar ser seduzido pelas palavras de Verônica, mas nem em um milhão de anos teria conseguido estar em forma para uma luta corpo a corpo.

De longe era até engraçado.

Ela puxando o cabelo dele para trás até virar o pescoço, depois mordendo a mão dele como se estivessem numa novela das sete da Globo, os óculos de Hugo voando para algum lugar no chão. Hugo pensou em puxar o cabelo dela, mas lembrou-se de que Verônica era careca, o que dificultaria o golpe. Quando Verônica já estava puxando o celular das mãos dele, Hugo apenas desistiu da luta. Mas Verônica havia puxado com tanta força que se desequilibrou com o celular na mão, voou sobre a mesa de reunião e caiu do outro lado no chão. Não sem antes levar junto a caneca de café quente e pegajoso que estava sobre a mesa.

O grito de Verônica no chão durou quinze segundos exatos.

— Verônica! — repreendeu ele, catando os óculos do chão. — Acha mesmo que eu não fiz backup disso? Já mandei pra várias pessoas que você nem conhece. E se tiver quebrado meu celular, vai ter que me dar outro.

Nem tinha mandado para ninguém, só salvado na nuvem, mas achara de bom-tom inventar outras pessoas para não correr o risco de ser assassinado ali mesmo. Verônica se levantou do chão, toda craquelada, arfando. A roupa desalinhada, a mancha de café do pescoço ao peito que com certeza tinha garantido pelo menos uma queimadura de segundo grau, os olhos *abissais*.

Verônica deslizou o celular de Hugo pela mesa até ele. Estava intacto, o que não poderia ser dito do couro cabeludo dele, nem da epiderme de Verônica.

— *Hugo* — vociferou Verônica. — Você vai sofrer severas consequências.

— Vai fazer o quê? Me demitir? Não precisa. Estou indo agora mesmo até o TH. E vou te enviar o dossiê completo, caso ainda esteja duvidando de mim.

Hugo deu dois cliques no celular e ouviu a notificação emitida pelo celular de Verônica.

— Eu só quero ir embora. Com o Farol — disse ele. — Mas, se você vier atrás de mim ou tentar me prejudicar de *qualquer forma*, vou atrás de você.

Hugo nunca tinha visto Verônica perder a compostura daquele jeito. Não era bonito. A respiração pesada, o peito subindo e descendo, os dentes à mostra.

— É seu. Vou providenciar a papelada — disse ela, ajeitando a roupa, passando a mão na cabeça e do nada abrindo um sorriso. — Mas é claro que posso relevar esse nosso *pequeno* conflito se quiser estabelecer uma nova parceria comigo, Huguito. Nós podemos, juntos, fazer o...

— Não quero.

Hugo já tinha perdido o medo de morrer, uma vez que a pior coisa que poderia acontecer a um ser humano já tinha acontecido a ele: a demissão.

Em vez de sair de cabeça erguida pela porta da Bunker e sumir no elevador depois de ter acertado certo nível de papelada com o TH, Hugo virou numa das escadas e voltou para mais ou menos onde tudo havia começado.

O terraço estava vazio, nenhum homem gostoso e implicante à vista, o que doeu um pouco dentro dele, mas era a vida. Gritou assim que chegou ao parapeito.

— EU SOU UM HOMEM LIVREEEEEEEEEEEEEEEEEE.

Esperou dois segundos, pegou fôlego, fechou os olhos e gritou de novo.

— LIVRE E GAAAAAAAAAAAAAAAAY.

Ainda de olhos fechados, com um sorriso no rosto e o vento soprando em seus cabelos, Hugo ouviu o cara aleatório no terraço do prédio ao lado gritar de volta:

— Grande merda ser bicha!

Provando que o mundo ainda era o mundo.

29. Mesmo que o mundo gritasse o contrário

Nem Hugo entendeu como tinha ido parar no Ranga & Chora.

Talvez seu subconsciente deprimido estivesse com vontade de comer pudim de graça. Saiu da Bunker pela última vez sem rumo nenhum, com a sensação esquisita de que estava cometendo um crime por encerrar o expediente no meio do dia. Sentia que a qualquer momento policiais o cercariam perguntando: "Ei, você não deveria estar *trabalhando?*".

Hugo deu duas voltas no quarteirão, torcendo para isso levar tempo o suficiente para ele descobrir o que faria em seguida. Não imediatamente em seguida, mas em seguida *na vida*. Andando com ele ia o orgulho de ter vencido um dragão. Pedir demissão era gostoso demais. Deveriam existir mais livros e filmes sobre isso do que sobre gente se apaixonando. Mas logo vinham a autocrítica, a humilhação de ter fracassado, o desespero e as cenas horrendas que ele protagonizaria quando contasse para os pais o desastre que fora sua carreira no Rio de Janeiro.

Você é um foguete, Hugo Flores!

Desses feitos por milionários que querem brincar de Deus e juntam as peças com fita adesiva e cola quente.

Quando viu, estava no restaurante com um prato de comida à sua frente, sabendo que nunca mais voltaria ali. Parecia até a última ceia, só que se Jesus fosse um coitado sem amigos que ia morrer mesmo assim.

— Hugo?

Hugo já sabia de quem era a voz, mas levantou os olhos

torcendo para estar equivocado. Porque de todos os dias, de todos os momentos, de todos os almoços, esse era com certeza o pior evento aleatório que poderia acontecer a um sujeito desempregado, fodido e falido: encontrar seu primo extremamente bem-sucedido.

Pois primo Murilo estava bem ali, sentando em sua mesa.

— Nem acredito que te achei por acaso nesta cidade gigante! — disse o primo.

— Eu... também não.

— E aí? Como vão as coisas? Seus pais me contaram que você tava no Rio também. Trabalhando com computação, é isso? Cara, que massa. Tava esperando você me procurar qualquer dia desses. Tá se virando bem? Tia Cirlene e tio Virgílio falam de você com muito orgulho, cara. Ficou sabendo da última? Virei cirurgião-chefe lá do hospital. Você não vai acreditar, ganhei até um prêmio nacional esses dias. Você me viu na tv? Deve ter visto, passou em todo lugar.

Murilo ia falando e fazendo perguntas, mas sem dar brecha para que Hugo abrisse a boca e de fato as respondesse. Uma conversa no piloto automático, mas que, se fosse de outro jeito, talvez Hugo estaria agora mesmo, neste momento exato, abrindo a porta e pulando para fora do carro em movimento.

Gostava do primo. Um pouco. Assim, talvez gostasse mais de *falar dele* para os outros do que de estar na presença dele, como estava agora. Era legal ter um primo médico, no fim das contas, mas às vezes pesava. Hugo tinha evitado encontrar Murilo no Rio de Janeiro porque sabia que seria inundado por troféus e medalhas e realizações, mas o primo era merecedor de tudo aquilo, era até mesquinho querer que Murilo não se alegrasse com as próprias vitórias.

Então Hugo só ficava ouvindo bem quietinho. Murilo contou que agora estava investindo numa casa de praia, porque já tinha um apartamento na Zona Sul, que conseguia trocar de carro todo ano. Tinha namorado uma famosa no mês retrasado e saía com muitas mulheres que se encantavam pelo fato de ele ser médico. A fila de espera da clínica dele tinha dezenas de nomes, porque, além de trabalhar no hospital, ele também era dono de uma clínica particular, então trabalhava bastante e se desdobrava em múltiplos turnos, operando, atendendo, ganhando prêmios e quase não parando em casa.

Hugo sorriu bastante durante a conversa, mas sem mostrar os dentes. Era engraçado que os Flores eram todos iguais — cabelos muito escuros, pele pálida de vampiro, orelhas ligeiramente extravagantes e tendência à anemia —, mas ainda assim Hugo não deixou passar o quanto se parecia com o primo, para além dos laços de sangue. Os dentes amarelados de café, o cabelo meio embaçado, rareando em algumas partes, a pele sem viço que talvez nem mesmo uma casa de praia pudesse curar, os olhos fundos de panda... o primo ainda falava de si pelos cotovelos, mas, sem nem escutar, Hugo o interrompeu:

— Você é feliz?

Murilo franziu o cenho. Hugo só via as rugas e a pele flácida que ele mesmo teria dali a alguns anos se continuasse sem dormir.

— Como assim? — disse Murilo.

— Perguntei se você é feliz.

O primo deu risada, olhou para os lados. De repente pegou a raspadinha do Ranga & Chora e começou a raspar com a unha, deixando a pergunta no ar. Hugo achou que ele não fosse responder, mas se enganou.

— Que pergunta boba, primo. Claro que eu sou feliz! Você não ouviu tudo que eu acabei de contar? — disse Murilo, sorrindo de verdade.

Em seguida, virou a raspadinha para Hugo.

— E também sou um cara de sorte! Pudim de graça! Ô, garçom.

Hugo apenas suspirou. Tinha tanta coisa para dizer, mas concentrou todas as suas energias na própria raspadinha. Raspou com a chave dourada, que tinha esquecido de devolver quando passara no TH.

Nada.

Hugo queria muito saber qual era o nome desse sentimento quentinho que agora borbulhava dentro dele.

— Se você quiser, a gente pode dividir o meu — disse Murilo.

— Não... obrigado. Pode ficar com ele todo pra você.

Uma pena que não davam certidão de óbito para pessoas vivas, porque, se dessem, a de Hugo seria uma das poucas cuja *causa mortis* diria *desemprego*.

Logo após pular fora da Bunker, não viu razão para sair da cama. Acordou cedo como o otário que era, mas, assim que colocou os pés no chão, tudo voltou como um banho de betoneira. Caiu na cama e por lá ficou.

Era muito parecido com um término de namoro: não queria comer, não queria sair, não queria falar com ninguém. O mais triste é que nem a Vanessa da Mata estava ajudando dessa vez. O ritmo da sofrência sempre cantava sobre amores não correspondidos, provavelmente porque versar sobre os males do capitalismo e o desgraçamento mental de achar que uma empresa é sua família devia resultar em músicas horríveis.

Onde arrumaria coragem para explicar para os pais por que aquele foguete tinha voado tão baixo? Decepcionar pessoas impossíveis de ficarem decepcionadas era uma dor com a qual Hugo não sabia se daria conta de lidar. Achou que choraria pensando nessas coisas, mas estava *seco*. Hugo não existia *por dentro*. Se fosse substituído por um abajur, ninguém notaria.

Dessa vez, Agnes não batera em sua porta oferecendo sorvete. Tinha mesmo desistido de agir como mãe dele, e Hugo não a julgava por isso. A única atividade maternal que sua colega de apartamento ainda tinha interesse era o papai e mamãe com o Henrique, que rolava toda segunda, quarta e sexta. Hugo às vezes ouvia a voz dele pela casa, provavelmente andando de cueca, e colocava isso em sua lista de motivos para nunca mais sair do quarto.

Os primeiros dias foram bem ruins, e os que vieram depois foram bem parecidos com os primeiros. A única certeza de Hugo era de que o amanhã seria ontem, o ontem seria hoje e o hoje era o abismo.

Naquela última vez que se viram, depois de Hugo ter recusado a "parceria", Verônica havia gritado que o que ele havia feito fora *inaceitável*. Que, no que dependesse dela, ele *nunca mais* arrumaria emprego em *lugar nenhum*. Que nunca mais haveria espaço para ele na Bunker e que eles se ergueriam mesmo sem ele, que nem faria tanta falta assim.

Duas semanas depois, o chamaram de volta.

Não, Hugo, também não foi bem assim. Você realmente DESTRUIU nosso projeto, mas somos muito benevolentes e entendemos que todo mundo merece uma segunda chance, mesmo VOCÊ sendo um funcionário que ninguém JAMAIS irá querer. A Bunker Tecnologia, em nossa infinita misericórdia, o quer. VOCÊ DE FATO É UM LIXO, veja bem, mas também é parte da família.

Hugo pensou em se levantar dos mortos por alguns segundos. Instantaneamente, as gavetas de sua mente sobre o Farol começaram a ser reabertas e trechos de código começaram a pipocar. Queriam ele de volta. E ele sabia que era capaz. Um mais um é dois, dois mais dois são quatro, o quadrado da hipotenusa é igual à soma dos quadrados dos catetos. Ele ainda sabia matemática. E programar. Mas recusou porque não encontrava mais quem era, depois de dar tanto de si.

Talvez não houvesse mais coisa nenhuma dentro dele, muito menos um *quem*.

Num dia que podia muito bem ser terça-feira ou sábado, Hugo ouviu Jamille atrás da porta.

— Hugo, você tá aí?

Ele não tinha nada contra Jamille, muito pelo contrário. Estava era preocupado de ela revogar sua carteirinha de amigo. O problema era que responder significaria entrar numa conversa que ele não queria ter.

— Agnes me avisou que não valia a pena vir aqui... — comentou ela. — Tenho certeza de que você tá me ouvindo. Não saiu o resultado ainda, mas fui muito bem na prova de matemática do concurso. Só queria te agradecer.

Hugo até virou a cabeça para a porta. Esperava que Jamille estivesse recebendo as felicitações espirituais que ele acreditou estar emanando.

— Fiquei sabendo do que rolou lá na Bunker... ligaram um monte atrás de você.

Foi automático se encolher na cama. Tinha colocado Jamille como contato alternativo quando fora contratado pela Gira-Gira.

— Você foi muito corajoso.

Mas foram as últimas palavras dela antes de sair dali que fizeram Hugo abrir o primeiro sorriso em semanas.

— Da próxima vez que for meter o pau em burguês safado, me chama pra ajudar.

O espaço era o quarto em Vila Isabel, mas o tempo já era mais difícil de dizer. Em *algum momento*, Norma mandou uma mensagem dizendo que estava decepcionada com Hugo. Mas perdeu de 2 a 1, porque Greice, no mesmo dia, disse que esperava que estivesse tudo bem com ele, e Rômulo, um pouco depois, escreveu dizendo que Hugo fizera tudo o que ele sempre quisera fazer.

De Verônica, não recebeu nada.

Às vezes pensava que, mesmo agora, se João Bastos aparecesse batendo na porta do quarto dele dizendo querer retomar contato, Hugo não saberia como levariam aquele relacionamento para frente. O que ele sentia por João ainda não tinha nome. Era uma vontade muito grande de estar por perto, de pedir perdão por erros que ainda nem tinha cometido, de encostar no peito nu dele e falar coisas bonitas em seus ouvidos.

Queria João por inteiro, de alma e também de *corpo*. Porque João era divertido, metidinho, implicante e um amor de pessoa. Mas também um gostoso. Hugo fantasiava com João arrombando a porta do quarto já sem camisa, prendendo Hugo na cama entre os joelhos, deixando Hugo nu e enchendo o pescoço dele de beijos daqueles que fazem os pelinhos do corpo se eriçarem.

Passaria as mãos pelo cabelo de João e o puxaria para mais perto num beijo demorado, exploraria cada partezinha daquele peitoral, das costas, das pernas com tufinhos encaracolados. E aí depois...

Era o depois que o escangalhava.

Hugo não era ingênuo, sabia como gays faziam. Quer dizer, ele *era* ingênuo, burrinho como uma porta no quesito sexo, mas, na teoria, não era nenhum mistério. E ele tinha internet em casa. Se ele tivesse que dar o... ou se então João cismasse que...

Como alguém podia querer *tanto* ser gay, mas falhar miseravelmente?

Hugo sabia que Diego daria um murro na cara dele se o visse falando assim de si mesmo e, lá no fundo, não se entendia mais como um erro, apenas uma via alternativa. Alguém que tinha que descobrir sozinho como fazer o mundo funcionar, já que não girava bem para gente como ele.

Mas não foi João Bastos quem arrombou sua bolha de autocomiseração.

Foi um pedaço de papel que passaram por debaixo da porta. Leu as letras sinuosas de Agnes:

Hoje é meu aniversário. Marquei com umas amigas num bar da Teodoro. Venha se quiser.

Era uma daquelas situações em que Hugo queria *já ter ido*. Não curtia bares, não curtia sair à noite e não tinha intimidade com nenhuma das amigas de Agnes além de Jamille. Nem da própria Agnes ele sabia mais se era íntimo. Talvez ela só estivesse chamando por educação, já que não se falavam havia semanas. Um daqueles convites que a gente se sente obrigado a fazer, mas na verdade está torcendo para que o outro recuse. Se bobear, Hugo faria mais mal indo do que ignorando. Então recebeu uma mensagem no celular:

Isso não faz nenhum sentido, porra! Se ela está te chamando, é porque quer que você vá.

Gente?! Era uma mensagem de Jairo, com quem não falava desde que saíra da Bunker. Ficou encarando o celular meio atordoado, com medo do que pensar porque aparentemente Jairo também lia mentes pelo telefone, um superpoder inédito que chocaria até os X-Men. De repente, a mensagem sumiu. E em seu lugar apareceu outra.

Oi, Hugo! Foi mal, mandei mensagem pra pessoa errada! Pode ignorar. Mas eu queria mesmo falar com você. Como você tá? Saudades de conversar contigo.

Hugo sorriu para o telefone. Jairo e seus poderes paranormais de mentirinha.

Ele viu quando Agnes o viu.

Ela estava no meio de uma risada quando parou de repente e o acompanhou com os olhos da entrada do bar até a mesa dela. Não era surpresa para ninguém que Agnes era uma mulher sociável, mas Hugo ficou meio intimidado com aquele *exército* de amigas. Todas falavam alto, gargalhavam, bebiam. Eram de todas as cores e de várias idades, provavelmente as que tinham inspirado o Martinho da Vila naquela música. Não era coincidência aquele ser um bar em Vila Isabel, afinal. Algumas das amigas, inclusive, eram homens. Hugo acenou meio tímido para Diego e também Gustavo, que conhecia de vista.

Foi chegando de mansinho como um cachorro perdido, vinha sofrendo com aquele momento desde que decidira aceitar o convite. Não esperava que Agnes viesse saltitando com os braços abertos em sua direção, mas, quando ela fingiu que nem o conhecia, o coração de Hugo deu uma choradinha. Ou talvez o pulmão. Dentro dele, parecia estar tudo misturado. Hugo Flores era feito de geleca. Foi Jamille quem salvou sua vida.

Ela estava sentada na ponta do agrupamento de mesas e, depois de uma fila de amigas, Agnes continuava conversando com as mais próximas, sendo a matriarca daquela família que ela mesma havia escolhido.

— Você *veio*?

Pois é, Jamille, Hugo também não acreditava.

— A Agnes tá meio ocupada, mas senta aqui perto de mim.

Jamille apontou para uma cadeira numa mesa perto deles. Hugo, todo sem jeito, puxou a cadeira e tentou se encaixar entre Jamille e Nádia, que ele também conhecia mais ou menos.

Aquele lugar era projetado para Hugo não dar um pio. Havia música tocando bem alto, *muita* gente falando, mal conseguia acompanhar as conversas paralelas rolando naquela mesa. Ficou fingindo estar entretido no papo de Jamille com as garotas ao redor sobre como todos os protagonistas negros da Disney viravam animais em algum momento.

Será que devia se levantar, atravessar aquela mesona, que na verdade eram oito mesinhas juntas, e dar um oi para Agnes? Talvez abraçá-la? Pedir desculpas de joelhos? Ela o tinha convidado por *algum* motivo. Estava difícil descobrir qual, ali sentado com aquele grupo ao qual ele claramente não pertencia.

— Gente, alguém quer ir ao banheiro comigo? — perguntou Nádia, e causou comoção.

Metade das amigas de Agnes se prontificou, a outra metade provavelmente se sentiu na obrigação de fazer companhia. No Estatuto da Mulher, ir ao banheiro acompanhada devia ser não só um direito como um *dever*. Jamille perguntou se Hugo podia olhar a bolsa dela e, quando ele disse que sim, foi a brecha que precisaram para transformar alguém no guardião das bolsas. Naquele fuzuê de levanta, abre a bolsa, fecha a bolsa, leva a bolsa, segura minha bolsa, Hugo perdeu Agnes de vista e aque-

322

la nuvem de gafanhotas deixou a mesa vazia. Até os meninos foram atrás.

Imagina aquela fila de banheiro.

Hugo ficou meio constrangido de estar sozinho numa mesa gigante, como um aniversariante impopular, mas de fato ficou de olho em umas vinte bolsas sabe-se lá por quanto tempo.

Quase aplicou um golpe de caratê quando tocaram em seu ombro. A sorte de Agnes foi que ele não sabia caratê.

— Você ia me *bater*? — perguntou ela, as sobrancelhas erguidas.

— Só se você tentasse levar uma dessas bolsas — respondeu ele.

— Minhas amigas são todas fodidas, Hugo, tá todo mundo pagando no crédito em dez vezes hoje. Só deve ter brilho labial e camisinha nessas bolsinhas.

Hugo quis rir, mas não sabia se podia.

Agnes segurava um copo de cerveja na mão e começou a cantarolar o refrão do pagode que tocava nas caixas de som do bar. De repente, disse:

— Então... você finalmente apareceu. Juro pra você, eu não tava esperando mesmo.

— Acho que eu também não — Hugo ousou ser sincero. — Mas não aguento mais, Agnes. Eu sei onde errei.

— Então me diz onde — ela o desafiou.

— Fui um babaca com você. Um boçal, um crápula, um lixo de amigo. Fui um nojo, tava todo equivocado quando usei meu trabalho como régua moral.

— Um filho-da-putinha.

— Isso também.

Agnes pareceu aprovar a autodepreciação.

— Eu deveria ter te ouvido bem antes — continuou Hugo. — A Bunker... eu não sei nem por onde começar a apontar os erros. A sua vida é tão importante quanto a minha, seja lá qual caminho você queira trilhar. *Você* importa pra mim. Você sempre ficou do meu lado. Me perdoa, por favor.

O tempo quase parou de passar, como se o mundo inteiro quisesse ouvir o que Agnes ia dizer.

— Eu já te perdoei, Chuchu.

Hugo se sentiu tocado por ouvir o Chuchu novamente. Era uma morte horrível quando ela o chamava de *Hugo*. Era pior do que quando seus pais o chamavam de Hugo Flores, já entregando que ele tinha feito besteira.

— Depois que ficou claro que você não estava mais trabalhando na Bunker, eu fiquei até com pena, sabe? — admitiu Agnes. — Mas não quis dar o braço a torcer. Acho que, no fundo, eu estava implorando pra você aparecer aqui quando enfiei o bilhete embaixo da sua porta. Aliás, tava doida pra te contar uma novidade.

— Qual?

— Vou prestar vestibular pra educação física assim que eu tiver a chance.

— Agnes! Isso é incrível!

— Você tinha um pouco de razão. Meu trabalho acaba mesmo comigo. Se eu puder chegar num lugar um pouquinho melhor, já vai fazer toda a diferença.

— Eu tô muito orgulhoso de você.

— Mas eu não passei ainda, né? Sei lá quando foi a última vez que fiz uma prova. Só vou tentar porque moro com as duas pessoas mais cabeçudas que conheço. E sou linda demais pra sofrer na mão de chefe assim.

E ela era mesmo. Hugo conhecia pessoas que ficavam radiantes na iluminação certa, como o jogo de luzes do bar em que estavam, mas era Agnes quem embelezava o ambiente. Era impossível passar sem olhar para aqueles olhos castanhos pequenos, a pele bronzeada, as bochechas proeminentes e o sorriso sensual.

— Ai, Agnes, sem brincadeira, eu te *amo* — disse Hugo, quase emocionado por ter a amiga de volta.

— Calma, garoto, você nem me comeu ainda.

— É a sua cara responder uma coisa *horrorosa* e estragar o momento fofinho que estamos tendo.

Agnes gargalhou, deixou seu copo sobre a mesa e levantou Hugo da cadeira. Deram um abraço muito apertado, e Hugo sabia que ainda devia muitas palavras à sua colega de apartamento. Aliás, colega de apartamento não, *amiga*. Das boas.

Como podia tê-la diminuído por causa de *trabalho*? Quando tinha achado razoável dizer coisas horríveis para os outros? Hugo fez uma promessa a si mesmo de nunca mais trocar amizade por dinheiro. A primeira coisa era infinitamente mais difícil de conseguir do que a segunda, mesmo que o mundo gritasse o contrário.

Quando a legião de amigas voltou do banheiro, um dos garçons trouxe uma torta para a aniversariante. Tinha uma vela nervosa soltando várias estrelinhas em cima, mas, antes de deixar as amigas cantarem parabéns, Agnes pediu o número do garçom. Hugo estava leve e cantou com todo mundo. Cantaram o Parabéns Pra Você clássico, o Parabéns Pra Você gospel, o Parabéns da Xuxa, o "É big, é big", o "É pique, é pique" porque alguém ali era de fora do Rio, o "Tá na hora de apagar a velinha" e Hugo achou que a cantoria *nunca* fosse acabar, já que cada amiga emendava uma música nova na que tinha terminado. Hugo quase tomou a liberdade de puxar o Parabéns de Fiofó do Oeste, que na verdade era um rap que rimava alegria com anemia, mas ninguém saberia cantar. Na parte do "Com quem será que a Agnes vai casar?", Hugo encheu o peito pra cantar:

— Vai depender se o Henrique vai querer!

Mas foi o único que disse Henrique.

— Se o William vai querer!

— Se o Tarcísio vai querer!

— Se o Bernardo vai querer!

— Se o Cláudio vai querer!

Jamille foi essa última e, gente, quem era Cláudio?

Se eram vinte pessoas naquela mesa, foram vinte nomes de homens diferentes. Todo mundo se encarou com cara de confusão, mas Agnes apenas deu de ombros e disse:

— Eu não sou mulher de um homem só.

A gargalhada foi geral.

30. É assim que a gente gosta

— Acho que é nossa última vez juntos aqui — disse Hugo.

Era a manhã de um sábado em julho, e o dia estava tão lindo em Vila Isabel que Hugo se incomodava por estar sendo tão dramático. Mas não conseguia evitar. Havia tomado a decisão na noite anterior, comprado a passagem e avisado as meninas.

A coragem daquele momento ia embora aos pouquinhos, como a areia numa ampulheta, então Hugo tinha medo de que, se demorasse demais, voltaria atrás. Mas ainda tinha tempo para o passeio derradeiro com os cachorros, que começaram como a pior Terça dos Três que o mundo já viu e agora eram a única experiência que ele gostaria de repetir com as amigas.

— Eu ainda não acredito que você não vai voltar — comentou Jamille, passando pelo portão decrépito do Só Cachorrada. — Mas pode deixar que Agnes e eu estaremos aqui toda semana.

— Fale por você, gata. Eu não prometo nada não — respondeu Agnes.

— Você vai voltar nem que seja pra dar uns pegas no balconista de novo — disse Jamille.

— Os homens que vêm até mim, não o contrário.

— Eu vou sentir muita falta de vocês — disse Hugo, quase não dizendo, porque adorava acompanhar esse pingue-pongue entre as duas e não queria quebrar o momento.

— Você não volta mesmo, Chuchu?

Hugo queria ter resposta para essa pergunta, mas gostava

de pensar que era definitivo. Assim, esforçava-se para aproveitar cada segundo que lhe restava no Rio.

— Na verdade, eu não sei... — disse ele, caminhando atrás delas. — O que sei é que preciso voltar pra casa, pisar no chão de Fiofó do Oeste e olhar pra cara de todo mundo, sabe? Acho que me perdi quando saí da cidade. Ou me encontrei, sei lá. Quero ver meus pais, me abrir com eles, contar tudinho do que aconteceu aqui. E eu *sou* gay. Quero que eles saibam também.

— Ai, Chuchu, é provável que eles já saibam.

— Mãe sempre sabe — completou Jamille. — Quando não sabe é porque não quer saber.

— Mas eu quero contar mesmo assim.

Não parecia oficial se Hugo não contasse com a própria boca.

Ninguém era gay em Fiofó do Oeste, e ele continuaria não sendo se não dissesse com todas as três letras.

Não tinha medo da reação dos pais, do drama, nem da violência. Tinha medo era de não ser para sempre.

— Bom dia... viemos passear... — disse Hugo para Henrique no balcão. — Com os... cachorros.

Era muito difícil falar normalmente com as pessoas depois de já tê-las visto peladas. Hugo queria não ter visto Henrique estirado na cama de Agnes, mas agora era tarde demais. Lembraria mais da bunda cabeluda dele do que do rosto.

— Bom dia, meu camarada! É pra já — respondeu Henrique, animado, e logo procurou por Agnes até encontrá-la. — Ah, minha deusa, minha linda. Eu tô morrendo de saudades de você.

— Bora, Henrique, é pra hoje esses cachorros — cortou Agnes.

Incrível como ela mandava e os homens obedeciam. Henrique só abaixou a cabeça e sumiu pela porta atrás do balcão. Agnes gostava das coisas simples e descomplicadas e, apesar de Hugo ser um eterno romântico, entendia como esse desapego facilitava a vida. Infelizmente, Hugo só gostava de complicação porque não conseguia esquecer João de jeito nenhum.

— Vocês chegaram bem cedo hoje, então tá todo mundo disponível — voltou Henrique, com uma dúvida: — Vão querer Belinha, Totó e Rex, certo?

— Ah, na verdade... — ponderou Hugo. — Acho que eu quero a Bandida.

Belinha, Totó e Rex eram uns amores de cachorro, e Hugo tinha certeza de que os próximos voluntários que passassem por ali escolheriam os três para um passeio. Eram fofos, amigáveis e obedientes, mas Hugo sentia falta da adrenalina. Da graça de ver Agnes correndo cavalona com Capeta no encalço dela. De ver gente se assustando com Vampira nas calçadas. De Bandida roubando comida e outros pertences quando ele não estava olhando. Ficara viciado nos cachorros que traziam o caos.

— Aproveita e traz a Vampira também — pediu Jamille.

— E aquele poodle endemoniado — mandou Agnes. — É assim que a gente gosta.

— Vocês... têm certeza? — perguntou Henrique, como se os três estivessem pedindo para passear com It: A Coisa.

— Absoluta — responderam em uníssono.

Bandida roubou o celular de uma moça distraída, e Hugo voltou cheio de vergonha para devolver o aparelho todo babado. Vampira usou os dentes para furar o pneu de uma bicicleta parada na frente de um armarinho, e os três saíram correndo com os cachorros antes de o dono ver. Já Capeta... meu Deus, Capeta. Ele avançou com tudo para cima de um cara que chamou Agnes de gostosa e logo depois de piranha quando ela não deu bola. Aquele cara nunca mais teria cachorros... ou filhos.

Depois de causarem o apocalipse em Vila Isabel, Hugo ficou olhando com carinho enquanto Capeta, Vampira e Bandida se digladiavam entre si, deixando ele e as meninas atentos porque às vezes a brincadeira deles parecia rinha de cachorro.

— Vocês adorariam ter conhecido Edna, a cabra — comentou Hugo para os monstrinhos.

Mas talvez Edna, a cabra — que Deus a tivesse —, fosse odiar os três.

— Chuchu, e o boy?

— O que tem ele?

— Como o que tem ele? — disse Agnes. — Você vai embora hoje e vai ficar por isso mesmo?

Hugo suspirou.

— Eu estraguei tudo. Ele pediu um tempo e foi demitido logo depois... acho que esse barco já zarpou.

— Será? — disse Jamille, com um olho na conversa e outro em Vampira. — Ele pediu um tempo do *antigo* Hugo.

— Que era mesmo insuportável — completou Agnes.

— Obrigado, Agnes — respondeu Hugo.

— Mas o *novo* Hugo ele ainda não conhece — insistiu Jamille.

— Eu não mudei *tanto* assim. E os problemas que eu tive com o João... meio que não são problemas. Nós somos do jeito que somos e é isso.

E isso ia além de Hugo ser assexual e João não. O próprio João tinha dito que às vezes ninguém sabia o que queria, mas ele pelo menos sabia mais do que Hugo. João era simples e direto, Hugo queria dar voltas e voltas e voltas e agora, por mais ridículo que fosse, ele voltaria para o mesmo lugar de onde viera. Não era justo arrastar João para isso, um homem livre daquele.

— Você ainda gosta dele, não gosta? — perguntou Jamille.

Gostar?

Só tinha sido o homem mais feliz do mundo quando João sentara na calçada ao lado dele. E quisera morrer quando topara com João no terraço, mas não morrera, porque com João era assim, aquele frio na barriga de que tudo podia acontecer. A lembrança dos encontros fortuitos nas escadas, nos corredores da biblioteca e nos cantinhos em que ninguém estava vendo só faziam arder. Hugo nunca nem tinha chegado perto de ter memória fotográfica, mas para João Bastos existia um álbum inteiro de momentos, sensações e do brilho das unhas bem cuidadas.

— Tá na sua cara que sim — disse Jamille, antes de Hugo responder. — Acho que você poderia pelo menos se despedir dele. Como quem não quer nada.

— Mas querendo tudo — completou Agnes, dando uma piscadela nada sutil.

Hugo com certeza não tinha virado a página. Mas João, que lia tantos livros, talvez já tivesse finalizado aquela história. Hugo não queria ficar cutucando feridas que nem tinham fechado... mas, se eles tivessem uma chance, pelo menos *uma* chance, provavelmente seria aquela. Uma despedida. Ver aquele rosto uma última vez. Hugo poderia falar tudo o que não tinha sido corajoso o suficiente para falar antes.

— Eu até sei onde ele mora... — comentou Hugo.

— Tá esperando o quê, Chuchu?

— Gente, eu ainda tenho mala pra arrumar — disse ele. — E meu ônibus sai às quatro da tarde.

— Você vai ter que ser bem rápido, então — insistiu Jamille, verificando as horas no celular.

De repente, Hugo foi tomado pela urgência de falar com João. Era isso ou *morrer*. Porque, se ele precisava de um encerramento decente, talvez João precisasse também. Hugo ia embora de qualquer jeito, nada no mundo mudaria sua necessidade de encontrar os pais em Fiofó do Oeste, mas queria deixar tudo em pratos limpos. E, não ia mentir, queria ver João Bastos pelo menos mais uma vez, sem a Bunker pesando na cabeça deles.

Hugo deu um pulo do banco em que estavam.

— Acabou a festa, pessoal, o pai de vocês tá indo atrás de homem — disse Agnes para os cachorros se engalfinhando.

Capeta, Vampira e Bandida pararam só por um instante para processar a voz berrante de Agnes, mas então seguiram com a vida como se nada tivesse acontecido. Capeta tentava aniquilar o próprio rabo enquanto Vampira abocanhava por inteiro a cabeça de Bandida, que se deixava ser arrastada de boas como uma mulher das cavernas.

— Me dá um pouco de pena devolver eles assim — comentou Hugo, presenciando aquela alegria caótica. — Sempre parece que estamos abandonando os três.

— Sei que a gente não pode levar eles pra casa... — começou Jamille.

— Jamille, nem invente — interrompeu Agnes.

— Eu disse *sei que a gente não pode levar eles pra casa...* — insistiu Jamille, cruzando os braços. — Mas bem que eles podiam ser adotados, né? Pra morarem numa casa bonitinha, serem bem cuidados. O canil é tudo o que eles têm. E a gente, de vez em quando.

— E somos grandes merda — pontuou Agnes. — Mas também quem vai querer adotar essas três pestes?

Como se fosse ele mesmo um algoritmo de pareamento, Hugo foi pensando em todas as pessoas que conhecia, riscando o nome delas de uma lista mental quando sabia que nunca se dariam com os cachorros.

Só restou um nome.

— Eu acho que tenho uma ideia — disse ele. — Se vocês me ajudarem.

— O que você não pede chorando que a gente não faça sorrindo, Chuchu?

Hugo apertou o interfone. Tinha ensaiado com Agnes e Jamille tudo o que precisava falar assim que ouvisse a voz de João. Não tinha nenhuma expectativa de que ele viesse até o portão, muito menos que o chamasse para subir, então tudo o que Hugo tinha eram os poucos segundos até João atender e se cansar de ouvir alguém em quem talvez já não tivesse interesse. Ou pelo menos era isso que dizia a si mesmo, porque, se não esperava encontrar João cara a cara, podia apenas ter ligado.

De qualquer forma, João não atendeu.

Hugo não tinha se preparado para isso.

Bem-feito também, ninguém gosta de visita chegando assim sem avisar, seria mais uma coisa na lista de João para Hugo intitulada "Coisas que odeio em você". Bom, era isso. Ele não estava em casa, ou tinha olhado lá de cima, visto que era Hugo e preferido não se manifestar. Era justo, depois de tudo.

Hugo tentou mais três vezes só para confirmar, e o resultado foi o mesmo. Era o fim da história, mas Hugo nunca ia esquecer João. Tinha aprendido com ele sobre o amor, a leveza da vida e sobre coisas que talvez já devesse saber, como tratar as pessoas com compaixão e tirar um pouco o olho do próprio umbigo. Sobre como homens podem ser bonitos e cheirosos.

— Hugo?

E lá estava ele, vindo da rua. Vestia camiseta, bermuda e chinelo, mas do jeito que só um príncipe vestiria camiseta, bermuda e chinelo.

— João.

— Você ainda sabe meu nome.

— E você o meu.

Hugo encarou os olhos castanhos profundos, as maçãs do rosto proeminentes, os lábios grossos. Óbvio que estava tudo no mesmo lugar onde ele deixara, que o João Bastos que ele amava ainda existia, mas Hugo tinha a sensação de que o homem da sua memória já havia desvanecido, que talvez os dois tivessem mudado tanto que não se reconheceriam mais. Só que João estava ali.

— O que você tá fazendo aqui? — perguntou João.

Hugo não conseguiu decifrar se o tom da pergunta era de surpresa, curiosidade ou hostilidade escancarada.

— Eu tô indo embora — se obrigou a dizer.

— Do Rio?

— Vou voltar pra Fiofó. Preciso ver meus pais e... todo mundo.

— É sério? — disse João, e agora a surpresa era evidente. — Você falava de estar aqui e trabalhar na Bunker como se fosse sua vida. O que aconteceu?

— Eu vim pedir desculpas.

— Hugo... o que aconteceu entre a gente... eu precisava mesmo de um tempo pra pensar. E pensei. Só que nesse meio- -tempo eu fui demitido, tive que começar num lugar novo...

meio que quis deixar a Bunker pra trás. E acho que você me entende, já que está voltando pra casa.

Pior que entendia. Não conseguiria manter a cabeça sã no Rio de Janeiro se continuasse pensando no Farol, em Verônica, nos rumos da Bunker... pensando que a qualquer momento poderia esbarrar com João numa esquina. Teria seu recomeço em Fiofó. Uma página em branco de novo. Também leu nas entrelinhas que João estava pronto para esquecê-lo, mas tudo bem — não tudo bem *tudo bem*, mas tudo bem —, afinal, não estava ali para ter João de volta.

— Então só me ouve, João — disse Hugo, bem direto. — Você merece ser amado.

Porque essa era a verdade. Independentemente de como o mundo o tratara, do que as pessoas que tinham passado pela vida dele disseram, de como Hugo o fizera se sentir, João merecia ser amado. E Hugo precisava que ele soubesse disso.

— Cada traço da sua personalidade, cada parte do seu corpo, você nos dias bons e nos dias maus merece ser amado — continuou. — Eu sei que pisei na bola, mas quero que acredite em mim. A gente não deu certo, e tudo bem, mas isso não significa absolutamente *nada* sobre você. Você é incrível e foi muito gentil comigo, o tempo todo. Merece encontrar pessoas que vão te amar e te tratar bem e entender cada pedacinho seu. Não aceite menos. Eu errei muito com você e essa foi a maior injustiça que já cometi, porque você foi a pessoa que traduziu o amor pra mim e, no meio do processo, me fez entender e ver que eu já era completo.

João havia franzido o cenho nas primeiras palavras, mas depois foi erguendo as sobrancelhas e ficando ligeiramente boquiaberto. Quando Hugo terminou, João estava sorrindo.

— *Uau* — disse ele, em frente ao portão do prédio. — Você ensaiou muito esse discurso.

— Eu não ia ficar em paz se voltasse pra Fiofó do Oeste sem te dizer todas essas palavras. Ficaria destruído se você pensasse menos de si mesmo por minha causa.

Porque João acreditava nas palavras alheias. Hugo tinha

começado a própria jornada com o Farol prometendo que faria João acreditar no amor só para terminar partindo o coração dele. Parabéns, Hugo. Tinha que consertar isso, mesmo sem saber se era possível.

— Obrigado, Hugo. Por ter se dado a todo esse trabalho — disse João, fitando a rua em que morava — Passei a semana inteira pensando na gente.

Nesse momento, Hugo prendeu a respiração, apavorado que qualquer mínimo movimento que fizesse alterasse toda a realidade.

— Você se expressou muito mal naquele dia — continuou João.

Hugo apenas anuiu.

— Mal *pra caralho* — completou. — E eu quero muito acreditar que daqui pra frente você vai melhorar isso, que vai aprender a se comunicar com quem quer que seja, que vai *falar as coisas* quando precisar.

— João...

— Deixa eu terminar — cortou. — Você vai aprender a falar depois, agora não.

Hugo quase riu.

— Eu só acredito que você não queria realmente dizer o que disse e agir do jeito que agiu porque o Hugo daquele dia não se parece em nada com o Hugo que eu conheço. Que sentou na calçada ao meu lado, que se abriu comigo no terraço, que me deixou te guiar no dia do incêndio. Com o Hugo que *se importa* em saber meu nome. Você ficou confuso, ainda precisa entender melhor sua sexualidade, também vai precisar de tempo e paciência. Eu não precisava ter sido tão duro com você, acho. Espero que acredite que vou sentir muito sua falta.

Ia mesmo? Então João não queria ver Hugo morto e enterrado. Ia sentir falta dele. *Muita.* Hugo começou a criar um milhão de cenários imaginários e já estava se corroendo de ansiedade quando João o cortou, mudando de assunto:

— Mas então, e a Bunker...?

— Eu pulei fora.

— Você morreu e foi substituído?

— Eu com certeza morri. E acho que ainda tô morto — disse Hugo, sabendo que tinha feito a coisa certa, mas a coisa certa ainda doía. — Mas você tinha razão. Amo trabalhar e ser bom no que faço e provavelmente serei assim pra sempre, mas fazer disso a minha *vida* não funcionou bem pra mim. Funciona pra algumas pessoas, acho, talvez as que sejam menos trouxas que eu.

— Você não é trouxa, Hugo. Só tem um sonho. E gente como a Verônica fareja isso de longe.

E continuaria farejando. Verônica realmente ganhava a vida assim, explorando os sonhos alheios para fazer mais dinheiro. Era impossível detê-la. O Farol agora era dele, mas Hugo sabia que a Bunker daria o jeito dela de se levantar e em breve estaria na lista de sucessos de Verônica. Mais um troféu. E sabe-se lá quantas Verônicas existiam por aí. Era uma guerra sem fim, mas Hugo estava satisfeito por ter vencido pelo menos sua batalha pessoal.

— Bom, o sonho acabou — disse ele. — Eu vim pro Rio pra encontrar meu lugar ao sol, mas... acho que vou voltar pra sombra. Por um tempo, pelo menos.

— Você não precisa desistir só porque teve uma experiência ruim — garantiu João, e Hugo estremeceu com a gentileza que ouviu na voz dele. — Não é meio que isso o que você veio me falar?

— Olhando por esse lado...

— Se não deu certo na Bunker, vai dar em outro lugar, ué. Você é um cabeçudo. Fez uma Alexa que casa as pessoas. Não tem isso de procurar seu lugar ao sol, Hugo. Aqui é o Rio de Janeiro. Olha pra cima. Tem um sol pra cada um.

E Hugo olhou. O sol brilhava forte, pronto para rachar o asfalto e apagar os pesadelos mais profundos de todo mundo sob ele. A sensação térmica em trilhões de graus. Hugo se sentiu grato pelo calor, como se tivesse passado a vida inteira com medo de morrer de frio e agora descobrisse que nunca estaria sozinho, porque o sol estava lá. João Bastos lhe dera o sol.

— Obrigado — respondeu Hugo, grato de um jeito que não conseguia colocar em palavras.

— Volte sempre.

Hugo se perguntou se podia *mesmo* voltar sempre. Se João queria que ele voltasse. Focou o sorriso de João, que agora parecia a luz no fim de um longo túnel. Como Hugo conseguiria viver em Fiofó do Oeste se aqui no Rio tinha um homem que sorria para ele *daquele jeito*? Tinha que se lembrar de que agora eram amigos. Não *apenas* amigos, porque ser amigo é bom demais. Eram amigos desses a quem se pode voltar sempre.

— Posso te pedir uma coisa? — disseram ao mesmo tempo.

João deu risada e Hugo franziu o cenho, pensando no que ele poderia querer.

— Você primeiro — insistiu João.

— Posso te dar um abraço?

João nem respondeu com palavras, apenas abriu os braços e esperou Hugo se achegar. Assim que se perderam nos braços um do outro, Hugo lembrou-se daquele abraço-casa que dava vontade de morar dentro. O abraço que era um lugar, de onde ele talvez nunca devesse ter saído, embora fosse necessário. João era mais quente que o sol, e Hugo voaria para ele mesmo se tivesse asas de cera. Abraçou João com toda força que tinha e pôde ouvir um coração batendo forte, mas era o dele ou o de João? Sentiu as costas largas e descansou a cabeça naquele peito amigo, inspirando devagarinho, para guardar aquele perfume para sempre. Hugo era Hugo e João era João, e eles ficariam bem. Hugo sentiu um ciclo se fechando. Conseguiriam seguir em frente, cada um pelo próprio caminho.

— Sua vez de pedir — disse Hugo, ainda dentro do abraço, mas de olhos fechados porque não queria que o tempo passasse.

— Sobe comigo?

— Não sei bem o que eu tô fazendo aqui — disse Hugo, de pé no centro da sala de João.

336

Não era exatamente o lugar mais feliz do mundo, porque Hugo se lembrava de que fora naquela sala que tudo começara a degringolar. Tinha ficado completamente perdido, com o corpo indo numa direção e o cérebro em outra. E, no meio disso, tinha atropelado João com as piores palavras que poderia ter dito.

— Agora eu é que não podia te deixar ir assim — explicou João. — Aquela noite que a gente veio ver um filme... não terminou bem.

— Não mesmo.

— E desde então fico repassando aqueles momentos, e moro aqui, então você imagina como isso acontece com frequência. Não queria ficar pensando em você daquele jeito pra sempre, Hugo. Não queria ficar pensando *na gente* assim. Porque não somos aquilo. Fomos muito mais, não fomos?

— Fomos — respondeu Hugo, sentindo as faíscas percorrerem seu corpo todo. — Com certeza.

— Então eu queria ficar pensando em você assim, aqui, agora, com esse sorriso, essas palavras bonitas, todo decidido. E esse... *olhar*.

— Que olhar?

Hugo não sabia mesmo de que olhar João estava falando, mas talvez fosse o mesmo que via nos olhos dele.

Olhares maiores que o mundo.

— Olhar de quem quer me levar junto pra Fiofó do Oeste — disse João.

— Eu nunca te submeteria a isso — respondeu Hugo, brincando. — Você não sobreviveria um dia lá.

— E se eu te esperasse aqui então?

Oi?

— Você vai voltar, não vai? — perguntou João.

— Eu... talvez? Acho que sim. Não sei.

— Se estiver pensando em não voltar, volta por mim, pelo menos, então?

Nem em um milhão de anos Hugo imaginaria ter que responder a essa pergunta.

— Isso é... uma chance pra nós dois? — questionou. — Você ainda quer...

— Quero. Quero muito, Hugo. Também mereço me dar essa chance.

João o queria. João o *merecia*. Hugo também queria merecer João por todos os dias da vida.

— Você vai, fica o tempo que precisar, a gente vai se falando. Todos os dias. E daí, num dia que você não aguentar mais e a distância estiver matando a gente, você volta. Eu vou estar aqui, no mesmo lugar. Então vamos poder decidir juntos para onde vamos e como vamos. O que você me diz?

Tudo, João, Hugo diria *tudo* o que ele quisesse, todas as palavras boas do mundo, todas as letras de música que falassem de amor e de amizade e tudo que combinasse com esse sentimento de estar no lugar certo, na hora certa, com a pessoa certa.

João franziu o cenho e Hugo, então, percebeu que havia ficado tempo demais sem responder nada.

— *Sim!* — disse Hugo, ou praticamente gritou. — Mil vezes sim.

Dessa vez foi João quem se achegou a Hugo, reduzindo para zero a distância entre eles. Em meio ao silêncio, a respiração dos dois se misturou e os lábios finalmente se tocaram com uma suavidade que logo virou urgência. As mãos de Hugo acariciaram o rosto de João como se elas próprias fossem sentir saudade, enquanto João o segurou com força pela cintura, mesmo Hugo sabendo que não ia a lugar algum. Não existia outro CEP mais bonito que aquele. Se beijaram incontáveis vezes, mais do que caberia num parágrafo.

Em dado momento, eles perceberam que não iriam parar por ali, e os olhos de João fizeram uma pergunta silenciosa.

— Eu quero — disse Hugo, sem pensar muito, o que era um grande feito para ele.

— Então vem.

Você é um foguete, Hugo Flores! Era mesmo, e agora cheio de fogo no rabo.

Foram tirando a roupa desde a sala, com João segurando

Hugo pela mão quando entraram no quarto, os dois apenas de cueca. Hugo se lembrou de que a própria boca também servia para falar em vez de só beijar, mas João o deitou na cama com um movimento quase artístico. Hugo queria tirar os óculos, que quando deitava ficavam tortos no rosto, mas preferiu mantê-los porque João Bastos na cama era um evento que merecia ser visto em 4K.

— João — interrompeu Hugo, encontrando espaço para falar entre um beijo e outro. — Eu não quero estragar sua memória perfeita, só que...

Lá vinha de novo a estranheza, a ansiedade, o receio. Tinha sentimento demais naquela cama. João havia parado imediatamente, apenas se movendo para se sentar com uma das pernas dobradas sobre o colchão.

— Talvez seja eu ou a minha assexualidade, mas...

O próprio João havia dito que Hugo tinha que aprender a se comunicar. Bom, Hugo tinha que falar, cedo ou tarde. E achou melhor falar cedo.

— Eu não curto penetração — completou, sem gaguejar. — Eu pensei muito sobre isso. Não quero. De jeito nenhum. Ainda.

João ergueu as sobrancelhas com Hugo falecendo a cada segundo que não conseguia prever as próximas palavras que João diria, mas ele apenas sorriu.

— Então era isso — concluiu João.

— Boa parte, sim — confirmou Hugo. — Acho que sim.

— Obrigado por ter me dito, de verdade.

Hugo não era muito bom em saber quando as pessoas mentiam, mas sentia dentro dele quando João estava dizendo a verdade. Não precisava nem dos olhos para perceber isso, era algo na voz que batia muito fundo no coração. João estava grato.

— Beleza. Agora podemos continuar? — disse João, ativando muito rápido o modo safado.

— Mas, João... — disse Hugo, sentando na cama também. — Eu acabei de dizer que...

João dessa vez o silenciou colocando um dedo em seus lábios. Era tão prazeroso ter a boca calada por um homem gostoso.

— Hugo, por favor — implorou João. — Eu te conheço, você me conhece, vamos aprender nossos limites juntos. E daí que você não curte penetração? Nós temos mãos, bocas, línguas... literalmente o corpo todo.

Tá aí uma conversa que Hugo nunca teria em Fiofó do Oeste. Talvez crescer fosse aprender a circular pelas duas cidades.

— Os homens de onde eu vim não fazem nada disso — disse Hugo.

— Eles não sabem o que estão perdendo.

João beijou a boca de Hugo, livrou-se da pouca roupa que ainda vestiam e fechou as cortinas. Era um momento só deles, que se repetiria muitas vezes, entre as idas e vindas de Hugo pelas rodoviárias. Hugo ainda aprenderia muito sobre amor, sobre a vida e sobre João. Eles se acertariam onde precisavam, se apoiariam nos momentos difíceis e entenderiam como poderiam completar alguém que já era completo. Entre um tropeço e outro, às vezes na tentativa e erro, os dois descobririam como fazer o outro o mais feliz possível.

Amor era trabalho, era esforço, nem sempre vinha fácil.

Mas naquele dia veio, porque naquela cama se amaram a noite inteira.

Mentira, já que Hugo só tinha no máximo até às três e meia da tarde, que era o tempo de pegar as malas, rumar para a rodoviária Novo Rio, despedir-se das meninas e entrar no ônibus com destino a Fiofó do Oeste.

Então se amaram até às três e meia da tarde.

Epílogo

Jamille ficou em décimo terceiro lugar no concurso da Prefeitura, mas eram apenas dez vagas. Passou a semana arrasada. Agnes garantiu que sempre tinha alguém que desistia e, com um pouco mais de sorte, quem sabe até uma morte misteriosa.

Dito e feito.

Duas pessoas desistiram de tomar posse e uma terceira faleceu de causas naturais. Jamille fica cabreira e ligeiramente com remorso toda vez que lembra que torceu muito para isso acontecer, mas muito feliz por Agnes ter uma boca maldita. Em troca, prometeu estudar com Agnes todas as noites até que ela passasse no vestibular sem ter que depender de falecimentos oportunos.

Greice tirou um período sabático para focar em fazer terapia e cuidar da avó, que é a pessoa favorita dela, principalmente por não saber o que é um aplicativo de celular.

Rômulo foi demitido mais umas três vezes dos empregos seguintes, engravidou uma colega de trabalho na quarta empresa e hoje está muito satisfeito com a vida que tem: esposa de segunda a sexta, futebol aos sábados, cerveja aos domingos e um bebê a caminho.

Jairo não perdeu o contato com Hugo. Os dois continuam se falando por mensagens, ligações e às vezes telepatia unidirecional.

A Bunker afundou de vez.

Norma vendeu a empresa para os concorrentes e foi morar em Paris. Nunca mais se ouviu falar dela no Brasil. Nem em Paris, diga-se de passagem.

Verônica Rico sumiu da mídia depois do fiasco com a Bunker Tecnologia e apagou todas as menções à empresa de seu site institucional como se nunca tivesse trabalhado lá. Mas daí voltou alguns meses depois com uma super repaginada no visual anunciando novos clientes (uma empresa de passagens aéreas que deu golpe em todo mundo, uma agência de influenciadores que divulgam jogos de azar e uma família horrorosa de políticos conservadores). Até hoje segue dizendo que a Guru do Sucesso jamais falhou e as pessoas fazem coro.

Hugo encontrou carinho e aceitação nos pais. Foi meio difícil fazer os dois entenderem o que era um homem gostar de outro homem, mas não por preconceito da parte deles: era apenas um conceito inovador demais para aquela cidade, assim como a impressora 3D e o divórcio. Depois que perceberam que Hugo continuava sendo Hugo, imploraram para conhecer João.

Falando em João, ele e Hugo deram muito certo no Rio de Janeiro. E em Fiofó do Oeste. E no Rio de Janeiro de novo. E um lá e outro cá, mas também os dois lá ou os dois cá. Eles se falavam todos os dias, não importando a distância nem o lugar em que estavam. João abria espaço para Hugo mesmo quando estava no Linda & Meiga Beauty Studio a cada quinze dias. As manicures já até conheciam Hugo por videochamada. João foi contratado bem rápido por outra empresa de tecnologia; aliás, uma que preferia ter leis trabalhistas do que mesa de sinuca.

Hugo visitava as amigas no Rio, os pais em Fiofó e o Brasil inteiro a trabalho. Descobriu que podia seguir carreira de forma independente. Não quis mais lançar o Farol, pois o aplicativo, do jeito que era, fazia com que se lembrasse de toda a ansiedade e de todo o desespero que sentira ao trabalhar numa empresa *legalzona demais*. Mas colocava um pouquinho do algoritmo em cada trabalho que fazia, como se o aplicativo perfeito não pudesse mais existir, apenas vislumbres dele por aí. Agora Hugo trabalhava apenas para si mesmo, inventando umas coisas aqui, dando umas consultorias ali, mas sempre algo que lhe permitisse ter tempo para amar João.

Porque amar João era *melhor* do que trabalhar.

Por fim, ninguém era gay em Fiofó do Oeste.

Mas isso já era passado. Não tinham como ignorar um gay feliz com três cachorros.

FIM

Um pouco mais sobre *Os dois amores de Hugo Flores*

Anos atrás eu estava num emprego legal, com salário legal e gente legal, mas secretamente muito entediante. Não tinha mais nenhum desafio, eu já havia crescido tudo o que havia para crescer e todos os dias pareciam os mesmos. Daí enfiei na minha cabeça que ia Mudar De Vida™.

Me candidatei, como quem não quer nada, a uma vaga numa empresa chiquérrima que estava sempre lá em cima em todos os rankings de sucesso e bem-estar e, assim que passei na seletiva, joguei tudo para o alto. Pedi demissão no meu então antigo emprego, dei adeus para a casa da minha mãe lá em Nova Iguaçu, mudei de cidade e até *me permiti* ganhar menos, porque essa empresa era mesmo muito incrível e maravilhosa, mas o salário era modesto. Eu queria aventura! Novos desafios! Me sentir vivo! Tudo nesse novo ambiente era tão lúdico, tão especial, e as pessoas amavam tanto trabalhar ali que eu custei a entender por que, em vez de aventura e desafios, eu tinha adquirido depressão e crises de ansiedade.

Pensando bem, em vez de estar aqui contando isso assim para vocês, eu deveria estar no consultório de uma psicóloga abrindo meu coração enquanto ela me encara com preocupação durante as histórias mais banais da minha vida e repete "Me conte mais sobre isso" vezes demais, insistindo em descobrir se eu tenho traumas de infância ou se odeio meu pai. Consigo imaginá-la dizendo:

Eu sabia *que Fiofó do Oeste era Nova Iguaçu. Me conte mais sobre isso.*

Fiofó do Oeste não é bem uma cidade que existe, é mais um *sentimento*. A minha Fiofó do Oeste não é apenas o bairro em que eu cresci em Nova Iguaçu, mas também a minha família, a vizinhança, aquela época, as coisas que existiam no mundo e agora não existem mais, as ideias que eu tinha sobre a vida e sobre mim, tudo isso convivendo naquele espaço--tempo. Eu não quis usar uma cidade de verdade justamente porque queria que quem lesse o livro voltasse no tempo para a própria Fiofó. É aquele lugar familiar, para o bem ou para o mal, mas que não se parece em nada com o que a gente descobriu que existe fora dali.

Então, se eu entendi bem, você odeia trabalhar e esse livro é um grande chilique, correto?

Você é uma péssima psicóloga.

Eu nunca cursei psicologia, sou apenas uma das vozes da sua cabeça.

Não é que eu *odeie* trabalhar. Eu, na verdade, acho que até gosto mais do que deveria. O que o Hugo não sabe no começo deste livro é que o trabalho não se importa muito com o fato de você gostar dele ou não. A gente não tem muito tempo para pensar sobre isso porque *precisamos* trabalhar e, quando percebemos, já estamos fazendo as mesmas tarefas há mais de dez anos. A minha questão é que é muito difícil colocar o trabalho numa caixinha porque ele não se contenta com pouco. Se a gente deixa, ele ocupa tudo. E isso sim eu acho fatal. Não ter tempo para viver com a família ou para festejar com os amigos, ser impossível abrir espaço na rotina para cuidar da saúde, querer fazer de todo tempo livre um espaço produtivo... todos os meus amigos que um dia me falaram rindo "Eu sou tão doidinho e workaholic hahahaha" terminaram com um *burnout*.

Entendi... me conte mais sobre isso.

No fim das contas, eu fico meio triste quando penso que tudo o que a gente faz com nosso trabalho é sobre dinheiro. A gente sempre trabalha para alguém em algum lugar pra ficar mais rico do que já é. Por isso gosto de pensar que sou mesmo um recurso humano. Não um *talento humano*, nem um colaborador, um recurso mesmo, finito, algo como a água, a comida, um produto industrializado. Algo que, se eu não cuidar, morre. Então, quando naquele dia eu acabo, *acabou*. Ninguém fala para um balde d'água vazio "Será que você pode ficar cheio de novo? Quero terminar de lavar o banheiro hoje". Se a água acabou e só volta amanhã, espere até amanhã. Talvez seja por isso que acho tão revolucionário amar e fazer coisas completamente inúteis só porque queremos. Nesses momentos eu me sinto uma pessoa.

Isso foi lindo. Eu vou largar meu emprego e abraçar meus filhos assim que a sessão acabar. Mas, antes disso, você sentiu algum receio em lançar este livro logo depois de Gay de família?

Gay de família e *Os dois amores de Hugo Flores* são, mesmo, livros bem diferentes. Enquanto no primeiro temos o gay mais desbocado, sarcástico e brilhoso que já escrevi, no segundo temos o Hugo, alguém que ainda está procurando a própria voz e tentando superar sua insuficiência de brilho. É o meu sonho, sabe? Criar um exército de gays na literatura. Gays de todos os tipos, de todas as cores, dores e amores. Mas será que os leitores que vieram do primeiro livro vão abraçar essa nova história? Ou vão achar que morri e fui substituído? Acho que só o tempo dirá. Amo os personagens de *Gay de família* com todo o meu coração, mas a história do Hugo cai muito perto da minha própria história. Só meus olhos sabem quantas respostas negativas esse livro recebeu antes do sim, só minhas pernas sabem quantos capítulos escrevi no celular, de pé num ônibus lotado, porque não tinha mais tempo para escrever entre trabalho e faculdade. Só eu sei o quanto gostaria de poder voltar ao passado e entregar este livro para o Felipe Fagundes adolescente. "Lê isso aqui. Vai ficar tudo bem. No futuro você tem um marido inteligente, gostoso e ótimo". Confesso que Hugo Flores é meu xodó.

Acho que, para a gente encerrar, você poderia confessar também que odeia seu pai.

De onde veio isso? Em nenhum momento eu citei meu pai.

Vai, só diz, querido.

Meu pai é ausente demais para cultivar em mim um sentimento tão forte quanto amor ou ódio.

Uau. Brutal.

Acabamos?

Agradecimentos especiais?

Um muito obrigado *gigante* para meus leitores beta Felipe Vieira, que me lê desde sempre e fala na minha cara onde fui preguiçoso, e Taiany Araújo, minha fiel escudeira, que pagaram por todos os pecados deles lendo as dez ou onze versões que este livro teve antes de existir do jeito que foi publicado. Quero todo mundo batendo palmas para eles.

Só tem eu e você aqui no consultório.

Então bate palma você.

(Clap, clap, clap.)

Agradeço ao meu querido amigo Pedro Poeira por ter me emprestado toda sua expertise em escrever romances açucarados e igualmente safadinhos.

A todo pessoal da editora Paralela, desde o marketing, passando por imprensa, audiovisual e editorial, que já trabalhou muito para chegarmos até aqui, mas que todos nós sabemos que eu ainda vou perturbar muito.

Não poderia deixar de citar meu agradecimento mais profundo para Marina Castro, simplesmente UM ANJO na minha vida, que por acaso também edita meus livros, ri das piores piadas que já escrevi e às vezes comenta mais ou menos assim: "Felipe, até ficou muito divertido, mas você com certeza será cancelado em todas as instâncias possíveis. Vamos reformular?".

Aos leitores que já estavam por aqui, principalmente para os que já não aguentavam mais esperar este segundo livro sair, e também para os que acabaram de chegar. Escolham um assento e afivelem os cintos, porque daqui para frente vamos decolar!

Por último, sinceramente nem sei mais o que dizer para o homem mais importante da minha vida, que indiretamente salva todos os meus livros. Arthur, eu te amo tanto, mas *tanto*, que entraria num prédio pegando fogo para te salvar sem nem pensar duas vezes.

E, agora, o que você gostaria de ouvir de quem lê seus livros?

O que eles estiverem dispostos a me dizer no e-mail felipe-fagundes.livros@gmail.com.

TIPOGRAFIA Adriane por Marconi Lima
DIAGRAMAÇÃO Vanessa Lima
PAPEL Pólen Natural, Suzano S.A.
IMPRESSÃO Lis Gráfica, abril de 2025

A marca FSC® é a garantia de que a madeira utilizada na fabricação do papel deste livro provém de florestas que foram gerenciadas de maneira ambientalmente correta, socialmente justa e economicamente viável, além de outras fontes de origem controlada.